RUSTELOOS

D1669696

William Boyd
Rusteloos

Vertaald door Jan Fastenau

MOURIA

De vertaler ontving voor deze vertaling een werkbeurs van
het Fonds voor de Letteren

© 2006 Nederlandse vertaling
Jan Fastenau en uitgeverij Mouria, Amsterdam
Oorspronkelijke titel: *Restless*
Omslagontwerp: Pete Teboskins / Twizter
Omslagfotografie: Michael Trevillion / Trevillion Images

ISBN 90 458 4814 7 / 9789045848143
NUR 302

www.mouria.nl

Voor Susan

Wij zeggen wel dat het uur van de dood ongewis is, maar als we dat zeggen situeren we dat uur in een vage, verre ruimte; wij denken niet dat het enige betrekking kan hebben op de al aangevangen dag en kan inhouden dat de dood – of zijn eerste gedeeltelijke inbezitneming van je persoon, waarna hij je niet meer zal prijsgeven – zich nog die middag, toch zo weinig ongewis, kan voordoen, die middag waarvan de besteding uur voor uur van tevoren is geregeld. Je wilt er even uit om je maandelijkse hoeveelheid frisse lucht op te doen, je hebt geweifeld in de keus van een mee te nemen jas, van de koetsier die je zou aanroepen, je zit in de fiacre [koets], de dag ligt helemaal voor je, kort, want je wilt op tijd terug zijn om een vriendin te ontvangen; je hoopt dat het de volgende dag ook zulk mooi weer is; en je bevroedt niet dat de dood, die zich in ondoordringbare duisternis op een ander plan in je voortbewoog, juist deze dag heeft uitgekozen om ten tonele te verschijnen, over een paar minuten...

MARCEL PROUST, *De kant van Guermantes*
vertaling Thérèse Cornips

1   *Naar het hart van Engeland*

Toen ik klein was en tegendraads en onhandelbaar en over het geheel genomen een stout kind, zei mijn moeder altijd bij wijze van standje: 'Op een dag komt iemand me vermoorden en dan zul je het berouwen', of: 'Ze komen uit het niets tevoorschijn en dan nemen ze me mee – hoe zou je dat vinden?' of: 'Op een ochtend word je wakker en dan ben ik weg. Verdwenen. Wacht maar af.'

Het is raar, maar je staat niet serieus stil bij dat soort opmerkingen als je jong bent. Nu echter, terwijl ik terugkijk op de gebeurtenissen van die eindeloze warme zomer van 1976, die zomer toen Engeland op apegapen lag, uitgeteld door de niet-aflatende hitte, nu weet ik waar mijn moeder het over had, nu begrijp ik dat er een vlijmende, duistere stroom van angst onder het kalme oppervlak van haar reguliere leven woelde die zelfs na een jarenlang rustig doorsneebestaan nooit was geweken. Ik besef nu dat ze altijd bang was geweest dat iemand haar zou komen vermoorden. En terecht.

Het begon allemaal in de eerste week van juni, herinner ik me. De precieze dag kan ik me niet voor de geest halen. Een zaterdag, waarschijnlijk, want Jochen hoefde niet naar de kleuterschool en we reden met z'n tweeën naar Middle Ashton, zoals gebruikelijk. We namen de snelweg van Oxford naar Stratford en sloegen bij Chipping Norton af richting Evesham, en daarna sloegen we nog een paar keer af alsof we een aflopende schaal van wegcategorieën volgden: hoofdweg, provinciale weg, secundaire weg, B-weg, tot we op de met steenslag verharde landweg zaten die door het dichte, imposante beukenbos naar de smalle vallei voerde waarin het dorpje Middle Ashton lag verscholen. Het was een rit die ik minstens tweemaal per week maakte en elke keer had ik het gevoel dat ik naar het verloren hart van Engeland werd gevoerd – een groen, vergeten, omgekeerd shangri-la waar alles ouder, schimmeliger en bouwvalliger werd.

Middle Ashton was eeuwen geleden ontstaan rondom Ashton House, het grote landhuis dat nog steeds werd bewoond door een verre nazaat van de oorspronkelijke eigenaar-bouwer, een zekere Trefor Parry, een geslaagde zeventiende-eeuwse wolkoopman uit Wales die met zijn rijkdom pronkte door zijn voorname buiten hier midden in Engeland te bouwen. Na generaties lichtzinnige, spilzieke Parry's en hun gestage, zelfgenoegzame verwaarlozing stond het herenhuis nu op instorten, op zijn laatste door houtworm aangetaste poten, en gaf het zich afgeleefd over aan het verval. Doorgezakte dekzeilen hingen over het dak van de oostvleugel, roestende steigers getuigden van eerdere vergeefse aanzetten tot restauratie en de zachte gele Cotswold-stenen van de muren vervlokten als natte toast in je handen. Er stond een vochtig, donker kerkje vlakbij, overwoekerd door dichte donkergroene taxusbomen die het daglicht schenen op te zuigen; een doodse pub – de Peace and Plenty, waar het haar op je hoofd langs het vettige nicotinevernis van het plafond in de bar streek – een postkantoortje met een winkel en een slijterij, en hier en daar wat cottages, sommige met een rieten dak dat groen was van het mos, en interessante oude huizen met grote tuinen. De lanen in het dorp lagen twee meter onder hoge bermen verzonken waarop aan beide zijden welige heggen woekerden, alsof het verkeer van voorbije eeuwen de weg als een rivier had uitgesleten tot een miniravijn, steeds dieper, elk jaar een centimeter. De eiken, de beuken, de kastanjes waren hoog optorenende, eerbiedwaardige grijsaards die het dorp overdag in een soort permanente schemering hulden en 's nachts een atonale symfonie van gekraak en gekreun, geruis en gesteun opvoerden als de nachtwind de zware takken boog en het oude hout kermde en klaagde.

Ik verheugde me op het dichte lommer van Middle Ashton aangezien het weer zo'n wezenloos warme dag was – elke dag van die zomer leek warm, maar de hitte kwam ons nog net niet de neus uit. Jochen zat achter in de auto door de achterruit te kijken omdat hij het leuk vond om te zien hoe de weg 'zich ontrolde', zei hij. Ik zat naar muziek op de radio te luisteren toen ik hem iets hoorde vragen.

'Als je tegen het dichte raam praat kan ik je niet verstaan,' zei ik.

'Sorry, mam.' Hij draaide zich om en zette zijn ellebogen op mijn schouders en ik hoorde zijn zachte stemmetje in mijn oor. 'Is oma jouw echte mammie?'

'Ja natuurlijk, hoezo?'

'Ik weet niet… Ze is zo vreemd.'

'Iedereen is vreemd als je erover nadenkt,' zei ik. 'Ik ben vreemd, jij bent vreemd…'

'Dat is waar,' zei hij. 'Dat weet ik.' Hij drukte zijn spitse kinnetje in mijn schouder en draaide ermee over de spier boven mijn rechtersleutelbeen, en ik voelde tranen in mijn ogen steken. Dat deed hij af en toe bij mij, Jochen, mijn vreemde zoontje, en dan kon ik het wel uitjanken om ergerlijke redenen die ik eigenlijk niet kon verklaren.

Bij de ingang van het dorp, tegenover de naargeestige pub, de Peace and Plenty, stond een vrachtwagen van een brouwerij geparkeerd om bier af te leveren. Er bleef een heel smalle doorgang over voor de auto om zich erlangs te wringen.

'Straks maak je nog krassen op Hippo's zijkant,' waarschuwde Jochen. Mijn auto was een zevendehands Renault 5, hemelsblauw met een (vervangende) karmozijnrode motorkap. Jochen had hem een naam willen geven en ik had gezegd dat het dan een Franse naam moest zijn omdat het een Franse auto was, en toen had ik Hippolyte voorgesteld (ik was

Taine aan het lezen, om een of andere vergeten wetenschappelijke reden) en zo werd het 'Hippo', althans voor Jochen. Zelf kan ik mensen die hun auto een naam geven niet uitstaan.

'Nee hoor, ik doe heel voorzichtig,' zei ik.

Ik was er net zo'n beetje doorheen, heel langzaam, toen de chauffeur van de vrachtwagen (nam ik aan) uit de pub kwam, naar de doorgang beende en me met veel vertoon voortwenkte. Het was een tamelijk jonge vent met een dikke bierbuik die zijn sweatshirt deed spannen en het Morrell-logo erop vervormde, en op zijn glimmende bolle wangen pronkten bakkebaarden waar een Victoriaanse dragonder trots op zou zijn geweest.

'Kom maar, kom maar, ja, ja, gaat goed, schat,' fleemde hij landerig tegen me op een toon die was bezwangerd met een gelaten wrevel. 'Het is verdorie geen Sherman-tank.'

Toen ik langs hem reed draaide ik het raampje omlaag en schonk hem een glimlach. Ik zei: 'Als jij nou opsodemietert met die vette pens van je dan gaat het een stuk makkelijker, klootzak.'

Ik gaf gas en stoof weg voor hij was bekomen. Ik draaide het raampje weer omhoog en voelde mijn boosheid – heerlijk tintelend – net zo snel vervliegen als die was opgeweld. Ik was inderdaad niet in een opperbest humeur; toen ik die ochtend had geprobeerd om een poster in mijn werkkamer op te hangen had ik, met cartoonachtige onvermijdelijkheid en knulligheid, boven op mijn duimnagel – die het haakje vasthield – geslagen in plaats van op de spijker voor het haakje. Charlie Chaplin zou trots op me zijn geweest zoals ik gilde en op en neer sprong en met mijn hand wapperde alsof ik hem los wilde schudden van mijn pols. Mijn duimnagel was nu zo paars als een damastpruim onder de huidkleurige pleister, en een kleine pijnholte in mijn duim klopte met mijn hartslag als een soort organisch uurwerk dat de seconden van mijn sterfelijkheid aftelde. Toen we wegstoven voelde ik echter het door adrenaline opgepompte bonzen van mijn hart, en mijn hoofd duizelde van plezier om mijn onverschrokkenheid. Op dat soort momenten kreeg ik het gevoel dat ik doordrong tot alle latente woede die in me lag weggestopt – in mij en in de mens.

'Mam, je hebt het K-woord gebruikt,' zei Jochen, zijn toon verzacht door streng verwijt.

'Sorry hoor, maar ik ergerde me dood aan die man.'

'Hij probeerde alleen maar te helpen.'

'Nee, dat probeerde hij niet. Hij probeerde me te bevoogden.'

Jochen ging zitten, peinsde een poosje over dat nieuwe woord en gaf het toen op.

'Hè hè, eindelijk, we zijn er,' zei hij.

Mijn moeders cottage stond te midden van dichte, opdringende vegetatie omheind met een ongesnoeide, golvende buxushaag die vol klimrozen en clematis zat. Het bossige, met de hand geknipte gazon was van een onbetamelijk vochtig groen, een belediging voor de genadeloze zon. Vanuit de lucht lijken het huis en de tuin vast een groene oase die de autoriteiten met haar woekerende overdaad in deze warme zomer haast uitdaagt om met onmiddellijke ingang een tuinslangenverbod in te stellen, dacht ik. Mijn moeder was een geestdriftige, eigenzinnige tuinier: ze plantte dicht opeen en snoeide diep terug. Als een plant of heester het goed deed liet ze hem begaan, zonder erover in te zitten dat hij andere planten verstikte of ongelegen komende schaduw wierp. Ze wilde dat haar tuin een gecontroleerde wildernis was, stelde ze; ze had geen grasmaaier en knipte haar gazon met de heggenschaar. Ze wist dat anderen in het dorp, waar orde en netheid de nadrukkelijk zichtbare deugden waren, er aanstoot aan namen. Niemand kon echter aanvoeren of klagen dat haar tuin was verwaarloosd; niemand in het dorp was meer met de tuin bezig dan Sally Gilmartin, en het feit dat ze met haar ijver een welige wildernis poogde te creëren kon je wellicht bekritiseren maar niet veroordelen.

We noemden het een cottage maar in wezen was het een huis met een bovenetage, opgetrokken uit zanderige Cotswold-natuursteen met een leien dak, herbouwd in de achttiende eeuw. Op de bovenverdieping zaten nog de oude ramen met tussenstijlen en de slaapkamers waren donker en laag, terwijl op de begane grond schuiframen zaten en een mooie voordeur met houtsnijwerk tussen halve zuilen met cannelures en een met krullen versierd timpaan. Ze had het op een of andere manier weten te kopen van Huw Parry-Jones, de alcoholistische eigenaar van Ashton House, toen hij wel heel erg slecht bij kas was, en het stond met zijn achterkant naar het schamele restant van het landgoed, een ongemaaide verwilderde wei, alles wat er over was van de duizenden golvende hectaren die de familie Parry oorspronkelijk in dit deel van Oxfordshire had bezeten. Aan één kant stond een houten schuur annex garage, nagenoeg geheel overwoekerd door klimop en wilde wingerd. Ik zag dat haar auto daar stond geparkeerd – een witte Austin Allegra – dus wist ik dat ze thuis was.

Jochen en ik deden het hek open en keken rond of we haar zagen. Jochen riep: 'Oma, we zijn er!' en kreeg een luid 'Hiep hiep hoera!' ten antwoord van de achterkant van het huis. En toen kwam ze in een rolstoel het bakstenen paadje afgereden. Ze hield stil en spreidde haar armen uit alsof ze ons wilde omhelzen maar we bleven daar roerloos staan, verbluft.

'Waarom zit je in hemelsnaam in een rolstoel?' vroeg ik. 'Is er wat gebeurd?'

'Duw me even naar binnen, lieverd,' zei ze. 'Dan zal alles geopenbaard worden.'

Toen Jochen en ik haar naar de deur duwden zag ik dat er een houten oprijschot voor de drempel lag.

'Hoe lang heb je dit al, Sal?' vroeg ik. 'Je had me moeten bellen.'

'O, een dag of twee, drie,' zei ze. 'Niks om je zorgen om te maken.'

Ik voelde niet de bezorgdheid die me misschien had moeten beklemmen omdat mijn moeder er gewoon zo patent uitzag: haar gezicht was lichtgebronsd en haar dikke grijsblonde haar glansde en was pas geknipt. En alsof ze die spontane diagnose wilde bekrachtigen stapte ze, zodra we haar naar binnen hadden gehobbeld, uit haar rolstoel en bukte ze zich zonder moeite om Jochen een kus te geven.

'Ik ben gevallen,' zei ze met een gebaar naar de trap. 'De laatste twee of drie treden – ik struikelde, viel op de vloer en heb mijn rug bezeerd. Dokter Thorne stelde voor om een rolstoel te nemen om zo weinig mogelijk te lopen. Want door lopen wordt het erger, snap je.'

'Wie is dokter Thorne? Wat is er met dokter Brotherton?'

'Die is met vakantie. Thorne neemt voor hem waar. Nam voor hem waar.' Ze zweeg even. 'Aardige jonge vent. Hij is nu weer weg.'

Ze ging ons voor naar de keuken. Ik zocht naar symptomen van een zere rug in haar tred en houding maar zag niets.

'Het helpt echt, de rolstoel, om rond te scharrelen,' zei ze alsof ze mijn toenemende verbijstering, mijn scepsis, aanvoelde. 'Je staat versteld hoeveel tijd je elke dag op je voeten staat.'

Jochen trok de koelkast open. 'Wat eten we straks, oma?' vroeg hij.

'Salade,' zei ze. 'Het is te warm om te koken. Neem zelf maar wat te drinken, schat.'

'Ik vind salade heerlijk,' zei Jochen terwijl hij een blikje Coca-Cola pakte. 'Ik vind koud eten het lekkerste.'

'Goed zo.' Mijn moeder trok me terzijde. 'Ik ben bang dat hij vanmiddag niet kan blijven. Dat lukt me niet met de rolstoel en alles.'

Ik verhulde mijn teleurstelling en mijn egoïstische ergernis; de zaterdagmiddagen in mijn eentje terwijl Jochen de halve dag in Middle Ashton bleef, waren me dierbaar geworden. Mijn moeder liep naar het raam en hield haar hand boven haar ogen om naar buiten te turen. Haar eetkeuken keek uit op haar tuin en die grensde aan de wei die heel onregelmatig werd gemaaid, soms met tussenpozen van wel twee of drie jaar, en bijgevolg vol stond met wilde bloemen en talloze soorten gras en onkruid. En achter de wei lag het bos, dat om een of andere vergeten reden het Heksenbos werd genoemd, een eeuwenoud woud met eiken, beuken en kastanjes, alle iepen verdwenen of aan het verdwijnen, uiteraard. Er was hier iets heel raars aan de hand, zei ik bij mezelf, iets dat verder gaat dan de gebruikelijke grillen en gecultiveerde buitenissigheden van mijn moeder. Ik liep naar haar toe en legde mijn hand geruststellend op haar schouder.

'Is alles verder goed met je, oudje?'

'Mmm. Het was alleen maar een val. Een klap voor het gestel, zoals ze zeggen. Met een week of twee ben ik vast weer helemaal in orde.'

'Maar verder is er niks? Anders zou je het toch vertellen, hè?'

Ze wendde haar knappe gezicht naar me toe en schonk me haar fameuze argeloze staarblik, met grote lichtblauwe ogen, mij welbekend. Maar tegenwoordig liet ik me er niet meer door intimideren, na alles wat ik zelf had doorgemaakt, en ging ik de confrontatie aan.

'Wat zou er verder kunnen zijn, lieverd? Ouderdomsdementie?'

Niettemin vroeg ze of ik haar in haar rolstoel door het dorp naar het postkantoor kon duwen om een nodeloos pak melk en een krant te kopen. Ze babbelde uitvoerig met mevrouw Cumber, de beheerder van het postagentschap, over haar zere rug, en liet me op de terugweg halt houden om over een stapelmuurtje heen met Percy Fleet te kletsen, de jonge plaatselijke aannemer, en diens vriendin van jaren her (Melinda? Melissa?) terwijl ze wachtten tot hun barbecue heet genoeg was, een bakstenen bouwsel met een schoorsteen dat fier op het plaveisel voor hun nieuwe serre stond. Ze betuigden hun medeleven: er was niets ergers dan een val. Melinda herinnerde zich een oude, door een beroerte getroffen oom die wekenlang overstuur was geweest nadat hij in de badkamer was uitgegleden.

'Zoiets wil ik ook wel, Percy,' zei mijn moeder terwijl ze naar de serre wees. 'Heel leuk.'

'Ik kan een vrijblijvende prijsopgave doen, mevrouw Gilmartin.'

'Hoe ging het met je tante? Heeft ze het naar haar zin gehad?'

'Mijn schoonmoeder,' verbeterde Percy.

'O ja, natuurlijk. Dat was je schoonmoeder.'

We namen afscheid en ik duwde haar gelaten verder over het oneffen wegdek van de laan. Ik voelde een golf van boosheid opwellen dat ze me had gevraagd om aan die pantomime mee te doen. Ze had ook altijd commentaar op het komen en gaan van mensen, alsof ze hen in de gaten hield, hen in- en uitklokte als een bezeten ploegbaas die zijn personeel in de gaten hield. Ze deed dat al zolang ik me kon herinneren. Ik maande mezelf tot kalmte; we zouden gaan lunchen, ik zou Jochen mee terugnemen naar de flat, hij kon in de tuin spelen, we konden een eind gaan wandelen in het universiteitspark...

'Je moet niet kwaad op me zijn, Ruth,' zei ze terwijl ze over haar schouder naar me omkeek.

Ik hield op met duwen, pakte een sigaret en stak hem op. 'Ik ben niet kwaad.'

'Jawel, dat ben je wel. Ik moet gewoon even kijken hoe ik me red. Misschien ben ik volgende week zaterdag weer in orde.'

Toen we binnenkwamen zei Jochen knorrig, na een poosje: 'Van sigaretten kun je kanker krijgen, weet je.' Ik snauwde iets tegen hem en we aten ons middagmaal in een nogal gespannen sfeer met lange stiltes die werden onderbroken door opgewekte prietpraat over het dorp van de kant van mijn moeder. Ze haalde me over om een glas wijn te nemen en ik begon me te ontspannen. Ik hielp haar met de afwas en stond naast haar de vaat af te drogen terwijl zij de glazen met heet water afspoelde. Droogdochter, haar spoelmoedershoeder, stond ik wat te rijmelen, en ik was opeens blij dat het weekend was: ik hoefde geen les te geven en bedacht dat het misschien niet zo'n slecht idee was om een tijdje alleen met mijn zoontje te zijn. Toen zei mijn moeder iets. Ze stond weer met haar hand boven haar ogen naar het bos te kijken.

'Wat?'

'Zie jij iemand? Is er iemand in het bos?'

Ik tuurde. 'Ik zie niks. Hoezo?'

'Ik dacht dat ik iemand zag.'

'Wandelaars, picknickers, het is zaterdag, de zon schijnt.'

'O ja, natuurlijk: de zon schijnt en alles is kits in de wereld.' Ze liep naar het dressoir, pakte een verrekijker die ze daar had liggen, draaide zich om en richtte hem op het bos.

Ik negeerde haar sarcasme. Ik ging Jochen halen en we maakten ons op om te vertrekken. Mijn moeder liet zich in haar rolstoel zakken en reed hem met enig vertoon naar de voordeur. Jochen vertelde het verhaal over het treffen met de chauffeur van de brouwerijwagen en mijn onbeschaamde gebruik van het k-woord. Mijn moeder legde haar handen om zijn wangen en lachte vol genegenheid naar hem.

'Je moeder kan heel kwaad worden als ze wil en die man was vast heel dom,' zei ze. 'Je moeder is een heel kwaaie jongedame.'

'Heel fijn, Sal, bedankt,' zei ik en boog me voorover om haar een kus op haar voorhoofd te geven. 'Ik bel je vanavond.'

'Zou je me een plezier willen doen?' vroeg ze, en daarna verzocht ze me of ik in het vervolg, als ik belde, de telefoon tweemaal wilde laten overgaan, dan op te hangen en nogmaals te bellen. 'Dan weet ik dat jij het bent,' legde ze uit. 'Ik ben niet zo snel in huis met de rolstoel.'

Voor het eerst voelde ik toen echt een steek van bezorgdheid: dat verzoek leek inderdaad een voorbode van een beginnende geestesziekte of begoocheling, maar ze zag de blik in mijn ogen.

'Ik weet wat je denkt, Ruth,' zei ze, 'maar je hebt het helemaal mis, helemaal verkeerd.' Ze stond op uit de stoel, rijzig en gedecideerd. 'Wacht maar even,' zei ze en ging naar boven.

'Heb je oma weer boos gemaakt?' vroeg Jochen zacht, beschuldigend.

'Nee.'

Mijn moeder kwam de trap af – moeiteloos, kwam het me voor – met onder haar arm een dikke bruine map die ze mij toestak. 'Ik wil dat je dit leest,' zei ze.

Ik nam de map aan. Er zaten tientallen vellen papier in, zo te zien, van verschillende soort en afmeting. Ik maakte de map open. Bovenop lag een titelpagina: *Het verhaal van Eva Delec-torskaya.*

'Eva Delectorskaya,' zei ik verwonderd. 'Wie is dat?'

'Dat ben ik,' zei ze. 'Ik ben Eva Delectorskaya.'

Het verhaal van Eva Delectorskaya

Parijs, 1939

Eva Delectorskaya zag de man voor het eerst op de begrafenis van haar broer Kolia. Op de begraafplaats stond hij een beetje apart van de andere rouwdragers. Hij had een hoed op – een oude bruine deukhoed – wat haar als vreemd trof. Ze beet zich vast in dat detail en liet zich erdoor dwarszitten: wat voor man droeg een bruine deukhoed naar een begrafenis? Wat was dat voor teken van respect? En ze greep dat aan als een manier om zich tegen haar immense boze verdriet teweer te stellen zodat ze er niet door werd overweldigd.

Terug in het appartement begon haar vader echter te snikken nog voor de andere rouwdragers arriveerden, en Eva merkte dat ze haar tranen evenmin kon bedwingen. Haar vader hield een ingelijste foto van Kolia in beide handen, greep hem stevig vast alsof het een vierkant stuurwiel was. Eva legde haar hand op zijn schouder en veegde met haar andere snel de tranen van haar wangen. Ze wist niets te bedenken om tegen hem te zeggen. Toen kwam Irène, haar stiefmoeder, binnen met een rinkelend dienblad waarop een karaf cognac en een sortering piepkleine glaasjes stond, niet groter dan een vingerhoed. Ze zette het neer en ging terug naar de keuken om een schaal met gesuikerde amandelen te halen. Eva hurkte voor haar vader neer en bood hem een glaasje aan.

'Papa, neem een slokje,' jammerde ze tegen hem, niet in staat om haar stem in bedwang te houden. 'Kijk, kijk, ik neem er ook eentje.' Ze dronk wat cognac en voelde haar lippen branden.

Ze hoorde hoe zijn dikke tranen op het glas van de foto vielen. Hij keek naar haar op en trok haar met één arm naar zich toe en gaf haar een kus op haar voorhoofd.

Hij fluisterde: 'Hij was nog maar vierentwintig... Vierentwintig?' Het was alsof Kolia's leeftijd echt totaal niet te geloven was, alsof iemand tegen hem had gezegd: 'Uw zoon is in rook opgegaan,' of 'Uw zoon heeft vleugels gekregen en is weggevlogen.'

Irène kwam naar hen toe en pakte hem voorzichtig de foto af, wrikte zachtjes zijn vingers open.

'Mange, Sergei,' zei ze tegen hem. *'Bois — il faut boire.'*

Ze zette de foto weg op een tafeltje en begon de kleine glaasjes op het dienblad vol te schenken. Eva stak haar vader de schaal met gesuikerde amandelen toe en hij nam er wat van, afwezig, en liet er een paar op de vloer vallen. Ze nipten van hun cognac en knabbelden op de noten en hadden het over koetjes en kalfjes: dat ze blij waren dat het een bewolkte, windstille dag was, dat zonneschijn misplaatst zou zijn geweest, hoe fijn het was dat de oude Monsieur Dieudonné helemaal uit Neuilly was gekomen en hoe schamel en smakeloos het droogboeket van de Loessipovs was geweest. Gedroogde bloemen, nou ja! Eva zat voortdurend naar de foto van Kolia te gluren, lachend in zijn grijze pak, alsof hij geamuseerd naar het gebabbel luisterde, een plagerige blik in zijn ogen, tot ze de onbevattelijkheid van zijn dood, het grievende van zijn afwezigheid als een vloedgolf voelde oprijzen en ze haar blik afwendde. Gelukkig werd er aangebeld en Irène stond op om de eerste gasten te verwelkomen. Eva bleef bij haar vader zitten en hoorde de gedempte klanken van ingehouden conversatie terwijl jassen en hoeden werden weggehangen, en zelfs gesmoord gelach als blijk van die curieuze mengeling van medeleven en uitbundige opluchting die na een begrafenis onverwachts in mensen opwelt.

Toen Eva's vader het gelach hoorde keek hij haar aan, en hij snoof en haalde vertwijfeld, hulpeloos, zijn schouders op, als een man die het antwoord op de eenvoudigste vraag schuldig moest blijven, en ze zag hoe oud hij ineens was. 'Alleen jij en ik nog, Eva,' zei hij, en ze wist dat hij aan zijn eerste vrouw moest denken, aan Maria – zijn Masja, haar moeder – en aan haar dood al die jaren geleden aan de andere kant van de wereld. Eva was toen veertien geweest, Kolia tien, en ze hadden gedrieën hand in hand op de begraafplaats voor buitenlanders in Tianjin gestaan, de lucht vol met door de wind afgewaaide bloesems, flarden van bloemblaadjes van de enorme witte wisteria die tegen de muur van de begraafplaats groeide – net sneeuwvlokken, net dikke zachte confetti. 'Nu zijn we nog maar met z'n drieën,' had hij toen gezegd terwijl ze naast het graf van hun moeder stonden, en hij had heel hard in hun hand geknepen.

'Wie was die man met die bruine deukhoed?' vroeg Eva, die het weer te binnen schoot en van onderwerp wilde veranderen.

'Welke man met een bruine deukhoed?' vroeg haar vader.

Toen schuifelden de Loessipovs behoedzaam de kamer binnen, bescheten glimlachend, en ze hadden haar mollige nicht Tania met haar nieuwe echtgenootje bij zich, en de verwarrende vraag over de man in de bruine deukhoed was voor even vergeten.

Drie dagen later zag ze hem echter weer, 's maandags – de eerste dag dat ze weer naar haar werk was gegaan – toen ze uit kantoor kwam om te gaan lunchen. Hij stond onder de luifel van de *épicerie* aan de overkant en droeg een lange tweed overjas – donkergroen – en zijn uit de toon vallende deukhoed. Hij ving haar blik op, knikte en glimlachte, en stak de straat over om haar te begroeten. Hij nam zijn hoed af bij zijn nadering.

Hij sprak in uitstekend, accentloos Frans: 'Mademoiselle Delectorskaya, mijn oprechte deelneming met uw broer. En mijn excuses dat ik u op de begrafenis niet heb aangesproken, maar dat leek me niet gepast, met name omdat Kolia ons nooit aan elkaar heeft voorgesteld.'

'Ik had me niet gerealiseerd dat u Kolia kende.' Door dat feit was ze al uit haar doen gebracht; ze kon niet goed nadenken en voelde iets van paniek – dat sloeg nergens op.

'O zeker. We waren niet echt vrienden maar goede kennissen, laten we zeggen.' Hij boog zijn hoofd even en ging verder, deze keer in vlekkeloos Engels met een accent. 'Neem me niet kwalijk, mijn naam is Lucas Romer.'

Het was het accent van de hogere kringen, aristocratisch, maar Eva bedacht onmiddellijk dat deze Lucas Romer er volstrekt niet Engels uitzag. Hij had golvend zwart haar dat van voren wat dunner werd en achterover was gekamd, en hij was in feite – ze zocht naar het goede woord – getaand, met dikke, rechte wenkbrauwen, net twee horizontale strepen onder zijn hoge voorhoofd en boven zijn ogen, die van een vaal blauwachtig grijs waren (ze lette altijd op de kleur van de ogen van mensen). Hij was gladgeschoren maar desondanks lag er een dicht metalig zweem van opkomende stoppels over zijn kaken.

Hij voelde dat ze hem monsterde en streek in een reflex met zijn hand door zijn dunner wordende haar. 'Heeft Kolia nooit over mij gesproken?' vroeg hij.

'Nee,' zei Eva, nu zelf ook in het Engels. 'Nee, hij heeft het tegen mij nooit over ene Lucas Romer gehad.'

Hij moest om een of andere reden glimlachen om dat antwoord en liet daarbij heel witte, regelmatige tanden zien. 'Heel goed,' zei hij bedachtzaam knikkend om zijn genoegen te tonen, en toen voegde hij eraan toe: 'Zo heet ik echt, trouwens.'

'Daar twijfel ik ook geen moment aan,' zei Eva terwijl ze haar hand naar hem uitstak. 'Het was een genoegen om kennis met u te maken, meneer Romer. Wilt u me nu excuseren want ik heb maar een halfuur om te lunchen.'

'Nee hoor. U hebt twee uur. Ik heb Monsieur Frellon verteld dat ik u meeneem naar een restaurant.'

Monsieur Frellon was haar baas. Punctualiteit van zijn personeel was een obsessie van hem.

'Waarom zou Monsieur Frellon dat toestaan?'

'Omdat hij in de veronderstelling verkeert dat ik vier stoomschepen van hem ga charteren en dat ik geen woord Frans spreek en dat ik daarom de details met zijn vertaalster moet bespreken.' Hij draaide zich om en wees met zijn hoed. 'Ik weet een tentje op de Rue du Cherche-Midi met voortreffelijke fruits de mer. Houdt u van oesters?'

'Ik gruw van oesters.'

Hij glimlachte toegeeflijk tegen haar, alsof ze een stuurs kind was, maar deze keer zonder zijn witte tanden te tonen. 'Dan zal ik u laten zien hoe je een oester eetbaar maakt.'

Het restaurant heette Le Tire Bouchon en Lucas Romer liet haar inderdaad zien hoe je een oester eetbaar maakte (met rode wijnazijn, gehakte sjalotjes, zwarte peper en citroensap, en met een stukje beboterd bruinbrood erachteraan). In wezen vond Eva oesters af en toe best lekker, maar ze had de ontzaglijke zelfverzekerdheid van die merkwaardige man een knauw willen geven.

Onder het eten (*sole bonne femme* na de oesters, kaas, *tarte tatin*, een half flesje Chablis en een hele fles Morgon) praatten ze over Kolia. Het was duidelijk dat Romer al Kolia's relevante biografische gegevens kende – zijn leeftijd, zijn opleiding, de vlucht van het gezin uit Rusland na de Revolutie van 1917, de dood van hun moeder in China, de hele kroniek van de zwerftocht van de Delectorski's van St.-Petersburg naar Wladiwostok naar Tianjin naar Sjanghai naar Tokio en ten slotte naar Berlijn, in 1926, en toen uiteindelijk, in 1928, naar Parijs. Hij wist van het huwelijk van Sergei Pavlovitsj Delectorski met de kinderloze weduwe Irène Argenton in 1932 en de bescheiden financiële opleving in het familiefortuin door de bruidsschat van Madame Argenton. Hij was zelfs van meer dingen op de hoogte, ontdekte Eva: van de recente hartproblemen van haar vader, van zijn verslechterende gezondheid. Als hij zoveel over Kolia weet, dacht Eva, dan vraag ik me af hoeveel hij over mij weet?

Hij had koffie voor hen beiden besteld en een *eau de vie* voor zichzelf. Hij bood haar een sigaret aan uit een gebutst zilveren etui; ze nam er een en hij stak hem voor haar aan.

'U spreekt voortreffelijk Engels,' zei hij.

'Ik ben half Engels,' vertelde ze hem, alsof hij dat niet wist. 'Wijlen mijn moeder was Engels.'

'Dus u spreekt Engels, Russisch en Frans. Verder nog iets?'

'Ik spreek ook Duits. Redelijk, niet vloeiend.'

'Goed… Hoe gaat het overigens met uw vader?' vroeg hij. Hij stak zijn eigen sigaret op, leunde achterover en blies de rook theatraal naar het plafond.

Eva zweeg even, niet precies wetend wat ze deze man kon vertellen, deze totaal onbekende figuur die zich als een intimus gedroeg, als familie, een bezorgde oom die snakte naar nieuws over de familie. 'Niet best. Hij is er helemaal kapot van, in feite, zoals wij allemaal. De schok – het is onvoorstelbaar… Kolia's dood zou wel eens zijn einde kunnen betekenen, denk ik. Mijn stiefmoeder maakt zich vreselijk zorgen.'

'O, ja. Kolia was dol op jullie stiefmoeder.'

Eva wist maar al te goed dat Kolia's verhouding met Irène op zijn zachtst gezegd gespannen was geweest. Madame Argenton vond Kolia nogal een nietsnut, een dromer, maar dan een waar ze zich aan stoorde.

'De zoon die ze nooit heeft gehad,' voegde Romer eraan toe.

'Heeft Kolia u dat verteld?' vroeg Eva.

'Nee. Ik zit te gissen.'

Eva drukte haar sigaret uit. 'Ik moet weer eens terug,' zei ze terwijl ze opstond. Romer zat op een irritante manier naar haar te grijnzen. Ze had het idee dat hij genoegen schiep in haar plotselinge koelheid, haar abruptheid, alsof ze voor een of andere minder belangrijke test was geslaagd.

'Vergeet u niet iets?' vroeg hij.

'Ik geloof het niet.'

'Ik word geacht vier stoomschepen van Frellon, Gonzales et Cie te charteren. Neem nog een kopje koffie, dan kunnen we de details invullen.'

Terug op kantoor kon Eva met volstrekte geloofwaardigheid aan Monsieur Frellon de tonnages, vaarschema's en aanleghavens van Romers planning doorgeven. Monsieur Frellon was zeer in zijn nopjes met het resultaat van haar langdurige lunch: Romer was een 'grote vis die we graag binnenhalen', zei hij de hele tijd. Het drong tot Eva door dat Romer haar niet had verteld waar, hoe en wanneer hij Kolia had leren kennen, ook al had ze dat twee of drie keer aangekaart.

Twee dagen later zat Eva in de metro op weg naar haar werk toen ze Romer op Place Clichy in haar rijtuig zag stappen. Hij lachte en zwaaide naar haar langs de andere forensen heen. Eva wist meteen dat het geen toeval was; het toeval speelde volgens haar geen grote rol in het leven van Lucas Romer. Ze stapten uit bij Sèvres-Babylone en samen gingen ze op weg naar het kantoor aangezien Romer, zo vertelde hij, een afspraak met Monsieur Frellon had. Het was een grauwe dag met schapenwolkjes aan de hemel waar af en toe zonlicht doorheen brak; een plotseling opstekende wind rukte aan haar rok en de paarsblauwe sjaal om haar hals. Toen ze bij het cafeetje op de hoek van de Rue de Varenne en de Boulevard Raspail kwamen, stelde Romer voor om daar even naar binnen te gaan.

'En uw afspraak dan?'

'Ik heb gezegd dat ik in de loop van de ochtend langs zou komen.'

'Maar dan kom ik te laat,' zei ze.

'Dat vindt hij vast niet erg. We hebben een zakelijk gesprek. Ik bel hem wel.' Hij liep naar de bar om muntjes voor de openbare telefoon te kopen. Eva ging bij het raam zitten, niet ontstemd maar nieuwsgierig, met de gedachte: wat voor spelletje speelt u eigenlijk, meneer Lucas Romer? Is dit een seksspelletje met mij of een zakenspelletje met Frellon, Gonzales et Cie? Als het om seks ging verspilde hij zijn tijd. Ze vond Lucas Romer niet aantrekkelijk. Ze trok te veel mannen aan maar zelf voelde ze zich tot heel weinig mannen aangetrokken, een erg scheve verhouding. Het was een prijs die je soms voor schoonheid moest betalen: ik maak je mooi, besluiten de goden, maar ik maak je ook ontzettend veeleisend. Ze had geen zin om zo vroeg in de morgen over de weinige gecompliceerde, ongelukkige liefdesaffaires in haar leven na te denken en dus pakte ze een krant van zijn haak. Ze had het idee dat dit geen seksspelletje was; het ging ergens anders om, er broeide een andere intrige. De krantenkoppen gingen allemaal over de oorlog in Spanje, over de *Anschluss,* over de executie van Boecharin in de USSR. Het vocabulaire knarste van agressie: herbewapening, territorium, herstelbetalingen, wapens, intimidatie, dreigementen, oorlog en toekomstige oorlogen. Ja, dacht ze, Lucas Romer heeft een andere beweegreden, maar ze zou moeten afwachten wat die was.

'Geen enkel probleem.' Hij stond voor haar met een glimlach op zijn gezicht. 'Ik heb koffie voor u besteld.'

Ze vroeg hoe Monsieur Frellon had gereageerd en Romer verzekerde haar dat Monsieur Frellon opgetogen was over hun fortuinlijke ontmoeting. Hun koffie werd gebracht en Romer leunde op zijn gemak achterover. Hij deed royaal suiker in zijn *express* en roerde naarstig. Eva sloeg hem gade terwijl ze haar krant terughing, keek naar zijn donkere gezicht, zijn ietwat groezelige, gekreukte slappe boord, zijn smalle gestreepte stropdas. Wat zou je hebben gedacht: een universitair docent? Een tamelijk geslaagde schrijver? Een hogere ambtenaar? Geen cargadoor, in elk geval. Dus waarom zat ze daar in dat café met die wonderlijke Engelsman terwijl ze er niet echt zin in had? Ze besloot hem op de proef te stellen: ze zou hem naar Kolia vragen.

'Wanneer hebt u Kolia leren kennen?' vroeg ze terwijl ze zo terloops mogelijk een sigaret uit een pakje in haar handtas nam en hem er geen aanbood.

'Zowat een jaar geleden. We hebben elkaar op een feest ter gelegenheid van de publicatie van een boek ontmoet. We raakten aan de praat, ik vond hem heel aardig –'

'Welk boek?'

'Dat weet ik niet meer.'

Ze ging verder met haar kruisverhoor en merkte dat Romer er steeds meer plezier in kreeg; hij vond dit leuk, zag ze, en dat begon haar te ergeren. Dit was geen tijdverdrijf of loos geflirt – haar broer was dood en ze vermoedde dat Romer veel meer over Kolia's dood wist dan hij wilde toegeven.

'Waarom was hij op die bijeenkomst?' vroeg ze. 'De Action Française, mijn hemel, Kolia was toch geen fascist?'

'Natuurlijk was hij geen fascist.'

'Waarom was hij daar dan?'

'Omdat ik had gevraagd of hij wou gaan.'

Daar schrok ze van. Ze vroeg zich af waarom Lucas Romer aan Kolia Delectorski zou vragen om naar een bijeenkomst van de Action Française te gaan, en waarom Kolia toe zou stemmen, maar ze kon geen snel of simpel antwoord bedenken.

'Waarom had u hem gevraagd om daarheen te gaan?' vroeg ze.

'Omdat hij voor me werkte.'

De hele dag op kantoor moest Eva, terwijl ze haar werk probeerde te doen, aan Romer en diens verbijsterende antwoorden op haar vragen denken. Hij had na zijn verklaring dat Kolia voor hem werkte een abrupt einde aan hun gesprek gemaakt: hij had naar voren geleund en haar strak aangekeken, alsof hij wilde benadrukken: zeker, Kolia werkte voor mij, Lucas Romer. En toen had hij opeens aangekondigd dat hij weg moest, hij had afspraken, jeetje, kijk eens hoe laat het is.

In de metro op weg naar huis, na kantoortijd, probeerde Eva methodisch te zijn, probeerde ze dingen met elkaar in verband te brengen zodat de verschillende irrelevante stukjes informatie in elkaar grepen, maar het lukte niet. Lucas Romer had Kolia op een feest leren kennen, ze waren vrienden geworden – meer dan vrienden, zo te horen, een soort collega's, met Kolia die in een niet nader genoemde hoedanigheid voor Romer werkte… Voor wat voor werk zou je naar een bijeenkomst van de Action Française in Nanterre gaan? En op die bijeenkomst was Kolia Delectorski de zaal uit geroepen voor een telefoontje, voor zover de politie had kunnen vaststellen. Er waren mensen die zich herinnerden dat hij midden in de belangrijkste toespraak, die van Charles Maurras nog wel, was weggelopen, dat er een zaalwachter door het gangpad naar hem toe was gegaan om hem een briefje te overhandigen, dat er een beetje commotie was ontstaan door zijn vertrek. En daarna het interval van drie kwartier – de laatste drie kwartier van Kolia's leven – waar geen getuigen bij waren. Mensen die de zaal (een grote bioscoop) verlieten door de zij-ingangen hadden zijn verwrongen lichaam in de steeg achter de bioscoop gevonden, in een glanzende plas stollend bloed op de straatklinkers, met een ernstige wond – van diverse zware slagen – op zijn achterhoofd. Wat was er in die laatste drie kwartier van Kolia Delectorski's leven gebeurd? Toen hij werd gevonden was zijn portefeuille weg, was zijn horloge weg en was zijn hoed weg. Maar welke dief vermoordt een man en steelt dan zijn hoed?

Eva liep de Rue des Fleurs in, peinzend over Kolia, zich afvragend waarom hij voor een man als Romer was gaan 'werken' en waarom hij haar nooit iets over die zogenaamde baan had verteld. En wie was Romer om Kolia, een muziekleraar, een baan aan te bieden die zijn leven in gevaar zou brengen? Een baan die hem zijn leven had gekost? Een baan als wat, en waarvoor, wilde ze weten? Voor zijn scheepvaartmaatschappij? Zijn internationale zaken? Ze merkte dat ze sardonisch stond te grijnzen om de absurditeit van het hele idee terwijl ze haar twee gebruikelijke baguettes kocht. Ze probeerde Benoîts gretig-ontvankelijke glimlach om wat hij aanzag voor haar frivoliteit te negeren en werd meteen weer ernstig. Benoît – nog een man die haar begeerde.

'Hoe gaat het met u, Mademoiselle Eva?' vroeg Benoît terwijl hij haar geld aannam.

'Niet zo best,' zei ze. 'De dood van mijn broer – snapt u wel.'

Zijn gezicht vertrok, werd lang van medeleven. 'Vreselijk, vreselijke gebeurtenis,' zei hij. 'In wat voor tijd leven we toch.'

In elk geval kan hij me nu een poos niet meer mee uit vragen, dacht Eva terwijl ze wegliep. Ze stak de kleine binnenplaats van het appartementengebouw over en stapte door de kleine deur in de grote deur. Ze groette Madame Roisanssac, de conciërge, met een hoofdknik. Ze liep de twee trappen op, liet zichzelf binnen, legde het brood in de keuken en liep door naar de salon terwijl ze bedacht: nee, ik kan vanavond niet weer binnenblijven, met papa en Irène – ik ga naar de film, die film die in de Rex draait, *Je suis partout* – ik moet zorgen dat ik wat afwisseling krijg, dacht ze, een beetje ruimte, wat tijd voor mezelf.

Ze liep de salon in en Romer kwam met een lome wel-komstglimlach overeind. Haar vader ging voor hem staan en zei met geveinsde afkeuring in zijn slechte Engels: 'Eva, toe, waarom jij niet vertellen jij ontmoeten meneer Romer?'

'Het leek me niet belangrijk,' zei Eva. Ze wendde haar blik geen moment van Romers ogen af en probeerde volslagen neu-traal, volslagen onaangedaan te kijken. Romer stond maar te glimlachen; hij was heel bedaard en netter gekleed, zag ze, in een donkerblauw pak met een wit overhemd en een andere ge-streepte Engelse stropdas.

Haar vader liep te redderen, trok een stoel bij voor haar, keuvelde wat – 'Meneer Romer hij kennen Kolia, geloof je niet, hè?' – maar Eva hoorde alleen maar een schril koor van vra-gen en uitroepen in haar hoofd: Hoe durft u hier te komen! Wat hebt u papa verteld? De onbeschaamdheid! Wat dacht u dan dat ik zou zeggen? Ze zag de glazen en de fles port op het zilveren dienblad, zag de schaal met gesuikerde amandelen en besefte dat het Romer geen moeite had gekost om dit welkom te arrangeren, vertrouwend op de troost die hij met zijn be-zoek bracht. Hoe lang zat hij hier al? vroeg ze zich af terwijl ze naar het niveau van de port in de fles keek. Iets in haar va-ders stemming wees op meer dan een glas ieder.

Haar vader dwong haar zowat met geweld om te gaan zit-ten; ze wees het glas port dat ze dolgraag wilde van de hand. Ze zag dat Romer kies achteroverleunde, één been nonchalant over het andere geslagen, dat berekenende glimlachje op zijn gezicht. Het was de glimlach, realiseerde ze zich, van iemand die ervan overtuigd was dat hij precies wist wat er ging ge-beuren.

Vastbesloten om hem te dwarsbomen stond ze op. 'Ik moet weg,' zei ze. 'Anders kom ik te laat voor de film.'

Op een of andere manier was Romer eerder bij de deur dan zij, met zijn hand om haar linkerelleboog om haar tegen te houden. Hij wendde zich tot haar vader. 'Meneer Delectorski, zou ik ergens onder vier ogen met Eva kunnen praten?'

Ze werden in de werkkamer van haar vader gelaten, een klei-ne slaapkamer aan het einde van de gang die was opgesmukt met stijve, vormelijke fotoportretten van leden van de Delectorski-familie en waarin een bureau, een divan en een boekenkast met zijn Russische lievelingsschrijvers stonden: Lermontov, Poesjkin, Toergenjev, Gogol, Tsjechov. Het rook er naar sigaren en de pommade die haar vader in zijn haar deed. Eva liep naar het raam en zag Madame Roisanssac de was van haar gezin ophangen. Ze voelde zich opeens heel slecht op haar gemak; ze had gedacht dat ze wel wist hoe ze met Romer moest omgaan maar nu ze met hem alleen was in die kamer – alleen in haar vaders kamer – was het allemaal plotseling anders.

En alsof hij dat voelde was Romer ook anders: de aanmatigende zelfverzekerdheid was verdwenen en vervangen door een houding die directer was, vinniger en persoonlijker. Hij verzocht haar met klem om te gaan zitten en trok vanachter het bureau een stoel voor zichzelf bij die hij tegenover haar zette, alsof er een soort verhoor zou komen. Hij bood haar een sigaret aan uit zijn gehavende etui en ze nam er een maar zei toen nee, dank u, voor mij niet, en gaf hem weer terug. Ze sloeg hem gade terwijl hij de sigaret weer in zijn etui deed, duidelijk enigszins geïrriteerd. Eva had het gevoel dat ze een klein, nietig overwinninkje had behaald – alles telde mee om dat enorme laconieke zelfvertrouwen al was het maar voor even te ondermijnen.

'Kolia werkte voor mij toen hij werd vermoord,' zei Romer.

'Dat hebt u verteld.'

'Hij is door fascisten vermoord, door nazi's.'

'Ik dacht dat hij was beroofd.'

'Hij was...' Hij aarzelde. 'Hij was met een gevaarlijke opdracht bezig en hij werd ontmaskerd. Ik denk dat hij is verlinkt.'

Eva wilde iets zeggen maar besloot te zwijgen. In de stilte pakte Romer zijn sigarettenetui weer en doorliep het hele omslachtige ritueel: hij stak de sigaret in zijn mond, klopte op zijn zakken voor zijn aansteker, haalde de sigaret weer uit zijn mond, tikte met beide uiteinden op het etui, trok de asbak op haar vaders bureau naar zich toe, stak de sigaret aan, inhaleerde diep en blies de rook krachtig uit. Eva zat ernaar te kijken en probeerde volstrekt onbewogen te blijven.

'Ik werk voor de Britse regering,' zei hij. 'Je snapt wat ik bedoel...'

'Ja,' zei Eva. 'Ik geloof van wel.'

'Kolia werkte ook voor de Britse regering. Hij probeerde op mijn instructies te infiltreren in de Action Française. Hij had zich bij hen aangesloten en bracht aan mij verslag uit over ontwikkelingen waarvan hij meende dat ze interessant voor ons konden zijn.' Hij zweeg, en toen hij zag dat ze niets ging zeggen leunde hij naar voren en zei op bedaarde toon: 'Er breekt over een halfjaar of een jaar een oorlog uit tussen nazi-Duitsland en een aantal Europese landen, daar kun je van verzekerd zijn. Je broer was onderdeel van de inspanningen om die oorlog te voorkomen.'

'Wat wilt u daarmee zeggen?'

'Dat hij een heel moedig mens was. Dat hij niet voor niets is gestorven.'

Eva hield de sardonische lach die in haar keel opwelde in bedwang en voelde vrijwel meteen tranen in haar ogen schieten. 'Nou, was hij maar een laf mens geweest,' zei ze, en ze probeerde de trilling uit haar stem te weren. 'Dan was hij helemaal niet gestorven. Dan had hij hier over tien minuten binnen kunnen komen, in feite.'

Romer stond op en liep naar het raam waar ook hij Madame Roisanssac gadesloeg die haar was ophing. Toen draaide hij zich om en ging hij op de rand van haar vaders bureau zitten. Hij keek haar strak aan. 'Ik wil je Kolia's baan aanbieden,' zei hij. 'Ik wil dat je voor ons komt werken.'

'Ik heb al een baan.'

'Je krijgt een salaris van £500 per jaar. Je wordt Brits staatsburger met een Brits paspoort.'

'Nee dank u.'

'Je zult in Engeland worden getraind en in diverse hoedanigheden voor de Britse regering werken, net als Kolia.'

'Nee bedankt. Ik ben heel gelukkig in mijn huidige werk.'

En opeens, heel ongerijmd, wilde ze dat Kolia de kamer binnen zou komen – Kolia met zijn spottende lachje en zijn slome charme – om haar te vertellen wat ze moest doen, wat ze moest zeggen tegen die man met zijn hardnekkige blik en zijn hardnekkige verzoeken aan haar. Wat wil je dat ik doe, Kolia? Ze hoorde de vraag door haar hoofd schallen. Zeg maar wat ik moet doen, dan doe ik het.

Romer stond op. 'Ik heb met je vader gesproken, en ik stel voor dat jij dat ook doet.' Hij liep naar de deur en legde twee vingers tegen zijn voorhoofd alsof hem net iets was ontschoten. 'Ik zie je morgen, of overmorgen. Denk serieus na over mijn voorstel, Eva, en wat het voor jou en je familie betekent.' Toen leek zijn stemming opeens om te slaan, alsof hij door een plotseling vuur werd gegrepen, en zakte het masker even. 'Om godswil, Eva,' zei hij, 'je broer is vermoord door die schoften, dat smerige geteisem. Je hebt de kans om je te wreken, om ze te laten boeten.'

'Dag, meneer Romer, het was een genoegen om kennis met u te maken.'

Eva keek uit het coupéraam naar het voorbijschietende Schotse platteland. Het was zomer maar onder de lage fletse lucht hing nog een herinnering aan de ontberingen van vele winters in het landschap, vond ze – de kleine, taaie bomen die waren gekromd en vervormd door de overheersende wind, het gras dat in pollen groeide, de zachtgroene heuvels met hun korsten van donkere lappen heide. Het mag dan zomer zijn, scheen het land te zeggen, maar ik blijf op mijn hoede. Ze dacht aan andere landschappen die ze gedurende haar leven vanuit treinen had gezien; in feite kwam het haar weleens voor dat haar hele leven uit treinreizen bestond, met reeksen onbekende landschappen die ze door de ramen voorbij had zien flitsen. Van Moskou naar Wladiwostok, van Wladiwostok naar China... Luxueuze wagons-lits, militaire treinen, goederentreinen, boemeltreinen, dagen die stationair werden doorgebracht, treinloos, wachtend op een andere locomotief. Soms overvolle wagons, ondraaglijk, overmand door de stank van samengepakte mensenlijven, soms de melancholie van lege coupés, het eenzame geratel van de wielen in hun oren, nacht na nacht. Soms reisde ze licht met één koffertje, soms beladen met al hun bezittingen, als weerloze vluchtelingen, leek het wel. Al die reizen: van Hamburg naar Berlijn, van Berlijn naar Parijs, en nu van Parijs naar Schotland. Nog steeds op weg naar een onbekende bestemming, hield ze zich voor, en ergens wenste ze dat ze meer opwinding voelde, meer romantiek.

Eva keek op haar horloge – nog tien minuten te gaan naar Edinburgh, schatte ze. In haar coupé zat een zakenman van middelbare leeftijd boven zijn boek te knikkebollen, zijn gelaatstrekken slap en lelijk in ruste. Eva haalde haar nieuwe paspoort uit haar handtas en bekeek het voor misschien wel de honderdste keer. Het was afgegeven in 1935 en er stonden douanestempels van bepaalde Europese landen in: België, Portugal, Zwitserland en, interessant genoeg, de Verenigde Staten van Amerika. Allemaal landen die ze had bezocht, blijkbaar. De foto was wazig en overbelicht; het leek of zij het was – een grimmiger, koppiger Eva (waar hadden ze hem gevonden?) – maar zelfs zij kon niet zeggen of hij honderd procent echt was. Haar naam, haar nieuwe naam, was Eve Dalton. Eva Delectorskaya wordt Eve Dalton. Waarom niet Eva? Ze veronderstelde dat 'Eve' Engelser was, en hoe dan ook, Romer had haar niet de keus gelaten om zelf een naam te bedenken.

Die avond, nadat Romer zich zo dwingend had opgesteld en was vertrokken, was ze naar de salon gegaan om met haar vader te praten. Een baan voor de Britse regering, vertelde ze hem, £500 per jaar, een Brits paspoort. Hij wendde verrassing voor maar het was zonneklaar dat Romer hem tot op zekere hoogte had ingelicht.

'Dan ben je een Brits staatsburger, met een paspoort,' zei haar vader. Zijn gezicht stond zo ongelovig dat het haast abject was, alsof het ondenkbaar was dat een onbeduidende persoon als hij een dochter had die Brits staatsburger was. 'Weet je wel wat ik ervoor over zou hebben om Brits staatsburger te zijn?' vroeg hij terwijl hij de hele tijd met zijn linkerhand een zagende beweging langs zijn rechterelleboog maakte.

'Ik vertrouw hem niet,' zei Eva. 'Waarom zou hij al die moeite voor me doen?'

'Niet voor jou, voor Kolia. Kolia werkte voor hem. Kolia is gestorven terwijl hij voor hem werkte.'

Ze schonk zichzelf een glaasje port in, nam een slok en hield die heerlijke zoetheid een paar tellen in haar mond voor ze de port doorslikte. 'Werken voor de Britse regering, u weet wat dat inhoudt,' zei ze.

Hij kwam naar haar toe en pakte haar handen vast. 'Er zijn talloze manieren om voor de Britse regering te werken.'

'Ik ga nee zeggen. Ik ben hier gelukkig in Parijs, in mijn baan.'

Weer drukte haar vaders gezicht een emotie uit die zo heftig was dat het haast een parodie was: nu was het een verbijstering, een onbegrip dat zo totaal was dat het hem duizelde. Hij ging zitten als om dat te illustreren. 'Eva, denk even na: je moet het doen,' zei hij ernstig, gewichtig. 'Maar doe het niet om het geld, of om het paspoort, of om in Engeland te kunnen gaan wonen. Het is simpel: je moet het om Kolia doen, om je broer.' En hij wees naar Kolia's lachende gezicht op de foto. 'Kolia is dood,' vervolgde hij suffig, haast zwakzinnig, alsof hij nu pas de werkelijkheid van zijn dode zoon onder ogen zag. 'Vermoord. Hoe zou je het kunnen weigeren?'

'Goed, ik zal erover nadenken,' zei ze kalm, vastbesloten om zich niet door zijn emoties te laten beïnvloeden, maar terwijl ze de kamer uitliep besefte ze al dat haar vader precies had gezegd waar het om ging, ongeacht wat haar rationele kant haar voorhield (weeg alles af, neem de tijd, dit is jouw leven dat in het geding is). Uiteindelijk had het niets te maken met geld of met een paspoort of met veiligheid: Kolia was dood. Kolia was vermoord. Ze moest het doen voor Kolia, zo eenvoudig was het.

Ze zag Romer twee dagen later aan de overkant van de straat toen ze ging lunchen. Hij stond onder de luifel van de épicerie, net als op die eerste dag. Deze keer wachtte hij tot zij naar hem toe kwam, en terwijl ze de straat overstak werd ze bekropen door een gevoel van hevig onbehagen, alsof ze heel bijgelovig was en zich zojuist een uitermate slecht voorteken aan haar had geopenbaard. Ze vroeg zich nogal dwaas af of dat het gevoel is dat mensen ervaren wanneer ze toestemmen om met iemand te trouwen.

Ze gaven elkaar een hand en Romer leidde haar naar hun vorige café. Ze namen plaats, bestelden iets te drinken en Romer gaf haar een bruine envelop. Er zat een paspoort in, £50 in contanten en een treinbiljet van het Gare du Nord in Parijs naar het Waverley Station in Edinburgh.

'En als ik nee zeg?' vroeg ze.

'Dan geef je het gewoon terug. Niemand wil je dwingen.'

'Maar je hebt het paspoort al voor me klaar.'

Romer glimlachte zijn witte tanden bloot, en voor de eerste keer bedacht ze dat het een gemeende glimlach zou kunnen zijn.

'Je hebt geen idee hoe makkelijk het is om een paspoort te laten maken. Nee, ik dacht –' Hij zweeg en fronste. 'Ik ken jou niet zoals ik Kolia kende, Eva, maar ik dacht, om hem, en omdat je me aan hem doet denken, dat er misschien een kansje was dat je je bij ons aan zou sluiten.'

Eva moest mismoedig glimlachen bij de herinnering aan dat gesprek met zijn mengeling van oprechtheid en peilloze huichelarij, en ze leunde naar voren toen ze Edinburgh inreden en reikhalsde om naar het kasteel op de rots te kijken, zo goed als zwart, alsof het op de steenkoollaag stond waaruit het was opgetrokken. Ze minderden vaart terwijl ze eronder langsreden en gleden het station in. Er zaten nu flarden blauw tussen de jagende wolken; het was helderder, de lucht niet langer onbestemd flets, en misschien dat het kasteel en zijn rots daarom zo zwart leken.

Ze stapte uit de trein met haar koffer ('Maar één koffer,' had Romer aangedrongen) en wandelde het perron op. Hij had haar alleen maar verteld dat ze zou worden afgehaald. Ze keek om zich heen naar de gezinnen en stelletjes die elkaar begroetten en omhelsden, sloeg beleefd de diensten van een kruier af en liep de grote hal van Waverley Station in.

'Miss Dalton?'

Terwijl ze zich omdraaide bedacht ze hoe snel je aan een nieuwe naam went – ze was nog maar twee dagen Miss Eve Dalton. De man tegenover haar was gezet, met een te strak grijs pak en een te strakke boord.

'Ik ben stafsergeant Law,' zei de man. 'Wilt u mij alstublieft volgen.' Hij bood niet aan om haar koffer te dragen.

2   *Ludger Kleist*

'"Ja, dacht mevrouw Amberson, het kwam inderdaad door *mijn nietsdoen."*'

Hugues keek nog verwarder dan normaal, eigenlijk bijna in paniek. Hij werd toch al altijd in verwarring gebracht door de Engelse grammatica – fronsend, mompelend, in zichzelf pratend in het Frans – maar vandaag had ik hem in een hoek gedreven.

'Mijn nietsdoen – wat?' vroeg hij hulpeloos.

'Mijn nietsdoen – niets. Dat is een gerundium.' Ik probeerde kwiek en geïnteresseerd te kijken maar besloot op dat moment om de les met tien minuten in te korten. Ik voelde de druk van vertwijfelde concentratie in mijn hoofd – ik had een bijna verwoede ijver aan den dag gelegd om mijn geest bezig te houden – maar mijn aandacht begon erg te verslappen. 'We zullen ons morgen op het gerundium en het gerundivum storten,' zei ik terwijl ik het boek (*Life with the Ambersons*, vol. III) dichtsloeg. Toen werd ik me bewust van de agitatie die ik bij hem had gewekt en zei ik verontschuldigend: *'C'est très compliqué.'*

'Ah, bon.'

Net als Hugues had ik ook de buik vol van de familie Amberson en hun afmattende reis door het labyrint van de Engelse grammatica, maar ik zat nog aan hen vast als een dienstmeisje met een leercontract – vastgeketend aan de familie Amberson en hun afgrijselijke manier van leven – want de nieuwe leerling kon elk moment arriveren: nog twee uur te gaan in hun gezelschap.

Hugues trok zijn tweedcolbert aan – het was olijfgroen met een donkergrijze kraag en ik meende dat het van kasjmier was. Ik nam aan dat het de bedoeling was dat het eruitzag als het soort colbert dat een Engelsman in een of andere mythologische Engelse wereld zonder er verder bij na te denken zou aantrekken om zijn jachthonden te gaan verzorgen of met zijn rentmeester te overleggen of thee te drinken met zijn ongetrouwde tante, maar ik moest bekennen dat ik mijn eerste landgenoot nog tegen moest komen die zulke fraaie kleding met zo'n mooie snit droeg.

Hugues Corbillard stond in mijn kleine, benauwde werkkamer nadenkend over zijn blonde snor te strijken. Zijn gezicht stond nog steeds bekommerd; ik veronderstelde dat hij nog over het gerundium en het gerundivum stond te piekeren. Hij was een opkomende jonge manager bij P'TIT PRIX, een goedkope Franse supermarktketen, en was door zijn directie verplicht om zijn Engels te verbeteren zodat P'TIT PRIX nieuwe markten kon betreden. Ik mocht hem wel – eigenlijk mocht ik de meesten van mijn leerlingen wel – want Hugues was een zeldzame luilak: vaak sprak hij de hele les Frans tegen me terwijl ik Engels tegen hem sprak, maar vandaag was het een beetje een stormbaanexercitie geweest. Gewoonlijk spraken we over van alles behalve Engelse grammatica, van alles om de familie Amberson en hun doen en laten uit de weg te gaan – hun reisjes, hun kleine crises (sanitairproblemen, waterpokken, gebroken ledematen), bezoek van familie, kerstvakanties, examens van de kinderen enzovoorts – en ons gesprek keerde steeds vaker terug naar de ongewoon warme Engelse zomer: dat Hugues langzaam stikte in zijn snikhete pension, zijn onbegrip over het feit dat hij verplicht was om om zes uur 's avonds, terwijl de zon op de verzengde, verdorde tuin neerbeukte, een zetmeelrijke driegangenmaaltijd te eten. Als mijn geweten begon te steken en ik voor mijn gevoel moest protesteren en erop aandringen dat hij Engels sprak, zei Hugues met een verlegen, schuldbewuste glimlach dat het allemaal conversatie-oefeningen waren, *n'est-ce-pas?* Hij besefte dat hij de strikte bepalingen van het contract aan zijn laars lapte maar voor zijn begrip van het Engels was het toch vast goed, niet? Ik was het niet oneens met hem; ik verdiende £7 per uur door zo met hem te babbelen, en als hij gelukkig was dan was ik het ook.

Ik liep met hem mee door de flat naar de trap aan de achterkant. Ik woonde op de eerste verdieping en in de tuin zag ik meneer Scott, mijn huisbaas en tandarts, zijn merkwaardige oefeningen doen – zwaaien met zijn armen, stampen met zijn grote voeten – voordat de volgende patiënt zich in zijn spreekkamer beneden meldde.

Hugues nam afscheid en ik ging met de deur open in de keuken zitten wachten op mijn volgende leerling van Oxford English Plus. Dit was haar eerste dag en ik wist nauwelijks iets van haar behalve haar naam – Bérangère Wu –, haar niveau – tussen beginner en gevorderde –, en haar lesrooster – vier weken, twee uur per dag, vijf dagen per week. Een fijne regelmatige bron van inkomsten. Toen hoorde ik stemmen in de tuin en stapte ik uit de keuken op het bordes boven aan de smeedijzeren trap. Ik keek omlaag en zag dat meneer Scott ingespannen met een kleine vrouw in een bontjas stond te praten en herhaaldelijk naar het hek aan de voorkant wees.

'Meneer Scott?' riep ik. 'Ik denk dat ze voor mij komt.'

De vrouw – een jonge vrouw, een jonge Aziatische vrouw – beklom de trap naar mijn keuken. Ondanks de zomerhitte droeg ze een lange, kostbaar uitziende geelbruine bontjas die om haar schouders hing, en voor zover ik met een eerste blik kon vaststellen zagen haar andere kleren – de satijnen blouse, de camel pantalon, de zware juwelen – er ook duur uit.

'Hallo, ik ben Ruth,' zei ik en we schudden elkaar de hand.

'Bérangère,' zei ze, en ze keek rond door mijn keuken zoals een hertogin had kunnen doen die het huis van een van haar arme pachters bezoekt. Ze volgde me naar de werkkamer waar ik haar van haar jas ontlastte en liet plaatsnemen. Ik hing de jas – die praktisch niets leek te wegen – aan de achterkant van de deur.

'Wat een fantastische jas,' zei ik. 'Zo licht. Wat is het?'

'Is vos, uit Azië. Ze scheren hem.'

'Geschoren Aziatische vos.'

'Ja. Ik spreek Engels niet zo goed,' zei ze.

Ik pakte *Life with the Ambersons,* vol. I. 'Nou, laten we dan maar bij het begin beginnen,' zei ik.

Ik geloof dat ik Bérangère wel mag, concludeerde ik toen ik de straat uit liep om Jochen uit school te halen. In de twee uur durende les (waarin we kennismaakten met de familie Amberson: Keith en Brenda, hun kinderen Dan en Sara en hun hond Raspoetin) hadden we ieder vier sigaretten gerookt (allemaal van haar) en twee koppen thee gedronken. Haar vader was Vietnamees, vertelde ze, haar moeder Frans. Zij, Bérangère, werkte bij een bontatelier in Monte Carlo – FOUR-RURES MONTE CARLE – en als ze beter Engels leerde spreken zou ze tot bedrijfsleider worden gepromoveerd. Ze was ongelooflijk klein en tenger, zo groot als een meisje van negen, bedacht ik, zo'n kindvrouwtje bij wie ik me net een potige melkmeid voelde of een vijfkampster uit het Oostblok. Alles aan haar scheen verzorgd en vertroeteld: haar haar, haar nagels, haar wenkbrauwen, haar tanden, en ik wist zeker dat dezelfde aandacht voor detail ook gold voor de delen van haar die niet zichtbaar voor me waren: haar teennagels, haar ondergoed, haar schaamhaar misschien wel. Naast haar voelde ik me sjofel en tamelijk vies, maar ik kreeg de indruk dat er onder al die gemanicuurde perfectie een andere Bérangère schuilging. Toen we afscheid namen vroeg ze of ik in Oxford een goede plek kende om mannen te ontmoeten.

Ik was de eerste moeder bij de kleuterschool in Rawlinson Road. Door die twee uur roken met Bérangère snakte ik naar nog een sigaret, maar het leek me geen fijn idee om voor de school te staan roken, dus dacht ik aan mijn moeder om me af te leiden.

Mijn moeder, Sally Gilmartin, geboren Fairchild. Nee, mijn

moeder Eva Delectorskaya, half Russisch half Engels, gevlucht voor de Revolutie van 1917. Ik voelde hoe de lach van ongeloof mijn keel verstopte en het drong tot me door dat ik met mijn hoofd stond te schudden. Ik riep mezelf tot de orde, dacht: even serieus, even rationeel blijven. De explosie van mijn moeders plotselinge onthulling had me zo hevig geschokt dat ik het eerst doelbewust als een verzinsel had beschouwd en slechts schoorvoetend, geleidelijk, de waarheid had laten dagen en door me heen stromen. Het was een te grote klap om in één keer te verstouwen; het woord 'bom' had nog nooit zo toepasselijk geleken. Ik voelde me als een huis dat op zijn grondvesten schudde door een nabije ontploffing: er waren dakpannen afgevallen, er hing een dichte stofwolk, ruiten waren gesprongen. Het huis stond nog overeind maar uit het lood, ondermijnd, de constructie ontzet en verzwakt. Ik had gedacht – en wilde het bijna geloven – dat dit het begin was van een gecompliceerd soort zelfbegoocheling of dementie bij haar, maar ik realiseerde me dat dat een vorm van pervers wishful thinking was. De andere kant van mijn hersens zei: Nee, wees reëel; alles wat je over je moeder dacht te weten was een knap geconstrueerde illusie. Ik voelde me opeens alleen, onwetend, ontheemd; wat doet een mens in een dergelijke situatie?

Ik ging na wat ik van mijn moeders verleden wist. Ze was in Bristol geboren, zo ging het verhaal, waar haar vader houthandelaar was, een houthandelaar die in de jaren twintig in Japan was gaan werken waar zij door een gouvernante was onderricht. En toen terug naar Engeland, waar ze voor de dood van haar ouders vlak voor de oorlog als secretaresse werkte. Ik herinnerde me verhalen over een innig beminde broer, Alisdair, die in 1942 in Tubruq was gesneuveld… Tijdens de oorlog was ze in Dublin met mijn vader, Sean Gilmartin, getrouwd. Eind jaren veertig waren ze weer naar Engeland verhuisd en hadden ze zich in Banbury, Oxfordshire gevestigd, waar Sean zich in een succesvolle praktijk als advocaat had opgewerkt. Dochter Ruth was in 1949 geboren. Dat was alles, allemaal betrekkelijk doorsnee en burgerlijk; alleen de jaren in Japan voegden een vleugje wonderlijke uitheemsheid toe. Ik kon me zelfs een oude foto van Alisdair voor de geest halen, oom Alisdair, die een tijdje op een tafeltje in de woonkamer had gestaan. En ook gesprekken over neven en nichten en andere verwanten die naar Zuid-Afrika en Nieuw-Zeeland waren geëmigreerd, bij tijd en wijle. Die zagen we nooit maar ze stuurden wel eens een kerstkaart. De zwerm Gilmartins (mijn vader had twee broers en twee zussen, en een stuk of tien neven en nichten) zorgde voor meer dan genoeg familie om het hoofd aan te bieden. Totaal niets storends; een familiegeschiedenis als talloze andere, waarbij alleen de oorlog en zijn gevolgen voor het grote schisma in overigens uitermate normale levens had gezorgd. Sally Gilmartin was net zo echt als deze pilaar van de poort, dacht ik terwijl ik mijn hand op het warme zandsteen legde en me tegelijkertijd realiseerde hoe weinig we eigenlijk van de levensgeschiedenis van onze ouders weten, hoe schimmig en anoniem ze zijn, bijna als heiligenlevens – een en al legende en anekdote – tenzij we de moeite nemen om dieper te graven. En dan opeens dit nieuwe verhaal waardoor alles anders wordt. Ik voelde een soort onpasselijkheid in mijn keel over de ongekende onthullingen die nog moesten komen, alsof de dingen die ik wist nog niet ontwrichtend en verwarrend genoeg waren. Iets in de stem van mijn moeder wees erop dat ze me alles zou vertellen, elk miniem persoonlijk detail, elk verholen intiem feit. Misschien kwam het doordat ik Eva Delectorskaya nooit had gekend dat Eva Delectorskaya nu vastbesloten was dat ik absoluut alles over haar moest weten.

Er verzamelden zich meer moeders, zag ik. Ik leunde met mijn rug tegen de pilaar van de poort en wreef er met mijn schouderbladen tegen. Eva Delectorskaya, mijn moeder... Wat moest ik geloven?

'Een tientje voor je gedachten,' fluisterde Veronica Briggstock in mijn oor. Ik schrok op uit mijn gedagdroom, draaide me om en gaf haar een kus, om een of andere reden – normaliter omhelsden we elkaar nooit aangezien we elkaar zowat elke dag zagen. Veronica – nooit Vron, nooit Nic – was verpleegster in het John Radcliffe Hospital, gescheiden van haar man, Ian, een laboratoriummedewerker van de scheikundefaculteit van de universiteit. Ze had een dochtertje, Avril, dat Jochens beste maatje was.

We kletsten wat over de gebeurtenissen van die dag. Ik vertelde haar over Bérangère en haar fantastische bontjas terwijl we stonden te wachten tot onze kinderen uit school kwamen. De alleenstaande moeders van de schoolkinderen leken onbewust – of misschien wel bewust – naar elkaar toe te trekken. Ze waren natuurlijk heel vriendelijk tegen de nog getrouwde moeders en tegen de enkele onbeholpen vader, maar ze prefereerden toch elkaars gezelschap om hun eigen specifieke problemen mee te delen, zonder de noodzaak om dingen uit te leggen. En we hoefden ook niets over onze status van alleenstaande te veinzen; we wisten allemaal waar we aan toe waren.

Als om dat te illustreren stond Veronica ongegeneerd te klagen over Ian en zijn nieuwe vriendin en de nieuwe problemen die opdoemden doordat hij zich aan de hem toegewezen weekeinden met Avril probeerde te onttrekken. Ze zweeg toen de kinderen uit de school tevoorschijn kwamen en ik voelde meteen weer die rare irrationele bezorgdheid die altijd door me heen sloeg als ik tussen die bekende gezichten naar Jochen zocht, een atavistische moederangst, nam ik aan: de holenvrouw die haar kroost zocht. Toen zag ik hem, met zijn bitse, scherpe gelaatstrekken, zijn ogen die ook naar mij zochten, en het momentele angstgevoel week net zo snel als het was opgekomen. Ik vroeg me af wat we die avond zouden eten en waar we naar zouden kijken op tv. Alles was weer normaal.

Met z'n vieren kuierden we door Banbury Road terug naar onze respectieve huizen. Het liep tegen het einde van de middag en het leek wel of de hitte op dat tijdstip nog zwaarder neerzeeg, bijna fysiek op je neerdrukte. Veronica zei dat ze het niet meer zo warm had gehad sinds ze eens met vakantie in Tunesië was geweest. Voor ons uit liepen Avril en Jochen hand in hand druk met elkaar te praten.

'Wat hebben ze toch allemaal te bespreken?' vroeg Veronica. 'Ze hebben nog helemaal geen levenservaring.'

'Het lijkt alsof ze net taal hebben ontdekt of zo,' zei ik. 'Net zoals wanneer een kind leert touwtjespringen, weet je wel – dan doen ze dat maandenlang.'

'Tja, nou, ze weten hun mondje wel te roeren...' Ze glimlachte. 'Ik wou dat ik een jongetje had. Een grote sterke vent om voor me te zorgen.'

'Ruilen?' flapte ik er onbezonnen, dom uit, en ik voelde me meteen schuldig, alsof ik verraad had gepleegd tegenover Jochen. Hij zou het grapje niet gesnapt hebben. Hij zou me die blik van hem toegeworpen hebben – nors, gekwetst, nijdig.

We kwamen bij het kruispunt waar Jochen en ik linksaf Moreton Road insloegen op weg naar de tandartspraktijk en Veronica en Avril doorliepen naar Summertown waar ze in een flat boven een restaurant woonden dat La Dolce Vita heette. Ze vond het leuk om die ironische leus elke dag weer te zien, zei Veronica, met zijn eeuwige loze belofte. Terwijl we daar vage plannen voor het weekeinde stonden te maken – een boottochtje met picknick? – vertelde ik haar opeens over mijn moeder, Sally/Eva. Ik had het gevoel dat ik het met minstens één persoon over haar moest hebben voor ik haar weer sprak, dat de nieuwe feiten in mijn leven reëler en gemakkelijker te behappen werden door erover te praten. En dat mijn moeder zelf dan ook gemakkelijker te behappen werd. Omdat Veronica dan ook op de hoogte was zou het geen gemeenschappelijk geheim van ons tweeën blijven. Ik had behoefte aan een steunpilaar buiten de familie om me aan vast te houden.

'Jeetje,' zei Veronica. 'Russisch?'

'Haar echte naam is Eva Delectorskaya, zegt ze.'

'Is ze wel in orde? Is ze vergeetachtig? Vergeet ze soms namen, data?'

'Nee, ze is zo kien als wat.'

'Gaat ze wel eens boodschappen doen en keert ze dan om omdat ze niet meer weet wat ze ging doen?'

'Nee, ik denk dat ik moet accepteren dat het allemaal waar is,' zei ik, en ging verder met mijn toelichting. 'Maar er speelt nog iets anders, een soort manie bijna. Ze denkt dat ze in de gaten wordt gehouden. Of het is paranoia... Ze is altijd bezig om de gangen van andere mensen na te gaan. O, en ze heeft een rolstoel. Ze zegt dat ze haar rug heeft bezeerd maar dat is niet waar: ze is kerngezond. Maar ze denkt dat er iets aan de hand is, iets onheilspellends wat haar betreft, en daarom heeft ze besloten om me de waarheid te vertellen.'

'Is ze bij de dokter geweest?'

'Jazeker. Ze heeft de dokter omgekletst over haar rug en hij heeft voor de rolstoel gezorgd.' Ik dacht even na en besloot toen om haar de rest ook te vertellen. 'Ze zegt dat ze in 1939 door de Britse geheime dienst is gerekruteerd.'

Veronica moest eerst lachen maar keek toen ontdaan. 'Maar voor de rest lijkt ze helemaal normaal?'

'Wat versta je onder normaal?' vroeg ik.

We gingen uiteen en Jochen en ik wandelden door Moreton Road naar de tandartspraktijk. Meneer Scott liet zich net in zijn nieuwe Triumph Dolomite glijden; hij liet zich er weer uit glijden om Jochen met enig vertoon een pepermuntje te offreren. Dat deed hij altijd als hij Jochen zag, en meneer Scott was voortdurend ruim voorzien van pepermuntjes van diverse soorten en merken. Terwijl hij achteruit de oprit uitreed liepen wij door de steeg naast het huis naar onze 'tap', zoals Jochen het noemde, een smeedijzeren trap aan de achterkant die ons onze eigen privétoegang verschafte tot onze flat op de eerste verdieping. Het nadeel was dat elke bezoeker door de keuken binnenkwam, maar dat was beter dan door de tandartspraktijk beneden met zijn vreemde doordringende geuren – een en al mondspoeling, tandpasta en tapijtreiniger.

We aten die avond toast met kaas en witte bonen in tomatensaus en keken naar een documentaire over een oranje, rond onderzeeërtje dat de oceaanbodem verkende. Ik bracht Jochen naar bed en liep door naar mijn werkkamer en vond de dossiermap waarin ik mijn onvoltooide proefschrift bewaarde: *Revolutie in Duitsland, 1918-1923*. Ik sloeg het laatste hoofdstuk open – 'De vijffrontenoorlog van Gustav von Kahr' – en las een paar alinea's door terwijl ik me probeerde te concentreren. Ik had al maanden niets meer geschreven en het was net of ik het werkstuk van een ander las. Gelukkig had ik de meest lak-

se promotor van Oxford – er kon een trimester verstrijken zonder enige communicatie tussen ons tweeën – en het leek wel
of ik niets anders deed dan lessen 'Engels voor buitenlanders'
geven, voor mijn zoontje zorgen en mijn moeder bezoeken. Ik
was in de EVB-val getrapt, een maar al te bekende valkuil voor
menige promovendus in Oxford. Ik verdiende £7 per uur be-
lastingvrij, en als ik wilde kon ik acht uur per dag lesgeven,
tweeënvijftig weken per jaar. Zelfs met de beperking in tijd die
Jochen me oplegde zou ik dit jaar toch nog meer dan £8000
netto opstrijken. De laatste baan waarnaar ik (vergeefs) had
gesolliciteerd, als geschiedenisdocent aan de Universiteit van
East Anglia, had een brutosalaris geboden van ongeveer de
helft van wat ik met lessen voor Oxford English Plus verdiende. Ik had blij moeten zijn om mijn gezonde financiële situatie – de huur overgemaakt, een redelijk goede auto, school-
geld betaald, creditcard onder controle, wat geld op de bank –
maar in plaats daarvan werd ik opeens overspoeld door een golf
van zelfmedelijden en gefrustreerde wrevel: wrevel jegens Karl-
Heinz, wrevel omdat ik terug had moeten keren naar Oxford,
wrevel omdat ik voor snel verdiend geld Engelse les moest geven aan buitenlanders, (schuldbewuste) wrevel jegens mijn
zoontje om zijn aantasting van mijn vrijheid, wrevel jegens
mijn moeder omdat ze opeens had besloten me het verbazingwekkende verhaal van haar verleden te vertellen… Het was
allemaal niet zo gepland: dit was niet de wending die mijn leven had horen te nemen. Ik was zevenentwintig – wat was er
gebeurd?

Ik belde mijn moeder. Ze nam met een eigenaardig lage
stem op.

'Ja?'

'Mam? Sal? Met mij.'

'Alles goed met je?'

'Ja.'

'Hang op en bel nog een keer.'

Dat deed ik. De telefoon ging vier keer over voor ze hem
opnam.

'Je kunt zaterdag komen,' zei ze, 'en het is prima als je Jochen hier laat. Hij kan blijven slapen, als je wilt. Het spijt me van afgelopen zaterdag.'

'Wat is dat getik?'

'Dat ben ik. Ik zit met een potlood op de hoorn te tikken.'

'Waarom?'

'Dat is een trucje. Mensen raken ervan in de war. Sorry, ik zal ermee ophouden.' Ze zweeg even. 'Heb je gelezen wat ik je heb meegegeven?'

'Ja. Ik had al eerder willen bellen maar ik moest het allemaal verwerken. Ik had wat tijd nodig… Wel een schok, dat kun je je voorstellen.'

'Ja, natuurlijk.' Het bleef even stil. 'Maar ik wou dat je het wist. Dit is het goede moment om het te vertellen.'

'Is het waar?'

'Natuurlijk, woord voor woord.'

'Dus dat betekent dat ik half Russisch ben.'

'Ik ben bang van wel, liever. Of eigenlijk maar voor een kwart. Mijn moeder, je grootmoeder, was Engels, weet je wel.'

'We moeten hierover praten.'

'Er komt nog veel meer. Veel meer. Je zult alles begrijpen als je de rest hoort.'

Toen veranderde ze van onderwerp en vroeg naar Jochen, hoe zijn dag was geweest en of hij nog iets grappigs had gezegd, dus bracht ik verslag uit. De hele tijd voelde ik een soort weeheid in mijn darmen – alsof ik moest poepen – die werd veroorzaakt door een plotselinge, toenemende onrust over wat me te wachten stond en een knagende angst dat ik er niet mee om zou kunnen gaan. Er kwam nog meer, had ze gezegd, veel meer – wat was dat 'alles' dat ik ten slotte zou begrijpen? We babbelden nog wat, spraken af voor zaterdag en ik hing op. Ik rolde een joint, rookte hem bedachtzaam op, ging naar bed en sliep acht droomloze uren.

Toen ik de volgende morgen terugkwam van Jochens kleuterschool zat Hamid op de bovenste trede van onze buitentrap. Hij droeg een kort nieuw zwart leren jack dat hem niet echt goed stond, vond ik: hij zag er te vierkant en opgepropt uit. Hamid Kazemi was een gedrongen, gebaarde Iraanse werktuigkundige van begin dertig met de brede schouders en borst van een gewichtheffer. Hij zat het langst van iedereen bij mij op les.

Hij hield de keukendeur voor me open en liet me met zijn gebruikelijke nauwgezette hoffelijkheid voorgaan naar binnen terwijl hij me complimenteerde met het feit dat ik er zo goed uitzag (iets wat hij 24 uur eerder ook al had opgemerkt). Hij volgde me door de flat naar de werkkamer.

'Je hebt niets over mijn jack gezegd,' zei hij op zijn directe manier. 'Vind je het niet mooi?'

'Ik vind het best mooi,' zei ik, 'maar met die zonnebril en zwarte spijkerbroek zie je eruit als een agent van de SAVAK.'

Hij probeerde te verhullen dat hij die vergelijking niet leuk vond, en ik besefte dat het voor een Iraniër een grapje van dubieus gehalte kon zijn, dus bood ik mijn excuses aan. Hamid was een vurige tegenstander van de sjah van Iran, herinnerde ik me. Hij trok zijn nieuwe jack uit en hing het zorgvuldig over de rugleuning van zijn stoel. Ik rook het nieuwe leer en moest aan paardentuigen en zadelvet denken, de geur van mijn verre meisjesjaren.

'Ik heb nieuws ontvangen over mijn nieuwe standplaats,' zei hij. 'Ik zal gaan naar Indonesië.'

'Ik *ga* naar Indonesië. Is dat fijn? Ben je blij?'

'Ik ga… Ik wilde Latijns-Amerika, zelfs Afrika…' Hij haalde zijn schouders op.

'Indonesië klinkt fascinerend, vind ik,' zei ik terwijl ik naar de Ambersons greep.

Hamid werkte als werktuigkundige bij Dusendorf, een internationale aardoliemaatschappij. De helft van de studenten van Oxford English Plus werkte bij Dusendorf en leerde Engels – de taal van de aardolie-industrie – zodat ze overal ter wereld op booreilanden konden werken. Ik gaf Hamid al drie maanden les. Toen hij als gediplomeerd werktuigkundige uit Iran kwam was hij praktisch eentalig, maar dankzij acht uur per dag privéles, verdeeld over vier docenten, was hij (zoals Oxford English Plus met enige bravoure in hun brochure beloofde) snel en volledig tweetalig geworden.

'Wanneer ga je?' vroeg ik.

'Over een maand.'

'Jee!' De uitroep was oprecht en onbedoeld. Hamid was zo'n vast onderdeel van mijn leven, van maandag tot vrijdag, dat ik me niet kon voorstellen dat hij er opeens niet meer zou zijn. En omdat ik zijn eerste docent was, omdat hij zijn allereerste Engelse les van mij had gekregen, had ik ergens het gevoel dat ik degene was die hem zijn vloeiende vakkundige Engels had geleerd. Ik was zo'n beetje zijn professor Higgins, bedacht ik dwaas: ik had langzamerhand het rare idee gekregen dat deze nieuwe Engelssprekende Hamid helemaal mijn werk was.

Ik stond op en pakte een kleerhanger voor zijn jack van de achterkant van de deur. 'Het raakt uit model als je het over die stoel hangt,' zei ik terwijl ik de lichte emotionele beroering trachtte te maskeren die het nieuws van zijn ophanden zijnde vertrek had veroorzaakt.

Toen ik het jack van hem aanpakte keek ik uit het raam en zag ik beneden op het grind naast de Dolomite van meneer Scott een man staan. Een slanke jongeman in een spijkerbroek en een spijkerjack, met donkerbruin haar dat zo lang was dat het op zijn schouders viel. Hij zag me omlaagstaren naar hem en stak met een brede glimlach op zijn gezicht zijn beide duimen op – te gek!

'Wie is dat?' vroeg Hamid, die ook naar buiten keek en toen naar mij, en mijn uitdrukking van geschokte verbijstering zag.

'Hij heet Ludger Kleist.'

'Waarom kijk je zo naar hem?'

'Omdat ik dacht dat hij dood was.'

Het verhaal van Eva Delectorskaya

Schotland, 1939

Eva Delectorskaya daalde door het wuivende gras af naar de bodem van het dal en de donkere rij bomen die de beek die daar stroomde markeerde. Aan het einde van de nauwe vallei begon de zon onder te gaan, dus ze wist in elk geval waar het westen lag. Ze draaide zich om naar het oosten om te kijken of ze stafsergeant Laws vrachtauto kon ontwaren, tussen de elkaar kruisende heuvelflanken omlaagzigzaggend naar – zo nam ze aan – de vallei van de Tweed, maar het avondlicht had iets neveligs waardoor de sparrenbossen en de stenen muurtjes verwaasden en het onmogelijk was om Laws tweetonner op die afstand waar te nemen.

Ze liep met grote stappen omlaag naar de beek; haar rugzak bonkte tegen haar lendenen. Dit was een 'exercitie' hield ze zich voor, en die moest met de juiste mentaliteit volbracht worden. Het was geen wedstrijd, hadden haar instructeurs gezegd, het ging er meer om dat ze wilden zien hoe mensen zich hielden als ze onder de blote hemel moesten slapen, of ze een goed richtinggevoel konden ontwikkelen en of ze initiatief toonden in de tijd die ze nodig hadden om hun weg naar huis te vinden als ze niet wisten waar ze zich bevonden. Daartoe had Law haar geblinddoekt en minstens twee uur lang rondgereden, schatte ze nu terwijl ze naar de steeds roder wordende zon keek. Onderweg was Law tegen zijn gewoonte in heel spraakzaam geweest – om te verhinderen dat ze zat te tellen, besefte ze – en toen hij haar boven aan de afgelegen vallei afzette had hij met zijn flauwe glimlachje gezegd: 'U zou nu twee kilometer ver weg kunnen zijn of twintig, maar zelf hebt u geen idee. Tot morgen, Miss Dalton.'

De beek die door de vallei liep was bruin en ondiep en het water stroomde snel. Beide oevers waren dichtbegroeid, voornamelijk met boompjes met veel blad en een lichtgrijze, gekromde stam. Eva begon in een rustig tempo stroomafwaarts te lopen. De saffraankleurige zon vlekte het gras en het kreupelhout om haar heen. Boven poelen dansten wolken muggen en naarmate de late Schotse avond inviel werd het vogelgezang uitbundiger.

Toen de zon onder de westelijke rand van de vallei gleed en het licht in het dal onbestemd grauw werd, besloot Eva om een slaapplekje voor de nacht te zoeken. Ze had een kilometer of vijf afgelegd, schatte ze, maar er was nog steeds geen teken van een huis of andere menselijke bewoning, geen schuur of hok waarin ze een schuilplaats kon vinden. In haar rugzak zat een regenjas, een sjaal, een waterfles, een kaars, een doosje lucifers, een pakje wc-papier en een paar in vetvrij papier verpakte sandwiches met kaas.

Ze vond een bemoste kom tussen de wortels van een boom, trok haar regenjas aan en nestelde zich in haar geïmproviseerde bed. Ze at één sandwich en bewaarde de andere voor de nacht. Ze bedacht dat ze het best fijn vond zoals het avontuur verliep, tot dusverre, en keek bijna uit naar haar nacht in de openlucht. Het geruis van het snelle water dat over de ronde met kiezelstenen bezaaide rotsen van de rivierbedding spoelde was kalmerend en gaf haar het gevoel dat ze minder alleen was. Ze had geen behoefte aan haar kaars om de invallende duisternis op afstand te houden, en ze was eigenlijk opgelucht om even weg te zijn van haar collega's en de instructeurs op Lyne Manor.

Toen ze die middag op Waverley Station was aangekomen, had stafsergeant Law haar vanuit Edinburgh naar het zuiden gereden en daarna langs de Tweed River door een reeks kleine en wat haar betrof vrijwel identieke fabrieksstadjes. Toen waren ze de rivier overgestoken naar een meer afgelegen streek, met hier en daar een robuuste, lage boerderij met stallen en loeiende koeien. De heuvels om hen heen waren hoger en bespikkeld met schapen, de bossen dichter en ruiger. Toen reden ze tot haar verrassing door de monumentale poort van een landhuis met keurige personeelswoningen aan weerszijden, en daarna over een kronkelende oprit met volwassen beukenbomen naar wat eruitzag als twee grote witte huizen op het westen, met keurig gemaaide gazons in een smalle vallei.

'Waar zijn we?' vroeg ze aan Law terwijl ze uit de auto stapte en om zich heen keek naar de kale ronde heuvels.

'Dit is Lyne Manor,' zei hij, en verder gaf hij geen informatie.

De twee huizen vormden in feite één geheel, zag ze: wat ze voor het tweede huis had aangezien was een lange vleugel, gestuct en gewit als het andere gedeelte maar duidelijk van latere datum dan dat hoofdgebouw, dat met zijn dikke muren wel een bastion leek en een verdieping hoger was, met kleine ongelijke ramen onder een dak van donkere leisteen. Ze hoorde het geruis van een rivier en zag door een scherm van bomen aan de overkant van een weiland een lichtglinstering van een ander gebouw. Niet helemaal de rimboe, dacht ze, maar wel bijna.

Terwijl ze daar omsloten door de wortels van haar boom lag, soezerig door de voortdurend veranderende cadans van de ruisende beek, dacht ze aan de twee merkwaardige maanden die ze op Lyne Manor had doorgebracht en aan de dingen die ze er had geleerd. Ze was het als een soort zonderlinge kostschool gaan beschouwen en ze had er een eigenaardige opleiding gekregen: morse, eerst, eindeloos morsealfabet tot het hoogste niveau, en steno, en schieten met een aantal handwapens. Ze had leren autorijden en een rijbewijs gekregen, ze kon kaartlezen en met een kompas omgaan. Ze kon een konijn en andere wilde knaagdieren vangen, villen en bereiden. Ze kon haar sporen uitwissen en een vals spoor uitzetten. Op andere cursussen had ze geleerd om simpele codes te construeren en andere te ontcijferen. Ze hadden haar laten zien hoe je met documenten moest knoeien en ze kon nu op overtuigende wijze met een sortering inkten en scherpe instrumenten namen en data veranderen; ze kon met een uitgesneden gum een wazig officieel stempel vervalsen. Ze maakte zich vertrouwd met de menselijke anatomie, leerde hoe het lichaam functioneerde, wat het aan essentiële voedingsstoffen nodig had, wat de vele zwakke punten ervan waren. Ze hadden haar op drukke ochtenden in die duffe fabrieksstadjes voorgedaan hoe ze een verdachte moest schaduwen, in haar eentje en in een team met twee of meer anderen. Ze werd zelf ook geschaduwd, begon de signalen te onderkennen wanneer ze werd gevolgd en leerde verschillende strategieën om te vermijden dat ze in actie moest komen. Ze leerde hoe ze onzichtbare inkt moest maken en hoe ze die zichtbaar kon maken. Dat was allemaal interessant en bij tijd en wijle fascinerend, maar scouting, zoals die vaardigheden op Lyne werden genoemd, was niet iets wat licht opgevat mocht worden: zodra iemand er blijk van gaf dat hij of zij iets leuk vond, laat staan er lol in had, dan werden Law en zijn mede-instructeurs bars en geringschattend. Ze had zich wel verbaasd over bepaalde aspecten van haar opleiding en training. Toen de anderen die op Lyne 'studeerden' naar het vliegveld Turnhouse bij Edinburgh gingen om te leren parachutespringen, mocht ze niet mee.

'Waarom niet?' vroeg ze.

'Meneer Romer zegt dat het niet nodig is.'

Meneer Romer vond andere vaardigheden kennelijk wel nodig. Tweemaal per week ging Eva in haar eentje met de trein naar Edinburgh waar ze spraakles kreeg van een bedeesde vrouw in Barnton die langzaam maar zeker de laatste sporen van haar Russische accent in haar Engels uitwiste. Ze begon als actrices in Britse films te praten, realiseerde ze zich, met een vormelijk, afgemeten, schril Engels met ietwat vervormde klinkers, scherpe, klare medeklinkers en een lichtjes vibrerende R. Ze leerde als een jonge Engelse vrouw uit de bourgeoisie te spreken die privéles had gehad. Niemand was in haar Frans of haar Russisch geïnteresseerd.

Dezelfde uitsluiting deed zich voor toen de anderen een driedaagse cursus ongewapend vechten gingen volgen op een commandobasis bij Perth. 'Meneer Romer zegt dat het niet nodig is,' kreeg Eva te horen toen ze zich afvroeg waarom ze het dienstbevel niet had ontvangen. Toen kwam er een onbekende man naar Lyne om haar privéles te geven. Hij heette meneer Dimarco en hij was klein en keurig verzorgd met een puntige met was opgestreken snor, en hij liet haar kennismaken met zijn arsenaal van geheugensteuntjes – hij had vroeger op de kermis gewerkt, vertelde hij. Eva werd opgedragen om cijfers met kleuren te associëren en ze merkte algauw dat ze zonder problemen wel twintig reeksen van vijf cijfers kon onthouden. Ze deden ingewikkelde geheugentests met meer dan honderd dingen die op een lange tafel lagen, en na twee dagen merkte ze tot haar verrassing dat ze zich met gemak wel tachtig van die dingen voor de geest kon halen. Ze kreeg een film te zien en werd daarna onderworpen aan de meest minutieuze ondervraging: had de derde man links in de pub een hoed op of niet? Wat was het kenteken van de vluchtauto? Droeg de vrouw aan de receptie van het hotel oorbellen? Hoeveel treden telde de stoep naar de voordeur van het huis van de schurk? Ze besefte dat haar werd geleerd te kijken en te memoreren alsof ze alles voor het eerst zag, haar ogen en haar hersens te gebruiken op een manier die ze nog nooit van zichzelf had geëist. Ze leerde te observeren en te onthouden op manieren die totaal verschilden van die van het gros van de mensen, en dankzij die nieuwe talenten kon ze de wereld beschouwen en analyseren met een precisie en een doelbewustheid die veel verder ging dan simpele nieuwsgierigheid. Alles ter wereld – absoluut alles – was het in potentie waard om opgemerkt en opgeslagen te worden. Geen van de anderen volgde die lessen van meneer Dimarco, alleen Eva. Nog zo'n speciale eis van meneer Romer, werd haar te verstaan gegeven.

Toen het eindelijk bijna helemaal donker was langs de beek, zo donker als het op een Schotse zomernacht maar kon worden, knoopte Eva haar regenjas dicht, trok de riem aan en vouwde haar sjaal op als kussen. Er stond een half maantje en in het licht ervan zagen de beek en de knoestige boompjes op de oevers er spookachtig mooi uit, ontdaan van hun kleuren in de monochrome wereld van de nacht.

Slechts twee andere 'gasten' waren net zo lang op Lyne als zij: een jonge broodmagere Pool die Jerzy heette en een oudere vrouw, Diana Terme. Er waren nooit meer dan acht of tien gasten tegelijk en het personeel wisselde ook regelmatig. Sergeant Law leek een vaste kracht maar ook hij ging voor twee weken weg en werd vervangen door een zwijgzame man uit Wales die Evans heette. De gasten kregen drie maaltijden per dag geserveerd in een eetzaaltje in het hoofdgebouw met uitzicht op de vallei en de rivier, een mess die werd bemand door jonge rekruten die geen boe of bah zeiden. De gasten werden in de nieuwe vleugel gehuisvest: vrouwen op één verdieping, mannen op een andere, ieder in een eigen kamer. Er was zelfs een zitkamer voor de bewoners met een radio, een theeketel en kranten en wat tijdschriften, maar Eva kwam er zelden. Hun dagen waren bomvol: door het komen en gaan van de mensen en de ongespecificeerde maar impliciete aard van wat ze op Lyne uitvoerden leek het een beetje riskant om vriendschappelijk met elkaar om te gaan, maar er waren nog andere tendensen op Lyne waardoor persoonlijk contact lauw en behoedzaam bleef.

De dag na haar aankomst werd ze op een zolderkamer van het hoofdgebouw door een vriendelijk ogende man met een rossige snor in een tweed pak ondervraagd. Hij stelde zich niet voor en noemde evenmin zijn rang; ze nam aan dat hij de 'Landheer' was waar Law en sommige andere stafleden het wel eens over hadden. We zijn hier op Lyne geen voorstander van vriendschappen, zei de Landheer tegen haar. U moet uzelf zien als een reiziger op een korte trip – het heeft geen enkele zin om elkaar te leren kennen want jullie zullen elkaar nooit meer tegenkomen. Wees aardig, klets wat met elkaar, maar hoe minder anderen van u weten hoe beter het is. Bemoei u met niemand en maak het beste van uw training, daarvoor bent u tenslotte hier.

Toen ze de kamer uit wilde gaan riep hij haar terug en zei: 'Ik moet u waarschuwen, Miss Dalton, niet al onze gasten zijn wie ze schijnen. Er kunnen een of twee mensen bij zitten die voor ons werken, om te zorgen dat de voorschriften worden nageleefd.'

En dus wantrouwden alle gasten op Lyne Manor elkaar en waren ze heel discreet, beleefd en gesloten, precies zoals de Landheer had gewenst en bedacht. Diana Terme vroeg Eva eens of ze Parijs kende en Eva koesterde meteen argwaan en zei: 'Alleen maar heel oppervlakkig.' En Jerzy sprak haar eens in het Russisch aan en verontschuldigde zich meteen. Naarmate de weken verstreken raakte ze ervan overtuigd dat die twee de *ghosts* van Lyne Manor waren, zoals dubbelagenten werden genoemd. De cursisten werden aangespoord om Lynes eigen vocabulaire te gebruiken, dat anders was dan in het algemeen door de geheime dienst werd gebruikt. Ze hadden het niet over *the firm* maar noemden het *head office*, het hoofdkantoor. Agenten waren *crows,* kraaien, *shadows* waren mensen die je volgden, schaduwen – het was, zo ontdekte ze later, een soort linguïstische schooldas of vrijmetselaarshanddruk. Afgestudeerden van Lyne verraadden zichzelf.

Een of twee keer meende ze te zien dat Law een veelbetekenende blik wierp naar een nieuwkomer, en toen begon de twijfel weer te knagen: was dat de eigenlijke infiltrant en waren Diana Terme en Jerzy alleen maar van nature nieuwsgierig? Na een poosje drong het tot haar door dat het allemaal zo gepland was: de waarschuwing zelf volstond om te zorgen dat de gasten zich in acht namen en waakzaam bleven; permanente argwaan is een heel doeltreffend middel tot interne veiligheid. Ze was ervan overtuigd dat ze net zo'n potentiële verdachte was als alle anderen die ze meende te hebben ontmaskerd.

Gedurende een dag of tien was er een jonge man op Lyne Manor geweest. Hij heette Dennis Trelawny en hij had blond haar dat in een lange lok over zijn voorhoofd viel en een recent litteken van een brandwond in zijn hals. Bij hun schaarse ontmoetingen – in de eetzaal, op de morsecursus – wist ze dat hij naar haar keek, op die bepaalde manier. Hij maakte de meest nietszeggende opmerkingen tegen haar – 'Er is regen op komst', 'Ik ben een beetje doof van de schietbaan' – maar ze voelde dat hij op haar viel. Op een dag troffen ze elkaar in de eetzaal aan het buffet waar ze zich van een toetje voorzagen. Ze maakten een praatje en gingen naast elkaar aan de grote tafel zitten. Ze vroeg – ze had geen idee waarom – of hij bij de luchtmacht zat; ze vond hem gewoon een RAF-type. Nee, zei hij instinctmatig, bij de marine, en toen kwam er een vreemde angstblik in zijn ogen. Hij verdacht haar, realiseerde ze zich. Daarna had hij nooit meer iets tegen haar gezegd.

Toen ze een maand op Lyne Manor was, werd ze op een avond uit haar kamer naar het hoofdgebouw geroepen. Ze werd naar een deur verwezen, weer op zolder, klopte en ging naar binnen. Romer zat daar aan een bureau met een bran-dende sigaret en een fles whisky met twee glazen voor zich.

'Hallo, Eva,' zei hij zonder de moeite te nemen om op te staan. 'Ik was benieuwd hoe het met je gaat. Whisky?' Hij ge-baarde haar te gaan zitten en dat deed ze. Romer noemde haar altijd Eva, ook in het bijzijn van mensen die haar met Eve aan-spraken. Ze veronderstelde dat ze het als een vriendschappe-lijke bijnaam beschouwden, maar ze vermoedde dat het voor Romer een klein blijk van zijn macht was, iets om haar op een minzame manier te herinneren aan het feit dat hij de enige was die haar echte geschiedenis kende, in tegenstelling tot al-le anderen die ze zou ontmoeten.

'Nee, dank u,' zei ze tegen de aangeboden fles.

Romer schonk haar niettemin een glaasje in en schoof het naar haar toe. 'Onzin – ik ben geïmponeerd maar ik kan niet in m'n eentje drinken.' Hij hief zijn glas naar haar op. 'Ik heb gehoord dat je het prima doet.'

'Hoe gaat het met mijn vader?'

'Iets beter. De nieuwe pillen schijnen te werken.'

Is dat waar of zit hij te liegen? vroeg Eva zich af. Haar op-leiding op Lyne begon effect te sorteren. Toen bedacht ze: nee, Romer zou er niet over liegen want daar zou ik achter kunnen komen. Dus ontspande ze zich een beetje.

'Waarom mocht ik niet meedoen aan de cursus parachute-springen?'

'Ik zweer je dat je nooit parachute hoeft te springen zolang je voor mij werkt,' zei hij. 'Dat accent is echt voortreffelijk. Veel beter.'

'Ongewapend gevecht?'

'Tijdverspilling.' Hij dronk zijn glas leeg en schonk zich weer in. 'Stel je voor dat je voor je leven moet vechten. Je hebt nagels, je hebt tanden – je dierlijke instinct zal je beter van pas komen dan welke training dan ook.'

'Zal ik voor mijn leven moeten vechten wanneer ik voor u werk?'

'Dat is heel erg onwaarschijnlijk.'

'Wat moet ik eigenlijk voor u doen, meneer Romer?'

'Noem me alsjeblieft Lucas.'

'Wat moet ik eigenlijk voor je doen, Lucas?'

'Wat moeten wíj doen, Eva. Alles zal duidelijk worden aan het slot van je training.'

'En wanneer zal dat zijn?'

'Wanneer ik vind dat je voldoende getraind bent.'

Hij stelde haar nog wat meer algemene vragen, onder andere over de organisatie op Lyne Manor – waren de mensen aardig geweest, nieuwsgierig, hadden ze vragen gehad over haar rekrutering, was het personeel anders met haar omgegaan, enzovoorts. Ze gaf hem eerlijk antwoord en hij hoorde haar peinzend aan, nippend van zijn whisky, zuigend aan zijn sigaret, bijna alsof hij Lyne zat te evalueren zoals een vader dat zou doen die een school voor zijn begaafde kind uitzoekt. Toen drukte hij zijn sigaret uit en stond op. Hij liet de whiskyfles in de zak van zijn colbert glijden en liep naar de deur.

'Heel fijn om je weer te zien, Eva,' zei hij. 'Ga zo door.' En toen was hij weg.

Eva sliep onrustig aan de beek. Ze werd om de twintig minuten of zo wakker. Het kleine bos om haar heen was vol geluiden – geritsel, gekraak, het voortdurende melancholieke gekras van uilen – maar ze voelde zich niet beklemd: gewoon een nachtwezen dat probeerde te slapen. In de kleine uurtjes voor de dageraad werd ze wakker omdat ze haar behoefte moest doen. Ze stapte naar de oever van de beek waar ze haar broek liet zakken en in het snelstromende water poepte. Nu kon ze haar wc-papier gebruiken, dat ze daarna zorgvuldig begroef. Op de terugweg naar haar slaapboom bleef ze even staan om rond te kijken. Ze liet haar blik door haar maangevlekte bosje met gekromde grijze boomstammen dwalen die in een ruwe cirkel als een open, scheve palissade om haar heen stonden. De bladeren boven haar hoofd ruisten droog in de nachtwind. Ze voelde zich eigenaardig onthecht, alsof ze in een soort opgeschorte droomtoestand was, alleen, verdwaald op het afgelegen Schotse platteland. Niemand wist waar ze was, en zelf wist ze dat ook niet. Ze moest opeens aan Kolia denken, haar geestige, humeurige, serieuze jongere broer, en ze voelde zich even volschieten van verdriet. Ze werd getroost door de gedachte dat ze dit allemaal voor hem deed, dat ze met haar eigen kleine manifestatie van verzet liet zien dat zijn dood niet vergeefs was geweest. En ze voelde ook, schoorvoetend, iets van dankbaarheid jegens Romer om het feit dat hij haar hiertoe had aangezet. Misschien had Kolia het wel met Romer over haar gehad, overwoog ze terwijl ze zich weer in de wortelkom van haar boom schurkte. Misschien had Kolia wel geopperd om haar op een dag te rekruteren.

Ze betwijfelde of ze nog kon slapen, haar hersens waren te druk bezig, maar terwijl ze daar op haar rug lag realiseerde ze zich dat ze nog nooit van haar leven zo alleen was geweest, en ze vroeg zich af of dat ook een onderdeel van de exercitie was – om moederziel alleen te zijn, 's nachts, in een onbekend bos, naast een onbekende beek, en dan maar te zien hoe je je erdoorheen sloeg. Het had helemaal niets met scouting of vernuft te maken; het was gewoon een methode om een paar uur helemaal op jezelf teruggeworpen te zijn. Ze lag zich te verbeelden dat de hemel lichter werd, dat de dag weldra aanbrak, en het drong tot haar door dat ze zich de hele nacht op haar gemak had gevoeld, dat ze geen enkele angst had gevoeld, en ze bedacht dat dat wellicht de echte winst was van sergeant Laws spelletje.

De dageraad kwam verrassend snel. Ze had geen idee hoe laat het was – ze hadden haar horloge afgenomen – maar het leek absurd om niet in touw te zijn terwijl de wereld om haar heen wakker werd, dus ging ze naar de rivier, plaste, waste haar gezicht en handen, dronk van het water, vulde haar waterfles en at haar resterende sandwich met kaas. Ze zat op de oever van de beek te kauwen en te drinken en voelde zich weer dierlijker – een menselijk dier, een beest, een schepsel van instinct en reflex – dan ooit in haar hele leven. Het was belachelijk, besefte ze; ze had één nacht in de openlucht doorgebracht, en dan ook nog een zachte nacht, goed gekleed en voldoende gevoed, maar voor het eerst in haar twee maanden op Lyne Manor voelde ze zich erkentelijk jegens die plek en de merkwaardige introductiecursus die ze moest doorlopen. Ze ging op weg, stroomafwaarts, in een gelijkmatig, rustig tempo, maar in haar hart voelde ze een opgetogenheid en een soort bevrijding die ze nooit had verwacht.

Na ongeveer een uur zag ze een met steenslag verhard landweggetje waar ze vanuit het beekdal naartoe klom. Binnen tien minuten bood een boer met een ponywagen haar een lift aan naar de weg naar Selkirk. Van daaruit was het een wandeling van drie kilometer naar het stadje, en als ze eenmaal in Selkirk was zou ze precies weten hoe ver het nog naar Lyne Manor was.

Een echtpaar uit Durham dat met vakantie was gaf haar een lift van Selkirk naar Innerleithen en vandaar nam ze een plaatselijke taxi voor de laatste paar kilometers naar Lyne. Ze liet de taxi vijfhonderd meter van de poort stoppen, rekende af met de chauffeur en liep rondom de voet van de heuvel tegenover het huis zodat ze het vanuit de weilanden kon naderen, alsof ze alleen maar een ommetje voor de lunch was gaan maken.

Toen ze naar het huis liep zag ze dat sergeant Law en de Landheer op het gazon naar haar stonden te kijken. Ze deed het hek op de brug over het riviertje open en stapte op hen af.

'U bent als laatste weer thuis, Miss Dalton,' zei Law. 'Maar evengoed hebt u het prima gedaan, want u was ook het verste weg.'

'Maar we hadden niet gedacht dat u van die kant zou komen, hè, sergeant?' zei de Landheer schrander.

'Nee, dat is waar, sir. Maar Miss Dalton zit altijd vol verrassingen.'

Ze ging naar de eetzaal waar een koude lunch voor haar was achtergelaten – ham uit blik en een aardappelsalade. Ze schonk zich een glas water in uit een karaf en dronk het in één teug leeg, waarna ze nog een glas naar binnen klokte. Ze ging zitten en begon te eten, alleen. Ze dwong zich om langzaam te eten en niet te schrokken, ook al rammelde ze van de honger. Ze voelde een intens genoegen, een intens zelfbehagen. Kolia zou tevreden over haar zijn geweest, bedacht ze, en ze moest inwendig lachen. Ze kon het niet uitleggen maar ze had het gevoel dat ze een beetje maar wel ingrijpend was veranderd.

Princes Street, Edinburgh, een woensdagochtend begin juli, een winderige koele dag met een dik pak voortjagende wolken en de dreiging van regen. Winkelpubliek, vakantiegangers, Edinburghers met hun normale bezigheden krioelden over de trottoirs en dromden in wisselende menigtes samen bij oversteekplaatsen en bushaltes. Eva Delectorskaya liep van St Andrew Square door de omlaagglooiende straat en sloeg rechtsaf Princes Street in. Ze liep snel en resoluut, zonder om te kijken, maar haar gedachten waren gespitst op de wetenschap dat minstens zes mensen haar volgden: twee voor haar uit die ook omkeerden, meende ze, en vier achter haar, en misschien nog een zevende die tussen de anderen heen en weer liep en instructies van hen kreeg, gewoon om haar in verwarring te brengen.

Ze bleef af en toe voor een etalage staan om naar de weerspiegeling te kijken, erop vertrouwend dat haar ogen iets bekends zouden oppikken, iets wat ze eerder had gezien, zoekend naar mensen die hun gezicht achter een hoed of een krant of een reisgids verscholen, maar er viel haar niets verdachts op. Dan weer verder: ze stak de brede straat over naar de kant van

Waverley Garden, schoot tussen een tram en een brouwers-
wagen door, zigzagde om auto's heen naar het Scott Monument. Ze liep er half omheen, keerde om, versnelde haar pas
en beende kwiek in tegenovergestelde richting terug naar Cal-
ton Hill. In een opwelling dook ze plotseling het North British Hotel in; de portier had niet eens tijd om haar met een
vinger naar zijn hoed te groeten. Bij de receptie vroeg ze of ze
een kamer kon bezichtigen en ze werd naar de vierde verdieping gebracht. Zonder dralen informeerde ze naar prijzen en
de locatie van de badkamer. Buiten zouden ze allemaal even
beduusd zijn maar minstens een van haar schaduwen zou hebben gezien dat ze het hotel binnenging. Dat zou doorgegeven
worden en binnen vijf minuten zouden ze elke uitgang in de
gaten houden. 'Ga weer naar buiten door dezelfde deur als je
binnen bent gekomen,' zei Law altijd, 'want die zal het minst
scherp bewaakt worden.' Een goed advies, zij het dat iedereen
die haar volgde het ook kende.

Weer beneden in de lobby pakte ze een rode hoofddoek uit
haar tas en deed hem om. Ze trok haar jas uit en droeg hem
over haar arm. Toen er een groep luid kakelende toeristen bij
de draaideur bijeendromde om gezamenlijk in een geparkeerde autobus te stappen, sloot ze zich bij hen aan en glipte ze
mee naar buiten terwijl ze zo geanimeerd mogelijk aan een
man vroeg waar de Royal Mile was. Toen schoot ze achter hun
bus langs, stak Princes Street weer over en slenterde toen langzaam, op haar gemak, westwaarts. Af en toe bleef ze staan om
in etalages naar weerspiegelingen te spieden. Er stond een man
in een groen colbert aan de overkant van de straat die ze eerder meende te hebben gezien. Hij liep gelijk met haar op en
draaide haar nu en dan zijn rug toe om naar het kasteel te kijken.

Ze snelde Jenners in en omhoog naar de derde verdieping.
Ze beende via de fournituren naar de hoedenafdeling. Groen
colbertje zou haar wel hebben gezien en de anderen hebben
verteld dat ze in het warenhuis was. Ze ging de damestoilet-
ten in en liep langs de wc-hokjes door naar achteren. Daar was
ccn personeelsdeur die naar haar weten nooit op slot was. Ze

draaide aan de knop en de deur ging open en ze glipte naar binnen.

'Sorry, mevrouw, dit is privé.' Twee winkelbedienden die met pauze waren zaten op een bank te roken.

'Ik ben op zoek naar Jenny, Jenny Kinloch. Ik ben haar zus. Er is een vreselijk ongeluk gebeurd.'

'We hebben hier geen Jenny Kinloch, mevrouw.'

'Maar ze zeiden dat ik naar de personeelskantine moest.'

Dus werd ze door gangen en over trappen die naar linoleum en poetsmiddel roken naar de personeelskantine gebracht. Er was geen Jenny Kinloch voorhanden, dus zei Eva dat ze even moest telefoneren, misschien had ze het niet helemaal goed begrepen, misschien was het Binns, niet Jenners. Ze werd met enige ergernis naar een telefooncel verwezen. In de cel deed ze haar hoofddoek af en kamde ze haar lange haar uit. Ze keerde haar jas binnenstebuiten en stapte door de personeelsingang naar buiten, Rose Street op. Ze wist dat ze haar volgers had afgeschud. Ze had hen steeds weten af te schudden maar dit was de eerste keer dat ze met een zesmans schaduwteam –

'Eva!' Het geluid van rennende voeten.

Ze draaide zich om. Het was Romer, een beetje buiten adem, zijn springerige haar in de war. Hij ging langzamer lopen, moest even bijkomen, streek met een hand over zijn hoofd.

'Heel goed,' zei hij. 'Ik vond die rode hoofddoek een meesterzet. Zorg dat je opvalt – subliem.'

Haar teleurstelling was net een bittere nasmaak in haar keel. 'Maar hoe wist je –'

'Ik heb vals gespeeld. Ik ben steeds dichtbij gebleven. Niemand wist het.' Hij stond nu voor haar. 'Ik zal je laten zien hoe je iemand van dichtbij schaduwt. Je hebt meer rekwisieten nodig – bril, valse snor.' Hij haalde er een uit zijn zak, en uit de andere een tweed pet. 'Maar je was heel goed, Eva. Je had me haast afgeschud.' Hij grijnsde zijn wittetandenlach. 'Vond je het geen fijne kamer in het North British Hotel? Jenners was handig – het damestoilet was goed bedacht. Er lopen daar een paar gepikeerde Edinburghse meiden rond, ben ik bang. Maar ik wist dat er een achteruitgang moest zijn want anders was je er nooit naar binnen gegaan.'

'Aha.'

Hij keek op zijn horloge. 'Laten we deze straat nemen. Ik heb gereserveerd voor de lunch. Je houdt van oesters, hè?'

Ze lunchten in een fraai betegelde oesterbar met een doorgang naar de pub ernaast. Oesters, dacht ze, het symbool van onze relatie. Misschien denkt hij dat ze echt als afrodisiacum werken en dat ik dan voor hem val? Terwijl ze zaten te praten nam Eva Romer zo objectief mogelijk op. Ze probeerde zich voor te stellen wat ze van hem zou hebben gevonden als ze niet op deze curieuze, schrikwekkende manier bij elkaar waren gebracht – als Kolia niet was vermoord. Hij had wel degelijk iets aantrekkelijks, veronderstelde ze, iets verbetens en tegelijk laconiek-ongrijpbaars; hij was tenslotte een soort spion. En dan had je nog zijn zeldzame glimlach waardoor hij een heel ander mens werd. En zijn enorme zelfverzekerdheid. Ze concentreerde zich; hij zat haar weer te complimenteren, zei dat iedereen op Lyne Manor onder de indruk was van haar toewijding, haar aanleg.

'Maar waar dient het allemaal toe?' flapte ze de vraag eruit.

'Ik zal alles uitleggen zodra je hier klaar bent,' zei hij. 'Dan kom je naar Londen en maak je kennis met mijn eenheid, mijn team.'

'Heb je je eigen eenheid?'

'Laten we zeggen een kleine branche van een onderdeel van een subdivisie die aan de hoofdorganisatie is aangehaakt.'

'En wat doet je eenheid?'

'Ik wou je dit geven,' zei hij zonder te antwoorden, en hij haalde een envelop uit zijn binnenzak die twee paspoorten bleek te bevatten. Ze sloeg ze open en daar was haar zelfde wazige foto weer, onscherp en stram-vormelijk, maar de namen waren anders: nu was ze Marjory Allerdice en Lily Fitzroy.

'Waar zijn deze voor? Ik dacht dat ik Eve Dalton was.'

Hij legde het uit. Iedereen die voor hem werkte, die in zijn eenheid zat, kreeg drie identiteiten. Het was een extraatje, een bonus, te gebruiken of niet te gebruiken naar eigen goeddunken. Beschouw ze als een stel extra parachutes, zei hij, een stel vluchtauto's die vlakbij geparkeerd staan voor het geval je het op een dag nodig vindt om ze te gebruiken. Ze kunnen heel goed van pas komen, zei hij, en het spaart een hoop tijd uit als je ze al hebt.

Eva stopte haar twee nieuwe paspoorten in haar handtas en voelde voor het eerst een angstrillinkje langs haar ruggengraat omhoogkruipen. Schaduwspelletjes in Edinburgh waren tot daaraan toe, maar wat Romers eenheid deed was duidelijk potentieel gevaarlijk. Ze knipte haar handtas dicht.

'Mag je me verder nog iets over die eenheid van jou vertellen?'

'Jawel hoor. Een beetje. De eenheid heet AAS, bijna een gênant acroniem, ik weet het, maar dat staat voor Actuarial & Accountancy Services.'

'Oersaaie boekhouders.'

'Precies.'

En ze bedacht opeens dat ze Romer echt mocht, dat ze zijn soort schranderheid wel mocht, zijn gave om alles door te hebben. Hij bestelde cognac voor zichzelf. Eva wilde niets meer.

'Ik zal je nog een goeie raad geven,' zei hij. 'In feite zal ik je steeds goeie raad blijven geven, handige tips, van tijd tot tijd. Je zou moeten proberen om ze te onthouden.'

Ineens had ze weer een afkeer van hem: die zelfvoldaanheid en die eigendunk waren soms gewoon te veel. Ik ben de slimste vent ter wereld en ik moet de hele tijd met jullie arme sufferds omgaan.

'Zoek een plek waar je veilig bent. Waar je ook bent, voor kortere of langere tijd, zorg voor een onderduikadres, een eigen plek. Zeg het niet tegen mij, zeg het tegen niemand. Een plek waarvan je zeker weet dat je erheen kunt, waar je anoniem kunt zijn, waar je je kunt verschuilen, indien nodig.'

'Romers regels,' zei ze. 'Heb je er nog meer?'

'O, er zijn er nog veel meer,' zei hij zonder de ironie in haar toon op te pikken, 'maar nu we het er toch over hebben zal ik je de allerbelangrijkste regel vertellen. Regel nummer één, om nooit te vergeten.'

'En dat is?'

'Vertrouw niemand,' zei hij zonder enige gewichtigdoenerij maar met een soort bedaarde stelligheid en onbevangenheid, alsof hij had gezegd: 'Vandaag is het woensdag.' 'Vertrouw niemand, nooit,' herhaalde hij en pakte een sigaret en stak hem nadenkend op, alsof hij zichzelf had weten te verbluffen met zijn scherpzinnigheid. 'Misschien is dat wel de enige regel die je nodig hebt. Misschien zijn alle andere regels die ik je leer alleen maar variaties op deze regel. De enige echte gulden regel. Vertrouw niemand, ook niet die ene persoon die je het meest van iedereen denkt te kunnen vertrouwen. Koester altijd argwaan. Koester altijd wantrouwen.' Hij glimlachte, maar niet zijn warme glimlach. 'Dat zal je uitstekend van pas komen.'

'Ja, dat begin ik te leren.'

Hij dronk de rest van zijn cognac in één teug op. Romer dronk best veel, was haar bij hun schaarse ontmoetingen opgevallen.

'We moeten even kijken hoe we je weer terugkrijgen naar Lyne,' zei hij, en hij vroeg meteen om de rekening.

Bij de deur gaven ze elkaar een hand. Eva zei dat ze net zo makkelijk een bus naar huis kon nemen. Ze vond dat hij haar doordringender aankeek dan normaal en het schoot haar te binnen dat ze haar haar los droeg. Hij heeft me waarschijnlijk nog nooit gezien met mijn haar los, dacht ze.

'Tja... Eva Delectorskaya,' zei hij peinzend, alsof hij ver weg was met zijn gedachten. 'Wie had dat kunnen denken?' Hij stak zijn hand uit alsof hij een klopje op haar schouder wilde geven maar bedacht zich toen. 'Iedereen is heel tevreden. Heel erg.' Hij keek op naar de middaglucht met zijn dikke, zich samenpakkende wolken, grauw, drukkend, dreigend. 'Volgende maand oorlog,' zei hij op dezelfde milde toon, 'of de maand erna. De grote Europese oorlog.' Hij wendde zijn blik weer naar haar en glimlachte. 'We zullen ons steentje bijdragen, wees maar niet bang,' zei hij.

'Met de Actuarial & Accountancy Services.'

'Juist... Ben je wel eens in België geweest?' vroeg hij onverwachts.

'Ja. Ik ben eens in Brussel geweest. Hoezo?'

'Volgens mij vind je het daar misschien wel aardig. Tot ziens, Eva.' Hij maakte een soort salueer- annex wuifgebaar naar haar en slenterde weg. Eva kon hem horen fluiten. Ze draaide zich om en wandelde in gedachten naar het busstation.

Later, toen ze in de wachtkamer op de bus naar Galashiels zat te wachten, betrapte ze zich erop dat ze naar de andere mensen zat te kijken die ook in de kleine ruimte op hun bus zaten te wachten – de mannen en vrouwen, en een paar kinderen. Ze zat hen te monsteren, te taxeren, te evalueren, te plaatsen. En ze dacht: als jullie eens wisten, als jullie eens wisten wie ik was en wat ik deed. Toen stokten haar gedachten opeens en gaf ze bijna een kreet van verrassing. Ze realiseerde zich plotseling dat alles inderdaad was veranderd, dat ze nu heel anders tegen de wereld aankeek. Het leek of de zenuwbanen in haar hersens waren verlegd, of ze een nieuwe bedrading had gekregen, en ze besefte dat haar lunch met Romer het einde van iets ouds had gemarkeerd en tegelijk het begin van iets nieuws. Ze begreep nu met haast beklemmende klaarheid dat de wereld en haar bewoners anders waren voor een spion dan voor alle overige mensen. Met een lichte siddering van ontzetting en, moest ze bekennen, met een lichte siddering van opwinding, drong het in die wachtkamer in Edinburgh tot haar door dat ze naar de wereld om haar heen keek zoals een spion dat zou doen. Ze mijmerde over de dingen die Romer had gezegd, over zijn enige echte gulden regel, en ze dacht: was dat het speciale, unieke lot van de spion, om in een wereld zonder vertrouwen te leven? Ze vroeg zich af of ze ooit nog in staat zou zijn om een ander te vertrouwen.

3 *Geen bloot meer*

Ik werd vroeg wakker, van streek en kribbig na mijn vertrouwde droom – de droom waarin ik dood ben en toekijk hoe Jochen zich zonder mij door het leven slaat, meestal probleemloos en hartstikke tevreden. Ik had die droom voor het eerst toen hij begon te praten, en ik baal van mijn onderbewuste dat het me op gezette tijden die schrijnende bezorgdheid, die ziekelijke neurose opdringt. Waarom droom ik over mijn eigen dood? Ik droom nooit over Jochens dood, hoewel ik er weleens, een heel enkele keer, heel even aan denk om het dan geschokt uit mijn gedachten te bannen. Ik ben er tamelijk zeker van dat iedereen dat heeft met de mensen van wie hij of zij houdt; het is een macaber uitvloeisel van de oprechte liefde die je voor iemand koestert. Je voelt je gedwongen om je een wereld zonder hen voor te stellen en moet je even indenken hoe vreselijk dat is. Een glurende blik door de kier naar de leegte, de grote stilte aan gene zijde. We kunnen het niet helpen – ik kan het niet helpen, althans, en ik houd me schuldbewust voor dat iedereen het vast doet, dat het een heel menselijke reactie op de condition humaine is. Ik hoop dat ik gelijk heb.

Ik gleed uit bed en slofte naar zijn slaapkamer om te kijken hoe het met hem was. Hij zat rechtop in bed in zijn kleurboek te tekenen, een baaierd van potloden en waskrijtjes om

69

hem heen. Ik gaf hem een kus en vroeg wat hij aan het tekenen was.

'Een zonsondergang,' zei hij, en hij liet me het felgekleurde vel zien, een en al vlammend oranje en geel, bekroond met
beurse, broeierige paarsen en grijzen.

'Wel een beetje treurig,' zei ik, mijn stemming nog beïn-
vloed door mijn droom.

'Nee hoor, dat is heel mooi zo.'

'Wat wil je voor je ontbijt?' vroeg ik.

'Knapperige bacon, alsjeblieft.'

Ik deed de deur open voor Hamid. Hij had zijn nieuwe leren
jack niet aan, zag ik, alleen zijn zwarte spijkerbroek en een wit
overhemd met korte mouwen, frisgestreken, net een piloot van
een luchtvaartmaatschappij. Normaliter had ik hem ermee ge-
plaagd maar ik vond dat het na mijn faux pas van de vorige
dag plus het feit dat Ludger achter me in de keuken zat beter
was om aardig en leuk te doen.

'Hamid, hallo! Wat een mooie ochtend!' zei ik, mijn stem
vol speciale blijheid.

'De zon schijnt weer,' zei hij op één dreun.

'Zo is dat, zo is dat.'

Ik stapte opzij en liet hem binnen. Ludger zat in t-shirt en
korte broek aan de keukentafel cornflakes in zijn mond te le-
pelen. Ik kon wel raden wat Hamid dacht – zijn gemaakte
glimlach, zijn vormelijkheid – maar het was in Ludgers bijzijn
niet mogelijk om uit te leggen wat er echt aan de hand was,
dus koos ik voor een simpele introductie.

'Hamid, dit is Ludger, een vriend van mij uit Duitsland.
Ludger – Hamid.'

Ik had hen de vorige dag niet aan elkaar voorgesteld. Ik was
naar de voordeur gegaan, had Ludger mee naar boven genomen en hem in de woonkamer geïnstalleerd, en was toen –
met enige moeite – verder gegaan met Hamids les. Toen Hamid klaar en vertrokken was, was ik naar Ludger gegaan; hij
lag languit op de bank te slapen.

Ludger stak zijn gebalde vuist op en zei: *'Allahu Akbar.'*

'Ludger, weet je nog wel?' vroeg ik opgeruimd. 'Hij kwam hier gisteren aan de deur, onder onze les.'

Er viel geen enkele emotie op Hamids gezicht te lezen. 'Aangenaam kennis te maken,' zei hij.

'Zullen we doorlopen?' zei ik.

'Ja, alsjeblieft, na jou, Ruth.'

Ik ging hem voor naar de werkkamer. Hij scheen erg uit zijn gewone doen: ernstig, bijna gekweld, leek het wel. Ik zag dat hij zijn baard had laten bijknippen waardoor hij er een stuk jonger uitzag.

'Nou,' vervolgde ik met dezelfde geveinsde opgewektheid terwijl ik aan mijn bureau ging zitten, 'ik ben benieuwd wat de Ambersons vandaag in de zin hebben.'

Hij negeerde me. 'Die Ludger, is hij de vader van Jochen?' vroeg hij.

'Nee! Lieve hemel, nee. Hoe kom je daarbij? Nee, hij is de broer van Jochens vader, de jongere broer van Karl-Heinz. Nee zeg, absoluut niet.' Ik lachte nerveus, opgelucht, en besefte dat ik wel vier keer 'nee' had gezegd. Nadrukkelijker kon een ontkenning niet zijn.

Hamid probeerde te verhullen hoe blij hij was met dat nieuws, maar faalde. Zijn grijns was bijna bête.

'O. Goed. Nee, ik dacht dat hij…' Hij viel stil, stak beide handen op om vergiffenis. 'Sorry, ik moet niet zo gevolgen trekken.'

'Gevolgtrekkingen maken.'

'Gevolgtrekkingen maken. Dus hij is Jochens oom.'

Dat klopte, maar ik moest toegeven dat ik nog nooit in die trant over Ludger Kleist had gedacht. Hij had totaal niets van een vriendelijke oom; de combinatie 'oom Ludger' leek afschrikwekkend tegenstrijdig. Bovendien had ik Ludger ook aan Jochen voorgesteld als 'een vriend uit Duitsland', en ze hadden geen tijd gehad om elkaar verder te leren kennen aangezien ik Jochen naar een verjaardagspartijtje moest brengen. Ludger zei dat hij 'naar een pub' zou gaan, en toen hij die avond terugkwam lag Jochen al in bed. De oom-onthulling zou nog even moeten wachten.

Ludger sliep op een luchtbed op de vloer van de kamer die we de Eetkamer noemden, ter ere van het enige etentje dat ik er had gegeven sinds we in de flat waren getrokken. Het was in feite, en in theorie, de kamer waar ik mijn proefschrift schreef. De ovale tafel daar lag vol boeken en aantekeningen en versies van mijn diverse hoofdstukken. Ik stond mezelf toe om te geloven dat dit de kamer was waar ik aan mijn proefschrift werkte, ondanks het stoffige bewijs van het tegendeel. Alleen al door het bestaan van de kamer, door zijn benaming en categorisering, leken mijn wensen reëel te zijn, of reëler: dit was de plek waar mijn rustige, wetenschappelijke, intellectuele leven zich afspeelde; mijn rommelige, chaotische, echte leven nam de rest van de flat in beslag. De Eetkamer was mijn kleine isolatiecel voor geestelijke inspanning. Ik verdreef die illusie vlug: we schoven de tafel tegen de muur, legden Ludgers luchtbed op het tapijt en het was weer een logeerkamer, een logeerkamer die Ludger heel gerieflijk vond, beweerde hij.

'Je had eens moeten zien waar ik allemaal heb geslapen,' zei hij, en hij trok met een vinger het onderlid van zijn rechteroog omlaag als om een peilloze blik te illustreren. 'Jezus, Ruth, dit is net het Ritz Hotel.' En toen slaakte hij die gestoorde lachgil van hem die me helderder voor de geest stond dan me lief was.

Hamid en ik gingen met de Ambersons aan de slag. Keith Amberson kreeg zijn auto niet aan de praat terwijl het gezin klaarstond om met vakantie naar Dorset te gaan. Een heleboel werkwoorden in de voorwaardelijke wijs. Ik hoorde Ludger van de keuken naar de kamer lopen.

'Blijft Ludger lang logeren?' vroeg Hamid. Kennelijk waren we allebei met hem bezig.

'Ik denk het niet,' zei ik, maar ik realiseerde me dat ik er in feite nog niet naar had gevraagd.

'Je zei dat je dacht dat hij dood was. Had hij een ongeluk?'

Ik besloot Hamid de waarheid te vertellen. 'Ik had gehoord dat hij door de West-Duitse politie was neergeschoten. Maar blijkbaar toch niet.'

'Door de politie neergeschoten? Is hij een gangster, een misdadiger?'

'Laten we zeggen dat hij een linkse activist is. Een soort anarchist.'

'Waarom logeert hij hier?'

'Hij gaat over een paar dagen weer weg,' loog ik.

'Is het vanwege Jochens vader?'

'Wat een hoop vragen, Hamid.'

'Neem me niet kwalijk.'

'Ja. Hij mag hier een paar dagen logeren omdat hij de broer van Jochens vader is. Zeg, zullen we verder gaan? Krijgt Keith zijn auto weer in orde? Wat *zou* Keith *hebben moeten* doen?'

'Houd je nog van Jochens vader?'

Ik keek Hamid sullig aan. Zijn bruine ogen keken vol verwachting, argeloos terug. Hij had nog nooit van die dingen gevraagd.

'Nee, natuurlijk niet,' zei ik. 'Ik ben bijna twee jaar geleden bij hem weggegaan. Daarom heb ik Jochen mee teruggenomen naar Oxford.'

'Goed,' zei hij met een glimlach. Hij ontspande zich. 'Ik moest het gewoon weten.'

'Waarom?'

'Omdat ik je wil uitnodigen om met me te eten. In een restaurant.'

Veronica stemde toe om Jochen mee naar huis te nemen en voor zijn avondeten te zorgen en ik reed naar Middle Ashton om met mijn moeder te praten. Toen ik aankwam zat ze op haar knieën in de tuin met een heggenschaar het gazon te knippen. Ze vertikte het om een grasmaaier te gebruiken, zei ze. Ze gruwde van grasmaaiers; grasmaaiers waren de ondergang van de Engelse tuin geweest zoals die eeuwen had bestaan. Capability Brown en Gilbert White hadden nooit een grasmaaier nodig gehad: in de echte Engelse tuin diende gras alleen door schapen afgegraasd of met een zeis afgemaaid te worden, en omdat ze geen zeis had en er trouwens ook niet mee om kon gaan vond ze het totaal geen punt om eens in de twee weken op haar knieën rond te gaan met haar schaar. Het hedendaagse Engelse gazon was een vreselijk anachronisme; in banen geschoren gras was een afgrijselijke moderne uitvinding. Enzovoorts, enzovoorts. Ik kende het betoog en deed nooit moeite om ertegenin te gaan (ze zag er helemaal geen been in om met haar auto boodschappen te doen, stelde ik vast, in plaats van een ponywagen aan te schaffen zoals die ouwe Capability en Gilbert zouden hebben gedaan). Haar gazon was dientengevolge ruig en slonzig, vol margrieten en ander onkruid. Zo hoorde het gazon van een plattelandstuin eruit te zien, orakelde ze, als het de kans kreeg.

'Hoe is het met je rug?' vroeg ik, op haar neerkijkend.

'Wat beter vandaag,' zei ze, 'maar het kan zijn dat ik je later vraag om me in mijn rolstoel naar de pub te rijden.'

We gingen in de keuken zitten en ze schonk een glas wijn voor mij en appelsap voor zichzelf in. Ze dronk niet, mijn moeder; ik had haar nog nooit iets zien nemen, nog geen glaasje sherry.

'Laten we een saffie roken,' zei ze, dus staken we allebei een sigaret op en zaten we een poosje te paffen en te babbelen en het belangrijke gesprek uit te stellen dat we zouden gaan voeren.

'Voel je je al wat rustiger?' vroeg ze. 'Ik had wel door dat je gespannen was. Zeg op, wat is er aan de hand? Iets met Jochen?'

'Nee, iets met jóú, verdorie. Met jou en "Eva Delectorskaya". Ik kan het allemaal niet bevatten, Sal. Denk je eens in hoe het voor mij is, zo plotseling, zonder enige toespeling al die tijd. Ik zit er erg mee.'

Ze haalde haar schouders op. 'Dat was te verwachten. Het is een schok, dat snap ik. In jouw plaats zou ik ook een beetje geschokt zijn, een beetje van streek.' Ze keek me op een vreemde manier aan, vond ik; koel, analytisch, alsof ik iemand was die ze net had ontmoet. 'Je gelooft me niet echt, hè?' vroeg ze. 'Je denkt dat ik niet goed snik ben.'

'Ik geloof je wel, natuurlijk geloof ik je. Hoe zou ik je niet kunnen geloven? Maar het is gewoon moeilijk te verwerken, zo opeens. Alles is zo anders – alles wat ik mijn hele leven onbekommerd als vanzelfsprekend heb aangenomen is in één tel

74

foetsie.' Ik zweeg even om mezelf aan te sporen: 'Vooruit, zeg eens wat in het Russisch?'

Ze sprak twee minuten lang Russisch en werd allengs steeds bozer; ze priemde driftig met haar vinger naar me. Ik wist niet wat me overkwam. Het leek wel of ze bezeten was, in tongen sprak. Mijn adem stokte in mijn keel.

'Godsamme,' zei ik. 'Waar ging dat allemaal over?'

'Dat ging over de teleurstelling die ik over mijn dochter voel. Mijn dochter, die een intelligente, koppige jonge vrouw is maar die, als ze maar een greintje van haar aanzienlijke intellectuele vermogens zou wijden aan een rationele overdenking van wat ik haar heb verteld, binnen een halve minuut had beseft dat ik haar nooit zo'n gemene streek zou leveren. Dat zei ik.'

Ik dronk mijn glas wijn leeg. 'En wat gebeurde er daarna?' vroeg ik. 'Ben je naar België gegaan? Waarom heet je "Sally" Gilmartin? Hoe is het verder met mijn opa gegaan, met Sergei, en met Irène, mijn stiefgrootmoeder?'

Ze stond op, een beetje triomfantelijk, vond ik, en liep naar de deur. 'Alles op zijn tijd. Je zult alles te weten komen. Je krijgt antwoord op alle vragen die je kunt bedenken. Maar ik wil dat je mijn verhaal aandachtig leest. Dat je je hersens gebruikt. Je goeie verstand. Ik zal ook vragen aan jou hebben. Een hele hoop vragen. Er zijn dingen waarvan ik niet zeker weet of ik ze wel snap...'

Die gedachte scheen haar van haar stuk te brengen. Ze fronste haar wenkbrauwen en liep toen de kamer uit. Ik schonk mezelf nog een glas wijn in en moest toen aan blaaspijpjes denken – rustig aan. Mijn moeder kwam terug en overhandigde me een andere map. Ik voelde een steek van ergernis: ik wist dat ze dit opzettelijk deed, mij haar verhaal in afleveringen voeren, als een dramaserie. Ze wilde dat ik erbij betrokken bleef, dat de onthullingen bleven hangen en het niet allemaal in één grote emotionele aardbeving voorbij zou zijn. Ze vlaste op een reeks kleine aardschokken om me alert te houden.

'Waarom vertel je me niet gewoon het hele verhaal?' vroeg ik, kregeliger dan ik wilde.

'Ik ben het nog aan het bijschaven,' zei ze onverstoorbaar.

'Ik zit er nog steeds dingetjes in te veranderen. Ik wil dat het zo goed mogelijk wordt.'

'Wanneer heb je dat allemaal opgeschreven?'

'In de loop van de laatste paar jaar. Je ziet dat ik de hele tijd dingen toevoeg, doorstreep, herschrijf. Ik probeer het zo te maken dat het glashelder leest. Ik wil dat het consistent lijkt. Als je wilt mag je het corrigeren. Jij kunt veel beter schrijven dan ik.'

Ze kwam naar me toe en kneep me in mijn arm, bemoedigend, met iets van emotie, meende ik; mijn moeder was geen kei in lichamelijk contact, dus het was lastig om de betekenis van haar zeldzame gebaren van genegenheid te interpreteren.

'Kijk niet zo beduusd,' zei ze. 'We hebben allemaal onze geheimen. Niemand weet zelfs maar de halve waarheid over een ander, hoe vriendschappelijk of intiem diegene ook mag wezen. Ik weet zeker dat jij geheimen voor mij hebt. Honderden, duizenden. Jij helemaal – het heeft maanden geduurd voordat je me over Jochen hebt verteld.' Ze stak haar hand uit en streek door mijn haar. Dat was heel ongebruikelijk. 'Dat is het enige wat ik doe, Ruth, geloof me. Ik vertel je alleen maar mijn geheimen. Dan zul je ook begrijpen waarom ik tot nu heb moeten wachten.'

'Wist pap het?'

Ze zweeg even. 'Nee, hij wist het niet. Hij wist er niets van.'

Ik zat daar even over na te denken, over mijn ouders en hoe ik hen altijd had gezien. Veeg die lei schoon, zei ik bij mezelf. 'Heeft hij nooit iets vermoed?' vroeg ik.

'Ik denk het niet. We waren heel gelukkig, dat was het enige wat ertoe deed.'

'Maar waarom heb je besloten om mij alles te vertellen? Om mij opeens al je geheimen te verklappen?'

Ze zuchtte, keek rond, wapperde doelloos met haar handen, streek ermee door haar haar en trommelde toen met haar vingers op tafel.

'Omdat,' zei ze eindelijk, 'omdat ik denk dat iemand me wil vermoorden.'

Ik reed naar huis, in gedachten, langzaam, voorzichtig. Ik was wat wijzer geworden, nam ik aan, maar ik begon me meer zorgen om mijn moeders paranoia te maken dan om wat ik als de waarheid omtrent haar merkwaardige dubbelleven moest accepteren. Sally Gilmartin was Eva Delectorskaya, daar moest ik me maar bij neerleggen. Maar dan, waarom zou iemand een vrouw van zesenzestig, een grootmoeder die in een afgelegen dorpje in Oxfordshire woonde, willen vermoorden? Ik dacht dat ik met Eva Delectorskaya nog wel zou kunnen leven, maar ik vond die moordkwestie veel moeilijker te slikken.

Ik haalde Jochen op bij Veronica en we wandelden door Summertown naar ons huis op Moreton Road. Het was een drukkende, klamme zomeravond en de bladeren aan de bomen zagen er afgemat en slap uit. De warmte van een hele zomer in drie weken samengeperst, en de zomer was nog maar net begonnen. Jochen zei dat hij het warm had, dus trok ik hem zijn T-shirt uit. We liepen verder, hand in hand, zwijgend, allebei in gedachten verzonken.

Bij de poort vroeg hij: 'Is Ludger er nog?'

'Ja. Hij blijft een paar dagen.'

'Is Ludger mijn pappie?'

'Nee! God, nee. Absoluut niet. Ik heb toch verteld dat je vader Karl-Heinz heet. Ludger is zijn broer.'

'O.'

'Waarom dacht je dat hij je vader was?'

'Hij komt uit Duitsland. Ik ben in Duitsland geboren, heb je gezegd.'

'Dat klopt.' Ik hurkte neer, pakte zijn beide handen en keek hem diep in zijn ogen. 'Hij is niet je vader. Ik zou daar nooit tegen jou over liegen, lieverd. Ik zal je altijd de waarheid vertellen.'

Hij keek vergenoegd.

'Geef me een knuffel,' zei ik, en hij sloeg zijn armen om mijn nek en gaf me een kus op mijn wang. Ik tilde hem op en droeg hem door de steeg naar onze trap. Toen ik hem boven aan de trap neerzette keek ik door het glas van de keukendeur en zag ik Ludger uit de badkamer komen. Hij liep door de gang op ons af, op weg naar de eetkamer. Hij was naakt.

'Blijf even hier,' zei ik tegen Jochen, en toen beende ik snel de keuken door om Ludger staande te houden. Hij liep neuriënd zijn haar te drogen met een handdoek terwijl hij op me af kwam. Zijn lul slingerde heen en weer terwijl hij door zijn haar wreef.

'Ludger.'

'Hé, hallo, Ruth,' zei hij. Hij had totaal geen haast om de handdoek om zich heen te slaan.

'Zou je dat alsjeblieft niet willen doen, Ludger. In mijn huis.'

'O, sorry. Ik dacht dat je uit was.'

'Er komen elk uur van de dag mensen aan de keukendeur. Ze kunnen naar binnen kijken. Het is een glazen deur.'

Hij gaf me zijn vuile grijnslachje. 'Leuke verrassing voor ze. Maar jij vindt het toch niet erg.'

'Jawel, ik vind het wel erg. Ik wil niet dat je hier bloot rond-loopt.' Ik draaide me om en liep terug om Jochen binnen te laten.

'Neem me niet kwalijk, Ruth,' riep hij me klaaglijk achter-na; hij had wel door hoe nijdig ik was. 'Het komt omdat ik porno heb gedaan. Ik denk er niet bij na. Geen bloot meer, ik beloof het.'

Het verhaal van Eva Delectorskaya

België, 1939

Eva Delectorskaya werd vroeg wakker. Ze bedacht dat ze alleen was in de flat en nam de tijd om zich te wassen en aan te kleden. Ze zette koffie en nam die mee naar het kleine balkon – er scheen een waterig zonnetje – met uitzicht op het Marie-Henriëttepark, aan de overkant van de spoorlijn. De bomen waren nu zo goed als kaal maar ze zag, enigszins tot haar verbazing, op het meer een paartje in een roeiboot: de man trok aan de riemen alsof hij een wedstrijd roeide, om indruk te maken, en de vrouw klampte zich vast aan de boorden, bang om in het water te vallen.

Ze besloot naar haar werk te lopen. De zon hield zich staande en de koude lucht en de harde schuine schaduwen hadden iets verkwikkends, ook al was het november. Ze zette haar hoed op, trok haar jas aan en wikkelde haar sjaal om haar nek. Toen ze wegging deed ze de deur van de flat op het nachtslot en schoof ze haar gele kartonnetje zorgvuldig onder de deurpost, zodanig dat het nog net te zien was. Als Sylvia thuiskwam zou die het door een blauw stukje vervangen. Eva wist dat er een oorlog woedde maar in het slaperige Oostende leken dergelijke voorzorgsmaatregelen bijna belachelijk; wie zou er nou in hun flat inbreken? Maar Romer wilde dat iedereen in de eenheid 'gevechtsklaar' was en zich aan goede gewoonten en procedures hield, ze tot een tweede natuur maakte.

Ze wandelde de Leffingestraat uit en sloeg linksaf de Torhoutsesteenweg in. Ze hief haar gezicht naar de koesterende zon en probeerde niet aan de dag die voor haar lag te denken, probeerde te doen alsof ze een jonge Belgische vrouw was zoals de andere jonge Belgische vrouwen die ze om zich heen op straat zag, een jonge Belgische vrouw die met haar normale besognes bezig was, in een kleine stad in een klein land in een wereld die leek te kloppen.

Ze sloeg rechtsaf bij de klokkentoren en stak het pleintje over naar het Café de Paris. Ze overwoog om even koffie te gaan drinken maar realiseerde zich dat Sylvia ongeduldig zat te wachten tot ze na haar nachtdienst werd afgelost, en dus stapte ze maar stevig door. Bij de tramremise zag ze op de reclamezuilen de verblekende aanplakbiljetten van de paardenrennen van de voorbije zomer – LE GRAND PRIX INTERNATIONAL D'OSTENDE 1939 – een vreemd aandenken aan een wereld waar toen nog vrede heerste. Bij het postkantoor sloeg ze linksaf de IJzerstraat in, en haar oog viel meteen op het nieuwe bord dat Romer had laten aanbrengen. Koningsblauw op citroengeel: 'Agence d'Information Nadal', of, zoals Romer het graag noemde, 'De geruchtenfabriek'.

Het gebouw was een kantoorpand met strakke lijnen van drie verdiepingen uit de jaren twintig, met een gewelfde, op zuilen rustende overkapping boven de hoofdingang, in de streng gestroomlijnde stijl van de Nieuwe Zakelijkheid, een effect dat nogal werd ondermijnd door de decoratieve pseudo-Egyptische fries die onder de eenvoudige kroonlijst van de bovenste verdieping liep. Op het dak stond als een mini-Eiffeltoren een tien meter hoge zendmast, rood-wit geschilderd. Het kwam eerder door die mast dan vanwege enige bouwkundige pretentie dat de toevallige passant het gebouw nog eens bekeek.

Eva liep naar binnen, knikte tegen de receptioniste en nam de trap naar de bovenste verdieping. Het Agence d'Information Nadal was een klein persbureau, een spiering vergeleken met reuzen als Reuters, Agence Havas of Associated Press, maar het deed in essentie hetzelfde werk, namelijk het verkopen van nieuws en informatie aan diverse klanten die niet bereid of in staat waren om dat nieuws en die informatie zelf te vergaren. A.I. Nadal bediende 137 plaatselijke kranten en radiostations in België, Nederland en Noord-Frankrijk en maakte een bescheiden maar regelmatige winst. Romer had het in 1938 gekocht van de oprichter, Pierre-Henri Nadal, een keurige oude heer met wit haar die 's zomers tweekleurige schoenen en een platte, stijve strohoed droeg en af en toe langswipte om te kijken hoe zijn geesteskind zich onder de nieuwe stiefouders ontwikkelde. Romer had de essentie van het bedrijf gehandhaafd en op onopvallende wijze de aanpassingen doorgevoerd die hij nodig achtte. De zendmast was verhoogd en krachtiger gemaakt. De oorspronkelijke staf van een stuk of tien Belgische journalisten was in dienst gehouden maar op de tweede etage ondergebracht, waar ze doorgingen met het ziften en distribueren van het plaatselijke nieuws vanuit dat kleine hoekje Noord-Europa: informatie over veemarkten, dorpsfeesten, wielerwedstrijden, de getijden, de slotkoersen van de Brusselse beurs enzovoorts. Ze gaven hun kopij punctueel door aan de telegrafisten op de begane grond, die de berichten in morse omzetten en naar de 137 abonnees van het persbureau zonden.

De derde etage werd gebruikt door Romers eenheid, een klein team van vijf personen die continu alle Europese en andere relevante buitenlandse kranten lazen die ze konden vinden. Na uitvoerige beraadslagingen stopten ze van tijd tot tijd een bepaald Romer-verhaal in de massa trivia die vanuit het onopvallende gebouw aan de IJzerstraat werd uitgestraald.

Romers 'team' bestond, naast Romer zelf en Eva, uit nog vier andere leden: Morris Devereux – Romers rechterhand – een elegante, beminnelijke, voormalige Cambridge-docent; Angus Woolf, een ex-journalist van Fleet Street die zwaar invalide was door een aangeboren ruggengraatsverkromming; Sylvia Rhys-Meyer – Eva's flatgenote – een energieke vrouw van achter in de dertig, driemaal getrouwd en gescheiden en een voormalige polyglot en vertaalster op het ministerie van Buitenlandse Zaken, en Alfie Blytheswood, die niets te maken had met het materiaal dat door het persbureau werd uitgezonden maar die verantwoordelijk was voor het onderhoud en het probleemloos functioneren van de krachtige zendtoestellen en voor het incidenteel coderen van telegrammen. Dat was de hele AAS, zoals Eva al snel doorkreeg: Romers team was klein en hecht. Afgezien van haar scheen iedereen al verscheidene jaren voor hem te werken, Morris Devereux zelfs nog langer.

Eva hing haar jas en hoed aan haar gebruikelijke haak en spoedde zich naar haar bureau. Sylvia was er nog en zat Zweedse kranten van de vorige dag door te bladeren. Haar asbak zat boordevol sigarettenpeuken.

'Druk gehad vannacht?'

Sylvia trok een holle rug en rolde met haar schouders om vermoeidheid te veinzen. Ze leek net een struise, kordate dame uit de provincie – de echtgenote van de plaatselijke huisarts of herenboer, een vrouw met een forse boezem en brede heupen die mantelpakken met een mooie snit en dure accessoires droeg – zij het dat Sylvia Rhys-Meyer die eerste indruk in alle andere opzichten weersprak.

'Klotesaai, oersaai gekloot, oerkloterige saaiheid, saaie oerkloot,' zei ze terwijl ze opstond om Eva op haar stoel te laten plaatsnemen. 'En o, jouw stukje over de dooie vissers is overal opgepikt,' voegde ze eraan toe. Ze sloeg een pagina van de *Svenska Dagbladet* open en wees. 'En het staat ook in *The Times* en in *Le Monde*. Gefeliciteerd. Meneer zal erg in zijn nopjes zijn.'

Eva keek naar de Zweedse tekst en herkende sommige woorden. Het was een verhaal dat ze een paar dagen ervoor in de vergadering had voorgesteld, over twintig IJslandse vissers die in een afgelegen Noorse fjord waren aangespoeld en hadden verklaard dat hun boot voor de kust van Narvik in een mijnenveld terecht was gekomen. Eva wist meteen dat dit het soort verhaal was waarop Romer verzot was. Het had al tot een officiële ontkenning van het Britse ministerie van Oorlog geleid (Britse schepen hadden beslist geen mijnen in Noorse territoriale wateren gelegd) maar het was relevanter dat het informatie was die vrijelijk de ronde deed, zoals Romer zou zeggen: een vissersboot die door een mijn tot zinken was gebracht – waar? – dat was ook nuttig voor de vijand om te weten. Verdere ontkenningen zouden niet worden geloofd of te laat komen: het nieuws ging de wereld rond en deed zijn gluiperige werk. Ambtenaren van de Duitse geheime dienst die de media doorlichtten zouden nota nemen van de vermeende aanwezigheid van mijnen voor de Noorse kust. Het zou doorgegeven worden aan de marine, en dan zouden er kaarten op tafel komen en worden bijgewerkt en aangepast. Het was in feite een volmaakt voorbeeld om te illustreren hoe Romers eenheid en A.I. Nadal hoorden te werken. Informatie was niet neutraal, herhaalde Romer voortdurend: als ze werd geloofd of zelfs maar half geloofd, dan begon alles daardoor op subtiele wijze te veranderen – een sneeuwbaleffect dat gevolgen kon hebben die niemand kon voorzien. Eva had al eerder succesjes geboekt in de vier maanden dat ze in Oostende zat – nieuws over denkbeeldige bruggenbouwprojecten, over versterkingen van Nederlandse stormvloedkeringen, over treinen die in Noord-Frankrijk waren omgeleid vanwege nieuwe militaire manoeuvres – maar dit was de eerste keer dat de internationale pers een van haar verhalen had overgenomen. Romers idee was, zoals alle goede ideeën, heel simpel: valse informatie kan net zo nuttig, invloedrijk, veelzeggend, doorslaggevend of schadelijk zijn als waarheidsgetrouwe informatie. Hoe kon je, in een wereld waarin A.I. Nadal 137 media van nieuws voorzag, 24 uur per dag, 365 dagen per jaar, vaststellen wat echt was en wat het voortbrengsel van een intelligente, sluwe, vastberaden geest?

Eva ging op de stoel zitten, die nog warm was van Sylvia's royale achterste, en trok een stapel Russische en Franse kranten naar zich toe. Ze veronderstelde dat iemand in een hoge positie bij de Britse geheime dienst Romers idee op zijn juiste waarde had geschat en dat daarmee de ongebruikelijke autonomie viel te verklaren die hij scheen te hebben. Ze vermoedde dat het de Britse belastingbetaler was geweest die het

Agence d'Information Nadal had gekocht (en Pierre-Henri Nadal zodoende van een zeer gerieflijke oude dag had verzekerd) en die nu de ontwikkeling van het bureau als onderdeel van de afdeling politieke oorlogvoering financierde. Romer en zijn 'eenheid' richtten zich op het in omloop brengen van nauwkeurige, ingenieuze, valse informatie met behulp van een bonafide Belgisch persbureautje, en niemand wist precies wat het effect ervan zou zijn. Niemand wist met zekerheid of het Duitse opperbevel er kennis van nam, maar de eenheid beschouwde het altijd als een succes als hun verhalen door andere kranten en radiostations werden opgepikt (en betaald). Het bleek echter dat Romer ernaar streefde dat de verhalen die ze uitzonden aansloten op een of ander plan dat alleen hij kende. In de vergaderingen vroeg hij soms om artikelen over geruchten omtrent het mogelijke aftreden van deze of gene minister, of over schandalen die deze of gene regering aan het wankelen brachten, of hij zei opeens: we moeten iets hebben over de Spaanse neutraliteit, of hij vroeg met spoed om statistieken over de toename van de plaatstaalproductie in Franse metaalgieterijen. De leugens dienden met alle nauwgezetheid van de waarheid verzonnen te worden. Onverwijlde geloofwaardigheid was cruciaal, en het team spande zich in om daarvoor te zorgen. Toch was het allemaal nogal vaag, om de waarheid te zeggen, vond Eva, een soort gezelschapsspel. Ze konden de gevolgen van hun ingenieuze verdichtsels nooit precies overzien; het leek of de leden van de eenheid musici in een orkest waren die ieder apart in een geluiddicht kamertje waren afgezonderd – alleen Romer kon de meerstemmigheid horen van de melodie die ze speelden.

Sylvia kwam teruggelopen naar het bureau, met haar jas aan en een zwierig vilten hoedje met een veer op haar hoofd gedrukt. 'Zullen we vanavond thuis eten?' vroeg ze. 'Ik heb wel zin in biefstuk en rode wijn.'

'Ik vrees van niet,' zei een mannenstem.

Ze draaiden zich alle twee om en zagen Morris Devereux achter hen staan. Hij was een magere, cynische jonge man met scherpe gelaatstrekken en vroegtijdig grijs haar dat hij vanaf zijn voorhoofd glad naar achteren kamde, zonder scheiding. Hij kleedde zich met zorg: die dag droeg hij een donkerblauw pak met een azuurblauw vlinderdasje. Soms droeg hij een glanzend rood overhemd.

'We gaan naar Brussel,' zei hij tegen Eva. 'Persconferentie van het ministerie van Buitenlandse Zaken.'

'En deze stapel dan?' vroeg Eva, wijzend op haar hoop kranten.

'Je mag er even je gemak van nemen,' zei Morris. 'Je dode vissers zijn door Associated Press opgepikt. Een fijne cheque voor ons en morgen gons je door heel Amerika.'

Sylvia gromde, nam afscheid en vertrok. Morris ging Eva's jas en hoed halen.

'We hebben de auto van onze meester,' zei hij. 'Hij is naar Londen geroepen. Ik denk dat er een heel aardige lunch voor ons in zit.'

Ze gingen op weg naar Brussel, reden snel en zonder oponthoud door Brugge maar moesten bij Gent een omleiding over kleine weggetjes naar Oudenaarde volgen omdat de weg werd versperd door een militair konvooi, vrachtwagens vol soldaten en kleine tanks op diepladers en, merkwaardig genoeg, iets wat wel een hele cavaleriedivisie leek, paarden en ruiters die over de weg en door de bermen krioelden alsof ze voorbereidingen troffen om naar een negentiende-eeuws slagveld op te trekken.

In Brussel parkeerden ze bij het Noord Station. Omdat ze laat waren voor de lunch namen ze meteen een taxi naar het restaurant waar Morris een tafeltje had gereserveerd, Le Filet de Boeuf in de Grétrystraat. De persconferentie was om halfvier in het stadhuis. Ze hadden tijd genoeg, meende Morris, al moesten ze misschien het dessert laten schieten.

Ze werden naar hun tafeltje gebracht en bestelden een aperitief terwijl ze de menukaart doornamen. Eva keek om zich heen naar de andere gasten: zakenlui, advocaten, politici, veronderstelde ze, aan het eten, roken, drinken, praten, en naar de kelners op leeftijd die gewichtig in de weer waren met de bestellingen. Het drong tot haar door dat ze de enige vrouw in de zaal was. Het was een woensdag; misschien gingen Belgische vrouwen alleen in het weekend uit eten, opperde ze tegen Morris, die de sommelier liet komen.

'Wie weet? Maar jouw stralende vrouwelijkheid weegt ruimschoots op tegen het overwicht aan mannen, schat.'

Ze bestelde *museau de porc* en tarbot.

'Het is zo raar met deze oorlog,' zei ze. 'Ik moet me steeds voorhouden dat er een oorlog woedt.'

'Omdat we in een neutraal land zitten,' zei Morris. 'Vergeet dat niet.'

'Wat voert Romer in Londen uit?'

'Wij vragen nergens naar. Waarschijnlijk met Mr. X aan het overleggen.'

'Wie is Mr. X?'

'Mr. X is Romers... hoe zal ik het zeggen? Romers kardinaal Richelieu. Een heel machtige man die Lucas Romer toestaat om min of meer te doen wat hij wil.'

Eva sloeg Morris gade terwijl hij zijn foie gras in keurige blokjes sneed. 'Waarom zit het persbureau niet in Brussel?' vroeg ze. 'Waarom zitten we in Oostende?'

'Omdat we dan makkelijker de benen kunnen nemen als de Duitsers binnenvallen.'

'O ja? En wanneer is dat?'

'Komende lente, volgens onze baas. Hij voelt er niks voor om in Brussel in de val te zitten.'

Hun hoofdgerecht arriveerde, samen met een fles bordeaux. Eva keek toe hoe Morris met veel flair zijn nummertje opvoerde: walsen, ruiken, glas tegen het licht houden, wijn in zijn mond rond laten spoelen.

'We zouden in Brussel een stuk beter eten en drinken,' zei Eva. 'Trouwens, waarom moest ik mee hiernaartoe? Jij bent de België-expert.'

'Romer stond erop. Je hebt toch wel je perskaart bij je, mag ik hopen?'

Ze verzekerde hem van wel en ze gingen verder met hun maaltijd, babbelend over hun collega's en de gebreken en nadelen van het leven in Oostende, maar onder het praten zat Eva zich af te vragen, en niet voor de eerste keer, wat voor klein rolletje ze speelde in een onzichtbaar groter plan dat alleen Romer volledig overzag. Haar rekrutering, haar training, haar stationering, dat alles scheen op een logische ontwikkeling te wijzen, maar ze kon niet zien waar die heen leidde. Ze kon het Eva Delectorskaya-radertje in de grote onderneming niet ontwaren, ze kon zelfs de grote onderneming niet ontwaren, besefte ze. Wij vragen nergens naar, had Morris gezegd, en ze moest mismoedig erkennen dat hij gelijk had terwijl ze een stukje tarbot afsneed en in haar mond liet glijden – heerlijk. Het was fijn om in Brussel te zijn, weg van haar Franse en Russische kranten, om met een ontwikkelde, onderhoudende jonge man te lunchen – ga nou niet dwarsliggen door naar antwoorden te zoeken; ga niet moeilijk doen.

De persconferentie werd gegeven door een onderminister, met het doel om de opstelling van de Belgische regering toe te lichten met betrekking tot de recente invasie van Finland door Rusland. Eva's naam en verdere gegevens werden bij de ingang genoteerd en zij en Morris voegden zich bij een stuk of veertig andere journalisten en luisterden naar de toespraak van de onderminister. Na een minuut of twee begonnen haar gedachten af te dwalen. Ze merkte dat ze aan haar vader zat te denken, die ze voor het laatst in augustus had gezien toen ze een paar dagen met verlof in Parijs was geweest, voor ze naar Oostende verhuisde. Hij had er veel brozer en magerder uitgezien, de kwabben onder zijn kin geprononceerder, en ze had ook opgemerkt dat zijn beide handen trilden als ze in ruste waren. Het meest zorgwekkende zenuwtrekje was dat hij voortdurend zijn lippen likte. Ze vroeg of hij dorst had en hij zei nee, helemaal niet, hoezo? Ze vroeg zich af of het misschien een bijwerking was van de medicijnen die hij had gekregen om zijn hart te stimuleren, maar ze kon zichzelf niet langer voor de gek houden: haar vader was aan een langzaam proces van terminale aftakeling begonnen: de onvervaarde oude dag lag achter hem en nu bond hij de laatste zware strijd aan van zijn tijd op aarde. Ze vond dat hij wel tien jaar ouder was geworden in de paar maanden dat ze was weg geweest.

Irène deed koel en was niet nieuwsgierig naar haar nieuwe leven in Engeland. Toen Eva naar de gezondheid van haar vader informeerde zei ze dat het heel aardig met hem ging, dank je, dat alle artsen zeer tevreden waren. Toen haar vader naar haar werk vroeg zei ze dat ze met 'seinen' werkte en dat ze nu bedreven was in morse. 'Wie had dat gedacht?' riep hij uit; heel even keerde er iets van zijn oude vitaliteit terug, en hij legde zijn bevende hand op haar arm en voegde er zachtjes aan toe zodat Irène het niet kon horen: 'Je hebt het juiste besluit genomen, lieverd, goed gedaan.'

Morris klopte haar op haar elleboog en rukte haar los uit haar mijmeringen. Hij gaf haar een stuk papier waarop een vraag in het Frans stond. Ze keek er niet-begrijpend naar.

'Romer wil dat je dat vraagt,' zei Morris.

'Waarom?'

'Ik denk dat het bedoeld is om respect voor ons af te dwingen.'

Dus toen de onderminister was uitgesproken en de moderator van de persconferentie gelegenheid gaf tot het stellen van vragen, liet Eva vier of vijf anderen voorgaan voordat ze haar hand opstak. Ze werd opgemerkt en aangewezen – 'La Mademoiselle là' – en ze stond op.

'Eve Dalton,' zei ze, 'van het Agence d'Information Nadal.' Ze zag dat de moderator haar naam in een boek schreef, en toen hij knikte stelde ze haar vraag. Ze had de strekking ervan niet echt door – het had iets te maken met een minderheidspartij in het parlement, het Vlaamsch Nationaal Verbond, en hun beleid van *neutralité rigoureuse*. De vraag veroorzaakte enige commotie: het antwoord van de onderminister was bits en schamper maar ze zag dat er een stuk of vijf handen werden opgestoken voor vervolgvragen. Ze ging zitten en Morris wierp haar een heimelijke glimlach toe als felicitatie. Een minuut of vijf later gebaarde hij dat ze ervandoor moesten. Ze slopen de zaal uit, verlieten het stadhuis door een zij-ingang en staken de Grote Markt over, half rennend door een schuine druilregen naar een café. Ze gingen binnen zitten, rookten een sigaret en dronken thee terwijl ze door de ramen naar buiten keken, naar de barokke hoge gevels van de gebouwen rondom het indrukwekkende plein die na al die eeuwen nog steeds iets van onverwoestbaar zelfvertrouwen en voorspoed uitstraalden. Het ging harder regenen en de bloemenstalletjes gingen dicht toen ze een taxi naar het station namen en vandaar rustig en zonder oponthoud of omleidingen naar Oostende reden.

Er waren geen militaire konvooien onderweg bij Gent en ze schoten lekker op en waren om zeven uur 's avonds terug in Oostende. Op de terugreis kletsten ze wat maar terughoudend, zoals al Romers medewerkers, realiseerde Eva zich. Ze hadden een gevoel van solidariteit omdat ze een klein eliteteam vormden, dat viel niet te ontkennen, maar dat was maar een vernisje: niemand was ooit echt openhartig of spontaan, en ze probeerden hun gesprekken tot luchthartige opmerkingen en nietszeggende algemeenheden te beperken. Het ging nooit over specifieke data en plekken uit hun verleden, uit hun leven vóór Romer.

Morris zei tegen haar: 'Je Frans is uitstekend. Echt prima.'

En Eva zei: 'Ja, ik heb een tijdje in Parijs gewoond.'

Op haar beurt vroeg ze aan Morris hoe lang hij Romer al kende. 'O, al aardig wat jaartjes,' zei hij, en ze hoorde aan zijn toon dat het niet alleen fout zou zijn om naar een preciezer antwoord te hengelen maar dat het ook argwaan zou wekken. Morris noemde haar 'Eve' en het viel haar opeens in dat 'Morris Devereux' wellicht net zomin zijn echte naam was als 'Eve Dalton' de hare. Ze gluurde onder het rijden opzij naar hem en zag hoe zijn fijne gelaatstrekken van onderen door de dashboardlampjes werden verlicht. Niet voor het eerst voelde ze een doffe steek van spijt over het feit dat ze door het merkwaardige werk dat ze deden in wezen constant van elkaar gescheiden en op zichzelf werden gehouden, ook al werkten ze toe naar hetzelfde doel.

Morris zette haar af bij haar flat, ze wenste hem goede avond en beklom de trap naar haar overloop. Daar zag ze Sylvia's blauwe kaartje net onder de deurpost uitsteken. Ze stak haar sleutel in het slot en wilde hem net omdraaien toen de deur van binnen werd geopend. Romer stond daar en glimlachte ietwat ijzig naar haar, vond ze. Tegelijk zag ze Sylvia in de gang achter hem staan, onduidelijke paniekgebaren makend die Eva niet goed wist te ontcijferen.

'Wat ben je lang weggebleven,' zei hij. 'Zijn jullie niet met de auto gegaan?'

'Jawel hoor,' zei Eva terwijl ze doorliep naar hun kleine woonkamer. 'Het regende op de terugweg. Ik dacht dat je in Londen zat?'

'Daar zat ik ook. En door wat ik daar heb gehoord moest ik meteen weer terug. Vliegtuigreizen, prachtige uitvinding.' Hij liep naar het raam, waar hij zijn tas had neergezet.

'Hij zit hier al twee uur,' fluisterde Sylvia, en daarbij trok ze een gruwend gezicht terwijl Romer neerhurkte en in zijn reistas rommelde en hem toen met een riem afsloot. Hij stond op.

'Pak ook een reistas,' zei hij. 'Jij en ik gaan naar Nederland.'

Prenslo was een onbeduidend dorpje aan de Nederlands-Duitse grens. Eva en Romer hadden de reis erheen onverwacht vermoeiend en zwaar gevonden. Ze namen een trein van Oostende naar Brussel, waar ze overstapten op een trein naar Den Haag. Op het Centraal Station in Den Haag stond een man van de Britse ambassade gereed met een auto. Daarna reed Romer hen oostwaarts naar de Duitse grens, maar ze raakten twee keer de weg kwijt toen ze van de grote weg af moesten slaan en via landweggetjes naar Prenslo werden gestuurd. Ze verloren zeker een halfuur met heen en weer en terug rijden voor ze weer op de goede weg zaten. Ze waren om vier uur 's nachts in Prenslo en kwamen daar tot de ontdekking dat het hotel dat Romer had gereserveerd – Hotel Willems – op slot en pikdonker was en er niemand bereid bleek om op hun gebel, hun geroep of hun dringende gebons te reageren. Dus gingen ze in hun auto op de parkeerplaats zitten, tot om zeven uur een slaperige knaap in een kamerjas de voordeur van het hotel ontgrendelde en ze eindelijk, knorrig, werden binnengelaten.

Eva had nauwelijks gesproken tijdens de reis naar Prenslo,

met opzet, en Romer had nog meer in zichzelf gekeerd en gesloten geleken dan normaal. Er was iets in Romers houding dat haar tegenstond – alsof ze werd verwend, voorgetrokken, alsof ze het een ongewoon voorrecht diende te vinden dat ze met 'de baas' deze mysterieuze nachtelijke reis mocht maken – en dus gedroeg ze zich gehoorzaam en gelaten. Door die drie uur wachten op de parkeerplaats van Hotel Willems en hun gedwongen samenzijn had Romer zich gaandeweg echter ontspannen, en hij had haar iets gedetailleerder verteld wat ze in Prenslo kwamen doen.

Op zijn korte trip naar Londen had Romer vernomen dat er voor de volgende dag een SIS-operatie in Prenslo was gepland. Een Duitse generaal uit de top van de Wehrmacht wilde de Britse opstelling en reactie peilen in het geval van een door militairen geleide coup tegen Hitler. Blijkbaar was het niet de bedoeling dat Hitler zou worden afgezet – hij zou zijn rol van kanselier blijven vervullen – maar hij zou onder toezicht van de opstandige generaals staan. Na verscheidene voorbereidende besprekingen om de veiligheid te testen en details te verifiëren had een eenheid van de Britse Secret Intelligence Service in Den Haag deze eerste ontmoeting met de generaal zelf opgezet in een café in Prenslo. Prenslo was gekozen vanwege het gemak waarmee de generaal en zijn medewerkers ongemerkt de grens over en weer kon glippen. Het café in kwestie stond honderd meter van de grens vandaan.

Eva luisterde aandachtig naar de uiteenzetting en voelde wel dertig vragen in haar hoofd opborrelen. Ze wist dat ze die vragen waarschijnlijk niet hoorde te stellen maar daar zat ze niet echt mee: ze was moe en verbijsterd. 'Waarom heb je mij hierbij nodig?' vroeg ze.

'Omdat die SIS-mensen mijn gezicht kennen. Het hoofd van de Nederlandse standplaats is erbij en die heb ik minstens vijf keer gesproken.' Romer rekte zich uit en stootte met zijn elleboog tegen Eva's schouder. 'Sorry. Jij moet mijn ogen en oren zijn, Eva. Ik moet precies weten wat er gebeurt.' Hij glimlachte landerig omdat hij het moest uitleggen. 'Het zou heel raar lijken als die vent mij hier zag rondsnuffelen.'

Een andere vraag moest worden gesteld: 'Maar waarom zijn wij hier aan het rondsnuffelen? We zitten uiteindelijk toch allemaal in hetzelfde "geheime schuitje"?' Ze vond de hele toestand enigszins absurd, duidelijk het gevolg van interdepartementaal geharrewar, en dat betekende dat ze haar tijd zat te verdoen, in een auto in een of ander godvergeten gat.

Romer stelde voor om een ommetje rond de parkeerplaats te maken, de benen te strekken, en dat deden ze. Romer stak een sigaret op zonder haar er een aan te bieden, en ze liepen zwijgend een rondje tot ze weer bij hun auto kwamen.

'We horen niet echt bij de sis, om precies te zijn,' zei hij. 'Mijn team, de aas, is formeel een onderdeel van gc & cs.' Hij gaf uitleg. 'De Government Code and Cipher School. Wij hebben een... iets andere rol.'

'Ook al staan we allemaal aan dezelfde kant.'

'Ga je slim doen?'

Ze zaten een poosje te zwijgen voor hij weer sprak. 'Je hebt de verhalen gelezen die we via het persbureau hebben uitgestuurd over afvalligheid in de hoogste rangen van het Duitse leger.'

Eva zei ja: ze herinnerde zich artikelen over deze of gene hooggeplaatste officier die dreigde ontslag te nemen. Ontkenningen dat deze of gene hooggeplaatste officier werd overgeplaatst naar een post in de provincie enzovoorts.

Romer vervolgde: 'Ik denk dat deze ontmoeting in Prenslo het gevolg is van onze verhalen via het persbureau. Het is niet meer dan billijk dat ik mag zien wat er gebeurt. Ze hadden me vanaf het begin op de hoogte moeten stellen.' Met een geërgerd gebaar knipte hij zijn sigaret weg in de struiken, een beetje onbezonnen, vond Eva, tot ze zich realiseerde dat de struiken in deze tijd van het jaar nat en onbrandbaar waren. Hij was kwaad omdat iemand anders met de eer zou gaan strijken, besefte Eva.

'Weten ze bij de sis dat we hier zijn, in Prenslo?'

'Ik neem aan en hoop van harte van niet.'

'Dat snap ik niet.'

'Goed.'

Nadat de slaperige knaap hen naar hun kamers had gebracht werd Eva bij Romer geroepen. Hij zat op de bovenste verdieping en had een goed uitzicht op de enige grote straat van Prenslo. Romer gaf haar een verrekijker en wees haar op de voornaamste details van het panorama: daar was de Duitse grensovergang met zijn geblokte zwart-witte slagboom, daar was de spoorlijn, daar, honderd meter terug, was het Nederlandse douanekantoor dat alleen in de zomermaanden dienstdeed. Ertegenover was het café, Café Backus, een groot modern gebouw van twee etages met twee benzinepompen en een veranda met ramen en typische luifels – met chocoladebruine en oranje banen – voor schaduw. Een nieuwe heg en een paar jonge boompjes aan steunpalen waren rondom het begrinte voorterrein geplant, en achter het café lag een grotere ongeplaveide parkeerplaats met schommels en een wip aan één kant, en daarachter lag een dennenbos waarin de spoorlijn verdween. Café Backus markeerde feitelijk het einde van Prenslo, vlak voordat Duitsland begon. De rest van het dorp strekte zich uit naar de andere kant – huizen en winkels, een postkantoor, een klein stadhuis met een grote klok en natuurlijk Hotel Willems.

'Ik wil dat je naar het café gaat en ontbijt bestelt,' zei Romer. 'Spreek Frans, en als je Engels moet spreken doe dat dan met een zwaar accent, gebroken. Vraag of je een kamer voor vannacht kunt krijgen of zoiets. Probeer je een indruk van het café te vormen, sta wat te dubben, scharrel rond. Zeg dat je terugkomt om te lunchen. Ga daar rondkijken en kom over een uur of zo verslag uitbrengen.'

Eva had zich bekaf gevoeld toen ze Prenslo afspeurde door Romers verrekijker – ze had tenslotte een druk etmaal achter de rug – maar toen ze door de hoofdstraat van Prenslo naar Café Backus liep voelde ze hoe haar lichaam zich spande en bruiste van adrenaline. Ze keek tersluiks om zich heen naar de mensen op straat, een vrachtwagen vol melkbussen, een rij schoolkinderen in olijfgroene uniformen. Ze duwde de deur van Café Backus open.

Ze bestelde ontbijt – koffie, twee gekookte eieren, brood en ham – en at het in haar eentje in de grote eetzaal op de begane grond die toegang gaf tot de veranda. Ze werd bediend door een jong meisje dat geen Frans sprak. Eva hoorde gekletter van borden en stemmen uit de keuken. Toen kwamen er twee jonge mannen door een dubbele deur aan de ene kant. Ze liepen naar buiten, het voorterrein op. Ze waren jong maar de ene was kaal en de andere had gemillimeterd haar in een militaire coupe. Ze droegen een pak en stropdas. Ze hingen een poosje rond bij de benzinepompen en keken de weg af naar de slagboom van de grensovergang. Daarna kwamen ze weer binnen. Ze wierpen een ongeïnteresseerde blik op Eva, die net haar koffiekop liet bijvullen door de serveerster. De dubbele deuren sloegen achter hen dicht.

Eva vroeg of ze een kamer kon bezichtigen maar kreeg te horen dat er alleen 's zomers kamers werden verhuurd. Ze vroeg waar het toilet was, deed alsof ze de uitleg niet goed had begrepen en duwde de dubbele deuren open. Erachter lag een grote vergaderzaal met in een vierkant opgestelde tafels. De kale man was een en al scherpe hoeken, met uitstekende ellebogen en knieën; hij zat op een stoel naar iets op de zool van zijn schoen te staren. De andere man stond met een onzichtbaar tennisracket zijn service te oefenen. Ze keken langzaam om en Eva deinsde achteruit, de deuren door. De serveerster wees haar de juiste weg en ze liep snel door de gang die ze naar het toilet had moeten nemen.

Daar deed ze het matglazen wc-raampje van de knip en wrikte en rukte het open. Het keek uit op de ongeplaveide parkeerplaats, de schommels en de wip en het dennenbos erachter. Ze deed het raampje dicht maar niet op de knip.

Ze ging terug naar Hotel Willems en vertelde Romer over de twee mannen en de vergaderzaal. Ik zou niet kunnen zeggen wat voor nationaliteit ze hadden, zei ze, ik heb ze niet horen praten; misschien Duits of Nederlands maar zeker niet Engels. Terwijl ze weg was had Romer wat rondgebeld: de bespreking met de generaal zou die middag om halfdrie plaatsvinden. Naast de twee Britse agenten zou er ook iemand van de Nederlandse inlichtingendienst bij zijn, ene luitenant Joos;

hij verwachtte dat Eva contact met hem zou leggen. Romer gaf haar een papiertje met de dubbele wachtwoorden erop geschreven. Daarna nam hij het terug van haar en verscheurde het.

'Waarom moet ik contact leggen met luitenant Joos?'

'Dan weet hij dat je aan zijn kant staat.'

'Is het gevaarlijk?'

'Je zult een paar uur voor hij komt in het café hebben rondgehangen. Je zult hem kunnen inlichten over verdachte dingen die je misschien hebt gezien. Hij komt onvoorbereid naar dit rendez-vous, en ze zijn erg blij dat jij er al bent.'

'Goed.'

'Misschien vraagt hij je wel helemaal niks. Ze lijken de hele operatie nogal luchtig op te vatten, maar hou je ogen open. Kijk goed om je heen en kom me dan alle details vertellen.' Romer geeuwde. 'En nu ga ik slapen, als je het niet erg vindt.'

Eva probeerde zelf ook een dutje te doen maar haar hersens waren te druk bezig. Ze voelde ook een vreemde opwinding: dit was nieuw, en wat relevanter was, dit was echt. Nederlandse en Britse agenten, een samenzwering met een Duitse generaal – het was heel iets anders dan achtervolgers afschudden in Princes Street.

Om een uur keerde ze door de hoofdstraat van Prenslo terug naar café Backus voor het middagmaal. Op de veranda zaten al drie oudere stellen te eten. Eva ging achterin zitten, tegenover de dubbele deuren, en bestelde een heel menu hoewel ze helemaal geen honger had. Er heerste meer bedrijvigheid rondom het café: er stopten auto's om te tanken en in het raam zag ze de weerspiegeling van de zwart-witte slagboom van de grensovergang die op en neer ging voor passerende auto's en vrachtwagens. De twee jonge mannen waren nergens te bekennen maar toen ze naar het toilet ging zag ze dat er achter het café, bij de schommels en de wip, een zwarte Mercedes-Benz stond geparkeerd.

Ze had net haar dessert besteld toen er een lange jonge man met dun haar in een getailleerd donker pak het café in kwam.

Nadat hij een paar woorden met de ober had gewisseld liep hij door de dubbele deuren de vergaderzaal in. Ze vroeg zich af of dat luitenant Joos was; hij had niet eens haar kant op gekeken toen hij voorbijliep.

Een paar minuten later kwamen er nog twee mannen binnen; de Britse agenten, vermoedde Eva meteen. De ene was gezet en droeg een blazer, de andere zag er zwierig uit met zijn snorretje en tweed pak. Toen kwam Joos uit de vergaderzaal. Hij sprak met de twee mannen, er werd druk op horloges gekeken en er hing duidelijk enige consternatie en irritatie in de lucht. Joos liep de vergaderzaal weer in en kwam terug met de kale jonge man. Er volgde een kort gesprek en de twee Britten gingen samen met hem de vergaderzaal in terwijl Joos zich als een butler of een portier van een nachtclub voor de dubbele deuren posteerde.

Inmiddels zat er nog maar één stel op de veranda. Ze waren uitgegeten; de vrouw lepelde koffieprut met suiker van de bodem van haar kopje, de man rookte een klein sigaartje met al het theatrale genot van een grote sigaar. Eva liep met een onaangestoken sigaret op Joos af en vroeg in het Engels, zoals afgesproken: 'Rookt u, mag ik u lastigvallen voor een vuurtje?' Joos antwoordde, zoals afgesproken: 'Ik rook inderdaad.' Daarna stak hij haar sigaret aan met zijn aansteker. Hij was best een mooie man, mager met een fijne rechte neus, maar zijn knappe gezicht werd bedorven doordat hij met zijn linkeroog loenste: het leek over haar hoofd heen te kijken. Toen vroeg Eva: 'Weet u waar ik Franse sigaretten kan kopen?' Joos dacht even na en zei toen: 'In Amsterdam?' Eva glimlachte, haalde haar schouders op en liep terug naar haar tafeltje.

Ze rekende zo snel mogelijk af en ging naar het damestoilet. Ze deed het raampje helemaal open, klom op de toiletpot en wrong zich naar buiten. Haar hiel bleef achter de knip haken en ze viel onbeholpen op de grond. Ze stond op, klopte het stof van haar kleren en zag twee auto's van de Duitse kant de grens over komen jakkeren. Ze hoorde ze met veel opspattend grind voor het café stilhouden. Ze liep naar de voorkant en zag nog net een stuk of zes mannen naar binnen hollen.

Eva stak snel de parkeerplaats over, langs de schommels en de wip, en liep naar de rand van het dennenbos. Na minder dan een minuut ging een achterdeur van het café open en zag ze hoe de twee Britse agenten, aan elke kant geflankeerd door een man, naar de geparkeerde Mercedes werden gevoerd. Toen kwam Joos plotseling van de voorkant van het café aangerend. Er klonk een reeks korte droge knallen, als takken die knakten, en het drong tot haar door dat Joos een revolver in zijn hand had en schoten loste onder het rennen. De Britten en hun bewakers doken neer en zochten dekking achter de auto. Een van Joos' kogels trof de voorruit en glas spatte in een flits uiteen.

Joos rende in de richting van het bos, niet recht naar Eva toe maar rechts van haar. De bewakers kwamen met getrokken pistool overeind en vuurden terug naar Joos. Er kwamen nog twee mannen uit het café die de achtervolging inzetten en op Joos schoten. Eva zag dat Joos goed kon rennen, lenig, zelfs in zijn strakzittende pak, als een jongen, en hij was bijna bij de beschutting van de dennenbomen toen hij leek te struikelen. Hij wankelde een beetje en toen vuurden de twee mannen die hem achtervolgden van dichterbij – Pang! Pang! Pang! klonk het – en viel hij als een blok op de grond, roerloos. De mannen grepen hem beet onder zijn armen en sleurden hem terug naar de auto. De twee Britten werden naar binnen geduwd en Joos' lichaam werd na hen naar binnen gekwakt. Toen werd de auto gestart en scheurde hij de parkeerplaats af, om café Backus heen. De andere mannen stopten hun revolver onder hun jasje en draafden erachteraan.

Eva zag de zwart-witte slagboom omhooggaan en de eerste auto veilig de grens naar Duitsland oversteken, en daarna de twee andere auto's. Ze bleef even roerloos achter haar boom zitten en leegde haar hoofd zoals haar op de training was geleerd: het had geen zin om in actie te komen, het was beter om even te wachten dan om iets plotselings of onbesuisds te doen. Ze sloeg de bijzonderheden van wat ze had gezien op, liet de opeenvolging van de gebeurtenissen de revue passeren en vergewiste zich ervan dat ze alles goed op een rijtje had. Ze herhaalde woord voor woord de zinnetjes die zij en luitenant Joos tegen elkaar hadden gezegd.

Ze vond een pad door het bos en liep het langzaam af tot ze bij een zandweg kwam, die haar na verloop van tijd naar een verharde weg voerde. Ze was twee kilometer van Prenslo verwijderd, zo leerde ze van de eerste wegwijzer die ze tegenkwam. Ze liep langzaam de weg af naar het dorp, haar hoofd vol druk met elkaar wedijverende interpretaties van alles waarvan ze getuige was geweest. Toen ze bij Hotel Willems aankwam kreeg ze te horen dat de andere heer al was vertrokken.

4 Het jachtgeweer

Bérangère belde 's ochtends om te vertellen dat ze snipverkouden was en of ze haar les kon afzeggen. Ik stemde meteen in, vol medeleven en met enig verholen genoegen (omdat ik wist dat ik toch betaald zou worden) en besloot van die twee vrije uren te profiteren door de bus naar het centrum van de stad te nemen. In Turl Street stapte ik door de lage deur mijn faculteitsgebouw in, en ik bleef even staan om de mededelingen en affiches te bekijken die op het grote bord onder het gewelf van het poortgebouw zaten geprikt. Daarna ging ik in de portiersloge kijken of er iets interessants in mijn postvakje zat. Behalve de gebruikelijke folders en uitnodigingen voor sherryparty's van de alumnivereniging lag er een rekening voor wijn die ik vier maanden eerder had gekocht en een chique witte envelop met mijn naam – Dra. Ruth Gilmartin – erop, geschreven in sepiakleurige inkt met een vulpen met heel dikke punt. Ik wist onmiddellijk wie de schrijver was: mijn promotor, Robert York, die ik regelmatig belasterde door hem het meest lakse staflid van Oxford te noemen.

En als om me te straffen voor mijn achteloze hoon zag ik dat de brief een subtiele berisping was, alsof Bobbie York tegen me zei: Ik vind het niet erg dat je je niets aan mij gelegen laat liggen maar ik vind het wel een tikkeltje erg dat je rondbazuint dat je je niets aan mij gelegen laat liggen. Het briefje luidde:

99

Beste Ruth,
Het is alweer een tijdje geleden dat we elkaar voor het
laatst hebben gezien. Mag ik vragen of er een nieuw
hoofdstuk klaar is dat ik zou kunnen lezen? Het lijkt
me een goed idee om gauw iets af te spreken, zo
mogelijk vóór het einde van dit semester.
Sorry dat ik je lastigval.
Tanti saluti, Bobbie

Ik belde hem meteen vanuit de telefooncel in de loge. Het duurde lang voor hij opnam en ik de vertrouwde aristocratische *basso profundo* hoorde.

'Robert York.'

'Hallo, met mij, met Ruth.'

Stilte. 'Ruth de Villiers?'

'Nee, Ruth Gilmartin.'

'Aha, mijn lievelings-Ruth. De verloren Ruth. De Heere zij geloofd – was me dat even schrikken. Hoe gaat het met je?'

We maakten een afspraak voor de volgende avond, op zijn kamer op de faculteit. Ik hing op en stapte naar buiten de straat op en bleef daar even staan; ik voelde me opeens merkwaardig verward en schuldbewust. Schuldbewust omdat ik al maanden niets meer aan mijn proefschrift had gedaan, en verward omdat ik bedacht: wat doe je hier eigenlijk in dit burgerlijke provinciestadje? Waarom wil je promoveren? Waarom wil je academicus worden?

Er kwamen geen kant-en-klare antwoorden op die vragen terwijl ik langzaam door Turl Street naar High Street sjokte. Ik overwoog om een pub binnen te gaan en iets te drinken in plaats van weer naar huis te gaan voor een sobere, eenzame lunch toen ik langs de ingang van de overdekte markt kwam, naar binnen keek en een aantrekkelijke oudere dame naar buiten zag komen die frappant sterk op mijn moeder leek. Het wás mijn moeder. Ze droeg een parelgrijs broekpak en haar haar leek blonder – onlangs geverfd.

'Wat sta je te staren?' vroeg ze een beetje kribbig.

'Naar jou. Je ziet er geweldig uit.'

'Ik ben aan de beterende hand. Jij ziet er vreselijk uit. Belabberd.'

'Ik geloof dat ik op een kruispunt in mijn leven ben gekomen. Ik wou net wat gaan drinken. Ga je mee?'

Dat vond ze een goed idee, dus keerden we om en liepen we naar de Turf Tavern. Het was donker en koel in de pub – heerlijk om even uit de schelle junizon te zijn. De oude flagstones waren net gedweild en er zaten nog vochtvlekken op. Er waren heel weinig klanten. We vonden een tafeltje in een hoek en ik liep naar de bar en bestelde een grote pul bier voor mezelf en tonic met ijs en citroen voor mijn moeder. Ik moest aan de laatste episode van Eva Delectorskaya's verhaal denken toen ik de glazen neerzette, en probeerde me voor te stellen hoe mijn moeder – destijds zowat even oud als ik – toekeek terwijl luitenant Joos voor haar ogen werd doodgeschoten. Ik ging tegenover haar zitten. Ze had gezegd dat ik er steeds meer van zou begrijpen naarmate ik er meer over las, maar begrip was voor mij nog ver te zoeken. Ik hief mijn pul naar haar op en zei proost. 'Chin-chin,' zei ze op haar beurt. Toen keek ze bevreemd toe hoe ik mijn bier dronk, alsof ik een beetje getikt was.

'Hoe kun je dat spul drinken?'

'Ik heb het in Duitsland leren drinken.' Ik vertelde haar dat Ludger, de broer van Karl-Heinz, een paar dagen bij ons logeerde. Ze zei dat ik de familie Kleist volgens haar geen enkele dienst meer verschuldigd was maar ze leek niet erg geïnteresseerd, onverschillig zelfs. Ik vroeg wat ze in Oxford deed; normaliter deed ze liever boodschappen in Banbury of Chipping Norton.

'Ik kwam een vergunning halen.'

'Een vergunning? Waarvoor? Voor een parkeerkaart voor invaliden?'

'Voor een jachtgeweer.' Ze zag mijn gezicht tot een grimas van ongeloof vertrekken. 'Tegen de konijnen. Ze maken een ravage van de tuin. En ook omdat ik me niet meer veilig voel in huis. Ik moet daar eerlijk over zijn tegen jou, schat. Ik slaap slecht. Bij het minste geluid schiet ik wakker, echt klaarwakker. En dan kan ik niet meer slapen. Ik zal me veiliger voelen met een geweer.'

'Je woont al in dat huis sinds pap is overleden,' bracht ik haar in herinnering. 'Zes jaar. Je hebt er nooit problemen mee gehad.'

'Het dorp is veranderd,' zei ze somber. 'Er rijden de hele tijd auto's doorheen. Vreemdelingen. Niemand weet wie ze zijn. En volgens mij is er iets mis met mijn telefoon. Hij gaat één keer over en houdt dan op. Ik hoor geluiden door de telefoonlijn.'

Ik besloot om net zo onverschillig te doen als zij. 'Nou ja, je moet het zelf weten. Als je jezelf maar niet per ongeluk overhoopschiet.'

'O, ik kan best met een geweer omgaan,' zei ze met een zelfvoldaan gniffellachje. Ik besloot mijn mond te houden.

Ze rommelde in haar tas en trok er een grote bruine envelop uit. 'Volgende aflevering,' zei ze. 'Ik was van plan om hem op weg naar huis langs te brengen.'

Ik pakte de envelop aan. 'Ik ben benieuwd,' zei ik, en dat was deze keer niet spottend bedoeld.

Toen vouwde ze haar handen om de mijne. 'Ik heb je hulp nodig, Ruth.'

'Dat weet ik,' zei ik. 'Ik zal met je naar een echte dokter gaan.'

Even dacht ik dat ze me ging slaan. 'Pas op. Ga me niet bevoogden.'

'Natuurlijk help ik je, Sal,' zei ik. 'Rustig maar. Je weet dat ik alles voor je doe. Wat is er?'

Ze draaide een paar rondjes met haar glas op het tafeltje voor ze antwoord gaf. 'Ik wil dat je Romer voor me probeert te vinden.'

Het verhaal van Eva Delectorskaya

Oostende, 1939

Eva zat in de vergaderruimte van het persbureau. Er trok een zware hoosbui over. De kletterende regen maakte het geluid van fijn grind dat tegen de ruiten werd gegooid. Het werd donker buiten en ze zag dat alle lichten in de gebouwen aan de overkant aan waren. In het vergaderzaaltje was echter geen licht aan, en ze zat in het opvallend vroegtijdige duister van een winternamiddag. Ze pakte een potlood van de tafel voor haar en liet het gummi uiteinde op haar linkerduim stuiteren. Ze probeerde het beeld van luitenant Joos die als een jonge knul over de parkeerplaats in Prenslo draafde uit haar gedachten te bannen – zijn soepele, lenige spurt en daarna zijn fatale wankeling en val.

'Hij zei "Amsterdam",' herhaalde Eva op zachte toon. 'Hij had "Parijs" moeten zeggen.'

Romer schokschouderde. 'Gewoon een vergissing. Een domme vergissing.'

Eva sprak op vlakke, beheerste toon. 'Ik heb alleen maar mijn instructies opgevolgd. Jij zegt het zelf ook steeds. Een Romer-regel. Daarom gebruiken we altijd dubbele wachtwoorden.'

Romer stond op en liep naar het raam, waar hij naar de lichtjes aan de overkant keek. 'Dat is niet de enige reden,' zei hij. 'Het is ook bedoeld om iedereen scherp te houden.'

'Nou, zo werkte het niet bij luitenant Joos.'

Eva dacht terug aan die middag – de vorige dag. Toen ze terug was in Hotel Willems en hoorde dat Romer was vertrokken had ze meteen naar het persbureau gebeld. Morris Devereux had haar verteld dat Romer al op de terugweg naar Oostende was en dat hij had gebeld met de mededeling dat Eva hetzij dood of gewond of gevangen was en in Duitsland zat. 'Het zal hem genoegen doen dat hij het bij het verkeerde eind had,' zei Morris droog. 'Wat hebben jullie tweeën uitgespookt?'

Eva zelf was die ochtend vroeg weer in Oostende gearriveerd (na twee bussen van Prenslo naar Den Haag, waar ze lang had moeten wachten op de nachttrein naar Brussel) en meteen naar kantoor gegaan. Angus Woolf noch Blytheswood zei iets tegen haar over wat er was voorgevallen, en alleen Sylvia pakte haar bij haar arm toen er niemand keek en fluisterde: 'Alles goed met je, schat?' en hield haar vinger tegen haar lippen. Eva glimlachte en knikte.

's Middags zei Morris dat ze naar de vergaderzaal moest gaan en daar trof ze Romer aan, piekfijn in een antracietkleurig pak met een glanzend wit overhemd en een regimentsdas; het leek wel of hij ergens een toespraak ging houden. Hij gebaarde dat ze moest plaatsnemen en zei: 'Vertel me alles, tot in de kleinste details.'

En dat deed ze, met een indrukwekkend scherp geheugen, vond ze zelf, en hij zat aandachtig te luisteren met af en toe een knikje of een vraag om iets te herhalen. Hij maakte geen aantekeningen. Nu sloeg ze hem gade zoals hij daar bij het raam stond en met de punt van zijn vinger een regendruppel volgde die langs de ruit omlaagkronkelde.

'Dus,' zei hij zonder zich om te draaien, 'er is één man dood en er zijn twee Britse geheim agenten door de Duitsers gevangengenomen.'

'Dat is niet mijn schuld. Ik was daar alleen maar om jouw ogen en oren te zijn, zoals je zei.'

'Amateurs zijn het,' zei hij, zijn stem wrang van verachting.

'Stomme amateurs die nog boeken van Sapper en Buchan en Erskine Childers lezen. Het "Grote Spionagespel" – kotsmisselijk word ik ervan.' Hij wendde zich weer naar haar toe. 'Wat een goeie zet van de *Sicherheitsdienst* – ze zullen wel versteld staan hoe makkelijk het was om twee hoge Britse agenten te beduvelen en gevangen te nemen en de grens over te brengen. We zullen wel als volslagen uilskuikens overkomen. We *zijn* volslagen uilskuikens. Nou ja, niet allemaal…' Hij zweeg en dacht na. 'Joos is absoluut doodgeschoten, zeg je.'

'Volgens mij wel – absoluut. Ze hebben zeker vier keer op hem geschoten. Maar ik heb nog nooit eerder een man doodgeschoten zien worden.'

'En toch namen ze zijn lijk mee. Interessant.' Hij draaide zich om en priemde een vinger naar haar. 'Waarom heb je de twee Britse agenten niet gewaarschuwd toen Joos het tweede wachtwoord verprutste? Voor hetzelfde geld had Joos deel uitgemaakt van het Duitse plan. Hij had met ze samen kunnen werken.'

Eva hield haar verontwaardiging in toom. 'Je weet wat we horen te doen. Het is regel om alles meteen af te blazen. Als je denkt dat iets niet goed gaat blijf je niet rondhangen om te kijken of je gelijk hebt en je de zaak misschien kunt oplappen. Je maakt je gewoon uit de voeten, zo snel je kunt. En dat is precies wat ik heb gedaan. Als ik die zaal was ingegaan om ze te waarschuwen…' Ze wist een lachje op te brengen. 'Die twee andere Duitsers waren daar bij hen. Ik geloof niet dat ik dan hier met je zat te praten.'

Romer liep te ijsberen, bleef staan, keek haar aan. 'Nee, je hebt gelijk. Je hebt helemaal gelijk. Wat je hebt gedaan was, operationeel gezien, helemaal correct. Alle anderen om je heen gingen in de fout of gedroegen zich als zelfingenomen stomkoppen.' Hij schonk haar zijn brede, witte glimlach. 'Goed gedaan, Eva. Goed werk. Laat ze hun rotzooi maar zelf opruimen.'

Ze stond op. 'Mag ik nu gaan?'

'Heb je zin om een eindje te gaan wandelen? Laten we wat gaan drinken om je vuurdoop te vieren.'

Ze namen een tram die hen naar de Zeedijk bracht, Oostendes lange, imposante zeewering annex wandelboulevard met zijn statige hotels en pensions, aan de ene kant gedomineerd door de indrukwekkende kolos van de Kursaal met zijn koepels en hoge boogramen van het casino, de balzaal en de concertzaal, en aan het andere uiteinde van de flauwe bocht van de promenade door het compacte gevaarte van het Royal Palace Hotel. De cafés aan de terrassen van de Kursaal waren allemaal dicht, dus gingen ze naar de bar van het Continental Hotel waar Romer een whisky bestelde en Eva een droge martini koos. Het was opgehouden met regenen en de avond klaarde langzaam op zodat ze buiten op zee de lichtjes konden zien flonkeren van een veerboot die langzaam voorbijvoer. Eva voelde zich ontspannen en rustig worden door de alcohol terwijl ze naar Romer luisterde die de gebeurtenissen van 'het Prenslo-incident' (zoals hij het nu noemde) nog eens doornam. Hij waarschuwde Eva dat hij haar wellicht zou vragen om het rapport dat hij van plan was aan Londen voor te leggen te bevestigen of aan te vullen.

'Schooljongens zouden het er beter afgebracht hebben dan die stomkoppen,' zei hij. Hij scheen nog steeds in te zitten over die Britse knulligheid, alsof hij zich persoonlijk in zijn eer aangetast voelde door het fiasco. 'Waarom hebben ze ermee ingestemd om zo vlak bij de grens af te spreken?' Hij schudde zijn hoofd vol oprechte weerzin. 'Godsamme, we zijn in oorlog met Duitsland.' Hij bestelde nog een whisky. 'Ze zien het nog steeds als een spelletje dat ze met die specifiek Engelse mentaliteit van fair play, lef en heroïsche waaghalzerij wel even zullen winnen.' Hij zweeg en staarde naar het tafelblad. 'Je hebt geen idee hoe moeilijk het voor me is geweest,' zei hij. Hij leek opeens afgemat, ouder. Het was de eerste keer, realiseerde Eva zich, dat ze hem ooit op een spoor van kwetsbaarheid had kunnen betrappen. 'De mensen aan de top, in onze branche – je gelooft je ogen niet…' zei hij, en toen schoot hij overeind, kwiek, met een glimlach, alsof hij zich bewust was van zijn uitglijer.

Eva schokschouderde. 'Wat kun je eraan doen?'

'Niks. Of liever, we kunnen ons best doen onder de omstandigheden. Jij hebt het in elk geval goed gedaan,' zei hij. 'Je kunt wel nagaan wat ik dacht toen ik zag hoe die auto's de grens over scheurden en voor het café halt hielden. En daarna mensen zag rennen en hoorde schieten.'

'Ik was toen al in het bos,' zei Eva, terugdenkend. Ze zag Joos weer in zijn strakke pak het café uit spurten, schietend met zijn revolver. 'Iedereen had net gegeten. Het lijkt nog steeds niet allemaal echt.'

Ze verlieten het Continental Hotel en wandelden terug over de Zeedijk en keken over het Kanaal in de richting van Engeland. Het was laag water en het strand glansde zilver en oranje in de lichtjes van de promenade.

'Verduistering in Engeland,' zei Romer. 'We mogen niet klagen, geloof ik.'

Ze slenterden naar het Chalet Royal en sloegen toen de Koninginnelaan in die hen terug zou voeren naar Eva's appartement. Ze waren net een stel toeristen, bedacht ze, of een paartje op huwelijksreis. Ze riep zichzelf tot de orde.

'Ik voel me nooit op mijn gemak in België, weet je,' zei Romer, verder pratend in die ongebruikelijke persoonlijke trant. 'Ik sta altijd klaar om 'm te smeren.'

'Hoe komt dat?'

'Omdat ik hier bijna gedood ben,' zei hij. 'In de oorlog. In 1918. Ik heb het gevoel dat ik al mijn Belgische mazzel heb opgebruikt.'

Romer in de oorlog, dacht ze; hij was vast nog heel jong geweest in 1918, amper twintig, misschien nog een tiener. Ze overdacht hoe ontstellend weinig ze af wist van die man die naast haar liep en wat ze op zijn bevel in Prenslo had gedaan en geriskeerd. Misschien zijn dit van die dingen die in oorlogstijd gebeuren, dacht ze; misschien is dit volstrekt normaal. Ze waren bij haar straat gekomen.

'Daar is mijn huis,' zei ze.

'Ik loop wel even mee naar je voordeur,' zei hij. 'Ik moet weer terug naar het persbureau.' Toen voegde hij er na een korte stilte aan toe: 'Dat was heel fijn. Dank je wel, dat heeft me goed gedaan. De boog kan niet altijd gespannen zijn, en zo.'

Eva bleef bij de deur stilstaan en haalde haar sleutels tevoorschijn. 'Ja, dat was heel fijn,' zei ze, angstvallig zijn gemeenplaatsen duplicerend. Ze keken elkaar aan en moesten allebei glimlachen. Een fractie van een seconde meende Eva dat Romer haar vast zou pakken en zou kussen, en ze voelde een hevige, duizelig makende paniek in haar borst opwellen.

'Goeienavond,' was echter het enige wat hij zei. 'Tot morgen.' Hij kuierde weg met dat saluer- annex wuifgebaar van hem en trok zijn regenjas aan omdat het weer begon te miezeren.

Eva bleef voor haar deur staan, meer in de war dan ze voor mogelijk had kunnen houden. Het was niet zozeer de gedachte dat Lucas Romer haar zou kussen die haar zo schokte als wel het feit dat het, nu het moment voorbij en voor altijd vervlogen was, tot haar doordrong dat ze eigenlijk graag had gewild dat het was gebeurd.

5   Rote Armee Fraktion

Bobbie York schonk me een glas whisky in, 'een drupje' zoals hij het noemde, deed er een scheutje water bij en schonk toen voor zichzelf een enorme bel whisky in die hij tot de rand van het glas met water aanvulde. Hij 'betreurde' sherry, placht Bobbie vaak te zeggen – bocht, de smerigste drank ter wereld. Hij deed me aan mijn moeder denken met zijn heftig theatrale, sterk aangezette reactie, maar alleen in dat opzicht.

Dr. Robert York (Oxford University) was eind vijftig of begin zestig, had ik berekend. Hij was een grote, corpulente man met een bos dun grijs haar dat in slierten achterover was gekamd en in toom werd gehouden door een soort pommade of brillantine die sterk naar viooltjes rook. Zijn kamer geurde winter of zomer naar viooltjes. Hij droeg tweed maatpakken en stevige oranje brogues en hij had zijn grote werkkamer aan de universiteit als een landhuis gemeubileerd, met banken waarin je diep wegzonk, Perzische tapijten, enkele interessante schilderijen (een kleine Peploe, een tekening van Ben Nicholson, een grote, melancholieke appelboom van Alan Reynolds) en weggestopt in kasten achter glas stonden een paar boeken en mooie Staffordshire-beeldjes. Je zou nooit hebben gedacht dat je in de werkkamer van een staflid was.

Hij kwam van de dranktafel naar me toe met mijn whisky en de zijne, zette mijn glas op een bijzettafeltje en liet zich omzichtig in een fauteuil tegenover me zakken. Elke keer als ik Bobbie zag bedacht ik weer dat hij eigenlijk behoorlijk dik was, maar dat oordeel werd wel een minuut of vijf opgeschort door zijn lengte, een zekere beweeglijkheid die met een balletachtige precisie gepaard ging en zijn voortreffelijk gesneden maatkleding.

'Wat een bekoorlijk jurkje,' zei hij beminnelijk. 'Staat je volmaakt. Jammer van het verband maar dat valt nauwelijks op, echt waar.'

De avond ervoor had ik mijn schouder en hals verbrand in bad, en vandaag had ik een van mijn luchtiger zomerjurken aan moeten trekken, met dunne spaghettibandjes zodat er geen stof over de brandwond schuurde; die was nu afgedekt met een gaasverband met brandzalf (aangebracht door Veronica) ter grootte van een dubbelgevouwen servet op de plek waar mijn linkerschouder overging in mijn hals. Ik vroeg me af of ik wel whisky mocht drinken, gezien alle krachtige pijnstillers waar Veronica me mee had volgestopt en die goed schenen te werken: ik had geen pijn, maar ik bewoog me heel omzichtig.

'Heel bekoorlijk,' herhaalde Bobbie terwijl hij probeerde niet naar mijn borsten te kijken, 'en in deze helse hitte ook erg comfortabel, neem ik aan. Maar goed, *slangevar*,' besloot hij, en hij hief zijn glas en nam drie grote slokken whisky, als iemand die sterft van de dorst. Ik dronk ook, voorzichtiger, maar voelde desondanks de whisky in mijn keel en maag branden.

'Mag ik nog wat water?' vroeg ik. 'Wacht, ik pak het zelf wel.' Bobbie was na mijn verzoek met moeite overeind geschoten in zijn stoel maar had zich er niet uit weten te verheffen, dus liep ik over enkele vloerkleden met drukke patronen naar de dranktafel met zijn kleine Manhattan van bijeendrommende flessen. Hij scheen elke drank uit Europa te hebben – ik zag pastis, ouzo, grappa, slivovitsj terwijl ik mijn glas bijvulde met koud water uit de karaf.

'Ik ben bang dat ik je niks kan laten lezen,' zei ik over mijn verbrande, verbonden schouder. 'Ik zit nogal vast in 1923 – de *Bierhalleputsch*. Ik krijg het maar niet tot een mooi kloppend geheel met het *Freikorps* en de BVP, alle intriges binnen de regering-Knilling, zoals de ruzie tussen Schweyer en Wutzlho-fer en het aftreden van Krausneck, al die dingen.' Ik stond een beetje te schetteren en hoopte Bobbie ermee te imponeren.

'Tjaaa, lastig,' zei hij. Hij keek opeens een beetje panisch. 'Het is inderdaad heel ingewikkeld. Mmm, ik snap het... Maar het belangrijkste is dat we elkaar eindelijk weer eens zien. Ik moet een verslagje over al mijn promovendi schrijven, weet je – vervelend maar verplicht. De *Bierhalleputsch*, zeg je. Ik zal wat boeken opzoeken en je een leeslijst sturen. Een klein lijst-je, wees maar niet bang.'

Hij gniffelde toen ik weer ging zitten. 'Fijn om je te zien, Ruth,' zei hij. 'Je ziet er heel zwoel en zomers uit, moet ik zeg-gen. Hoe gaat het met de kleine Johannes?'

We praatten een poosje over Jochen. Bobbie was getrouwd met een vrouw die hij 'lady Ursula' noemde en ze hadden twee getrouwde dochters – 'Met kleinkinderen op komst, is me ver-teld. Dat is het moment waarop ik zelfmoord pleeg.' – en hij en lady Ursula woonden in een enorme Victoriaanse bakstenen vil-la op Woodstock Road, niet zo ver van meneer Scott, onze tand-arts. Bobbie had één boek gepubliceerd, in 1948, getiteld *Duits-land gisteren, vandaag en morgen*, dat ik eens uit belangstelling uit de Bodleian-bibliotheek had geleend. Het telde 140 pagina's, was op een slechte kwaliteit papier gedrukt en had geen regis-ter, en voor zover ik kon vaststellen was dat zijn enige bijdrage aan de geschiedwetenschap geweest. Als jongen was hij eens met vakantie in Duitsland geweest, en hij had een jaar aan de universiteit van Wenen gestudeerd tot de *Anschluss* tussenbeide kwam en hij gerepatrieerd moest worden. Tijdens de oorlog was hij als stafofficier aan het ministerie van Oorlog verbonden ge-weest, en in 1945 was hij als jonge hoogleraar teruggegaan naar Oxford, waar hij met lady Ursula was getrouwd, zijn dunne boekje had gepubliceerd en sindsdien lid van de geschiede-nisfaculteit en het universiteitsbestuur was waarbij hij, zoals hij het openhartig formuleerde, 'de weg van de minste weerstand' als zijn levenspad had gekozen. Hij had een grote, intellectuele vriendenkring in Londen en (dankzij lady Ursula) een groot, vervallen huis in County Cork waar hij zijn zomers doorbracht.

'Heb je nog wat over die Lucas Romer kunnen vinden?'
vroeg ik terloops. Ik had hem die ochtend gebeld in de veronderstelling dat als iemand me behulpzaam kon zijn, het dan
Bobbie York wel was.

'Romer, Romer...' had hij gezegd. 'Is dat er eentje van de
Romers uit Darlington?'

'Nee, ik denk van niet. Het enige wat ik je kan vertellen is
dat hij een soort spion was in de oorlog en een titel heeft, geloof ik.'

Hij had gezegd dat hij zou kijken wat hij kon opduikelen,
en nu hees hij zich uit zijn fauteuil, trok zijn vest omlaag over
zijn pens, liep naar zijn bureau en zocht tussen de papieren
daar. 'Hij staat niet in de *Who's Who* of in *Debrett's*,' zei Bobbie.

'Dat weet ik, daar heb ik al gekeken,' zei ik.

'Maar dat zegt natuurlijk niks. Ik neem aan dat hij nog in
leven is?'

'Ik neem aan van wel.'

Hij haalde een half leesbrilletje uit een zak en zette het op.
'Hier heb ik het,' zei hij en keek me aan over de rand van zijn
bril. 'Ik heb een van mijn wat intelligentere oud-studenten op-
gebeld die nu griffier van het Lagerhuis is. Hij heeft wat rondgesnuffeld en kwam op de proppen met iemand die baron
Mansfield van Hampton Cleeve heet, geboren Romer.' Hij
schokschouderde. 'Zou dat die vent van jou kunnen zijn?' Hij
las voor van het papier. 'Mansfield, baron, aangesteld in 1953
(edelman voor het leven), van Hampton Cleeve. L.M. Romer,
bestuursvoorzitter van Romer Radclyffe Ltd – aha, de uitge-
vers, dat was wat me bekend voorkwam – van 1946 tot heden.
Dat is alles, ben ik bang. Hij schijnt inderdaad heel stil te leven.'

'Het zou kunnen,' zei ik. 'Ik ga het sowieso natrekken. Dank
je wel.'

Hij keek me listig aan. 'En waarom ben je zo in baron Mansfield van Hampton Cleeve geïnteresseerd?'

'O, mijn moeder had het over hem.'

Mijn moeder had twee dingen gezegd in de Turf Tavern: ten eerste dat ze zeker wist dat Romer nog leefde, en ten tweede dat hij in de adelstand was verheven – 'als ridder, of als lord of zo, ik weet zeker dat ik er iets over heb gelezen,' had ze gezegd. 'Maar dat is eeuwen geleden, hoor.' We liepen de pub uit en wandelden naar Keble College, waar ze haar auto had geparkeerd.

'Waarom wil je Romer vinden?' vroeg ik.

'Ik vind dat het hoog tijd is,' was het enige wat ze had gezegd, en aan haar toon hoorde ik dat het zinloos was om door te vragen.

Ze zette me af aan het einde van Moreton Road. Hamids les zou over vijf minuten beginnen en jawel hoor, daar zat hij, boven aan de trap.

We brachten twee uur door met de Ambersons, die hun vertraagde vakantie in de buurt van Corfe Castle, in Dorset, vierden. Er klonken veel vermaningen over wat Keith Amberson *had moeten doen* en veel klachten van beledigde echtgenote en kinderen over zijn onachtzaamheid. Keith was beteuterd en toonde spijt. Hamid scheen Keith' stemming te hebben overgenomen en leek de hele les wat gelaten en overijverig op een atypische manier: hij onderbrak me vaak om naarstig uitgebreide aantekeningen in zijn blocnote te maken. Ik maakte iets vroeger dan gewoonlijk een einde aan de les en vroeg of hij ergens mee zat.

'Je hebt nog niet gereageerd op mijn uitnodiging voor een diner,' zei hij.

'O, ja, wanneer je maar wilt,' zei ik. Ik was het natuurlijk straal vergeten. 'Zeg het een paar dagen van tevoren, dan kan ik een babysitter regelen.'

'Wat vind je van aanstaande zaterdagavond?'

'Heel goed. Dan kan Jochen bij zijn grootmoeder logeren. Zaterdag is prima.'

'Er is een nieuw restaurant gekomen op Woodstock Road – Browns.'

'Ja, dat is waar – Browns, zo heet het. Ik ben er nog niet geweest, dat lijkt me heel leuk.'

Hamid monterde zienderogen op. 'Goed, dus zaterdag bij Browns. Ik kom je ophalen.'

We spraken af en ik ging hem voor door de keuken naar de achterdeur. Ludger zat in de keuken een sandwich te eten. Hij aarzelde, likte zijn vingers af en schudde Hamids hand. 'Hoi, kameraad. *Inshallah*. Waar ga je naartoe?'

'Naar Summertown.'

'Wacht, dan ga ik met je mee. Tot kijk, Ruth.' Hij nam zijn sandwich mee en volgde Hamid de trap af. Ik hoorde het doffe metalen gegalm van hun voetstappen toen ze naar beneden denderden.

Ik keek op mijn horloge: tien voor vier – tien voor vijf in Duitsland. Ik liep naar de telefoon in de gang, stak een sigaret op en belde Karl-Heinz op zijn privénummer in zijn werkkamer. Ik hoorde de telefoon overgaan. Ik zag zijn kamer voor me, de gang die erheen leidde, het gebouw eromheen, de nietszeggende buitenwijk van Hamburg waarin het stond.

'Karl-Heinz Kleist.' Ik hoorde zijn stem voor het eerst in meer dan een jaar en ik voelde heel even al mijn krachten wegvloeien. Maar slechts heel even.

'Met mij,' zei ik.

'Ruth…' De stilte was minimaal, de verrassing perfect verhuld. 'Wat fijn om je lieve Engelse stem te horen. Ik heb je foto hier voor me op mijn bureau staan.' De leugen was zo vlot en onvervalst als maar kon.

'Ludger is hier,' zei ik.

'Waar?'

'Hier in Oxford. In mijn flat.'

'Gedraagt hij zich een beetje?'

'Tot nu toe wel.' Ik vertelde hem hoe Ludger opeens, onaangekondigd, voor mijn neus had gestaan.

'Ik heb Ludger al, o, zeker tien maanden niet meer gesproken,' zei Karl-Heinz. 'We hebben onenigheid gehad. Ik wil hem niet meer zien.'

'Hoe bedoel je?' Ik hoorde hem een sigaret pakken en opsteken.

'Ik heb tegen hem gezegd dat hij mijn broer niet meer is.'

'Waarom? Wat had hij gedaan?'

'Hij is een beetje gestoord, Ludger. Een beetje een gevaar, zelfs. Hij ging om met gestoorde mensen. RAF, volgens mij.'

'RAF?'

'Rote Armee Fraktion. Baader-Meinhof, weet je wel.'

Dat wist ik inderdaad. Er liep in Duitsland een eindeloos proces tegen leden van de Baader-Meinhof-groep. Ulrike Meinhof had in mei zelfmoord gepleegd. Het was allemaal een beetje onduidelijk – het leek of ik tegenwoordig nooit meer tijd had om kranten te lezen. 'Is Ludger daarbij betrokken?'

'Wie weet? Hij had het over die mensen alsof hij ze kende. Ik praat niet meer met hem, zoals ik al zei. Hij heeft een hoop geld van me gejat. Voor mij heeft hij afgedaan.' Karl-Heinz' stem klonk heel zakelijk; het was net of hij me vertelde dat hij zijn auto had verkocht.

'Is Ludger daarom naar Engeland gekomen?'

'Ik weet het niet, en het kan me ook niet schelen. Dat zul je aan hem moeten vragen. Hij heeft jou altijd wel gemogen, Ruth. Jij was aardig tegen hem.'

'Nee hoor, niet bijzonder.'

'Nou, je bent nooit ónaardig geweest.' Hij zweeg even. 'Ik weet het niet zeker maar misschien wordt hij gezocht door de politie. Hij heeft een paar stomme dingen uitgehaald, geloof ik. Rotdingen. Pas maar op. Misschien is hij aan de vlucht.'

'Op de vlucht.'

'Precies.'

Deze keer zweeg ik even. 'Dus jij kunt niks doen.'

'Nee. Sorry. We hebben ruzie gehad, zoals ik zei. Ik wil hem nooit meer zien.'

'Oké, geweldig, bedankt. Dag.'

'Hoe is het met Jochen?'

'Heel goed.'

'Geef hem een kus van zijn vader.'

'Nee.'

'Wees niet zo verbitterd, Ruth. Je wist wat je kon verwachten voor dit tussen ons begon. Het kon alle kanten opgaan. We hadden geen geheimen. Ik heb je niks beloofd.'

'Ik ben niet verbitterd. Ik weet gewoon wat het beste voor ons beiden is. Dag.'

Ik hing op. Het was tijd om Jochen uit school te halen maar ik besefte dat ik Karl-Heinz niet had moeten bellen. Ik had er al spijt van: door dat telefoontje begon alles weer in me rond te woelen; alles wat ik met veel moeite had uitgezift en geordend en gelabeld en in een afgesloten kast had opgeborgen lag weer uitgespreid over de vloer van mijn leven. Ik liep over Banbury Road naar Jochens school en herhaalde bij mezelf: het is voorbij – rustig maar; het is over – rustig maar; hij is verleden tijd – rustig maar.

Die avond, toen Jochen naar bed was, bleven Ludger en ik langer dan gewoonlijk op en keken we in de zitkamer naar het nieuws op televisie. Voor de verandering luisterde ik aandachtig en het boze toeval wilde dat er een reportage uit Duitsland was over het Baader-Meinhof-proces, dat al meer dan honderd dagen duurde. Ludger ging rechtop zitten toen de foto van het gezicht van een man op het scherm verscheen; knap op een verlopen manier, een soort snerende knapheid die je bij bepaalde mannen ziet.

'Hé, Andreas,' zei Ludger en wees naar het scherm. 'Die vent heb ik gekend.'

'O ja? Hoe dan?'

'We hebben samen porno gedaan.'

Ik liep naar de tv en zette die uit. 'Heb je zin in een kop thee?' vroeg ik. We gingen samen naar de keuken en ik zette water op.

'Hoe bedoel je "porno gedaan"?' vroeg ik langs mijn neus weg.

'Ik ben een tijdje acteur geweest in pornofilms. Andreas ook. We trokken veel met elkaar op.'

'Heb je in pornofilms gespeeld?'

'Nou ja, in eentje maar. Die film is nog steeds te koop, in Amsterdam of Zweden.' Hij leek apetrots op dat feit.

'Hoe heet hij?'

De zaadvulkaan.

'Goeie titel. Deed Andreas Baader er ook in mee?'

'Nee. Hij werd helemaal mesjokke, met Ulrike Meinhof, de RAF, dood aan het kapitalisme, weet je wel.'

'Ik heb vandaag met Karl-Heinz gesproken.'

Hij hield zich even doodstil. 'Heb ik je verteld dat ik hem voor altijd uit mijn leven heb geschrapt?'

'Nee, dat heb je niet verteld.'

'Ein vollkommenes Arschloch.' Hij zei dat ongewoon vurig, niet op zijn gebruikelijke lijzige toon. Een gigantische klootzak was het naaste platte equivalent dat ik kon verzinnen. Ik sloeg Ludger gade zoals hij daar over Karl-Heinz zat te denken en sloot me bij hem aan in zijn stille haattirade tegen zijn oudste broer. Hij draaide een lok van zijn lange haar om zijn vingers en zag er even uit alsof hij in bittere tranen ging uitbarsten. Ik besloot dat hij nog wel een dag of twee mocht blijven. Ik warmde de theepot op, deed de theebladeren erin en schonk hem vol kokend water.

'Heb je lang porno gedaan?' vroeg ik, terugdenkend aan de manier waarop hij naakt, zonder de minste gêne, door de flat had gelopen.

'Nee. Ik ben ermee opgehouden. Ik begon ernstige problemen te krijgen.'

'Hoezo? Met het idee van pornografie? Ideologisch, bedoel je?'

'Nee, nee. Porno was fantastisch. Ik vond het geweldig. Ik ben gek op porno. Nee, ik begon ernstige problemen te krijgen met *mein Schwanz.'* Hij wees naar zijn kruis.

'O… Ja.'

Hij zette zijn oude pesterige grijns op. 'Hij wou niet doen wat ik hem opdroeg, snap je?' Hij fronste. 'Zeggen jullie *tail* in het Engels?'

'Nee. Normaliter niet. We zeggen *prick* of *cock.* Of *dick.'*

'O, goed. Maar niemand zegt tail? Als slang?'

'Nee. Dat zeggen we niet.'

'Schwanz – tail. Ik vind het beter om *my tail* te zeggen dan *my dick.'*

Ik zat niet echt te springen om dat gesprek voort te zetten, om vieze praatjes met Ludger op te hangen. De thee was getrokken, dus schonk ik hem een kop in. 'Maar hé, Ludger,' zei ik vrolijk, 'blijf gewoon tail zeggen en misschien slaat het aan. Ik ga een bad nemen. Tot morgen.'

Ik nam mijn pot thee, mijn fles melk en mijn mok mee de badkamer in, zette ze voorzichtig op de rand van het bad en draaide de kranen open. In een warm bad liggen en warme thee drinken, dat is mijn enige gegarandeerde methode om rustig te worden als mijn hersens tekeergaan.

Ik deed de deur op slot, trok mijn kleren uit, ging in mijn warme bad liggen en dronk mijn thee, en ik bande alle beelden van Karl-Heinz en herinneringen aan onze jaren samen uit mijn gedachten. In plaats daarvan dacht ik aan mijn moeder, en aan het Prenslo-incident, en wat ze die middag in 1939 had gezien en gedaan aan de Nederlands-Duitse grens. Het leek ondenkbaar – ik kon mijn moeder nog steeds niet inpassen in Eva Delectorskaya, en andersom ook niet... Het leven was een rare toestand, hield ik me voor, je kon nooit ergens zeker van zijn. Je denkt dat alles zijn normale, vaste gangetje gaat en dan wordt alles opeens overhoopgegooid. Ik draaide me opzij om mijn mok weer te vullen en stootte de theepot om, waardoor ik mijn hals en linkerschouder verbrandde. Op mijn gekrijs werd Jochen wakker en kwam Ludger op de deur bonzen.

Het verhaal van Eva Delectorskaya

Londen, 1940

Pas in augustus werd Eva Delectorskaya eindelijk opgeroepen om haar verslag van het Prenslo-incident te komen doen. Ze ging op haar gebruikelijke wijze naar haar werk: van Bayswater, waar ze een kamer bewoonde, nam ze een bus die haar naar Fleet Street bracht. Ze ging op het bovendek zitten, rookte haar eerste sigaret van de dag, liet haar blik over de zonnige weidsheid van Hyde Park dwalen en bedacht hoe leuk de zilverige versperringsballonnen eruitzagen, zo bol als ze door de fletsblauwe lucht zweefden. Ze zat te mijmeren of de versperringsballonnen moesten blijven hangen als de oorlog was afgelopen, als er al ooit een einde aan kwam. Beter dan een obelisk of een krijgshaftig standbeeld, bedacht ze, en ze stelde zich een kind voor in 1948 of 1965 dat aan haar moeder vroeg: 'Mammie, waar waren die grote ballonnen voor?' Romer zei dat de oorlog minstens tien jaar zou duren, tenzij de Amerikanen zich erin mengden. Maar ze moest toegeven dat hij die uitspraak had gedaan in een stemming van geschokte verbittering toen ze de Duitse *Blitzkrieg* in mei door Nederland, België en Frankrijk hadden zien razen. Tien jaar... Over tien jaar zou het 1950 zijn. In 1950 zal Kolia al elf jaar dood zijn, dacht ze. Die harde waarheid ontstelde haar; ze moest de hele tijd aan hem denken, niet elke dag maar toch heel wat keren per week. Zou ze in 1950 nog steeds zo vaak aan hem denken, vroeg ze zich af? Ja, zei ze nogal assertief bij zichzelf, dat zal ik zeker.

Toen de bus bij Marble Arch kwam sloeg ze haar krant open. Tweeëntwintig vijandelijke vliegtuigen neergehaald gisteren; Winston Churchill brengt bezoek aan wapenfabriek; nieuwe bommenwerpers hebben een bereik tot voorbij Berlijn. Ze vroeg zich af of dat laatste bericht door de AAS was verspreid; het droeg er alle kenmerken van en die wist ze steeds beter te herkennen. Het verhaal had een logische en plausibele feitelijke onderbouwing maar ook een prikkelende vaagheid en een verscholen onbewijsbaarheid. 'Een woordvoerder van het ministerie weigerde te ontkennen dat de RAF op korte termijn over een dergelijke vliegcapaciteit zou beschikken.' Alles wees erop.

Ze stapte uit haar bus toen die bij stoplichten in Fleet Street halt hield en sloeg Fetter Lane in naar het onopvallende gebouw waarin de Accountancy & Actuarial Services waren gehuisvest. Ze drukte op de overloop van de vierde verdieping op de bel en werd binnengelaten in een sjofele wachtkamer.

'Goeiemorgen, schat,' zei Deirdre. Ze stak een hand uit met een stapeltje krantenknipsels terwijl ze met de andere in een lade van haar bureau rommelde.

'Morgen,' zei Eva terwijl ze de knipsels aannam. Deirdre was een kettingrokende, uitgemergelde vrouw van in de zestig die in feite het beheer van AAS Ltd voerde: zij reikte alle uitrustingsspullen uit en verstrekte tickets en paspoorten, medicijnen en strategische informatie: wie beschikbaar was, wie niet, wie ziek was en wie 'op reis', en het belangrijkst van alles, zij verschafte of weigerde toegang tot Romer zelf. Morris Devereux schertste dat Deirdre in wezen Romers moeder was. Ze had een harde, monotone stem die het effect van de voortdurende, hartelijke uitingen van genegenheid waarmee ze mensen aansprak nogal ondermijnde. Ze drukte op de knop waarmee ze de binnendeur naar de schemerige gang opende waaraan de werkkamers van het team lagen.

Sylvia was op kantoor, zag Eva, en Blytheswood en Morris

Devereux ook. Angus Woolf werkte bij Reuters en Romer zelf had een nieuwe leidinggevende functie bij *The Daily Express* maar hield een zelden gebruikte werkkamer aan op de verdieping erboven die je via een smalle wenteltrap bereikte, met uitzicht op het Holborn Viaduct in de verte. Vanuit hun kamers trachtten ze het persbureau in Oostende in absentia te runnen met behulp van gecodeerde telegrammen die ze aan een Belgische agent stuurden die was achtergebleven en die bekendstond als 'Guy'. Bepaalde woorden die in AAS-berichten in buitenlandse kranten werden opgenomen dienden ook om hem te waarschuwen dat hij ze moest doorsturen naar de klanten die ze in het bezette België nog overhadden. Het was niet helemaal duidelijk of het systeem wel werkte; Eva vond dat ze het mom van naarstige nieuwsgaring en -verspreiding bewonderenswaardig goed ophielden, maar ze wist ook dat iedereen er persoonlijk van overtuigd was dat hun werk op zijn best onbeduidend en op zijn slechtst zinloos was. Het moreel zakte met de dag en dat werd nergens beter door geïllustreerd dan door de stemming van hun baas: Romer was opvallend gespannen, prikkelbaar, vaak zwijgzaam en bedrukt. Het was maar een kwestie van tijd, fluisterden ze tegen elkaar, tot de AAS werd ontmanteld en ze allemaal werden overgeplaatst.

Eva hing haar hoed en haar gasmasker aan de achterkant van de deur, ging aan haar bureau zitten en keek door het groezelige raam naar het weinig verheffende daklandschap tegenover haar. Een vlinderstruik schoot op uit de dakgoot aan de overkant van de binnenplaats en drie miserabele duiven zaten hun verentooi glad te strijken op een rij schoorstenen. Ze spreidde haar knipsels voor zich uit op haar bureau. Iets uit een Italiaanse krant (haar bericht over geruchten betreffende de verslechterende gezondheid van maarschalk Pétain), een verwijzing naar het lage moreel onder piloten van de *Luftwaffe* in een Canadees tijdschrift (Romer had er 'meer' op gekrabbeld), en telexen van twee Amerikaanse persbureaus over een netwerk van Duitse spionnen in Zuid-Afrika dat was opgerold.

Blytheswood klopte op haar deur en vroeg of ze zin had in

een kop thee. Hij was een potige blonde vent van begin dertig met roodgevlekte wangen, alsof daar permanent twee beginnende blossen zetelden en op de loer lagen om zijn hele gezicht te kleuren. Hij was een verlegen type en Eva mocht hem wel: hij was ook altijd aardig tegen haar geweest. Hij bestierde de seintoestellen van de AAS en was een genie, beweerde Romer: hij kon alles met radio's en zendapparatuur, hij kon berichten over continenten verzenden met enkel een auto-accu en een breinaald.

Terwijl ze op haar thee wachtte begon Eva een artikel over 'spookschepen' in de Middellandse Zee uit te typen waar ze aan bezig was, maar ze werd door Deirdre onderbroken.

'Hoi lieverd, mylord vraagt om je, boven. Maak je geen zorgen, ik drink je thee wel op.'

Terwijl Eva de trap naar Romers kantoor beklom poogde ze de complexe geur in het trappenhuis te analyseren – een kruising tussen paddenstoelen en roet, oud stof en schimmel, besloot ze. Romers deur stond open en ze liep meteen door naar binnen, zonder te kloppen of beleefd te kuchen. Hij stond met zijn rug naar haar toe uit het raam naar Holborn Viaduct te staren, alsof de smeedijzeren bogen een gecodeerde betekenis voor hem hadden.

'Morgen,' zei Eva. Ze waren nu vier maanden terug in Engeland sinds ze de wijk uit Oostende hadden genomen, en na een snel rekensommetje concludeerde ze dat ze Romer in al die tijd anderhalf uur had gezien. De prettige, ongedwongen sfeer die in België scheen te ontstaan was met de ineenstorting van het persbureau en het onveranderlijk slechte nieuws over de oorlog verdwenen. In Engeland deed Romer formeel en afstandelijk tegen haar (zoals tegen iedereen, brachten de anderen haar in herinnering toen ze een opmerking over zijn *froideur* maakte). De geruchten dat alle 'irreguliere afdelingen' door het nieuwe hoofd van de Secret Intelligence Service zouden worden opgedoekt werden steeds sterker. Romers dagen waren zo goed als geteld, beweerde Morris Devereux.

Hij wendde zich af van het raam. 'C wil je spreken,' zei hij. 'Hij wil het met je over Prenslo hebben.'

Ze wist wie C was en voelde iets van schrik door zich heen flakkeren. 'Waarom met mij?' vroeg ze. 'Jij weet er net zoveel van als ik.'

Romer gaf een toelichting over de zich continu verder vertakkende gevolgen van de 'Prenslo-catastrofe', zoals hij het noemde. Van de twee gevangengenomen Britse agenten was de ene het hoofd van de sis-afdeling in Nederland terwijl de andere de leiding had over het Nederlandse 'Z'-netwerk, een geheime parallelle organisatie voor het vergaren van informatie. Getweeën wisten ze zo'n beetje alles van de Britse spionagenetwerken in West-Europa. Nu ze in Duitse handen waren gevallen werden ze ongetwijfeld streng en meedogenloos ondervraagd.

'Alles is naar de knoppen, of anders ontmaskerd of onveilig en onbruikbaar,' zei Romer. 'Daar moeten we van uitgaan. En wat houden we over? Lissabon, Bern... Madrid is een fiasco.' Hij keek haar aan. 'Eerlijk gezegd weet ik niet waarom ze je willen spreken. Misschien denken ze dat je iets hebt gezien, dat je hun tussen de regels door kunt vertellen waarom alles zo spectaculair en grandioos is misgelopen.' Uit zijn toon bleek duidelijk dat hij de hele onderneming tijdverspilling vond. Hij keek op zijn horloge. 'We kunnen gaan lopen,' zei hij. 'We moeten naar het Savoy Hotel.'

Eva en Romer wandelden over de Strand naar het Savoy. Afgezien van de zandzakken die bij bepaalde portieken stonden opgestapeld en het grote aantal geüniformeerde voetgangers zag het er op straat uit als een doorsneezomerochtend in Londen, bedacht Eva, maar terwijl ze dat overwoog besefte ze dat ze nog nooit een zomerochtend in Londen in vredestijd had meegemaakt en dat er daarom geen steekhoudende vergelijking viel te maken. Misschien was het Londen van voor de oorlog wel totaal anders geweest. Ze vroeg zich af hoe het zou zijn om in Parijs te zitten. Dat zou zéker anders zijn. Romer was stil en leek slecht op zijn gemak.

'Vertel ze gewoon alles, net zoals je het aan mij hebt verteld. Wees volkomen eerlijk.'

'Goed, dat zal ik doen. De hele waarheid enzovoorts.'

Hij keek haar scherp aan. Toen glimlachte hij, flauwtjes, en liet hij zijn schouders even zakken. 'Er staat veel op het spel,' zei hij. 'Een nieuwe operatie voor de AAS. Ik heb het gevoel dat de manier waarop jij straks overkomt daarop van invloed kan zijn.'

'Krijg ik alleen met C te maken?'

'O nee, ik denk dat ze er allemaal bij zijn. Jij bent de enige getuige.'

Eva zweeg terwijl ze dat overdacht. Ze probeerde onbezorgd te kijken toen ze Savoy Court insloegen en naar de overkapte entree liepen. De geüniformeerde portier gaf de draaideur een zet om hen binnen te laten maar Eva bleef staan en vroeg Romer om een sigaret. Hij gaf haar er een, en een vuurtje. Ze inhaleerde diep en keek naar de mannen en vrouwen die in en uit liepen. Vrouwen in zomerjurk met hoed, glanzende automobielen met chauffeur, een jongen die een immens boeket kwam bezorgen. Voor sommige mensen veranderde er nauwelijks iets door een oorlog, besefte ze.

'Waarom komen we in een hotel bijeen?' vroeg ze.

'Ze zijn dol op bijeenkomsten in hotels. Negentig procent van de bijeenkomsten van de inlichtingendienst vindt plaats in een hotel. Laten we naar binnen gaan.'

Ze stapte op haar half opgerookte sigaret en ze liepen naar binnen.

Bij de receptie werden ze opgewacht door een jonge man die hun voorging naar de tweede verdieping en toen door een gang met veel bochten naar een suite. Zij en Romer werden gevraagd om in soort gangetje op een bank te wachten en kregen thee aangeboden. Toen kwam er een man binnen die Romer kende; ze gingen op zachte toon in een hoek met elkaar staan praten. De man droeg een grijs streepjespak, had een borstelig snorretje en sluik rossig haar. Toen hij doorliep naar binnen ging Romer weer naast haar op de bank zitten.

'Wie was dat?' vroeg ze.

'Een vreselijke hufter,' antwoordde hij met zijn mond dicht

bij haar oor. Ze voelde zijn warme adem op haar wang en kreeg kippenvel op haar arm en in haar zij.

'Miss Dalton?' De eerste jonge man hield de deur open en gebaarde haar binnen te komen.

De kamer die ze betrad was groot en schemerig en ze voelde een dik, zacht tapijt onder haar voeten. Ze voelde ook dat Romer achter haar binnenkwam. Fauteuils en banken waren tegen de wanden geschoven en de gordijnen waren half dichtgetrokken tegen de augustuszon. Midden in de kamer waren drie tafels tegen elkaar geplaatst waarachter vier mannen zaten. Tegenover hen stond één enkele stoel waarop Eva mocht plaatsnemen. Ze zag nog twee mannen achter in de kamer staan, leunend tegen een muur.

Een krasse oude man met een zilverige snor nam het woord. Niemand werd voorgesteld.

'Wellicht komt dit op u over als een tribunaal, Miss Dalton, maar ik wil dat u het alleen maar als een informeel onderonsje beschouwt.'

De andere drie mannen moesten grinniken om de onzinnigheid van die verklaring en ontspanden zich. Een van de drie droeg een marine-uniform met een hoop gouden banden om zijn manchetten. De andere twee zagen eruit als bankiers of advocaten, vond Eva. Eentje had een stijve boord. Het viel haar op dat een van de mannen achterin een vlinderstrikje met stippels droeg. Ze wierp een snelle blik achterom en zag dat Romer bij de deur stond, naast de 'vreselijke hufter'.

De mannen rommelden in papieren en wisselden blikken uit.

'Goed, Miss Dalton,' zei Zilversnor, 'vertelt u ons in uw eigen woorden wat er precies in Prenslo is voorgevallen.'

Dus dat deed ze. Ze voerde hen mee de dag door, uur na uur. Toen ze klaar was met haar verhaal begonnen ze haar vragen te stellen, en ze merkte dat ze zich steeds meer op luitenant Joos en diens fout bij het dubbele wachtwoord gingen richten.

'Wie heeft het dubbele wachtwoord aan u doorgegeven?'

vroeg een grote man met een onderkin. Hij had een zware, enigszins schorre stem en hij sprak heel langzaam en bezonnen. Hij stond achterin naast Stippelstrikje.

'Meneer Romer.'

'U weet zeker dat u het correct had. U hebt u niet vergist.'

'Nee. We gebruiken altijd dubbele wachtwoorden. Dat is routine.'

'We?' vroeg Zilversnor.

'Binnen het team – de mensen die voor meneer Romer werken. Het is een standaardprocedure voor ons.'

Er werden blikken naar Romer geworpen. De marineofficier fluisterde iets tegen de man met de stijve boord. Hij zette een bril met een rond schildpadmontuur op en nam Eva nauwkeuriger op.

Zilversnor leunde voorover. 'Hoe zou u het antwoord van luitenant Joos op uw tweede vraag: "Waar kan ik Franse sigaretten kopen?" omschrijven?'

'Ik begrijp uw vraag niet,' zei Eva.

De man met de onderkin sprak weer vanachter in de kamer. 'Had u het idee dat het antwoord van luitenant Joos de reactie op een wachtwoord was, of was het een terloopse, gewone opmerking?'

Eva aarzelde en dacht terug aan dat moment in Café Backus. Voor haar geestesoog zag ze Joos' gezicht, zijn flauwe glimlachje; hij wist precies wie ze was. Hij had meteen 'Amsterdam' gezegd, zelfverzekerd, ervan overtuigd dat dat het antwoord was dat ze verwachtte.

'Ik zou zeggen dat hij beslist in de veronderstelling verkeerde dat hij me het antwoord op het tweede wachtwoord gaf.'

Ze voelde hoe alle mannen in de kamer eventjes ontspanden, voor een fractie van een seconde. Ze wist niet precies hoe of waarom of waar het uit bleek, maar het was duidelijk dat er door iets wat ze had gezegd, door een antwoord dat ze had gegeven, een gecompliceerde kwestie was opgelost en dat ze op een controversieel punt gerustgesteld waren.

De man met de onderkin stapte naar voren met zijn handen in zijn zakken. Ze vroeg zich af of dit C was.

'Wat zou u hebben gedaan als luitenant Joos het juiste wachtwoord had gegeven?' vroeg hij.

'Dan zou ik tegen hem hebben gezegd dat ik de twee Duitsers in de vergaderzaal niet vertrouwde.'

'Vertrouwde u hen inderdaad niet?'

'Nee. U moet weten dat ik de hele tijd in dat café was, om te ontbijten, om te lunchen, voortdurend. Ze hadden geen enkele aanleiding om te vermoeden dat ik iets met de bijeenkomst te maken had. Ik vond hen gespannen en ongedurig. Achteraf gezien snap ik waarom.'

De man met de ronde bril stak een vinger op. 'Er is iets wat me niet helemaal duidelijk is, Miss Dalton. Hoe kwam het dat u zich die dag in Café Backus bevond?'

'Dat was een idee van meneer Romer. Hij had me opgedragen om daar 's morgens heen te gaan en zo onopvallend mogelijk te observeren wat er gebeurde.'

'Dat was meneer Romers idee.'

'Ja.'

'Dank u wel.'

Ze stelden haar voor de vorm nog wat vragen over het gedrag van de twee Britse agenten, maar het was duidelijk dat ze nu over de informatie beschikten die ze nodig hadden. Daarna werd haar gevraagd om buiten te wachten.

Ze ging in de wachtruimte zitten en accepteerde het aanbod van een kopje thee. Toen de jonge man het bracht en zij het van hem aanpakte, zag ze tot haar voldoening dat haar handen nauwelijks beefden. Ze dronk haar thee en na een minuut of twintig verscheen Romer. Hij was in zijn sas, dat zag ze meteen – uit zijn hele houding, zijn blik van verstandhouding, zijn pertinente weigering om te glimlachen, bleek zijn opperbeste stemming.

Ze liepen samen het Savoy Hotel uit en bleven stilstaan op de Strand, met het verkeer om hen heen ronkend.

'Neem de rest van de dag maar vrij,' zei hij. 'Dat heb je wel verdiend.'

'O ja? Wat heb ik dan gedaan?'

'Voor mij een weet – zullen we vanavond uit eten gaan? Ik

weet een tentje in Soho – Don Luigi, in Frith Street. Zie je daar om acht uur.'

'Ik ben bang dat ik dingen te doen heb vanavond.'

'Onzin. We hebben iets te vieren. Om acht uur. Taxi!'

Hij holde naar de taxi die hij had aangehouden. Don Luigi, Frith Street, acht uur, dacht Eva. Wat was er aan de hand?

'Dag Miss Fitzroy. Dat is lang geleden.'

Mevrouw Dangerfield stond in de deuropening en deed een pas naar achteren om Eva binnen te laten. Ze was een mollige blonde vrouw die altijd een dikke laag poederige make-up op had, bijna alsof ze elk moment het toneel op kon stappen.

'Ik ben alleen maar op doorreis, mevrouw Dangerfield. Ik kom even een paar dingen ophalen.'

'Ik heb hier wat post voor u.' Ze pakte een klein stapeltje brieven van de haltafel. 'Alles ligt keurig voor u klaar. Wilt u dat ik het bed opmaak?'

'Nee, nee, ik blijf maar een paar uur. Daarna moet ik weer naar het noorden.'

'Je bent beter af buiten Londen, schat, geloof me.' Mevrouw Dangerfield somde de nadelen van Londen in oorlogstijd op terwijl ze Eva voorging naar haar zolderkamer op Winchester Street 312, in de wijk Battersea.

Eva deed de deur achter zich dicht en draaide de sleutel om in het slot. Ze keek rond door haar kamer om zich er weer vertrouwd mee te maken; ze was er vijf weken niet meer geweest. Ze controleerde haar valstrikken: mevrouw Dangerfield had inderdaad flink rondgeneusd in het bureau en de klerenkast en de ladekast. Ze ging op het eenpersoonsbed zitten en legde haar zes brieven op de sprei. Ze maakte ze een voor een open. Ze gooide er drie in de prullenmand en borg de rest op in de lade van haar bureau. Ze waren allemaal door haarzelf verstuurd. Ze zette de ansichtkaart op de schoorsteenmantel boven de gashaard. Hij was uit King's Lynn; ze was er vorig weekend speciaal heen gereisd om die kaart te versturen. Ze draaide hem om en las hem nog eens:

Liefste Lily,
We hopen dat alles goed is in regenachtig Perthshire.
We zijn een paar dagen naar de kust gegaan. Tom
Dawlish is vorige week woensdag getrouwd.
Maandagavond gaan we weer terug naar Norwich.
Liefs van pap en mam

Ze zette de kaart weer op de schoorsteenmantel en moest opeens aan haar eigen vader denken die uit Parijs was gevlucht.
Volgens het laatste nieuws dat ze had was hij in Bordeaux; Irène was er op een of andere manier in geslaagd om haar in Londen een brief te sturen. 'In redelijke gezondheid in deze onre-
delijke tijden,' had ze geschreven.

Al mijmerend drong het tot haar door dat ze bij zichzelf zat
te glimlachen – stomverwonderd zat te glimlachen – om de
bizarre werkelijkheid van haar situatie: ze was op haar onderduikadres in Battersea en gaf zich uit voor Lily Fitzroy. Wat
zou haar vader niet denken van dit werk dat ze voor 'de Britse regering' deed? Wat zou Kolia ervan hebben gevonden?

Mevrouw Dangerfield wist alleen maar dat Lily Fitzroy 'iets
met seinen deed' voor het ministerie van Oorlog, dat ze veel
moest reizen en steeds vaker in Schotland en Noord-Engeland
verbleef. Ze kreeg drie maanden vooruitbetaald en was dik tevreden met deze regeling. In de vier maanden dat Eva in Londen
zat had ze nog maar zes keer in Winchester Street geslapen.

Ze trok een hoek van het vloerkleed weg, pakte een schroe-
vendraaiertje uit haar tas en wrikte de losse spijkers uit een kort
stukje vloerdeel. Onder de vloer zat een pakje dat in wasdoek
was gewikkeld waarin haar Lily Fitzroy-paspoort, een kwart
flesje whisky en drie biljetten van vijf pond zaten. Ze stopte er
nog een biljet van vijf pond bij en deed alles weer toe. Daarna ging ze op bed liggen om een uurtje te dutten, dromend
dat Kolia binnenkwam en een hand op haar schouder legde.
Ze schrok wakker en zag dat er een streep middagzonlicht door
de gordijnen was gedrongen die haar hals verwarmde. Ze keek
in haar klerenkast, koos een paar jurken uit en vouwde ze in
een papieren draagtas die ze had meegebracht.

Bij de deur bleef ze even staan peinzen over de wijsheid of zelfs de noodzaak van dit 'veilige' adres. Zo was ze getraind; dit was de wijze waarop haar was geleerd om zonder argwaan te wekken een onderduikadres te regelen en aan te houden. Het geheime veilige adres – een van Romers regels. Ze glimlachte wrang en deed de deur van het slot: ook een Romer-regel; haar leven werd steeds meer door die specifieke voorschriften beheerst. Ze knipte het licht uit en stapte de overloop op; misschien zou ze er vanavond nog meer leren.

'Dag mevrouw Dangerfield,' riep ze vrolijk, 'ik ga weer, hoor. Tot over een week of twee.'

Die avond kleedde Eva zich met meer toewijding en zorg dan gewoonlijk. Ze waste haar haar en krulde de punten nadat ze had besloten om Romer te verrassen door het los te dragen. Ze drapeerde een lok over haar oog à la Veronica Lake, maar besloot dat dat te ver ging: ze was er tenslotte niet opuit om de man te verleiden. Nee, ze wilde alleen maar dat hij meer oog voor haar kreeg, zich meer van haar persoon bewust werd. Misschien meende hij dat hij alleen maar een werkneemster op een uitje trakteerde, maar zij wilde dat hij zich realiseerde dat niet veel werknemers van hem eruitzagen als zij. Het was puur een kwestie van eigenwaarde en had helemaal niets met Romer te maken.

Ze deed lippenstift op – een nieuwe die 'Tahiti Nights' heette – poederde haar gezicht en depte rozenwater op haar polsen en achter haar oren. Ze droeg een luchtige, marineblauwe, wollen jurk met geplooide maïsgele inzetstukken van voren en een brede ceintuur die haar slanke taille accentueerde. Haar wenkbrauwen waren in volmaakte bogen geëpileerd en pikzwart. Ze stopte haar sigaretten, haar aansteker en haar portemonnee in een rotan handtas die met schelpen was bezet, deed een laatste controle in de spiegel en zag uiteindelijk definitief af van oorbellen.

Toen ze de trap van het pension afdaalde zag ze een paar van de meisjes in de rij staan voor de telefoon in de hal. Ze boog terwijl ze bewonderend floten en zogenaamd versteld stonden.

'Wie is de gelukkige, Eve?'

Ze lachte. Romer was de gelukkige; hij moest eens weten wat een geluk hij had.

De gelukkige kwam te laat opdagen, om halfnegen. Toen Eva bij Don Luigi aankwam was ze naar de beste tafel geleid, in een erker met uitzicht op Frith Street. Onder het wachten dronk ze twee gin-tonics en zat ze het grootste deel van de tijd mee te luisteren naar een Frans stel twee tafeltjes verderop dat op niet erg ingehouden toon zat te redetwisten over het kreng van een moeder van de man. Romer arriveerde, verontschuldigde zich niet, zei niets over hoe ze eruitzag en bestelde meteen een fles chianti – 'De beste chianti van Londen. Ik kom hier alleen voor de chianti.' Hij was nog steeds opgewekt en opgewonden, zijn stemming na het Savoy Hotel zo mogelijk nog opgetogener, en terwijl ze hun bestelling deden en hun voorgerecht aten zat hij geringschattend over 'het hoofdkantoor' te ratelen. Ze luisterde maar half, sloeg hem liever gade terwijl hij dronk en rookte en at. Ze hoorde hem zeggen dat het hoofdkantoor was volgestouwd met de stomste elite van Londen, dat de mensen met wie hij om moest gaan hetzij lakse leden van herenclubs op Pall Mall waren of ouwe sokken uit de Brits-Indische Koloniale Dienst. De eerste kliek keek neer op de tweede als klein-burgerlijke strebers, terwijl de tweede categorie de eerste als om-hooggevallen klaplopers beschouwde die er alleen werkten omdat ze met de baas op Eton hadden gezeten.

Hij prikte met zijn vork in haar richting – hij at wat bedoeld was als *cotoletta alla milanese*, zij had stokvis met tomaten besteld. 'Hoe worden wij geacht om een succesvol bedrijf te runnen als de raad van bestuur zo derderangs is?'

'Is Mr. X derderangs?'

Hij aarzelde even en ze voelde dat hij dacht: hoe weet ze dat van Mr. X? En toen hij bedacht hoe ze het wist en dat het goed was, antwoordde hij langzaam. 'Nee. Mr. X is anders. Mr. X erkent de waarde van AAS Ltd.'

'Was Mr. X er vandaag bij?'

'Ja.'

'Wie was het?'

Hij gaf geen antwoord. Hij pakte de fles en schonk hun glazen weer vol. Dit was al hun tweede fles chianti.

'Op jou, Eva,' zei hij met iets dat in de buurt van gemeendheid kwam. 'Je hebt het heel goed gedaan vandaag. Ik zeg niet graag dat je ons hachje hebt gered, maar ik geloof dat je ons hachje hebt gered.'

Ze klonken en hij schonk haar zijn zeldzame wittetandenglimlach, en voor het eerst van de avond voelde ze dat hij haar bekeek – dat hij naar haar keek zoals een man naar een vrouw keek – en dat hij dingen aan haar opmerkte: haar blonde haar, lang en onderaan gekruld, haar rode lippen, haar gewelfde zwarte wenkbrauwen, haar lange hals, de zwelling van haar borsten onder haar marineblauwe jurk.

'Tja, nou...' zei hij stuntelig. 'Je ziet er heel... piekfijn uit.'

'Hoe heb ik je hachje gered?'

Hij keek om zich heen. Er zat niemand vlak bij hen.

'Ze zijn ervan overtuigd dat het probleem in het Nederlandse filiaal is ontstaan. Niet in het Britse. We zijn verlinkt door de Nederlanders – een rotte appel in Den Haag.'

'Wat zeggen de Nederlanders?'

'Ze zijn woedend. Ze geven ons de schuld. Hun vertegenwoordiger is per slot van rekening met gedwongen pensioen gestuurd.'

Eva wist dat Romer schik had in die cliché-code, zoals ze het noemden. Dat was ook een regel van hem: gebruik waar mogelijk cliché-code, geen cijfers of andere codes want die waren te ingewikkeld of te gemakkelijk te kraken. Cliché-code had een gewone logica of het was nonsens, en daar viel nooit iets bezwarends uit af te leiden.

Eva zei: 'Nou ja, ik ben blij dat ik iets heb kunnen betekenen.'

Hij zei niets ten antwoord, deze keer. Hij leunde achteruit in zijn stoel en zat naar haar te kijken alsof hij haar voor het eerst zag.

'Je ziet er vanavond heel mooi uit, Eva. Heeft iemand dat wel eens tegen je gezegd?'

Maar aan zijn droge, cynische toon hoorde ze dat hij een grapje maakte. 'Jawel, zo af en toe,' zei ze op even droge toon.

In het donker van de verduistering moesten ze in Frith Street een tijd op een taxi wachten.

'Waar woon je?' vroeg hij. 'In Hampstead, niet?'

'In Bayswater.' Ze voelde zich lichtelijk aangeschoten na de gin en alle chianti die ze op hadden. Ze ging in een winkelportiek staan en keek hoe Romer tevergeefs de straat door rende, achter een taxi aan. Toen hij weer bij haar terugkwam, zijn haar een beetje verfomfaaid, en met een spijtige glimlach zijn schouders ophaalde, voelde ze een plotselinge, haast fysieke aandrang om met hem in bed te liggen, naakt. Ze was een beetje overrompeld door haar eigen wellust maar ze realiseerde zich dat het meer dan twee jaar geleden was sinds ze met een man was geweest – ze moest aan haar laatste geliefde denken, Jean-Didier, Kolia's vriend, de melancholieke musicus, zoals ze hem bij zichzelf noemde – twee jaar sinds Jean-Didier, en nu voelde ze opeens het sterke verlangen om weer een man in haar armen te houden, een naakte man tegen haar naakte lichaam te drukken. Het ging niet zozeer om seks als wel om iets dicht tegen zich aan te houden, om haar armen om dat grotere, massievere mannenlijf te slaan, dat lijf met zijn vreemde spierstelsel, andere geuren, een andere lichaamskracht. Dat miste ze in haar leven; het ging niet om Romer, dacht ze terwijl ze hem op zich af zag komen, maar om een man, om mannen. Romer was echter wel de enige man die op dat moment voorhanden was.

'Misschien moeten we maar met de metro gaan,' zei hij.

'Er komt wel een taxi,' zei ze. 'Ik heb geen haast.'

Ze herinnerde zich iets wat een vrouw in Parijs haar eens had verteld. Een vrouw van in de veertig, diverse keren getrouwd, elegant, een beetje blasé. Er is niets makkelijkers dan een man zover te krijgen dat hij je kust, had die vrouw beweerd. O, echt waar? had Eva gezegd, hoe doe je dat dan? Ga dicht bij hem staan, had de vrouw gezegd, heel dichtbij, zo dichtbij als je kunt zonder hem aan te raken, en na een of twee minuten kust hij je. Het is onvermijdelijk. Het is een soort instinct bij mannen, ze kunnen er geen weerstand aan bieden. Onfeilbaar.

Dus ging Eva dicht bij Romer staan in het winkelportiek in Frith Street terwijl hij naar de auto's schreeuwde en zwaaide die door de donkere straat langskwamen, in de hoop dat er een taxi tussen zat.

'We hebben geen geluk,' zei hij terwijl hij zich omdraaide naar Eva, die heel dicht bij hem stond, haar gezicht opgeheven.

'Ik heb geen haast,' zei ze.

Hij greep haar beet en kuste haar.

Eva stond naakt in de kleine badkamer van Romers huurflat in South Kensington. Ze had het licht niet aangedaan en zag haar lichaam in de spiegel gereflecteerd, de bleke slanke gestalte bedrukt met de donkere medaillons van haar tepels. Na hun kus hadden ze vrijwel meteen een taxi bemachtigd en waren ze hierheen gegaan en hadden ze zonder veel omhaal of woorden de liefde bedreven. Daarna was ze uit bed gestapt en naar de badkamer gegaan in een poging om wat er was gebeurd te begrijpen, in perspectief te plaatsen. Ze trok de wc door en sloot haar ogen. Het had geen zin om nu te gaan nadenken, hield ze zich voor. Er zou later tijd genoeg zijn om na te denken.

Ze gleed weer naast hem in bed.

'Ik heb al mijn regels aan mijn laars gelapt, weet je,' zei Romer.

'Toch maar eentje?' antwoordde ze terwijl ze tegen hem aan kroop. 'Het is niet het einde van de wereld, hoor.'

'Sorry dat ik zo snel was,' zei hij. 'Ik heb het een beetje verleerd. Je bent ook veel te mooi en te sexy.'

'Je hoort mij niet klagen. Sla je armen om me heen.'

Dat deed hij en ze drukte zich tegen hem aan en voelde de spieren in zijn schouders, de diepe voorn in zijn rug die zijn ruggengraat was. Hij leek zo groot naast haar, bijna alsof hij van een ander ras was. Dit is wat ik wilde, hield ze zich voor, dit is wat ik miste. Ze duwde haar gezicht in de welving van zijn schouder en hals en ademde in.

'Je bent geen maagd,' zei hij.

'Nee. En jij?'

'Ik ben in de veertig, verdorie!'

'Je hebt maagden van in de veertig.'

Hij lachte om haar en ze liet haar hand over zijn zij glijden en pakte hem beet. Hij had een strook weerbarstig haar op zijn borst en een klein buikje. Ze voelde zijn penis dikker worden in de losse kom van haar vingers. Hij had zich sinds die ochtend niet meer geschoren en zijn stoppelbaard was ruw aan haar lippen en haar kin. Ze kuste zijn hals en kuste zijn tepels en ze voelde het gewicht van zijn dijbeen toen hij het over het hare schoof. Dit is wat ze had gewild: gewicht – gewicht, massa, spieren, kracht. Iets wat groter was dan zij. Hij rolde haar zachtjes op haar rug en ze voelde hoe het gewicht van zijn lichaam haar tegen de lakens plette.

'Eva Delectorskaya,' zei hij. 'Wie had dat gedacht?' Hij kuste haar teder en ze spreidde haar dijen om hem ertussen te laten.

'Lucas Romer,' zei ze. 'Wel, wel, wel…'

Hij richtte zich op zijn armen boven haar op. 'Beloof me dat je het tegen niemand vertelt, maar…' zei hij, en hij liet de zin plagerig onafgemaakt.

'Ik beloof het,' zei ze, en ze dacht: aan wie zou ik het vertellen, aan Deirdre, aan Sylvia, aan Blytheswood? Wat een oen!

'Maar…' vervolgde hij, 'dankzij jou, Eva Delectorskaya,' en hij boog zijn hoofd en kuste even haar lippen, 'gaan we met z'n allen naar de Verenigde Staten van Amerika.'

6 *Een meisje uit Duitsland*

Op zaterdagmorgen gingen Jochen en ik naar het Westgate-winkelcentrum in Oxford – een lelijk, betonnen complex maar wel handig, zoals de meeste winkelcentra – om een nieuwe pyjama voor hem te kopen (aangezien hij een nacht bij zijn oma ging logeren) en om de voorlaatste afbetalingstermijn van het nieuwe fornuis dat ik in december had gekocht te voldoen. We parkeerden de auto in Broad Street en liepen naar Cornmarket waar de winkels net opengingen. Hoewel het weer een mooie warme, zonnige dag beloofde te worden, leek er even iets van frisheid in de ochtendlucht te hangen – een stil complot of een ijdele illusie dat die warme zonnige dagen nog niet zo alledaags waren dat ze eentonig en irritant waren geworden. De straten waren geveegd, de afvalbakken geleegd en de gruwelijke door bussen en toeristen verstopte hel die de zaterdagse Cornmarket in werkelijkheid was lag nog een uur of twee in het verschiet.

Jochen sleepte me mee terug om in de etalage van een speelgoedwinkel te kijken.

'O, mammie, kijk eens, wat gaaf.' Hij wees naar een plastic ruimtegeweer dat met allerlei toeters en bellen was opgetuigd. 'Krijg ik dat voor mijn verjaardag?' jengelde hij. 'Voor mijn verjaardag en de volgende Kerstmis?'

'Nee. Ik heb een prachtige nieuwe encyclopedie voor je.'

'Je houdt me weer voor de gek,' zei hij streng. 'Je mag niet van die grapjes maken, hoor.'

'Je moet af en toe grapjes maken in het leven, schat,' zei ik terwijl ik hem meetrok en Queen Street insloeg. 'Wat heeft het anders voor zin?'

'Dat hangt van de grapjes af,' zei hij. 'Sommige grapjes zijn niet leuk.'

'Goed, je krijgt dat geweer, en dan stuur ik die encyclopedie wel naar een jongetje in Afrika.'

'Welk jongetje?'

'Ik vind er wel een. Er zijn massa's jongens die graag een encyclopedie willen hebben.'

'Kijk, daar heb je Hamid.'

Onder aan Queen Street lag een pleintje met een obelisk. Het was duidelijk opgezet als een bescheiden openbare ruimte in het laat-negentiende-eeuwse deel van de stad, maar door de hedendaagse renovatie van de wijk diende het alleen nog als een soort voorplein of oprit naar de muil van het Westgate-centrum. Lijmsnuivende punkers hingen rond op de trappen rondom het monument (voor een of andere vergeten soldaat die in een koloniale schermutseling was omgekomen) en het was een geliefde plek om optochten en demonstraties te laten beginnen of eindigen. De punkers kwamen er graag, net als de straatmuzikanten en bedelaars, de Hare Krishna-volgelingen met hun monotone gezang en klingelende bekkentjes en de orkestjes van het Leger des Heils die er hymnes stonden te spelen. Hoewel het pleintje niets voorstelde moest ik toegeven dat het misschien wel de levendigste, meest eclectische openbare ruimte van Oxford was.

Die dag was er een kleine demonstratie van Iraniërs – studenten en ballingen, veronderstelde ik. Een groep van een man of dertig had zich verzameld met spandoeken met teksten als WEG MET DE SJAH en LANG LEVE DE IRAANSE REVOLUTIE. Twee gebaarde mannen probeerden voorbijgangers aan te sporen om een petitie te tekenen en een meisje met een hoofddoek stond met een schelle, eentonige stem door een megafoon de schanddaden van de Pahlavi-familie op te sommen. Ik volgde de richting van Jochens wijzende vinger en zag Hamid een eindje verderop achter een geparkeerde auto foto's van de demonstranten nemen.

We slenterden naar hem toe.

'Hamid!' riep Jochen en hij draaide zich om, zi, zienderogen verrast maar daarna verheugd om te zien wie het was die hem groette. Hij hurkte voor Jochen en stak hem zijn hand toe, die Jochen krachtig schudde.

'Dag Jochen,' zei hij. '*Salam alaikoem.*'

'*Alaikoem salam,*' zei Jochen; hij kende het ceremonieel uit zijn hoofd.

Hamid lachte naar hem, kwam overeind en wendde zich naar mij. 'Ruth. Hoe gaat het?'

'Wat ben je aan het doen?' vroeg ik bruusk, argwanend.

'Foto's maken.' Hij hield de camera omhoog. 'Zij zijn allemaal vrienden.'

'O. Het lijkt me dat ze niet gefotografeerd willen worden.'

'Hoezo? Het is een vreedzame demonstratie tegen de sjah. Zijn zuster komt naar Oxford om een bibliotheek te openen die ze hebben betaald. Daarop moet je wachten – er komt een grote demonstratie. Je moet ook komen.'

'Mag ik ook komen?' vroeg Jochen.

'Natuurlijk.' Toen draaide Hamid zich om want hij hoorde dat hij door een van zijn landgenoten werd geroepen. 'Ik moet naar hen toe,' zei hij. 'Tot vanavond, Ruth. Zal ik voor een taxi zorgen?'

'Nee hoor, we kunnen wel lopen,' zei ik.

Hij holde naar de anderen en even voelde ik me stom en beschaamd dat ik hem zo had gewantrouwd. We gingen het winkelcentrum in om een pyjama te kopen maar de kwestie liet me niet los; ik vroeg me af waarom demonstranten die tegen de sjah waren graag op de foto wilden.

Ik stond over Jochen heen gebogen terwijl hij zijn speelgoed in zijn tas stopte en spoorde hem aan om wat onverbiddelijker te zijn in zijn keuze toen ik hoorde dat Ludger over de ijzeren trap naar boven kwam en de keuken in stapte.

'Ah, Ruth,' zei hij toen hij me in Jochens kamer zag. 'Ik wil je iets vragen. Hé Jochen, hoe is het?'

Jochen keek om. 'Goed, hoor,' zei hij.

'Ik heb een kennis,' vervolgde Ludger tegen mij, 'een meisje uit Duitsland. Niet mijn vriendin,' voegde hij er vlug aan toe. 'Ze zegt dat ze Oxford wil bezoeken en ik vraag me af of ze hier kan logeren, twee of drie dagen.'

'We hebben geen logeerkamer.'

'Ze kan bij mij slapen. Ik bedoel, in mijn kamer. Slaapzak op de vloer, geen punt.'

'Dat zal ik aan meneer Scott moeten vragen,' improviseerde ik. 'Er staat een clausule in mijn huurcontract, weet je. Eigenlijk mag ik niet meer dan één logé hebben.'

'Wat?' zei hij ongelovig. 'Het is toch jouw huis?'

'Mijn húúrhuis. Ik loop wel even naar beneden om het te vragen.'

Soms werkte meneer Scott op zaterdagmorgen en ik had gezien dat zijn auto buiten stond geparkeerd. Ik liep de trap af naar de tandartspraktijk en trof hem zittend op de balie aan, met bungelende benen, pratend met Krissi, zijn assistente uit Nieuw-Zeeland.

'Hallo hallo!' galmde meneer Scott toen hij me aan zag komen. Zijn ogen waren reusachtig achter de dikke glazen van zijn bril met gouden montuur. 'Hoe is het met de kleine Jochen?'

'Prima, dank u wel. Meneer Scott, ik vroeg me af of u er bezwaar tegen zou hebben als ik wat tuinmeubilair achter in de tuin zet? Een tafel, stoelen, een parasol?'

'Waarom zou ik daar bezwaar tegen hebben?'

'Ik weet het niet. Het zou het uitzicht vanuit uw praktijk kunnen bederven, of zoiets.'

'Hoe zou dat het uitzicht kunnen bederven?'

'Nou, dat is fijn. Dank u wel.'

Meneer Scott was als jonge legertandarts in februari 1942 in de haven van Singapore aangekomen. Vier dagen later hadden de Britse troepen gecapituleerd, en daarna had hij drieënhalf jaar krijgsgevangen gezeten in een Jappenkamp. Na die ervaring, had hij me in alle openheid en zonder bitterheid verteld, had hij besloten dat hij zich nooit meer door wat dan ook in het leven zou laten storen.

Ludger stond boven aan de trap te wachten. 'En?'

'Sorry,' zei ik. 'Het mag niet van meneer Scott. Er is maar één gast toegestaan.'

Ludger keek me sceptisch aan. Ik bleef terugkijken.

'Echt waar?' vroeg hij.

'Ja. En eigenlijk heb je mazzel dat hij je hier zo lang heeft laten logeren,' loog ik. Ik had wel schik in het gebeuren. 'Mijn huurovereenkomst staat op het spel, snap je.'

'Wat is dit voor kloteland?' vroeg hij retorisch. 'Waar een huisbaas beslist wie er in je huis mag blijven.'

'Als het je niet bevalt kun je nog altijd opsodemieteren,' zei ik vrolijk. 'Kom, Jochen, we gaan naar oma.'

Mijn moeder en ik zaten op het terras achter haar cottage. We keken over de vlassige wei uit op de donkergroene massa van het Heksenbos, dronken zelfgemaakte limonade en hielden Jochen in het oog, die met een vlindernetje door de tuin draafde zonder ook maar één vlinder te vangen.

'Je had gelijk,' zei ik. 'Het blijkt dat Romer een lord is. En rijk, voor zover ik weet.' Twee bezoekjes aan de Bodleian-bibliotheek hadden me wat meer informatie opgeleverd dan de paar gegevens die Bobbie York had verstrekt. Ik sloeg mijn moeders gezicht aandachtig gade terwijl ik Romers leven documenteerde en de aantekeningen voorlas die ik had gemaakt. Hij was geboren op 7 maart 1899, als zoon van Gerald Arthur Romer (overleden in 1918). Een oudere broer, Sholto, was in 1916 bij de Slag van de Somme omgekomen. Romer had op een kleine particuliere kostschool genaamd Framingham Hall gezeten waar zijn vader klassieke talen had onderwezen. Tijdens de Eerste Wereldoorlog was hij tot kapitein van de King's Own Yorkshire Light Infantry bevorderd en in 1918 was hij met het Military Cross onderscheiden. Na de oorlog terug naar Oxford, naar St. John's College, waar hij in 1923 afstudeerde in geschiedenis. Daarna volgden twee jaren aan de Sorbonne.

Van 1926 tot 1935 werkte hij op het ministerie van Buitenlandse Zaken. Ik liet even een stilte vallen. 'Daarna volgt een grote leegte, behalve dat hij in 1945 met het Belgische Oorlogskruis is onderscheiden.'

'Dat fijne België,' zei ze effen.

Ik vertelde haar dat hij in 1946 met zijn uitgeversactiviteiten was begonnen, waarbij hij zich aanvankelijk op wetenschappelijke tijdschriften had gericht met materiaal dat hoofdzakelijk uit Duitse bronnen kwam. Omdat de Duitse universiteitspers op sterven na dood, ternauwernood opgekrabbeld of ernstig onthand was, kwamen Romers tijdschriften zeer gelegen voor Duitse academici en wetenschappers. In vervolg op dit succes ging hij zich steeds meer toeleggen op naslagwerken, droog-wetenschappelijke, kostbare boeken die hoofdzakelijk aan wetenschappelijke bibliotheken over de hele wereld werden verkocht. Romers bedrijf – Romer Radclyffe Ltd – bezat weldra een imposant zij het gespecialiseerd marktaandeel, dat in 1963 tot de overname van het bedrijf door een Nederlandse uitgeversgroep leidde en Romer een persoonlijk fortuin van een slordige drie miljoen pond opleverde. Ik vertelde mijn moeder over zijn huwelijk in 1949 met een zekere Miriam Hilton (die in 1972 was overleden) en de twee kinderen – een zoon en een dochter – en ze vertrok geen spier. Er was sprake van een huis in Londen – 'in Knightsbridge', was het enige wat ik wist te achterhalen – en een villa bij Antibes. Het Romer Radclyffe-impressum bleef voortbestaan na de overname (Romer zat in de raad van bestuur van het Nederlandse concern) en hij werd adviseur en directielid van diverse bedrijven in de uitgevers- en krantenbranche. Hij was in 1953 door Churchills regering voor het leven in de adelstand verheven, 'wegens zijn verdiensten voor de uitgeversbranche'.

Daar gniffelde mijn moeder sardonisch. 'Wegens zijn verdiensten voor de spionagebranche, zul je bedoelen. Ze wachten altijd een poosje.'

'Dat is alles wat ik kan vinden,' zei ik. 'Veel is het niet. Hij noemt zich tegenwoordig lord Mansfield. Daarom was het nogal een gezoek.'

'Zijn tweede naam is Mansfield,' zei mijn moeder. 'Lucas Mansfield Romer. Dat was ik vergeten. En zijn er foto's? Ik wed van niet.'

Ik had er echter eentje gevonden in een tamelijk recente *Tatler*. Romer stond naast zijn zoon, Sebastian, op het feest ter ere van diens eenentwintigste verjaardag. Romer had de fotograaf zeker in de gaten gekregen en snel een hand voor zijn kin en mond geslagen. Het had iedereen kunnen zijn: een mager gezicht, een smokingjasje met vlinderstrik, een hoofd dat nu zo goed als kaal was. Ik had een kopie laten maken en die gaf ik aan mijn moeder. Ze bekeek hem uitdrukkingsloos.

'Misschien had ik hem nog net herkend, denk ik. Jee, hij is al zijn haar kwijt.'

'Tja. En blijkbaar hangt er een portret van hem in de National Portrait Gallery, van de hand van David Bomberg.'

'Uit welk jaar?'

'1936.'

'Dat zou wel aardig zijn om te zien,' zei ze. 'Dan krijg je een beetje een idee hoe hij was toen ik hem leerde kennen.' Ze gaf de kopie een tik met haar nagel. 'In plaats van deze ouwe knar.'

'Waarom wil je hem opsporen, Sal? Na al die jaren?' vroeg ik zo onschuldig als ik maar kon.

'Ik heb gewoon het idee dat het hoog tijd is.'

Daar liet ik het maar bij toen Jochen kwam aangeslenterd met een sprinkhaan in zijn netje. 'Goed zo,' zei ik. 'Het is in elk geval een insect.'

'Eigenlijk vind ik sprinkhanen interessanter dan vlinders,' zei hij.

'Ga er gauw nog eentje vangen,' zei mijn moeder. 'Dan kunnen we daarna eten.'

'Jeetje, wat is het al laat,' zei ik. 'Ik heb een afspraakje.' Ik vertelde haar over Hamid en zijn uitnodiging maar ze luisterde niet echt. Ik zag dat ze in Romerland was.

'Zou je kunnen uitvinden waar hij woont in Londen?'

'Romer? Tja, ik zou het kunnen proberen. Het zou niet onmogelijk moeten zijn. Maar wat dan?'

'Dan wil ik dat je een rendez-vous met hem regelt.'

Ik legde mijn hand op haar arm. 'Sal, weet je zeker of dat wel verstandig is?'

'Niet zozeer verstandig als wel essentieel. Cruciaal.'

'Hoe moet ik een rendez-vous met hem regelen? Waarom zou lord Mansfield van Hampton Cleeve een afspraak met mij willen maken?'

Ze boog zich naar me toe en gaf me een kus op mijn voorhoofd. 'Je bent een heel intelligente jonge vrouw. Je verzint vast wel iets.'

'En wat moet ik dan doen tijdens dat rendez-vous?'

'Ik zal je precies vertellen wat je moet doen als het zover is.' Ze wendde zich weer naar de tuin. 'Jochen! Je moeder gaat weg. Kom even dag zeggen.'

Ik deed een beetje mijn best voor Hamid, al ging het niet van ganser harte. Ik was nogal gesteld op die zeldzame avonden in mijn eentje, maar ik waste mijn haar en deed donkergrijze oogschaduw op. Ik wilde mijn laarzen met plateauzolen aandoen maar vond het geen fijn idee om boven hem uit te steken, dus koos ik maar voor Zweedse muilen, een spijkerbroek en een geborduurd jakje van kaasdoek. Zodoende viel mijn brandwondverband niet zo op; onder mijn jak vormde het een keurige bult ter grootte van een boterhammetje. Terwijl ik op Hamid wachtte zette ik een keukenstoel buiten op het bordes boven aan de trap en dronk ik een biertje. Het licht was zacht en wazig en tientallen gierzwaluwen doken en zwierden boven de boomtoppen en vulden de lucht met hun gepiep als een soort half hoorbare, schrille atmosferische storing. Terwijl ik mijn bier dronk zat ik aan mijn moeder te denken en kwam ik tot de conclusie dat het enige gunstige gevolg van de zoektocht naar Romer het feit was dat de paranoia en de invalidenkomedie kennelijk op de achtergrond waren geraakt – er was geen sprake meer van haar zere rug, de rolstoel stond ongebruikt in de gang – maar toen schoot me te binnen dat ik was vergeten om naar het jachtgeweer te informeren.

Hamid arriveerde in een donker pak met stropdas. Hij zei dat ik er 'heel leuk' uitzag maar ik merkte dat hij enigszins teleurgesteld was over mijn informele outfit. We wandelden in het gouden heiige avondlicht over Woodstock Road. De gazons van de grote bakstenen huizen waren verdord en okerkleurig en de bladeren van de bomen – normaliter zo dicht en heldergroen – zagen er stoffig en uitgeput uit.

'Heb je het niet warm?' vroeg ik aan Hamid. 'Je mag best je jasje uittrekken.'

'Nee, het is goed. Misschien heeft het restaurant airconditioning?'

'Dat betwijfel ik. Dit is Engeland, weet je wel.'

Het bleek dat ik gelijk had, maar ter compensatie snorden er een heleboel plafondventilatoren boven ons hoofd. Ik was nog nooit in Browns geweest maar het beviel me wel, met zijn lange donkere bar, de grote spiegels, de palmen en het groen overal. Ballonlampen aan de wanden schenen als witte vollemaantjes. Er stond een soort jazzrockmuziek op.

Hamid dronk niet maar hij stond erop dat ik een aperitief nam – wodka-tonic, alsjeblieft – en daarna bestelde hij een fles rode wijn.

'Die kan ik niet helemaal opdrinken,' zei ik. 'Dan val ik om.'

'Dan vang ik je op,' zei hij met gênante suggestieve galanterie. Daarna erkende hij zijn tenenkrommende repliek met een verlegen, boetvaardige glimlach. 'Je hoeft hem niet leeg te drinken.'

'Dan neem ik de rest wel mee naar huis,' zei ik om een einde te maken aan dat gepraat over mijn wijngebruik. 'Wie wat bewaart die heeft wat.'

Onder het eten kletsten we over Oxford English Plus en vertelde Hamid over zijn andere privéleraren en dat er nog dertig technici van Dusendorf in aantocht waren en dat Hugues en Bérangère volgens hem een verhouding hadden.

'Hoe weet je dat?' vroeg ik; ik had geen enkel teken van een ontluikende verbondenheid opgemerkt.

'Hij vertelt me alles, Hugues.'

'O, nou ja… Ik hoop dat ze heel gelukkig zijn.'

Hij schonk mijn wijnglas weer bij. Er was iets in de manier waarop hij dat deed en in zijn strakke gelaatsuitdrukking dat me waarschuwde dat er een serieus gesprek aankwam. Ik voelde me een beetje neerslachtig worden; het leven was al ingewikkeld genoeg en ik zat er niet op te wachten dat Hamid het nog ingewikkelder maakte. Ik nam een grote slok wijn ter voorbereiding op het kruisverhoor en voelde hoe de alcohol vrijwel meteen toesloeg. Ik dronk te veel, maar wie kon me dat kwalijk nemen?

'Ruth, mag ik je een paar vragen stellen?'

'Natuurlijk.'

'Ik wil je wat vragen over Jochens vader.'

'O jee. Oké, vraag op.'

'Ben je ooit met hem getrouwd geweest?'

'Nee. Hij was al getrouwd en had drie kinderen toen ik hem leerde kennen.'

'Maar hoe komt het dan dat je een kind hebt van die man?'

Ik nam nog een slok wijn. De serveerster haalde onze borden weg.

'Wil je dat echt weten?'

'Ja. Ik voel dat ik dit niet begrijp. Ik begrijp dit niet in jouw leven. En toch ken ik je, Ruth.'

'Nee hoor.'

'Nou, ik heb je drie maanden bijna elke dag gezien. Ik voel dat je een vriendin bent.'

'Klopt. Oké.'

'Dus hoe is dat gebeurd?'

Ik besloot het te vertellen, of althans hem zoveel te vertellen als nodig was. Misschien zou ik er zelf ook iets aan hebben om mijn relaas te doen, zou het in een soort context van mijn leven passen. Het zou er niet minder gewichtig door worden (tenslotte was Jochen eruit voortgekomen), maar het zou die gewichtigheid in een perspectief kunnen plaatsen en tot een normaal stukje levensverhaal kunnen omvormen, in plaats van een gapende, bloedende, psychologische wond. Ik stak een sigaret op en nam nog een flinke slok wijn. Hamid zat voorovergeleund op het tafeltje, zag ik, zijn armen over elkaar geslagen en zijn bruine ogen op mij gericht. Ik kan goed luisteren, sprak uit zijn houding – ik laat me niet afleiden en ben een en al oor.

'Het begon allemaal in 1970,' zei ik. 'Ik was net afgestudeerd in Frans en Duits aan de universiteit van Oxford. Mijn leven lag stralend van belofte voor me, er waren allerlei interessante mogelijkheden en wegen te verkennen, enzovoorts… En toen viel mijn vader dood neer in de tuin, door een hartaanval.'

'Wat erg,' zei Hamid.

'Ik vond het nog veel erger,' zei ik, en ik voelde mijn keel dichtslibben van emotie nu ik eraan terugdacht. 'Ik hield heel veel van mijn vader, meer dan van mijn moeder, geloof ik. Vergeet niet dat ik enig kind was… Dus ik was eenentwintig en werd een beetje gek. Misschien had ik wel een soort zenuwinzinking, wie weet?

In die moeilijke tijd kreeg ik geen enkele hulp van mijn moeder die, een week na de begrafenis, bijna alsof iemand het haar had opgedragen, ons huis te koop zette (een heerlijk oud huis, vlak buiten Banbury), het binnen een maand verkocht en van het geld dat ze ermee opstreek een cottage kocht in het meest afgelegen dorp van Oxfordshire dat ze kon vinden.'

'Misschien had ze er een goede reden voor,' opperde Hamid.

'Misschien wel. Maar voor mij sloeg het nergens op. Ik had opeens geen thuis meer. Dat huisje was van haar, dat was haar plek. Er was een logeerkamer die ik mocht gebruiken als ik wilde blijven slapen, maar de boodschap was duidelijk: ons gezinsleven was voorbij – je vader is dood, je bent afgestudeerd, eenentwintig, we gaan ieder ons weegs. En toen besloot ik om naar Duitsland te gaan. Ik besloot om een proefschrift te schrijven over de Duitse revolutie na de Eerste Wereldoorlog. *Revolutie in Duitsland*, heette het – héét het – *1918-1923.*'

'Waarom?'

'Ik weet het niet. Ik zei net al dat ik denk ik een beetje kierewiet was. En overigens hing er revolutie in de lucht. Ik wilde mijn leven radicaal omgooien. Dit was iets wat me werd voorgesteld en ik greep het met beide handen aan. Ik wilde weg wezen – weg uit Banbury, uit Oxford, weg van mijn moeder, van de herinneringen aan mijn vader. Dus ging ik naar de universiteit van Hamburg om mijn proefschrift te schrijven.'

'Hamburg.' Hamid herhaalde de naam van de stad alsof hij hem in zijn geheugen prentte. 'En daar heb je Jochens vader leren kennen.'

'Ja. Jochens vader was mijn professor in Hamburg. Hoogleraar geschiedenis. Professor Karl-Heinz Kleist. Hij was mijn promotor, onder andere; hij presenteerde ook kunstprogramma's op tv, organiseerde demonstraties, publiceerde radicale pamfletten, schreef artikelen voor *Die Zeit* over de Duitse crisis…' Ik zweeg even. 'Hij was een man met veel facetten. Een heel druk mens.'

Ik drukte sigaret nummer een uit en stak sigaret nummer twee op.

'Je moet begrijpen dat het in Duitsland in 1970 een heel rare toestand was,' vervolgde ik. 'Het is nu, in 1976, nog steeds een rare toestand. Er was een soort omwenteling in de maatschappij, een soort nieuwe afbakening. Toen ik bijvoorbeeld voor het eerst naar Karl-Heinz ging, in het universiteitsgebouw waar hij zijn werkkamer had, hing er een gigantisch met de hand geschilderd bord aan de gevel dat door de studenten was aangebracht, met de tekst INSTITUT FÜR SOZIALE ANGELEGENHEITEN – "Instituut voor Sociaal Bewustzijn", niet "Geschiedenisfaculteit" of zoiets. Voor die studenten uit 1970 ging geschiedenis over het bestuderen van hun maatschappelijke bewustzijn –'

'Wat betekent dat?'

'Dat betekent dat de ideeën die ze over zichzelf hadden waren gevormd door gebeurtenissen uit het verleden, in het bijzonder het recente verleden. Het had in wezen weinig te maken met gedocumenteerde feiten, met het vormgeven van een consensus omtrent een beschrijving van het verleden…'

Ik zag dat Hamid me niet meer kon volgen en merkte dat ik aan die eerste ontmoeting met Karl-Heinz zat terug te denken. Zijn donkere, schimmige kamer stond vol stapels boeken die tegen de wanden leunden: er waren geen boekenplanken. Er lagen her en der kussens op de vloer – nergens een stoel –

en er brandden drie wierookstokjes op zijn lage bureau, dat in feite een Thais bed was en verder leeg was. Hij was een grote man met vlassig blond haar dat op zijn schouders viel. Hij droeg een stel kralenkettingen, een geborduurd lichtblauw zijden hemd en een donkerpaarse velours pantalon met uitlopende pijpen. Hij had sprekende gelaatstrekken: een lange neus, volle lippen, zware wenkbrauwen – niet zozeer knap als wel imponerend. Na drie jaar Oxford was hij een hele overgang, en bovendien professor. Op zijn verzoek liet ik me op een kussen zakken en hij trok een ander kussen bij en ging tegenover me zitten. Hij herhaalde de titel van mijn proefschrift diverse keren alsof hij hem testte op een residu van humor, alsof de titel een bedekt grapje bevatte waarmee ik hem in de maling nam.

'Wat was hij voor iemand?' vroeg Hamid. 'Die Karl-Heinz?'

'In het begin was hij heel anders dan de mensen die ik gewend was, maar daarna, toen ik hem in de loop van het volgende jaar of zo beter leerde kennen, werd hij langzaam maar zeker een gewoon mens. Werd hij zoals iedereen.'

'Dat begrijp ik niet.'

'Egoïstisch, ijdel, lui, nonchalant, immoreel…' Ik probeerde nog meer adjectieven te bedenken. 'Zelfingenomen, geniepig, leugenachtig, kleinzielig –'

'Maar hij is Jochens vader.'

'Ja. Misschien zijn alle vaders wel zo, diep in hun hart.'

'Je bent heel cynisch, Ruth.'

'Nee hoor. Ik ben helemaal niet cynisch.'

Het was duidelijk dat Hamid besloot om niet verder op dat thema van ons gesprek door te gaan. 'Wat is er dan gebeurd?'

'Wat denk je?' vroeg ik terwijl ik mijn glas volschonk. 'Ik werd stapelverliefd op hem. Hartstikke hopeloos verliefd.'

'Maar die man had een vrouw en drie kinderen.'

'Het was 1970, Hamid. In Duitsland. Aan een Duitse universiteit. Het kon zijn vrouw niets schelen. Ik heb haar een tijd heel veel meegemaakt. Ik mocht haar wel. Ze heette Irmgard.'

Ik dacht aan Irmgard Kleist, even groot als Karl-Heinz, met

haar lange hennahaar dat over haar borsten zwierde en haar zorgvuldig gecultiveerde air van extreme, totale apathie. Kijk mij nou, scheen ze te zeggen, ik ben zo relaxed dat ik bijna comateus ben, maar ik heb een beroemde rokkenjagende echtgenoot en drie kinderen, en ik redigeer politieke boeken bij een populaire linkse uitgeverij, en desondanks is het me eigenlijk nog te veel moeite om drie woorden aan elkaar te rijgen. Irmgards houding was aanstekelijk: een poosje heb ik me zelfs ook wat van haar gemaniëreerdheid aangemeten. Een poos kon niets me uit mijn in mezelf gekeerde verdoving wekken. Niets behalve Karl-Heinz.

'Het kon haar niet schelen wat Karl-Heinz uitspookte,' zei ik. 'Ze wist met absolute zekerheid dat hij nooit bij haar weg zou gaan, dus gunde ze hem zijn avontuurtjes. Ik was niet de eerste en ook niet de laatste.'

'En toen kwam Jochen.'

'Ik raakte zwanger. Ik weet het niet – misschien was ik een keer te stoned en vergat ik mijn pil te nemen. Karl-Heinz zei meteen dat hij een abortus kon regelen via een arts die een vriend van hem was. Maar ik dacht: mijn vader is dood, mijn moeder is een tuinierende kluizenaar die ik nooit zie – ik wil deze baby.'

'Je was nog heel jong.'

'Dat zei iedereen. Maar ik vond mezelf niet jong. Ik vond mezelf heel volwassen, had alles onder controle. Het leek me precies wat ik moest doen, en het leek interessant om te doen. Verder hoefde ik het niet voor mezelf te verantwoorden. Jochen werd geboren en nu weet ik dat dat het beste was wat me ooit had kunnen overkomen.' Ik zei dat er meteen bij om te voorkomen dat hij zou vragen of ik er spijt van had, wat hij volgens mij wilde doen. Ik wilde niet dat hij me die vraag zou stellen. Ik wilde niet bij mezelf nagaan of ik er spijt van had.

'Dus toen werd Jochen geboren.'

'Jochen werd geboren en Karl-Heinz was heel blij. Hij vertelde het aan iedereen. Vertelde zijn eigen kinderen dat ze een nieuw broertje hadden. We woonden in een klein flatje. Karl-Heinz hielp me met de huur. Hij sliep een paar nachten per week bij me. We gingen samen met vakantie, naar Wenen, naar Kopenhagen, naar Berlijn. Toen ging het hem vervelen en begon hij een relatie met een van de producenten van zijn televisieprogramma. Toen ik erachter kwam wist ik meteen dat het voorbij was, dus vertrok ik met Jochen uit Hamburg en kwam ik terug naar Oxford om mijn proefschrift af te maken.' Ik stak mijn handen op met gespreide vingers. 'En zo is het gekomen.'

'Hoe lang ben je in Duitsland geweest?'

'Bijna vier jaar. Ik ben in januari '74 teruggekomen.'

'Heb je geprobeerd om die Karl-Heinz weer te zien?'

'Nee. Ik zie hem waarschijnlijk nooit meer. Ik wil hem ook niet zien. Ik hoef hem niet te zien. Het is voorbij. Afgelopen.'

'Misschien wil Jochen hem wel zien.'

'Daar heb ik geen probleem mee.'

Hamid zat te fronsen, diep na te denken, zag ik, en probeerde de Ruth die hij kende in te passen in deze andere Ruth die hem net was onthuld. Eigenlijk was ik wel blij dat ik hem mijn verhaal op deze manier had verteld: ik zag het als een fraai geheel. Ik zag dat het uit was.

Hij rekende af en we gingen weg uit het restaurant en kuierden in de warme, klamme avond terug over Woodstock Road. Hamid ontdeed zich eindelijk van zijn jasje en stropdas.

'En Ludger?'

'Ludger was er ook, met tussenpozen. Hij zat vaak in Berlijn. Hij was gestoord – hij was aan de dope, jatte motoren enzo. Hij zat altijd in de knoei. Dan trapte Karl-Heinz hem eruit en ging hij terug naar Berlijn.'

'Het is een triest verhaal,' zei Hamid. 'Hij was een waardeloze man op wie je verliefd werd.'

'Nou ja, het was niet allemaal waardeloos. Hij heeft me een hoop geleerd. Ik ben veranderd. Je zou niet hebben geloofd hoe ik was toen ik naar Hamburg ging. Verlegen, nerveus, onzeker over mezelf.'

Hij lachte. 'Nee, dat geloof ik niet.'

'Echt waar. Toen ik wegging was ik heel anders. Karl-Heinz heeft me één belangrijk ding geleerd: hij heeft me geleerd om niet bang te zijn, om onverschrokken te zijn. Ik ben goddomme voor niemand bang, dankzij hem: politieagenten, rechters, skinheads, universitaire docenten, dichters, parkeerwachters, intellectuelen, straattuig, zeurpieten, viswijven, schoolhoofden, advocaten, journalisten, dronkelappen, politici, priesters…' Ik raakte door de mensen heen voor wie ik goddomme niet bang was. 'Het was een les waar ik veel aan gehad heb.'

'Dat zal wel.'

'Hij zei altijd dat alles wat je deed moest bijdragen aan het ontkrachten van de grote mythe – de mythe van het almachtige systeem.'

'Dat begrijp ik niet.'

'Dat elk klein dingetje in je leven een soort propaganda-actie moet zijn om die mythe te ontmaskeren als een leugen en een illusie.'

'Dus dan word je een crimineel.'

'Nee, dat hoeft niet. Sommige mensen wel, maar heel weinig. Maar er zit wel wat in, ga maar na. Niemand hoeft bang voor iemand of iets te zijn. De mythe van het almachtige systeem is verlakkerij, het stelt niks voor.'

'Misschien moet je naar Iran gaan en dat aan de sjah vertellen.'

Ik lachte. We waren bij onze oprit in Moreton Road gearriveerd. 'Daar heb je een punt,' zei ik. 'Misschien is het wel makkelijk om onverschrokken te zijn in het knusse duffe Oxford.' Ik wendde me naar hem toe en dacht: ik ben lazarus, ik heb te veel gedronken, ik praat te veel. 'Dank je wel, Hamid, dat was heel leuk,' zei ik. 'Ik vond het heel geslaagd. Ik hoop dat het niet stomvervelend voor jou was.'

'Nee, het was geweldig, heel boeiend.' Hij boog zich snel voorover en kuste me op mijn mond. Ik voelde zijn zachte baard tegen mijn gezicht voor ik hem wegduwde.

'Hé, Hamid, nee –'

'Ik stel je al die vragen omdat ik je iets moet vertellen.'

'Nee, Hamid, nee. Alsjeblieft. We zijn vrienden, dat heb je zelf gezegd.'

'Ik ben verliefd op je, Ruth.'

'Nee hoor, dat ben je niet. Ga slapen. Ik zie je maandag.'

'Wel waar, Ruth, wel waar. Het spijt me.'

Ik zei verder niets, draaide me om en liet hem achter op het grind terwijl ik langs de zijkant van het huis naar onze achtertrap beende. De wijn was me zo naar het hoofd gestegen dat ik voelde dat ik wankelde en even moest blijven staan om met mijn linkerhand tegen het metselwerk tot mezelf te komen. Tegelijkertijd probeerde ik de toenemende verwarring in mijn hoofd te negeren die Hamids verklaring had teweeggebracht. Een beetje uit balans schatte ik de positie van de onderste trede verkeerd in en stootte hard met mijn scheen tegen een spijl van de leuning. Tranen van pijn prikten in mijn ogen. Ik hinkte binnensmonds vloekend de ijzeren trap op, en in de keuken trok ik mijn spijkerbroek omhoog en zag ik dat de huid door de klap was opengescheurd – kleine bloeddruppeltjes drongen erdoorheen – en dat zich al een donkere kneuzing begon te vormen – ik bloedde onder de huid. Mijn scheen zinderde als een soort kwaadaardige stemvork. Het bot was vast gekneusd. Ik vloekte afschuwelijk bij mezelf – grappig zoals een stortvloed van godvers en kutklotes en fucks als een soort instantpijnstiller werkt. Door de pijn was Hamid gelukkig uit mijn gedachten verdreven.

'O, hoi Ruth. Ben jij het.'

Ik keek verdwaasd om en zag Ludger staan, in een spijkerbroek maar zonder hemd. Achter hem stond een slonzig meisje in een t-shirt en een slipje. Ze had vettig haar en een wijde, slappe mond, knap op een pruilerige manier.

'Dit is Ilse. Ze kon nergens onderdak vinden. Wat moest ik anders?'

Het verhaal van Eva Delectorskaya

New York, 1941

Romer was een viriele, ongecompliceerde minnaar, behalve op één punt. Als hij en Eva de liefde bedreven, trok hij op een gegeven moment terug en ging hij, met medeneming van wat er aan dekens en lakens en spreien over hem heen had gelegen, op zijn hurken zitten kijken hoe Eva naakt, met gespreide benen, voor hem op bed lag. Dan beschouwde hij zijn eigen glanzende, gezwollen lid en na een paar seconden pakte hij zijn stijve penis beet, bracht hem in positie en stak hem langzaam, aandachtig, bij haar naar binnen. Eva begon zich af te vragen of de penetratie hem nog meer opwond dan het uiteindelijke orgasme. Op een keer, toen hij dat een tweede maal bij haar had gedaan, had ze gezegd: 'Kijk maar uit, ik blijf hier niet eeuwig liggen wachten.' Dus beperkte hij zich in het algemeen tot één van die contemplatieve terugtrekkingen per sessie. Eva moest bekennen dat de manoeuvre zelf wat haar eigen seksbeleving betrof ook wel aangenaam was, al met al.

Ze hadden die ochtend de liefde bedreven, tamelijk vlug en bevredigend en zonder onderbrekingen. Ze waren in Meadowville, een stadje in de buurt van Albany in de staat New York, waar ze in het Windermere Hotel & Coffee Shop in Market Street logeerden. Eva was zich aan het aankleden en Romer lag als een vorst in bed, naakt, met één knie opgetrokken en de lakens in een kluwen over zijn onderlijf, zijn vingers achter zijn hoofd gestrengeld. Eva maakte haar kousen vast, stapte in haar rok en trok hem op.

'Hoe lang heb je nodig?' vroeg Romer.

'Een halfuur.'

'Jullie praten niet?'

'Niet sinds onze eerste bijeenkomst. Hij denkt dat ik uit Boston kom en voor de NBC werk.' Ze knoopte het jasje van haar mantelpak dicht en schikte haar haar nog wat.

'Nou, ik kan hier niet de hele dag blijven liggen,' zei Romer. Hij gleed uit bed en liep naar de badkamer.

'Zie je op het station,' zei ze. Ze pakte haar handtas en haar *Herald Tribune* en gaf hem een kushandje. Maar toen hij de deur achter zich had dichtgedaan legde ze haar tas en krant weer neer en inspecteerde ze snel de zakken van zijn jasje dat aan de deur hing. Zijn portefeuille stond bol van de dollars maar verder was er niets van enig belang. Ze inspecteerde zijn aktetas: vijf verschillende kranten (drie Amerikaanse, een Spaanse en een Canadese), een appel, een boek (*Tess van de D'Urbervilles*) en een opgerolde stropdas. Ze wist niet precies waarom ze dat deed – ze was ervan overtuigd dat Romer nooit iets interessants of vertrouwelijks rond liet slingeren en hij scheen nooit aantekeningen te maken – maar ze had het idee dat hij het praktisch van haar verwachtte, dat hij zou vinden dat ze nalatig was als ze de gelegenheid niet te baat nam (ze wist zeker dat hij het bij haar deed) en dus keek, inspecteerde, snuffelde ze rond als het even kon.

Ze ging naar beneden naar de cafetaria. Die was betimmerd met donkerbruine lambrisering en langs twee wanden waren zitjes met roodlederen bankjes en tafeltjes afgescheiden. Ze bekeek de uitstalling van muffins, cakejes, bagels en koekjes en stond weer versteld van de Amerikaanse mateloosheid en overvloed wanneer het op eten en drinken aankwam. Ze dacht aan het ontbijt dat haar hier in het Windermere Hotel & Coffeeshop wachtte en vergeleek het met het laatste ontbijt dat ze in Engeland had gehad: een kop thee, twee dunne sneetjes toast besmeerd met margarine en waterige frambozenjam.

Ze had honger – al die seks, bedacht ze – en bestelde spiegeleieren die even omgedraaid waren met bacon en aardappelen terwijl de vrouw van de eigenaar haar mok volschonk met dampende koffie.

'Zoveel koffie als u maar wilt, mevrouw,' bracht ze haar nodeloos in herinnering; overal hingen bordjes waarop dezelfde vrijgevigheid werd verkondigd.

'Dank u wel,' zei Eva, nederiger en erkentelijker dan ze bedoelde.

Ze schranste hongerig haar ontbijt naar binnen en dronk daarna nog twee mokken gratis koffie voordat Wilbur Johnson in de deuropening verscheen. Hij was de eigenaar-directeur van Meadowvilles radiostation, WNLR, een van de twee radiostations die ze 'souffleerde'. Ze zag hem binnenkomen, hoed in de hand, zag zijn blik zoekend rondgaan tot hij bij haar bleef steken, zag zijn ogen even oplichten, en toen slenterde hij de cafetaria in, gewoon een van de klanten, een en al onschuld, zoekend naar een plekje om te gaan zitten. Eva stond op, liet haar *Tribune* op de bank liggen en liep naar de kassa om af te rekenen. Een paar tellen later ging Johnson aan haar tafeltje zitten. Eva betaalde, stapte naar buiten het oktoberzonnetje in en kuierde Market Street uit naar het treinstation.

In de *Tribune* zat een gestencild persbericht van een nieuwsagentschap dat Transoceanic Press heette, het persbureau waar Eva voor werkte. Het bevatte verslagen uit Duitse, Franse en Spaanse kranten over de terugkeer van de onderzeeër U 549 naar La Rochelle, na een geslaagde missie: diezelfde onderzeeër had de week ervoor de torpedobootjager USS Kearny getorpedeerd waarbij elf Amerikaanse matrozen waren omgekomen. De Kearny was zwaar beschadigd naar Reykjavik op IJsland gedobberd. Toen de U 549 in La Rochelle afmeerde waren er, zo meldde Eva's nieuwsbericht, elf pasgeschilderde Amerikaanse vlaggen zichtbaar op de commandotoren. De luisteraars van WNLR zouden de eersten zijn die het nieuws vernamen. Wilbur Johnson, een overtuigd aanhanger van Roosevelts New Deal en bewonderaar van Churchill, was toevallig met een Engelse getrouwd.

In de trein terug naar New York zaten Eva en Romer tegenover elkaar. Romer zat dromerig naar haar te staren, zijn hoofd op zijn vuist gesteund.

'Een stuiver voor je smerige gedachten,' zei Eva.

'Wanneer is je volgende reis?'

Ze dacht na: haar andere radiostation was ver in het noorden, in een stadje dat Franklin Forks heette, vlak bij Burlington en niet ver van de grens met Canada. De directeur was een zwijgzame Pool genaamd Paul Witoldski die in 1939 verscheidene familieleden had verloren in Warschau, vandaar zijn vurige antifascisme. Ze moest er weer eens op bezoek: ze had hem al een maand niet meer gezien.

'Over een week of zo, denk ik.'

'Maak er twee nachten van en reserveer een tweepersoonskamer.'

'Tot uw orders, meneer.'

Ze brachten zelden samen de nacht door in New York. Er waren te veel mensen die het konden zien of ervan konden horen. Romer vergezelde haar liever op haar reisjes om te profiteren van hun anonimiteit in de provincie.

'Wat ga je vandaag doen?' vroeg ze.

'Belangrijke vergadering op het hoofdkantoor. Interessante ontwikkelingen in Zuid-Amerika, naar het schijnt... En jij?'

'Ik ga met Angus Woolf lunchen.'

'Goeie ouwe Angus. Doe hem de groeten van me.'

In Manhattan zette de taxi Romer af bij het Rockefeller Center, waar de British Security Coordination (de nietszeggende naam van de dienst) nu twee hele etages in gebruik had. Eva was er één keer geweest en had versteld gestaan van het gigantische aantal medewerkers: gangen met het ene kantoor na het andere, secretaresses, personeel dat zich heen en weer repte, typemachines, telefoons, telexapparaten – honderden mensen, net een echte onderneming, dacht ze, een waar spionagebedrijf met zijn hoofdkwartier in New York. Ze vroeg zich vaak af hoe de Britse regering het zou vinden als honderden medewerkers van de Amerikaanse inlichtingendienst een aantal etages van een gebouw in, zeg, Oxford Street in beslag zou nemen. Ze meende dat de tolerantiedrempel anders zou liggen, maar het had de Amerikanen kennelijk niet gestoord, ze hadden er geen bezwaar tegen gehad en bijgevolg was de BSC steeds verder uitgedijd. Desondanks probeerde Romer, altijd het buitenbeentje, zijn team verspreid of op gepaste afstand van het hoofdkantoor te houden. Sylvia werkte er, maar Blytheswood was gedetacheerd bij het radiostation WLUR, Angus Woolf (ex-Reuters) was nu werkzaam in het Overseas News Agency en Eva en Morris Devereux hadden de leiding over de ploeg vertalers bij Transoceanic Press, het kleine Amerikaanse persbureau – haast een replica van het Agence Nadal – dat was gespecialiseerd in Spaanstalige en Zuid-Amerikaanse nieuwsberichten en dat de BSC via Amerikaanse bemiddelaars tegen het einde van 1940 stilletjes voor Romer had aangekocht. Romer was in augustus van dat jaar naar New York gereisd om alles op poten te zetten en Eva en het team waren een maand later gevolgd, eerst naar Toronto in Canada voor ze zich in New York vestigden.

Haar taxi kon niet optrekken vanwege een passerende bus en de motor sloeg af. Terwijl de chauffeur de auto opnieuw startte draaide Eva zich om en keek door de achterruit naar Romer, die over het voorplein naar de hoofdingang van het Rockefeller Center beende. Ze voelde zich opeens overspoeld door een warm gevoel voor hem terwijl ze hem gadesloeg, kwiek doorstappend en winkelende mensen en toeristen ontwijkend. Zo komt Romer over op de rest van de wereld, dacht ze, een beetje zot – een bedrijvige man met dringende bezigheden, in pak en met aktetas, die een wolkenkrabber in gaat. Ze was zich bewust van het privilege van haar intieme omgang met hem, van haar privékennis van haar eigenaardige minnaar, en ze zwelgde er eventjes in. Lucas Romer, wie had dat gedacht?

Angus Woolf had met haar afgesproken in een restaurant op Lexington Avenue bij 63rd Street. Ze was te vroeg en bestelde een droge martini. Er ontstond de gebruikelijke beroering bij de deur toen Angus arriveerde: er werden stoelen opzijgeschoven en kelners drentelden heen en weer terwijl Angus met zijn kromme lijf en zijwaarts uitgestoken stokken door de deuropening manoeuvreerde en gedecideerd naar de tafel hobbelde waaraan Eva zat te wachten. Hij wees elk aanbod voor hulp van het personeel af, werkte zich onder veel gegrom en gehijg in zijn stoel en hing zijn stokken behoedzaam aan de rugleuning van een naburige stoel.

'Eve, schat van me, je ziet er stralend uit.'

Eva bloosde, dwaas genoeg, alsof ze iets zat te verraden, en mompelde excuses over een opkomend koutje.

'Onzin,' zei Angus. 'Je ziet er absoluut fantastisch uit.'

Angus had een groot knap gezicht op zijn kleine verwrongen romp en was gespecialiseerd in het uitdelen van overdreven gepolijste complimenten die allemaal met een zacht hijgerig gelispel werden overgebracht, alsof de inspanning die was vereist voor het volpompen en leegblazen van zijn longen ook een gevolg was van zijn invaliditeit. Hij stak een sigaret op en bestelde iets te drinken.

'Om het te vieren,' zei hij.

'O ja? Gaat het opeens goed?'

'Zover zou ik niet willen gaan,' zei hij, 'maar we zijn erin geslaagd om een bijeenkomst van de America First-beweging in Philadelphia te laten afblazen. In het kantoor van de organisatoren zijn tweeduizend foto's van Herr Hitler aangetroffen. Woedende ontkenningen, beschuldigingen van doorgestoken kaart – maar toch, een kleine overwinning. Het gaat vandaag allemaal vanuit het ONA de lucht in voor het geval jullie het willen oppikken.'

Eva zei dat ze dat waarschijnlijk wel zouden doen. Angus vroeg hoe het met haar ging bij Transoceanic en ze kletsten vrijuit over het werk. Eva bekende dat ze echt ontgoocheld was over de reacties op de aanval op de Kearny: iedereen bij Transoceanic had het als een buitenkans beschouwd en gemeend dat het een grotere schok teweeg zou brengen. Ze vertelde Angus over haar vervolgartikelen, allemaal bedoeld om wat meer verontwaardiging te wekken. 'Maar niemand schijnt zich er erg bij betrokken te voelen,' zei ze. 'Duitse onderzeeër doodt elf neutrale Amerikaanse matrozen. Nou en?'

'Ze voelen er gewoon niks voor om bij onze kwalijke Europese oorlog betrokken te raken, schat. Wees reëel.'

Ze bestelden T-bonesteak en frites – nog steeds twee uitgehongerde Britten – en praatten omzichtig over interventionisten en isolationisten, over Father Coughlin en het America First Committee, druk vanuit Londen, Roosevelts ergerlijke inertie enzovoorts.

'En onze geachte leidsman? Heb je hem nog gezien?' vroeg Angus.

'Vanmorgen nog,' zei Eva zonder erbij na te denken. 'Toen hij naar het hoofdkantoor ging.'

'Ik dacht dat hij de stad uit was.'

'Hij moest naar een belangrijke vergadering,' zei ze, Angus' onuitgesproken suggestie negerend.

'Ik krijg de indruk dat ze niet zo in hun sas zijn met hem,' zei hij.

'Ze zijn nooit zo in hun sas met hem,' zei ze impulsief. 'Zo wil hij het. Ze snappen niet dat het juist zijn kracht is dat hij los van alles opereert.'

'Je bent heel loyaal. Ik ben onder de indruk,' zei Angus, iets te gewiekst.

Eva had al spijt van haar woorden zodra ze ze had uitgesproken; ze raakte opeens geagiteerd en praatte verder in plaats van haar mond te houden.

'Ik bedoel alleen dat hij het goed vindt om uitgedaagd te worden, weet je, hij vindt het goed om lastig te doen. Daarmee houdt hij iedereen alert, zegt hij. Op die manier functioneert hij beter.'

'Ik begrijp wat je bedoelt, Eve. Rustig maar. Je hoeft jezelf niet te verdedigen. Ik ben het met je eens.'

Maar ze vroeg zich af of Angus iets vermoedde en maakte zich zorgen dat ze met haar atypische spraakzaamheid misschien nog meer had verraden. In Londen was het gemakkelijk geweest om discreet te zijn, uit het zicht, maar hier in New York was het hachelijker om elkaar regelmatig en veilig te ontmoeten. Hier liepen ze – als Britten – meer in het oog en stonden ze bovendien meer in de belangstelling omdat ze oorlog tegen de nazi's voerden, sinds mei samen met hun nieuwe bondgenoten, de Russen, terwijl Amerika bezorgd toekeek maar overigens gewoon verder ging met het leven van alledag.

'Hoe gaat het, over het algemeen?' vroeg ze in een poging om van onderwerp te veranderen. Ze hakte in haar biefstuk, opeens niet meer zo uitgehongerd.

Angus kauwde bedachtzaam, keek eerst fronsend peinzend en daarna ietwat getroebleerd, alsof hij niet graag slecht nieuws bracht. 'Het gaat zo'n beetje zoals het al de hele tijd gaat,' zei hij, nuffig zijn mond deppend met zijn servet. 'Volgens mij gebeurt er helemaal niks, om de waarheid te zeggen.' Hij praatte over Roosevelt, dat die het niet durfde te riskeren om het Congres over deelname aan de oorlog te laten stemmen; hij was ervan overtuigd dat hij de stemming zou verliezen. Dus moest alles onder tafel gebeuren, in het geheim, achterbaks. De lobby voor isolationisme was ongelooflijk machtig, ongelooflijk, zei Angus. 'Hou onze jongens uit dat Europese moeras,' zei hij met een mislukte poging tot een overtuigend Amerikaans accent. 'Ze zullen ons wapens leveren en ons zo veel mogelijk bijstaan zolang we stand kunnen houden. Maar je weet het…' Hij viel weer op zijn vlees aan.

Ze voelde zich plotseling machteloos, haast gedemoraliseerd toen ze dat allemaal aanhoorde. Als het inderdaad zo zat, vroeg ze zich af, wat was dan nog de zin van al die dingen die ze deden: al die radiostations, de kranten, de persbureaus − al dat gedoe om meningsvorming en invloed, de artikelen, de columns, de experts, de bekende presentatoren, allemaal erop gericht om Amerika de oorlog in te slepen, om te manipuleren en te porren, om over te halen en te overtuigen − als Roosevelt toch niet zou ingrijpen.

'We moeten ons best doen, Eve,' zei Angus vrolijk, alsof hij zich bewust was van het effect van zijn cynisme op haar en er wat tegenwicht aan wilde bieden. 'Maar tenzij Adolf eenzijdig de oorlog verklaart, zie ik de yanks nog niet meedoen.' Hij grijnsde met een voldaan gezicht, alsof hij net had gehoord dat hij een enorme opslag had gekregen. 'We moeten reëel blijven.' Hij dempte zijn stem en zijn blik schoot naar links en rechts. 'We zijn niet echt de populairste mensen van de stad. Een heleboel Amerikanen moeten niks van ons hebben, hebben een afkeer van ons. Ze hebben ook een afkeer van FDR. Hij moet heel behoedzaam opereren, heel behoedzaam.'

'Maar hij is net herkozen, voor de derde keer, godsamme.'

'Klopt. Op zijn belofte om Amerika buiten de oorlog te houden.'

Ze slaakte een zucht. Ze had helemaal geen zin om zich terneergeslagen te voelen, de dag was zo heerlijk begonnen. 'Romer zegt dat er interessante ontwikkelingen zijn in Zuid-Amerika.'

'O ja?' Angus wendde onverschilligheid voor maar Eva voelde zijn belangstelling opleven. 'Heeft hij je nog bijzonderheden verteld?'

'Nee. Niks.' Eva vroeg zich af of ze weer zat te blunderen. Wat was er vandaag toch met haar? Het leek of ze haar zelfvertrouwen, haar evenwicht kwijt was. Ze waren tenslotte allemaal kraaien, allemaal uit op aas.

'Laten we nog een cocktail nemen,' zei Angus. 'Eet, drink en geniet. Van die dingen.'

Eva voelde zich inderdaad merkwaardig terneergeslagen na haar lunch met Angus, en ze bleef zich ook zorgen maken dat ze tussen de regels door informatie had verklapt, hints over haar en Romer, nuances die door iemand met Angus' alerte brein in een plausibel plaatje konden worden vertaald. Toen ze terugliep naar het kantoor van Transoceanic, aan de andere kant van de stad, en de grote avenues overstak – Park, Madison, Fifth – met hun lange, unieke doorkijkjes, en overal om zich heen de haast opmerkte, het geroezemoes, het lawaai en het aplomb van de stad, van de mensen, van het land, bedacht ze dat zij, als ze een jonge Amerikaanse vrouw was geweest – een inwoonster van Manhattan, tevreden met haar werk, blij met haar veilige bestaan, haar mogelijkheden, met haar hele leven voor zich – dat zij dan misschien, hoezeer ze ook begaan was met Groot-Brittanniës strijd om te overleven, ook zou denken: waarom zou ik dit allemaal opofferen, het leven van onze jonge mannen in de waagschaal stellen om betrokken te raken in een kwalijke, funeste oorlog die bijna vijfduizend kilometer ver weg plaatsvindt?

Terug op kantoor zag ze dat Morris druk bezig was met de Tsjechische en Spaanse vertalers. Hij zwaaide naar haar en terwijl ze naar haar werkkamer liep bedacht ze dat elke nationaliteit vertegenwoordigd leek in de Verenigde Staten – Ieren, Latijns-Amerikanen, Duitsers, Polen, Tsjechen, Litouwers enzovoorts – maar geen Britten. Waar waren de Brits-Amerikanen? Wie zou het voor hen opnemen en de argumenten van de Iers-Amerikanen, de Duits-Amerikanen, de Zweeds-Amerikanen en al die anderen weerleggen?

Om zichzelf op te monteren en haar geest af te leiden van die defaitistische gedachten, ging ze die middag een klein dossier aanleggen van een van haar artikelen. Drie weken ervoor had ze zich, in een pseudo-aangeschoten gesprek met de correspondent van Tass in New York (waarbij haar Russisch zeer van pas kwam), laten ontvallen dat de Royal Navy proeven met een nieuwe soort dieptebom aan het afronden was; hoe dieper hij doordrong hoe vernietigender hij werd, en er zou niet één duikboot veilig voor zijn. De Tass-correspondent was heel sceptisch. Twee dagen later lukte het Angus om het bericht via het ONA in *The New York Post* geplaatst te krijgen. De Tass-correspondent belde op om zijn excuses aan te bieden en zei dat hij het verhaal naar Moskou zou telegraferen. Toen het in Russische kranten verscheen werd het opgepikt door Britse kranten en door persbureaus teruggetelegrafeerd naar de Verenigde Staten. De cirkel was rond: ze spreidde de krantenknipsels uit *The Daily News, The Herald Tribune, The Boston Globe* uit op haar bureau. NIEUWE DIEPTEBOM ONDERMIJNT DUIKBOOT-DREIGING. De Duitsers zouden het lezen nu het een Amerikaans bericht was. Misschien zouden de onderzeeërs instructies krijgen om voorzichtiger te zijn bij het naderen van konvooien. Misschien zouden Duitse duikbootbemanningen gedemoraliseerd raken. Misschien zouden de Amerikanen de kranige Britten wat meer steunen. Misschien, misschien... Volgens Angus was het allemaal tijdverspilling.

Een paar dagen later kwam Morris Devereux haar werkkamer bij Transoceanic binnen en overhandigde haar een knipsel uit *The Washington Post*. De kop luidde: RUSSISCHE HOOGLERAAR PLEEGT ZELFMOORD IN HOTEL. Ze las het vlug door. De Rus heette Aleksandr Nekich. Hij was in 1938 met zijn vrouw en twee dochters naar de VS geëmigreerd en was hoofddocent Internationale Politiek geweest aan Johns Hopkins University. De politie stond voor een raadsel waarom hij zich in een morsig hotel in Washington van het leven had beroofd.

'Zegt me niks,' zei Eva.

'Nooit van hem gehoord?'

'Nee.'

'Hebben je vrienden bij Tass het ooit over hem gehad?'

'Nee. Maar ik zou het aan hen kunnen vragen.' Er lag iets in Morris' toon van ondervragen dat niet bij hem paste. Iets hards dat voor zijn minzame manier van doen in de plaats was gekomen. 'Waarom is het belangrijk?' vroeg ze.

Morris ging zitten en scheen zich iets te ontspannen. Nekich, legde hij uit, was een hooggeplaatste NKVD-officier die na Stalins zuiveringen naar de VS was uitgeweken. 'Ze hebben hem voor de vorm tot universitair hoofddocent aangesteld, maar hij heeft nooit lesgegeven. Blijkbaar is hij een rijke bron van informatie – was hij een rijke bron van informatie – over de infiltratie van de Sovjets hier in de VS.' Hij zweeg even. 'En in Groot-Brittannië. Daarom waren we nogal geïnteresseerd in hem.'

'Ik dacht dat we allemaal aan dezelfde kant stonden,' zei Eva, beseffend hoe naïef ze klonk.

'Dat is ook zo. Maar kijk naar ons: wat doen wij hier?'

'Eens een kraai, altijd een kraai.'

'Precies. Je wilt altijd weten wat je vrienden in hun schild voeren.'

Er viel haar iets in. 'Waarom bekommer jij je om die dode Rus? Dat is toch niet jouw afdeling?'

Morris pakte het krantenknipsel terug. 'Ik zou hem volgende week spreken. Hij zou ons op de hoogte brengen over de

Russische inspanningen in Engeland. De Amerikanen hadden alles uit hem geperst wat ze wilden weten, en blijkbaar had hij nog heel interessant nieuws voor ons.'

'Net te laat, dus.'

'Ja. Heel lastig.'

'Hoe bedoel je?'

'Ik zou zeggen dat het erop lijkt dat iemand niet wilde dat hij met ons sprak.'

'En dus pleegde hij zelfmoord.'

Hij gniffelde. 'Ze zijn verdomd goed, die Russen,' zei hij. 'Nekich heeft zich in een afgesloten hotelkamer door zijn hoofd geschoten. Hij had zijn pistool in zijn hand, de sleutel zat nog in de deur en de ramen waren vergrendeld. Maar als het eruitziet als een ondubbelzinnige, absolute, onvervalste zelfmoord, dan is het dat meestal niet.'

Waarom vertelt hij me dit allemaal? dacht Eva.

'Ze zaten al sinds 1938 achter hem aan,' vervolgde Morris. 'En ze hebben hem te pakken gekregen. Jammer dat ze niet nog een weekje hebben gewacht...' Hij glimlachte quasizielig. 'Ik keek erg uit naar mijn ontmoeting met de heer Nekich.'

Eva zei niets. Dit was allemaal nieuw voor haar. Ze vroeg zich af of Romer ook iets met die ontmoeting te maken had. Voor zover ze wist hoefden Morris en zij zich alleen maar met Transoceanic bezig te houden. Maar wat weet ik ervan? dacht ze.

'De mensen van Tass hebben niets gezegd over nieuwe gezichten in de stad?'

'Niet tegen mij.'

'Zou je voor mij je Russische vrienden willen bellen, Eve? Om te kijken wat ze over Nekichs dood te zeggen hebben?'

'Goed. Maar het zijn alleen maar journalisten.'

'Niemand is "alleen maar" iets.'

'Een Romer-regel.'

Hij knipte met zijn vingers en stond op. 'Je artikel over de manoeuvres van de Duitse marine voor de kust van Buenos Aires gaat er grif in. Heel Zuid-Amerika is kwaad en overal klinken protesten.'

'Goed zo,' zei ze effen. 'Alle beetjes helpen, neem ik aan.'

'Kop op, Eve. Tussen haakjes, onze meester wil je spreken. Restaurant Eldorado, over een kwartier.'

Eva moest een uur in het restaurant wachten voor Romer kwam opdagen. Ze vond die werkbesprekingen heel raar: ze wilde hem kussen, zijn gezicht strelen, zijn handen in de hare houden, maar ze moesten heel formeel en beleefd tegen elkaar blijven.

'Sorry dat ik zo laat ben,' zei hij terwijl hij tegenover haar plaatsnam. 'Het is de eerste keer in New York, weet je, maar volgens mij werd ik gevolgd. Misschien wel door twee mensen. Ik moest het park in om zeker te weten dat ik ze had afgeschud.'

'Wie zou jou nou laten schaduwen?' Ze strekte haar been onder het tafeltje en wreef met de punt van haar schoen langs zijn kuit.

'De FBI.' Romer glimlachte tegen haar. 'Ik denk dat Hoover zich zorgen maakt over het feit dat we zo zijn uitgedijd. Je hebt de BSC gezien. Het monster van Frankenstein. Het is trouwens beter als je daarmee ophoudt, je maakt me nog hitsig.'

Hij bestelde koffie. Eva nam nog een Pepsi-Cola.

'Ik heb een opdracht voor je,' zei hij.

Ze legde haar hand voor haar mond en zei zachtjes: 'Lucas... ik wil bij je zijn.'

Romer keek haar strak aan; ze ging rechtop zitten. 'Ik wil dat je naar Washington gaat,' zei hij. 'Ik wil dat je daar kennismaakt met een man die Mason Harding heet. Hij werkt als persvoorlichter voor Harry Hopkins.'

Ze wist wie Harry Hopkins was – Roosevelts rechterhand. Minister van Handel, in naam, maar in werkelijkheid FDR's adviseur, gezant, tussenpersoon, ogen en oren. Hoogstwaarschijnlijk de op een na belangrijkste man van Amerika, wat de Britten betrof.

'Dus ik moet met die Mason Harding aanpappen. Waarom?'

'Ga naar hun persafdeling, zeg dat je Hopkins voor Transoceanic wilt interviewen. Ze zeggen waarschijnlijk nee, maar wie weet. Misschien kun je een afspraak met Hopkins maken, maar het gaat erom dat je Harding leert kennen.'

'En dan?'

'Dat vertel ik je nog.'

Ze voelde die lichte spanning van aangename verwachting; het was hetzelfde als toen Romer haar naar Prenslo had gestuurd. Er viel haar een vreemde gedachte in: misschien ben ik altijd voorbestemd geweest om spionne te worden.

'Wanneer ga ik?'

'Morgen. Maak vandaag nog je afspraken.' Hij schoof haar een stukje papier toe met een telefoonnummer in Washington erop. 'Dat is Hardings eigen nummer. Zoek een fijn hotel. Misschien kom ik langswippen voor een bezoekje. Washington is een interessante stad.'

Door het uitspreken van die naam werd ze aan Morris' vragen herinnerd. 'Weet jij iets af van de dood van die Nekich?'

Hij bleef heel even stil. 'Van wie heb je dat gehoord?'

'Het stond in *The Washington Post*. Morris vroeg ernaar – of mijn vrienden bij Tass er iets over te zeggen hadden.'

'Wat heeft Morris daarmee te maken?'

'Geen idee.'

Ze kon zijn hersens praktisch horen werken. Zijn brein had een connectie ontdekt, een verband, een relatie die hem eigenaardig voorkwam. Zijn gezicht vertrok: hij tuitte zijn lippen en maakte toen een soort grimas. 'Waarom zou Morris Devereux geïnteresseerd zijn in een NKVD-moord?'

'Dus het was inderdaad moord, geen zelfmoord.' Ze haalde haar schouders op. 'Hij zei dat hij een afspraak met die man had.'

'Weet je dat zeker?' Ze zag dat Romer dat opmerkelijk vond. 'Ik zou een gesprek met hem hebben.'

'Misschien jullie allebei. Dat was wat hij zei.'

'Ik zal hem bellen. Zeg, ik moet ervandoor.' Hij boog zich voorover. 'Bel me als je contact hebt gelegd met Harding.' Hij bracht zijn koffiekop naar zijn lippen en sprak over de rand, murmelde iets tegen haar, iets liefs hoopte ze maar ze kon het niet verstaan. Bedek je mond als je iets belangrijks hebt over te brengen – nog een Romer-regel, tegen liplezers. 'We zullen de operatie "Eldorado" noemen,' zei hij. 'En Harding is "Gold".' Hij zette zijn kop neer en ging afrekenen.

7 *Super-jolie nana*

Ik hoopte eigenlijk dat Hamid zijn les zou afzeggen – misschien zelfs een verzoek zou indienen om van privéleraar te veranderen – maar er kwam geen telefoontje van Oxford English Plus, dus ploeterde ik enigszins afgeleid door Hugues' les en probeerde ik niet aan het naderende moment te denken waarop Hamid en ik elkaar weer zouden zien. Hugues scheen niets van mijn vage onrust te merken en wijdde een groot deel van zijn les aan een verhaal, in het Frans, over een gigantisch abattoir in Normandië dat hij eens had bezocht waarvan het personeel vrijwel uitsluitend uit dikke vrouwen bestond.

Ik liep met hem mee naar het bordes van de achtertrap waar we in de zon naar de tuin onder ons keken. Mijn nieuwe meubilair – een witte plastic tafel, vier plastic stoelen en een ongeopende kersrode-met-pistachegroene parasol – stond achterin onder de grote esdoorn opgesteld. Meneer Scott liep zijn sprongoefeningen te doen rondom de bloembedden, als een Repelsteeltje in een witte jas die door de korst van de aarde naar het ziedende magma eronder probeert te stampen. Hij fladderde met zijn armen en sprong op en neer, draaide zijwaarts en herhaalde de oefening.

'Wie is die gek?' vroeg Hugues.

'Mijn huisbaas en tandarts.'

'Laat je die idioot je gebit repareren?'

'Hij is de verstandigste man die ik ooit heb ontmoet.'

Hugues nam afscheid en daverde de trap af. Ik leunde met mijn achterste tegen de balustrade en sloeg meneer Scott gade die op zijn diepe-ademhalingsoefening overging (handen tegen knieën, armen achterovergooien en longen volzuigen). Ik hoorde dat Hugues Hamid tegen het lijf liep in het steegje dat langs het huis liep. Door een of andere akoestische truc, het timbre van hun stemmen en de nabijheid van de bakstenen muur werd hun gesprek naar mij op het bordes gekaatst.

'Bonjour, Hamid. Ça va?'

'Ça va.'

'Ze is vandaag in een rare bui.'

'Ruth?'

'Ja. Ze is er niet helemaal bij met haar hoofd.'

'O.'

Stilte. Ik hoorde Hugues een sigaret opsteken.

'Hoe vind je haar?' vroeg Hugues.

'Ik mag haar graag.'

'Ik vind haar wel sexy. Op een Engelse manier, weet je wel.'

'Ik mag haar heel graag.'

'Mooi figuur, man. Super-jolie nana.'

'Figuur?' Hamid was er ook niet helemaal bij.

'Weet je wel.' Op dat moment maakte Hugues vast een gebaar; ik ging ervan uit dat hij de omvang van mijn borsten aangaf.

Hamid lachte nerveus. 'Het valt me eigenlijk nooit op.'

Ze gingen uiteen en ik wachtte tot Hamid de trap op kwam. Met zijn hoofd omlaag leek het of hij een schavot beklom.

'Goeiemorgen, Hamid,' zei ik.

Hij keek op. 'Ruth, ik kom mijn excuses aanbieden en daarna ga ik naar OEP om een nieuwe privéleraar te vragen.'

Ik bracht hem tot bedaren, nam hem mee naar de werkkamer en verzekerde hem dat ik niet beledigd was, dat dergelijke verwikkelingen zich voordeden tussen volwassen studenten en leraren, met name bij privélessen, ook gegeven de langdurige omgang die het lesprogramma van OEP vereiste. Die dingen krijg je, laten we het vergeven en vergeten en verder gaan alsof er niets is gebeurd.

Hij luisterde geduldig naar me en zei toen: 'Nee, Ruth, ik meen het echt. Ik ben verliefd op je.'

'Wat haalt het uit? Over twee weken ga je naar Indonesië. We zullen elkaar nooit meer zien. Laten we het uit ons hoofd zetten. We zijn vrienden, en dat zullen we altijd blijven.'

'Nee, ik moet eerlijk tegen je zijn, Ruth. Dit is mijn gevoel. Dit is wat ik in mijn hart voel. Ik weet dat jij niet hetzelfde voor mij voelt maar ik ben verplicht om jou te vertellen wat mijn gevoelens was.'

'Waren.'

'Waren.'

We zwegen even. Hamid wendde geen moment zijn blik van me af.

'Wat ga je doen?' vroeg ik ten slotte. 'Wil je verder gaan met de les?'

'Als jij het goed vindt.'

'Laten we kijken hoe het gaat. Heb je zin in thee? Ik snak naar een kop thee.'

Net op dat moment werd er op de deur geklopt, een wonderbaarlijke timing. Ilse duwde hem open en zei: 'Sorry, Ruth. Waar is thee? Ik zoek maar Ludger slaapt nog.'

We liepen de keuken in en ik zette thee voor Hamid, Ilse en mezelf en, na een poosje, voor een slaperige Ludger.

Bobbie York veinsde enorme verrassing – hand tegen voorhoofd, een paar passen achteruitdeinzend – toen ik onaangekondigd bij hem langsging.

'Wat heb ik gedaan dat ik dit verdien?' vroeg hij terwijl hij me een van zijn 'drupjes' whisky inschonk. 'Twee keer in één week. Ik heb het gevoel of ik – ik weet het niet – een horlepiep moet dansen, naakt door de faculteit moet rennen, een koe moet slachten, of zoiets.'

'Ik kom je om advies vragen,' zei ik zo vleiend mogelijk.

'Waar je je proefschrift moet publiceren?'

'Ik ben bang van niet. Hoe ik een ontmoeting met lord Mansfield van Hampton Cleeve kan regelen.'

'Aha, de verwikkelingen stapelen zich op. Schrijf gewoon een brief en vraag om een afspraak.'

'Zo werkt het niet in het leven, Bobbie. Er moet een aanleiding zijn. Hij is een rentenier van in de zeventig, naar verluidt een soort kluizenaar. Waarom zou hij mij te woord willen staan, een volslagen onbekende?'

'Daar zit wat in.' Bobbie overhandigde me mijn whisky en ging langzaam zitten. 'Hoe is het trouwens met je brandwond?'

'Een stuk beter, dank je.'

'Nou, waarom zeg je niet dat je een essay aan het schrijven bent over iets waar hij vroeger mee te maken had. De uitgeefbranche, journalistiek.'

'Of wat hij in de oorlog deed.'

'Of wat hij in de oorlog deed – dat is nog intrigerender.' Bobbie was niet op zijn achterhoofd gevallen. 'Ik vermoed dat daar je interesse ligt. Je bent per slot van rekening historicus. Zeg tegen hem dat je een boek aan het schrijven bent en dat je hem wilt interviewen.'

Ik dacht erover na. 'Of een krantenartikel.'

'Ja, nog beter. Appelleer aan zijn ijdelheid. Zeg dat het voor de *Telegraph* of de *Times* is. Dan kruipt hij misschien uit zijn schulp.'

Op weg naar huis stopte ik bij een kiosk en kocht ik een stel kranten om mijn geheugen op te frissen. Ik dacht bij mezelf: kun je gewoon zeggen dat je een artikel voor *The Times* of *The Daily Telegraph* aan het schrijven bent? Ja, hield ik me voor, dat is geen leugen. Iedereen kan een artikel voor die kranten schrijven, je hebt alleen geen garantie dat ze het zullen plaatsen; het zou een leugen zijn als je zei dat je het in opdracht deed terwijl dat niet zo was. Ik pakte de *Telegraph* in de veronderstelling dat iemand van adel zich meer door die krant aangesproken zou voelen, maar kocht toen ook een paar andere. Het was lang geleden sinds ik een stapel Britse kranten had doorgewerkt. Terwijl ik ze bijeenpakte zag ik *Die Frankfurter Allgemeine*. Op de voorpagina van de krant stond een foto van dezelfde man die ik op televisie had gezien – Baader, van wie Ludger beweerde dat hij hem in zijn pornotijd had gekend. De kop ging over het proces van de Baader-Meinhofbende in Stammheim. Vier juli – het proces was in zijn honderdtwintigste dag. Ik deed hem bij mijn stapel. Eerst Ludger die kwam logeren, nu de raadselachtige Ilse – ik vond het nodig om mezelf weer over de wereld van het Duitse stadsterrorisme te informeren. Ik reed naar huis met mijn lectuur en die avond, nadat ik Jochen naar bed had gebracht (Ludger en Ilse waren naar de pub), schreef ik een brief aan Lucas Romer, baron Mansfield van Hampton Cleeve, per adres het Hogerhuis, waarin ik om een interview verzocht voor een artikel over de Britse geheime dienst ten tijde van de Tweede Wereldoorlog dat ik voor *The Daily Telegraph* aan het schrijven was. Ik vond het raar om 'Geachte lord Mansfield' te schrijven aan de man die mijn moeders minnaar was geweest. Ik was heel beknopt en zakelijk, en het zou interessant zijn om te kijken wat zijn antwoord was, als hij al antwoordde.

Het verhaal van Eva Delectorskaya

Washington DC, 1941

Eva Delectorskaya belde Romer in New York.

'Ik heb goud gevonden,' zei ze en ze hing op.

Het was heel simpel geweest om een afspraak met Mason Harding ('Gold') te regelen. Eva nam de trein van New York naar Washington en schreef zich in in het London Hall Apartment Hotel op de hoek van 11th Street en M Street. Ze besefte dat ze onbewust naar hotels werd getrokken die een echo van Engeland meedroegen. Daarna bedacht ze dat ze met die gewoonte moest breken als het inderdaad een gewoonte aan het worden was – nog een Romer-regel – maar ze was erg ingenomen met haar eenkamerappartement met zijn piepkleine keukentje en ijskast en de glimmend schone douche. Ze reserveerde het voor twee weken en toen ze haar koffer had uitgepakt belde ze het nummer dat Romer haar had gegeven.

'Mason Harding.'

Ze stelde zich voor, zei dat ze voor Transoceanic Press in New York werkte en dat ze een interview met de heer Hopkins wilde aanvragen.

'Ik ben bang dat de heer Hopkins ziek is,' zei Harding, en voegde er toen aan toe: 'Bent u Engels?'

'Min of meer. Half Russisch.'

'Klinkt als een gevaarlijke melange.'

'Mag ik eens langskomen op uw kantoor? Misschien kunnen we andere verhalen brengen. Transoceanic heeft een enorme lezerskring in Zuid- en Midden-Amerika.'

Harding was heel inschikkelijk en stelde de volgende dag voor, aan het einde van de middag.

Mason Harding was een jonge man van begin dertig, schatte Eva, met kort dik bruin haar met een strakke scheiding, als een schooljongen. Hij begon wat aan te komen en zijn gelijkmatige, knappe trekken werden verzacht door een vetlaagje op zijn wangen en kaken. Hij droeg een lichtbruin seersucker pak en op zijn bureau stond een naambordje met MASON HARDING III erop.

'Wel,' zei hij terwijl hij haar een stoel aanwees en van top tot teen opnam, 'Transoceanic Press. Ik geloof niet dat ik ooit van jullie heb gehoord.'

Ze schetste in grote lijnen het bereik en het lezerspubliek van Transoceanic. Hij knikte en scheen het allemaal in zich op te nemen. Ze vertelde dat ze naar Washington was gestuurd om interviews te maken met beleidsmakers in de nieuwe regering.

'Goed. Waar logeert u?'

Ze zei het. Hij vroeg haar wat dingen over Londen, de oorlog en of ze er tijdens de *Blitz* was geweest? Toen keek hij op zijn horloge.

'Hebt u zin om iets te gaan drinken? Ik geloof dat we tegenwoordig om een uur of vijf dichtgaan.'

Ze liepen het ministerie van Handel uit – een klassieke joekel van een gebouw met een voorgevel die meer aan een museum dan aan een overheidsgebouw deed denken – en wandelden een paar straatblokken noordwaarts over 15th Street naar een donkere bar die Mason – 'Noem me alsjeblieft Mason' – kende en waar ze, toen ze eenmaal zaten, allebei een Whisky Mac bestelden, op Masons voorstel. Het was een frisse dag en het was lekker om een beetje op te warmen met een whisky met gemberwijn.

Eva stelde wat plichtmatige vragen over Hopkins en Mason vertelde haar wat algemene feiten, op het detail na dat Hopkins 'halve maag was verwijderd' bij een operatie, enkele jaren ervoor, wegens maagkanker. Mason meldde met nadruk dat zijn ministerie en de regering-Roosevelt vol bewondering waren voor de standvastigheid en moed van de Britten.

'Je moet begrijpen, Eve,' zei hij, nippend van zijn tweede Whisky Mac, 'dat het ongelooflijk lastig is voor Hopkins en FDR om meer te doen. Als het aan ons lag zouden we schouder aan schouder met jullie meevechten tegen die klotenazi's. Wil je er nog eentje? Ober! Meneer?' Hij gebaarde om nog zo'n whisky. 'Maar voor we ten oorlog kunnen trekken moeten we de stemming in het Congres winnen. Roosevelt beseft dat hij die nooit wint. Niet op dit moment. Er moet iets gebeuren waardoor de houding van de mensen verandert. Ben je wel eens op een America First-bijeenkomst geweest?'

Eva antwoordde bevestigend. Het stond haar nog duidelijk voor de geest: een Iers-Amerikaanse priester die de menigte intimideerde met zijn gebrul over de Britse onrechtvaardigheid en dubbelhartigheid. Tachtig procent van de Amerikanen was tegen deelname aan de oorlog. Amerika had tijdens de laatste oorlog geïntervenieerd en had er niets aan overgehouden behalve de Depressie. De Verenigde Staten liepen geen risico om aangevallen te worden en er was geen noodzaak om Engeland weer te hulp te schieten. Engeland was bankroet, verloren; verspil geen Amerikaans geld en Amerikaanse levens om Engelands hachje te redden. Enzovoorts, gevolgd door massaal gejuich en applaus.

'Tja, het probleem is duidelijk,' zei Mason op berustende, verontschuldigende toon, als een arts die de diagnose van een ongeneeslijke ziekte stelt. 'Ik wil geen nazi-Europa, god nee – wij zijn vast en zeker als volgende aan de beurt. Het vervelende is dat nagenoeg niemand anders het zo ziet.'

Ze praatten verder en in de loop van hun gesprek bleek dat Mason was getrouwd en twee kinderen had, twee jongens: Mason junior en Farley, en dat hij in Alexandria woonde. Na zijn derde Whisky Mac vroeg hij wat ze zaterdag deed. Ze zei dat ze geen plannen had en toen bood hij aan om haar de stad te laten zien – hij moest toch naar kantoor om wat dingen af te handelen.

Dus pikte Mason haar die zaterdagochtend in zijn fraaie groene sedan op voor het London Hall Hotel en maakte hij met haar een rondje langs de voornaamste bezienswaardigheden van de stad. Ze zag het Witte Huis, het Washington Monument, het Lincoln Memorial, het Capitool en ten slotte de National Gallery. Ze lunchten in een restaurant dat Du Barry heette, op Connecticut Avenue.

'Zeg, ik zal je niet langer ophouden,' zei Eva terwijl Mason afrekende. 'Moet je niet naar kantoor?'

'Ach nou ja, dat kan wel tot maandag wachten. Ik wil je in elk geval meenemen naar Arlington.'

Hij zette haar voor zessen weer bij het hotel af. Hij vroeg of ze op maandagmiddag langs wilde komen op zijn kantoor. Dan zou hij meer nieuws hebben over de gezondheidstoestand van Hopkins en of en wanneer hij wellicht voor een interview beschikbaar zou zijn. Ze gaven elkaar een hand en Eva bedankte hem hartelijk voor haar 'geweldige dag'. Daarna ging ze naar haar hotelkamer en belde ze Romer.

Mason Harding probeerde haar maandagavond te kussen. Na hun afspraak op zijn kantoor – 'Nog geen Harry, ben ik bang,' – waren ze teruggegaan naar zijn bar en had hij te veel gedronken. Toen ze buiten kwamen regende het, en ze wachtten onder een winkelluifel tot de stortbui voorbij was. Toen de regen afnam renden ze naar zijn auto. Ze vond het een beetje vreemd dat hij zijn haar kamde voor hij de auto startte en haar terugbracht naar het London Hall Hotel. Terwijl ze afscheid aan het nemen waren dook hij op haar. Ze kon nog net haar gezicht afwenden en voelde zijn lippen op haar wang, haar kin, haar hals.

'Mason! Hou op!' Ze duwde hem weg.

Hij deinsde terug en staarde nors voor zich uit naar het stuurwiel. 'Ik voel me erg tot je aangetrokken, Eve,' zei hij op een vreemd mokkende toon, zonder haar aan te kijken, alsof verdere uitleg overbodig was.

'Ik weet zeker dat je vrouw zich ook erg tot jou aangetrokken voelt.'

Hij slaakte een zucht en zijn lichaam zakte ineen van quasivermoeidheid, alsof dat een afgezaagde, overbekende terechtwijzing was. 'We weten allebei waar het hier om gaat,' zei hij terwijl hij zich eindelijk naar haar toe wendde. 'Laten we niet de vermoorde onschuld spelen. Je bent een heel mooie vrouw. Mijn persoonlijke omstandigheden hebben er niets mee te maken.'

'Ik bel je maandag,' zei Eva en ze opende het portier van de auto.

Hij greep haar hand voor ze uit kon stappen en kuste hem. Ze trok maar hij wilde niet loslaten. 'Ik moet morgen de stad uit,' zei hij. 'Ik moet voor twee dagen naar Baltimore. Kom om zes uur 's avonds naar het Allegany Hotel.'

Ze zei niets, rukte haar hand los en glipte de auto uit.

'Het Allegany Hotel,' herhaalde hij. 'Ik kan dat interview met Hopkins voor je regelen.'

'Het goud heeft een stralende glans,' zei Eva. 'Het lijkt haast of het hitte uitstraalt.'

'Goed,' zei Romer. Door de hoorn hoorde ze het geluid van pratende mensen om hem heen.

'Alles oké?' vroeg ze.

'Ik zit op kantoor.'

'Ze willen dat ik morgen, dinsdag, om zes uur 's avonds voor een transactie naar het Allegany Hotel in Baltimore kom.'

'Doe niets en zeg niets. Ik kom morgenochtend naar je toe.'

Romer was tegen tienen in Washington. Ze ging naar de lobby toen de receptionist naar haar kamer belde om te zeggen dat hij beneden zat. Ze voelde zo'n gewoel en gebons in haar hart toen ze naar hem uitkeek dat ze even stil bleef staan, verwonderd om zichzelf, verwonderd dat ze zo reageerde.

Hij zat in een hoekje van de lobby maar tot haar ergernis werd hij vergezeld door een andere man die hij voorstelde als Bradley, en verder niets. Bradley was een mager, donker mannetje met een grijns die als een defecte gloeilamp aan en uit flakkerde.

Toen Romer haar zag stond hij op om haar te begroeten. Ze gaven elkaar een hand en hij leidde haar naar een ander deel van de lobby. Toen ze gingen zitten pakte ze stiekem zijn hand. 'Lucas, lieverd –'

'Blijf van me af.'

'Sorry. Wie is Bradley?'

'Bradley is een fotograaf die voor ons werkt. Ben je klaar? Ik denk dat we moeten gaan.'

Ze namen een trein vanaf Union Station. Het was geen ontspannen reis en er werd amper een woord gewisseld, geen wonder met Bradley op de bank tegenover hen. Telkens als Eva hem aankeek vuurde hij zijn snelle grijnslachje op haar af, als een zenuwtic. Ze keek liever uit het raam naar de herfstbladeren. Ze was blij dat de reis maar kort duurde.

Op het station van Baltimore zei ze vinnig tegen Romer dat ze zin had in koffie met een sandwich, dus vroeg Romer aan Bradley of hij alvast naar het Allegany Hotel wilde gaan om daar op hen te wachten. Eindelijk waren ze alleen.

'Wat gebeurt er allemaal?' vroeg ze toen ze in een hoek van de stationsrestauratie gingen zitten, half wetend wat het antwoord zou zijn. Het raam was beslagen en met de muis van haar hand veegde ze een helder patrijspoortje schoon waardoorheen ze een zo goed als lege straat zag, met een paar voorbijgangers en een zwarte man die felgekleurde ruikertjes verkocht.

'We moeten een foto hebben van Harding en jou als jullie het hotel binnengaan, en eentje als jullie de volgende ochtend het hotel uitkomen.'

'Juist…' Ze voelde zich onpasselijk, opeens misselijk, maar besloot aan te dringen. 'Waarom?'

Romer zuchtte en keek rond voor hij onder tafel haar hand vastpakte. 'Mensen verraden hun land alleen maar om drie redenen,' zei hij rustig, ernstig, haar volgende vraag uitlokkend.

'En dat zijn?'

'Geld, chantage en wraak.'

Ze dacht erover na en vroeg zich af of dat ook een Romer-regel was. 'Geld, wraak – en chantage.'

'Je weet wat er speelt, Eva. Je weet wat ervoor nodig is om te zorgen dat de heer Harding ons opeens heel graag van dienst wil zijn.'

Ze wist het inderdaad, en ze moest aan mevrouw Harding denken met al het geld en de kleine Mason junior en Farley. 'Heb je dit allemaal van tevoren beraamd?'

'Nee.'

Ze keek hem aan: leugenaar, zeiden haar ogen.

'Het hoort bij het werk, Eva. Je hebt geen idee wat voor kentering dit zou betekenen. Dan hebben we iemand in Hopkins staf, iemand die dicht bij hem staat.' Hij zweeg even. 'Dicht bij Hopkins betekent dicht bij Roosevelt.'

Ze stak een sigaret in haar mond – om eventuele liplezende passanten in verwarring te brengen – en zei: 'Dus ik moet met Mason Harding naar bed omdat de sis wil weten wat Roosevelt en Hopkins in hun schild voeren.'

'Je hoeft niet met hem naar bed. Als we die foto's maar hebben – dat is het enige bewijs dat we nodig hebben. Je kunt het net zo handig aanpakken als je wilt.'

Ze wist een weinig overtuigend spotlachje op te brengen. 'Handig aanpakken – leuk gevonden,' zei ze. 'Ik snap het: ik zou tegen hem kunnen zeggen dat ik ongesteld ben.'

Hij vond het niet leuk. 'Ga nou niet dom doen. Daar moet je boven staan. Dit gaat niet om jouw gevoelens – dit is waarom je bij ons team bent gekomen.' Hij leunde achterover. 'Maar als je ermee op wilt houden hoef je het alleen maar te zeggen.'

Ze zei niets. Ze zat te denken aan wat haar te wachten stond. Ze vroeg zich af of ze in staat was om te doen wat Romer van haar verlangde. Ze vroeg zich ook af wat hij er zelf van vond; hij leek zo onaangedaan en zakelijk. 'Hoe zou jij het vinden als ik het deed?' vroeg ze aan hem.

'We hebben een opdracht en die moeten we uitvoeren,' zei hij meteen, effen.

Ze probeerde te maskeren hoe gekwetst ze zich begon te

voelen. Er waren zoveel andere dingen die hij had kunnen zeggen, die het iets makkelijker hadden kunnen maken, dacht ze.

'Je moet het als werk zien, Eva,' vervolgde hij op mildere toon, alsof hij haar gedachten kon lezen. 'Je moet je gevoelens erbuiten laten. Misschien krijg je nog wel onaangenamere dingen te doen voordat deze oorlog is afgelopen.' Hij legde zijn hand voor zijn mond. 'Ik hoor je dit eigenlijk niet te vertellen, maar de druk vanuit Londen is immens, gigantisch.' Hij ging nog even door. De BSC had één enkele cruciale taak: de Amerikanen ervan te overtuigen dat het in hun eigen belang was om zich in de oorlog in Europa te mengen. Dat was alles, het enige wat telde: zorgen dat Amerika meedeed. Hij bracht haar in herinnering dat het meer dan drie maanden geleden was sinds Churchill en Roosevelt voor de eerste keer bijeen waren gekomen. 'We hebben ons prachtige, met veel trompetgeschal verkondigde Atlantische Handvest,' zei hij, 'en wat is er gebeurd? Niks. Je hebt de media thuis gezien: "Waar blijven de Yanks? Waarom komen ze niet?" We moeten dichterbij zien te komen. We moeten het Witte Huis in. Jij kunt daarbij helpen, zo simpel is het.'

'Maar hoe voel jíj je erbij?' Het was weer de verkeerde vraag, besefte ze, en ze zag zijn gezicht vertrekken maar ze wilde het hard spelen, ze wilde dat hij onder ogen zag wat er in wezen van haar werd gevraagd. 'Hoe voel jíj je erbij als ik met Mason Harding naar bed ga?'

'Ik wil alleen maar dat we deze oorlog winnen,' zei hij. 'Mijn gevoelens zijn irrelevant.'

'Goed,' zei ze beschaamd, en daarna boos omdat ze zich schaamde. 'Ik zal doen wat ik kan.'

Ze zat om zes uur in de lobby te wachten toen Mason binnenkwam. Hij gaf haar een kus op haar wang en ze schreven zich bij de receptie in als de heer en mevrouw Avery. Ze voelde hoe gespannen hij was toen ze aan de balie stonden; ze voelde dat overspel geen dagelijkse kost was in Mason Hardings leven. Terwijl hij het register tekende keek ze om zich heen. Ze wist dat Bradley ergens foto's stond te maken, en later zou iemand de receptionist omkopen voor een kopie van het inschrijvingsformulier. Ze gingen naar hun kamer en toen de piccolo was vertrokken kuste Mason haar met meer hartstocht; hij voelde aan haar borsten, bedankte haar, zei dat ze de mooiste vrouw was die hij ooit had ontmoet.

Ze dineerden vroeg in het restaurant van het hotel en Mason zat het grootste deel van de maaltijd ingehouden maar verwoed af te geven op zijn vrouw en haar familie en zijn financiële afhankelijkheid van hen. Zijn gekanker was stierlijk vervelend, kleingeestig en zelfzuchtig, en dat hielp haar om elk beeld van wat er zou volgen uit haar gedachten te bannen. Om er afstand van te nemen. Mensen verraden hun land maar om drie redenen, had Romer gezegd. Mason Harding stond op het punt om zijn eerste schrede op dat smalle kronkelpad te zetten.

Ze dronken allebei te veel, om verschillende redenen, veronderstelde ze, en toen ze naar hun kamer gingen voelde ze haar hoofd tollen van de alcohol. Mason kuste haar in de lift, met zijn tong. Op hun kamer belde hij roomservice en bestelde hij een halve fles whisky, en toen die was bezorgd begon hij haar vrijwel meteen uit te kleden. Eva zette een glimlach op, nam nog wat te drinken en bedacht dat hij in elk geval niet lelijk of naar was – hij was gewoon een aardige stomme vent die zijn vrouw wilde bedriegen. Tot haar verrassing merkte ze dat ze haar gevoelens uit kon schakelen. Het is werk, hield ze zich voor, werk dat alleen ik kan doen.

In bed deed hij zijn best maar hij kon zich niet beheersen en schaamde zich dat hij zo snel klaarkwam. Hij gaf de schuld aan de condooms – 'klote-Trojans!' – en Eva suste hem en zei dat het belangrijker was dat ze gewoon samen waren. Hij dronk nog meer whisky en probeerde het later nog eens, maar zonder succes.

Ze troostte hem opnieuw, liet zich door hem omhelzen en liefkozen, ineengedoken in zijn armen, terwijl ze de kamer voelde deinen en draaien door alle drank die ze op had.

'Het gaat altijd waardeloos, de eerste keer,' zei hij. 'Vind je ook niet?'

'Altijd,' zei ze. Ze had geen hekel aan hem, voelde eigenlijk een beetje medelijden met hem en vroeg zich af wat hij over een dag of zo zou denken als iemand – niet Romer – op hem af liep en zei: Hallo, meneer Harding, we hebben een paar foto's waarvan we denken dat ze heel interessant zullen zijn voor uw vrouw en schoonvader.

Hij viel snel in slaap en ze schoof voorzichtig van hem vandaan. Het lukte haar om te slapen maar ze werd vroeg wakker, liet het bad vollopen en ging erin liggen weken. Daarna bestelde ze ontbijt op de kamer voordat Mason wakker werd om mogelijke matineuze verliefdheid de kop in te drukken, maar hij was katerig en kribbig – voelde zich wellicht schuldig – en had weinig te zeggen. Ze liet zich weer door hem kussen in de kamer voor ze naar beneden gingen.

Ze ging vlak naast hem staan aan de receptie en plukte wat pluisjes van zijn jasje terwijl hij de rekening contant betaalde. Klik. Ze kon Bradleys camera praktisch horen. Buiten bij de taxistandplaats scheen hij opeens slecht op zijn gemak en stug. 'Ik moet naar vergaderingen,' zei hij. 'Wat ga jij doen?'

'Ik ga terug naar Washington,' zei ze. 'Ik bel je. Volgende keer gaat het vast beter, maak je geen zorgen.'

Door die belofte leek hij op te kikkeren en hij glimlachte lief. 'Dank je wel, Eve,' zei hij. 'Het was heerlijk met je. Je bent heel mooi. Bel me volgende week. Ik moet met de kinderen –' Hij zweeg. 'Bel me volgende week. Woensdag.' Hij gaf haar een kus op haar wang en in de geest hoorde ze weer een Bradleyklik.

Toen ze terugkwam in het London Hall Hotel was er een bericht voor haar – een briefje dat onder de deur was geschoven. 'Eldorado is afgelopen,' stond erop.

'Hé, ben je nu al terug?' zei Sylvia toen ze uit haar werk kwam en Eva in de keuken van het appartement zag zitten. 'Hoe was het in Washington?'

'Oersaai.'

'Ik dacht dat je een paar weken weg zou blijven.'

'Er was niet veel te doen. Een eindeloze serie onbenullige persconferenties.'

'Nog leuke mannen ontmoet?' vroeg Sylvia met een groteske wellustige grijns.

'Was het maar waar. Alleen maar een dikke onderminister van Landbouw of zoiets die me probeerde te betasten.'

'Daar zou ik het wel voor doen, denk ik,' zei Sylvia terwijl ze naar haar slaapkamer liep en haar jas uittrok.

Soms stond Eva versteld hoe vlot en spontaan ze kon liegen. Bedenk dat iedereen de hele tijd tegen je liegt, had Romer wel eens gezegd, dat is waarschijnlijk de veiligste manier om te werk te gaan.

Sylvia kwam weer binnen, trok de koelkast open en haalde er een kleine karaf met martinicocktails uit. 'We hebben iets te vieren,' zei ze en trok toen een verontschuldigend gezicht. 'Sorry. Dat is het verkeerde woord. De Duitsers hebben weer een Amerikaanse torpedobootjager tot zinken gebracht, de Reuben Jones. Honderdvijftien doden. Niet echt een aanleiding om feest te vieren, ik weet het, maar…'

'Mijn god… Honderdvijftien −'

'Precies. Nu zal alles wel anders worden. Ze kunnen nu niet meer aan de kant blijven staan.'

Einde verhaal wat betreft Mason Harding, dacht Eva. Ze zag opeens een beeld voor zich van Mason die zijn onderbroek uittrok en van zijn opzwellende lul die onder de bolling van zijn jongemannenbuik uitstak. Hij kwam op bed zitten en frunnikte aan de verpakking van het condoom. Ze merkte dat ze er zonder emotie, koel en objectief, aan kon denken. Romer zou tevreden over haar zijn geweest.

Terwijl Sylvia hun martini's inschonk vertelde ze Eva dat Roosevelt een goede, bezielend strijdlustige toespraak had gehouden, zijn strijdlustigste sinds 1939, waarbij hij het had over de manier waarop het 'gewapende conflict' was begonnen. Ze nam een slokje van haar cocktail. 'En hij heeft een fantastische kaart, een of andere kaart van Zuid-Amerika, dat de Duitsers in vijf grote nieuwe landen willen opdelen.'

Eva zat maar half te luisteren maar Sylvia's enthousiasme riep een vlaag van vertrouwen bij haar op, een merkwaardig gevoel van kortstondige vervoering. Dergelijke opwellingen hadden zich in de twee jaar sinds ze bij Romers team zat meerdere keren voorgedaan, en ook al probeerde ze zich te vermanen om die instinctieve reacties met argwaan te beschouwen, toch kon ze niet voorkomen dat ze in haar opbloeiden, alsof wensdenken een ingeschapen kenmerk van menselijkheid was en het idee dat alles onafwendbaar een keer ten goede zou nemen in ons menselijke bewustzijn was geëtst. Misschien is dat wel de definitie van een optimist, bedacht ze. Misschien ben ik dat gewoon: een optimist.

'Dan wordt het misschien nog wat met ons werk,' zei ze, van haar koude cocktail nippend, toegevend aan haar optimisme, overwegend dat ze de oorlog zouden winnen als de Amerikanen zich erin mengden. Amerika, Groot-Brittannië en het Britse Rijk, en Rusland – dan was het nog maar een kwestie van tijd.

'Laten we morgen uit eten gaan,' zei ze tegen Sylvia toen ze naar hun slaapkamers liepen. 'We hebben een feestje verdiend.'

'Denk eraan dat we afscheid van Alfie nemen.'

Eva herinnerde zich dat Blytheswood wegging bij het radiostation en terugkeerde naar Londen, naar het Electra House, het radio-ontvangstation van GC & CS in het souterrain van het kantoor van Cable & Wireless op het Embankment. 'Dan kunnen we daarna gaan dansen,' zei ze. Ze had zin om te dansen, dacht ze terwijl ze zich uitkleedde en Mason Harding en zijn handen op haar lichaam uit haar hoofd probeerde te zetten.

De volgende dag gaf Morris Devereux haar op kantoor een afschrift van Roosevelts toespraak. Ze pakte het aan en bladerde door de pagina's tot ze bij die ene passage kwam. 'Ik heb een geheime landkaart in mijn bezit,' las ze, 'die in Duitsland door Hitlers regering is getekend. Het is een kaart van Zuid-Amerika met de indeling zoals Hitler die van zins is in te voeren. De geografen in Berlijn hebben Zuid-Amerika in vijf vazalstaten opgedeeld... Ze zijn ook voornemens om de republiek Panama met onze vitale verbindingslijn, het Panamakanaal, in een van die satellietstaten op te nemen... Uit deze landkaart blijken niet alleen duidelijk de plannen van de na-zi's tegen Zuid-Amerika, maar ook tegen de Verenigde Staten.'

'Nou, dat is behoorlijk straffe kost, vind je niet?' zei ze tegen Devereux. 'Als ik Amerikaan was dan zou ik me toch wat ongemakkelijk beginnen te voelen. Een ietsjepietsje bezorgd, niet?'

'Laten we hopen dat ze jouw gevoelens delen. En dan hebben we ook nog de Reuben Jones die tot zinken is gebracht. Ik weet het niet; je zou denken dat ze niet meer zo gerust zouden slapen.' Hij glimlachte tegen haar. 'Hoe was het in Washington?'

'Prima. Ik geloof dat ik een goeie contactpersoon heb geregeld in Hopkins' staf,' zei ze achteloos. 'Een persvoorlichter. Ik denk dat we onze berichten naar hem kunnen doorsluizen.'

'Interessant. Heeft hij nog suggesties gedaan?'

'Nee, niet echt,' zei ze op haar hoede. 'Hij was eerder heel terughoudend. Het Congres neemt stelling tegen oorlog, FDR's handen zijn gebonden, enzovoorts. Maar ik ga hem vertalingen van al onze Spaanse artikelen geven.'

'Goed idee,' zei hij afwezig en slenterde weg.

Morris scheen zich steeds meer voor haar werk en haar activiteiten te interesseren, dacht Eva, maar waarom had hij niet naar de naam gevraagd van de persattaché die ze had gevangen? Dat was toch raar… Wist hij al wie het was?

Ze ging naar haar werkkamer en bekeek de post in haar bakje. Een krant in Buenos Aires, *Critica*, had haar verhaal over Duitse marine-oefeningen voor de kust van Zuid-Amerika opgepikt. Nu had ze haar ingang: ze maakte nog een bewerking van het artikel maar gaf het een dagtekening te Buenos Aires en verstuurde het naar alle abonnees van Transoceanic. Ze belde Blytheswood bij WRUL met hun gesproken prioriteitscode – 'Meneer Blytheswood, dit is Miss Dalton' – en zei dat ze een intrigerend bericht uit Argentinië had. Blytheswood zei dat ze misschien wel geïnteresseerd waren maar dat het verhaal een Amerikaanse dagtekening diende te hebben voordat het de wereld rondgestuurd kon worden. Dus stuurde ze een telegram naar Johnson in Meadowville en Witoldski in Franklin Forks, simpelweg ondertekend met 'Transoceanic', plus een kopie van de belangrijkste gedeelten van Roosevelts toespraak. Ze vermoedde dat ze wel zouden raden dat het van haar afkomstig was. Als Johnson of Witoldski het verslag van *Critica* zou uitzenden zou ze het nogmaals kunnen omwerken tot een verhaal van een onafhankelijk Amerikaans radiostation. En zo zou het verzinsel gestaag oprukken door de nieuwsmedia en aan gewicht en belang winnen – meer dagtekeningen, meer bronnen die de aanstaande status van het nieuws als een vaststaand feit zouden bevestigen en de oorsprong ervan in het brein van Eva Delectorskaya verder zouden verhullen. Uiteindelijk zou een van de grote Amerikaanse kranten het bericht oppikken (wellicht met hulp van Angus Woolf) en de Duitse ambassade zou het naar Berlijn overseinen. Daarna zouden er ontkenningen worden rondgestuurd, ambassadeurs zouden ontboden worden om uitleg te verschaffen en het verhaal te weerleggen en daar zou weer een artikel uit voortkomen, of een serie artikelen die door Transoceanic via zijn telegraafnet zou worden verspreid. Eva voelde iets van macht en trots toen ze het toekomstige leven van haar leugen uitstippelde. Ze zag zichzelf als een klein spinnetje in het centrum van haar uitdijende, ingewikkelde web van insinuaties, halve waarheden en verzinsels. Maar toen voelde ze opeens een hete golf van schaamte bij de herinnering aan haar nacht met Mason Harding en hun onbeholpen geklungel. Het zou altijd een smerige oorlog blijven, had Romer herhaaldelijk gezegd; ze mochten niets uitsluiten bij het voeren ervan.

Ze liep naar huis over Central Park South, keek naar de bomen in het park die al geel en oranje werden van de oprukkende herfst, en werd zich bewust van de cadans van voetstappen die hetzelfde ritme als de hare aanhielden. Dat was een van de trucs die ze op Lyne had geleerd; het was haast net zo effectief als dat je op je schouder werd getikt. Ze bleef staan om het bandje van haar schoen aan te halen, keek tersluiks om zich heen en zag Romer drie of vier passen achter haar aandachtig in de etalage van een juwelier turen. Hij draaide zich om en na een paar tellen volgde ze hem terug naar Sixth Avenue waar ze hem een grote delicatessenwinkel in zag gaan. Ze ging in de rij voor de toonbank staan, een paar plaatsen achter hem, en sloeg hem gade toen hij een sandwich en een biertje bestelde en in een drukke hoek ging zitten. Ze bestelde koffie en liep naar hem toe.

'Hallo, mag ik erbij komen zitten?' vroeg ze.

Ze ging zitten.

'Allemaal heel erg in het geniep,' zei ze.

'We moeten allemaal meer op onze tellen passen,' zei hij. 'Dingen natrekken, tweemaal, driemaal. Om de waarheid te zeggen zijn we een beetje bang dat sommigen van onze Amerikaanse vrienden te nieuwsgierig zijn geworden naar wat wij uitspoken. Ik denk dat we te groot zijn geworden: het is niet meer mogelijk om de schaal van onze onderneming te negeren. Dus: wees extra alert, leg meer valstrikken, pas op voor schaduwen, vriendelijke kraaien, vreemde geluiden door de telefoon. Het is maar een voorgevoel, maar we zijn allemaal een beetje zelfgenoegzaam geworden.'

'Juist,' zei ze terwijl ze toekeek hoe hij in zijn immense sandwich hapte. Niets van dat formaat was ooit op de Britse Eilanden waargenomen, dacht ze. Hij kauwde en slikte een poosje voor hij weer sprak.

'Ik wou je vertellen dat iedereen heel tevreden is over Washington. Ik heb alle complimenten gekregen maar ik wou zeggen dat je het goed hebt gedaan, Eva. Heel goed. Denk niet dat ik dat vanzelfsprekend vind. Denk niet dat wij het vanzelfsprekend vinden.'

'Dank je.' Ze voelde niet bepaald een warme gloed van zelfbehagen.

'"Gold" wordt ons gouden succesnummer.'

'Goed zo,' zei ze. Toen viel haar iets in. 'Is hij al –'

'Hij is gisteren geactiveerd.'

'O.' Eva dacht aan Mason: ze zag een beeld voor zich van iemand die voor Hardings ontstelde gezicht foto's op een tafel uitspreidt. Ze kon hem zelfs zien huilen. Ik vraag me af hoe hij nu over me denkt, dacht ze ongemakkelijk. 'Stel dat hij me belt?' vroeg ze.

'Hij zal je niet bellen.' Romer zweeg even. 'We zijn nog nooit zo dicht bij de baas geweest. Dankzij jou.'

'Misschien hebben we hem niet zo lang meer nodig,' opperde ze vaag alsof ze haar groeiende schuldgevoel wilde temperen, alsof ze de smet even zo veel mogelijk wilde uitwissen.

'Waarom zeg je dat?'

'Vanwege de tot zinken gebrachte Reuben Jones.'

'Dat schijnt geen wezenlijk verschil te hebben gemaakt voor de publieke opinie,' zei Romer enigszins sarcastisch. 'De mensen lijken meer geïnteresseerd in de uitslag van de football-wedstrijd tussen Army en Notre Dame.'

Ze kon dat niet bevatten. 'Hoezo? Er zijn verdomme honderd jonge matrozen omgekomen.'

'Ze zijn in de vorige oorlog verzeild geraakt doordat onderzeeërs Amerikaanse schepen tot zinken brachten,' zei hij. Hij legde twee derde van zijn sandwich neer, zijn nederlaag erkennend. 'Ze hebben een olifantengeheugen.' Hij glimlachte op een onaangename manier. Hij was die avond in een rare bui, vond ze, bijna kwaad, leek het wel. 'Ze hebben geen zin in deze oorlog, Eva, wat hun president of Harry Hopkins of Gale Winant ook moge denken.' Hij gebaarde naar de drukke delicatessenwinkel, mannen en vrouwen na hun werkdag, lachende, babbelende kinderen, al die mensen die hun enorme sandwiches en hun prikdrankjes kochten. 'Het leven is goed hier. Ze zijn gelukkig. Waarom zouden ze alles verknallen door vijfduizend kilometer verderop oorlog te gaan voeren? Zou jij dat doen?'

Ze had geen kant-en-klaar, overtuigend antwoord. 'Ja maar, die landkaart dan?' vroeg ze. Ze voelde dat ze de discussie aan het verliezen was. 'Wordt alles daardoor niet anders?' Ze volgde haar gedachten verder, alsof ze zichzelf trachtte te overreden. 'En Roosevelts toespraak. Ze kunnen niet ontkennen dat het dichterbij komt. Panama – dat is hun achtertuin.'

Ze zag dat Romer zich een flauw glimlachje permitteerde om haar oprechte bezieling. 'Tja, inderdaad, ik moet toegeven dat we daar heel blij mee zijn,' zei hij. 'We hadden nooit gedacht dat het zo doeltreffend of zo vlug zou werken.'

Ze wachtte een tel voor ze haar vraag stelde, en ze probeerde zo laconiek mogelijk te klinken. 'Dat is een bericht van ons, bedoel je? Die landkaart is van ons, is dat wat je wilt zeggen?'

Romer keek haar aan met een milde vermaning in zijn blik, alsof ze te traag was, de klas niet bij kon houden. 'Natuurlijk. Dit is het verhaal: een Duitse koerier rijdt zijn auto in de prak in Rio de Janeiro. Onoplettende kerel. Hij wordt naar het ziekenhuis gebracht. In zijn aktetas zit een fascinerende landkaart. Een beetje te dik opgelegd, vind je niet? Ik had grote twijfels om erin mee te gaan maar onze vrienden schijnen er massaal in te trappen.' Hij zweeg even. 'Overigens wil ik dat je dit morgen allemaal doorstuurt vanuit Transoceanic. Overal heen – dagtekening Amerikaanse regering, Washington DC. Heb je pen en papier?'

Eva zocht in haar handtas naar een notitieboekje en een potlood en noteerde in steno alles wat Romer opsomde: vijf nieuwe landen op het Zuid-Amerikaanse continent zoals aangegeven op Roosevelts geheime landkaart: 'Argentinië' omvatte nu ook Urugay, Paraguay en de helft van Bolivia, 'Chili' annexeerde de andere helft van Bolivia plus heel Peru, 'Nieuw Spanje' bestond uit Colombia, Venezuela en Ecuador en, heel cruciaal, het Panamakanaal. Alleen Brazilië bleef in wezen zoals het was.

'Ik moet zeggen dat het best een mooi document was: "Argentinien, Brasilien, Neu Spanien", allemaal doorkruist door voorgestelde Lufthansa-routes.' Hij grinnikte bij zichzelf.

Eva borg haar notitieboekje weg en maakte daar gebruik van door even te zwijgen en alles tot zich te laten doordringen en zich te realiseren dat haar lichtgelovigheid, haar ontvankelijkheid nog steeds een probleem was. Was ze niet te gemakkelijk om de tuin te leiden? Geloof nooit iets, zei Romer, nooit, nooit. Zoek altijd naar de andere verklaringen, de andere mogelijkheden, de andere kant.

Toen ze haar blik opsloeg zag ze dat hij op een andere manier naar haar zat te kijken. Vertederd, zou ze hebben gezegd, met een ondertoon van zinnelijke belangstelling.

'Ik mis je, Eva.'

'Ik mis jou ook, Lucas. Maar wat kunnen we eraan doen?'

'Ik ga je naar een cursus in Canada sturen. Je weet wel, dossierbeheer, archivering, dat soort dingen.'

Ze wist dat hij Station M bedoelde – een BSC-laboratorium voor het vervalsen van documenten dat heimelijk bij de Canadian Broadcasting Company was ondergebracht. Station M vervaardigde al hun valse documenten, en ze nam aan dat de landkaart ook van hen afkomstig was.

'Voor hoelang?'

'Een paar dagen, maar je mag wat verlof nemen voor je gaat, als beloning voor al je goeie werk. Ik stel Long Island voor.'

'Long Island? O?'

'Ja. Ik kan je de Narrangansett Inn in St. James aanbevelen. Een zekere heer en mevrouw Washington hebben er dit weekend een kamer gereserveerd.'

Ze voelde haar geslachtsdrift oplaaien. Haar ingewanden verslapten en spanden zich toen. 'Klinkt leuk,' zei ze, haar blik vast op de zijne gericht. 'Wat een mazzel voor de heer en mevrouw Washington.' Ze stond op. 'Ik moet ervandoor. Sylvia en ik gaan vanavond uit, de stad in.'

'Nou, wees voorzichtig, kijk goed uit,' zei hij ernstig, opeens als een bezorgde vader. 'Trek alles drie keer na.'

Op dat moment vroeg Eva zich af of ze verliefd was op Lucas Romer. Ze wilde hem kussen, zo zielsgraag, ze wilde zijn gezicht strelen. 'Goed,' zei ze. 'Komt in orde.'

Hij stond op en liet wat muntjes achter op het tafeltje, als fooi. 'Heb je je veilige adres geregeld?'

'Ja,' zei ze. Haar onderduikadres in New York was een eenkamerappartement met enkel koud water in Brooklyn. 'Ik heb een plekje ergens buiten de stad.' Het was bijna waar.

'Goed zo.' Hij glimlachte. 'Geniet van je verlof.'

Op vrijdagavond nam Eva een trein naar Long Island. In Farmingdale stapte ze uit en nam ze meteen een trein terug naar Brooklyn. Ze liep het station uit en slenterde tien minuten rond voor ze een andere trein nam over de zijlijn die in Port Jefferson eindigde. Daar nam ze een taxi naar het busstation van St. James. Toen ze wegreden uit Port Jefferson sloeg ze de auto's gade die achter hen reden. Er was er een die op dezelfde afstand scheen te blijven maar toen ze de taxichauffeur vroeg om langzamer te gaan rijden haalde hij hen meteen in. Van het busstation liep ze naar de Narragansett Inn. Ze werd niet geschaduwd, voor zover ze wist; ze volgde Romers instructies nauwgezet. Tot haar genoegen zag ze dat het hotelletje was gevestigd in een groot, crèmekleurig, comfortabel houten huis omgeven door een keurig onderhouden tuin aan de rand van het stadje, met uitzicht op de duinen in de verte. Ze voelde een koude wind die uit de richting van de Long Island Sound woei en was blij met haar jas. Romer zat in de zitkamer voor de gasten te wachten, met een knappend vuur van wrakhout dat in de haard brandde. De heer en mevrouw Washington gingen meteen naar boven naar hun kamer en kwamen er pas de volgende ochtend weer uit.

8   *Brydges'*

Ik las de brief hardop voor aan mijn moeder:

> *Geachte mevrouw Gilmartin,*
> *Lord Mansfield dankt u voor uw schrijven maar*
> *betreurt het dat hij, vanwege dringende werkzaam-*
> *heden, niet op uw verzoek om een interview kan*
> *ingaan.*
> *Hoogachtend,*
> *Anna Orloggi*
> *(assistente van lord Mansfield)*

'Hij is op briefpapier van het Hogerhuis geschreven,' voegde ik eraan toe. Mijn moeder kwam door de kamer naar me toe, pakte het vel aan en bekeek het ongewoon aandachtig. Haar lippen bewogen bij het herlezen van de bondige afwijzing. Ik kon niet zeggen of ze opgewonden was of niet. Ze kwam tamelijk kalm over.

'Anna Orloggi... meesterlijk,' zei ze. 'Ik wed dat ze niet bestaat.' Ze zweeg even. 'Kijk, daar staat het telefoonnummer,' zei ze. Ze begon door mijn zitkamer te ijsberen. Ze was voor een afspraak met meneer Scott gekomen – er was een kroon losgeraakt – en onaangekondigd bij me aangewipt. De brief was die ochtend bezorgd.

'Wil je wat drinken?' vroeg ik. 'Squash? Coca-Cola?' Ik had lunchpauze: Bérangère was net weg en Hamid zou om twee uur komen. Ludger en Ilse waren naar Londen 'om een vriend op te zoeken'.

'Ik wil wel een Coke,' zei ze.

'Wanneer ben je met drinken gestopt?' vroeg ik terwijl ik naar de keuken liep. 'In de oorlog dronk je heel wat af.'

'Je weet wel waarom, geloof ik,' zei ze droogjes terwijl ze achter me aan liep. Ze pakte het glas van me aan en nam een slok maar ik zag dat haar hersens aan het werk waren. 'Weet je, bel dat nummer nu maar,' zei ze, haar gezicht opeens geanimeerd. 'Dat is het beste. En zeg dat je het met hem over AAS Ltd wilt hebben. Dan zou het moeten lukken.'

'Weet je het zeker?' vroeg ik. 'Misschien maak je daarmee een soort doos van Pandora open.'

'Ja, dat is precies de bedoeling.'

Ik draaide met enige tegenzin het nummer in Londen en luisterde hoe de telefoon eindeloos overging. Ik wilde net ophangen toen een vrouwenstem opnam.

'Lord Mansfields kantoor.'

Ik legde uit wie ik was en dat ik net een brief van lord Mansfield had gekregen.

'O ja. Het spijt me erg maar lord Mansfield is in het buitenland en hij staat hoe dan ook geen interviews toe.'

O, hij 'staat geen interviews toe', dacht ik. De stem van de vrouw was bits en aristocratisch. Ik vroeg me af of het Anna Orloggi was. 'Zou u zo vriendelijk willen zijn om hem ervan te verwittigen dat ik hem een paar vragen wil stellen over AAS Ltd,' zei ik, besluitend om de aristocratische eigenschappen van mijn eigen stem te benadrukken.

'Dat haalt niets uit, ben ik bang.'

'Ik ben bang dat het wel iets uithaalt als u het níét tegen hem zegt, met name wat betreft de voortzetting van uw dienstverband. Ik weet absoluut zeker dat hij me zal willen spreken. AAS Ltd – het is heel belangrijk. U hebt mijn telefoonnummer in mijn brief. Ik zou het zeer op prijs stellen. Hartelijk dank.'

'Ik kan niets beloven.'

'AAS Ltd – vergeet alstublieft niet om het tegen hem te zeggen. Dank u. Dag.' Ik hing op.

'Goed gedaan, meissie,' zei mijn moeder. 'Ik zou jou niet graag aan de lijn hebben.'

We liepen terug naar de keuken. Ik wees haar op mijn nieuwe tuinmeubilair en mijn moeder deed er plichtmatig enthousiast over maar ze was er niet bij met haar hoofd.

'Ik weet zeker dat hij je nu zal willen spreken,' zei ze in gedachten. 'Hij zal zich niet kunnen bedwingen.' Toen draaide ze zich om en glimlachte. 'Hoe was je afspraakje?'

Ik vertelde haar over Hamid en zijn liefdesverklaring.

'Wat geweldig,' zei ze. 'Wat vind jij van hem?'

'Ik mag hem graag, heel graag,' zei ik. 'Maar ik hou niet van hem.'

'Jammer. Maar is hij lief?'

'Ja. Maar hij is moslim, Sal, en hij gaat in Indonesië werken. Ik zie al waar dit gesprek heen gaat. Nee – hij wordt niet Jochens stiefvader.'

Ze wilde niet blijven lunchen maar vroeg of ik haar meteen wilde bellen zodra ik iets van Romer had gehoord. Hamid arriveerde voor zijn les en hij leek prima, bedaarder. We wierpen ons op een nieuw hoofdstuk met de Ambersons – ze waren weer thuis na hun onbevredigende vakantie bij Corfe Castle maar nu was Raspoetin weggelopen – en doken in de raadselen van de duratieve tegenwoordige tijd. 'Raspoetin *gedraagt* zich de laatste tijd een beetje vreemd.' 'De buren *klagen* al een poosje over zijn geblaf.' De angst voor vergiftiging deed zijn intrede in de geïsoleerde wereld van Darlington Crescent. Toen hij wegging vroeg Hamid of ik vrijdag weer met hem bij Browns wilde gaan eten, maar ik zei meteen dat ik het druk had. Hij geloofde me op mijn woord; hij scheen verlost te zijn van de gemoedsdrift van onze vorige gesprekken maar de nieuwe uitnodiging zat me niet lekker: het was duidelijk nog niet over.

Veronica en ik – de alleenstaande-moedersletten – stonden voor de kleuterschool te roken terwijl we op onze kinderen wachtten.

'Hoe is het met Sally?' vroeg Veronica. 'Gaat het al wat beter?'

'Ik geloof van wel,' zei ik. 'Maar er zijn nog steeds verontrustende signalen. Ze heeft een geweer gekocht.'

'Jezus...'

'Om konijnen te schieten, zegt ze. En dat verhaal over wat ze in de oorlog heeft gedaan wordt steeds... curieuzer.'

'Geloof je haar?'

'Jawel.' Ik zei het bruusk, alsof ik een misdaad opbiechtte. Ik had vaak over de kwestie nagedacht maar het verhaal van Eva Delectorskaya was te gestructureerd, te gedetailleerd en te nauwgezet om het voortbrengsel te kunnen zijn van een geest die gistte van fantastische verzinsels, laat staan op de rand van ouderdomsdementie stond. Ik had het een onthutsende ervaring gevonden om met tussenpozen een portie pagina's te lezen omdat de personages Eva en Sally nog steeds weigerden samen te vallen in mijn hoofd. Toen ik las dat Eva met Mason Harding naar bed was gegaan zodat hij gechanteerd kon worden, kon ik dat historische feit – die daad van persoonlijke opoffering, dat doelbewuste loslaten van een eigen zedelijke gedragslijn – niet in verband brengen met de slanke, knappe vrouw die een paar uur eerder door mijn zitkamer had geijsbeerd. Wat was ervoor nodig om voor je land seksuele omgang te hebben met een onbekende? Misschien was het wel heel rechtlijnig, een rationeel besluit. Verschilde het van een soldaat die voor zijn land zijn vijand doodt? Of, meer ter zake, van liegen tegen je naaste bondgenoten voor je land? Misschien was ik te jong, misschien had ik tijdens de Tweede Wereldoorlog moeten leven? Ik had het gevoel dat ik het nooit echt zou begrijpen.

Jochen en Avril kwamen de school uit gestormd en gevieren kuierden we terug over Banbury Road.

'We hebben een hittegolf,' zei Jochen.

'Een tropische hittegolf. Zo noemen ze het.'

'Is dat als een golf in de zee? Een golf van hitte die over ons heen spoelt?' vroeg hij met een neerplonzend golfgebaar van zijn hand.

'Of golft de zon op ons af en kaatst de hitte tegen de aarde?' zei ik.

'Doe niet zo stom, mamma,' zei hij, niet geamuseerd.

Ik verontschuldigde me en we liepen al kletsend naar huis. Veronica en ik maakten plannen om zaterdagavond samen te eten.

In de flat was ik bezig thee voor Jochen te zetten toen de telefoon ging.

'Mevrouw Gilmartin?'

'Ja?'

'U spreekt met Anna Orloggi.' Het was dezelfde vrouw – ze sprak haar achternaam uit zonder een spoor van een Italiaans accent, alsof ze uit een van de oudste families van Engeland kwam.

'O,' zei ik blanco. 'Dag.'

'Lord Mansfield wil u vrijdagavond om zes uur in zijn club spreken. Hebt u pen en papier?'

Ik schreef de details op: Brydges' was zijn club – niet Brydges' Club maar alleen Brydges' – met een adres bij St. James's Square.

'Aanstaande vrijdag om zes uur,' herhaalde Anna Orloggi.

'Ik zal er zijn.'

Ik hing op, opgetogen dat onze list had gewerkt maar ook onrustbarend nerveus door het besef dat ik Lucas Romer eindelijk zou ontmoeten. Alles was plotseling echt geworden, en ik voelde de opgetogenheid wijken voor een kronkeltje van misselijkheid en mijn mond leek opeens ontdaan van alle speeksel toen ik aan de ontmoeting dacht. Ik besefte dat ik een emotie onderging waarvoor ik immuun beweerde te zijn – ik voelde me een heel klein beetje bang.

'Is er wat, mam?' vroeg Jochen.

'Nee hoor, schat. Een steekje kiespijn.'

Ik belde mijn moeder om het nieuws te vertellen. 'Het is gelukt,' bracht ik verslag uit, 'net zoals je had gezegd.'

'Goed zo,' zei ze beheerst. 'Ik wist het wel. Ik zal je precies vertellen wat je moet zeggen en doen.'

Toen ik had opgehangen werd er op de deur geklopt die

uitkwam op de trap naar de praktijkruimte beneden. Ik deed open en zag meneer Scott op de overloop staan. Hij straalde helemaal, alsof hij me door de tussenvloer 'een steekje kiespijn' had horen zeggen en naar boven was gestormd om me te hulp te schieten. Maar achter hem stond een verhitte jonge man met kort haar in een fluttig donker pak.

'Hallo, Ruth, hallo,' zei meneer Scott. 'Grote beroering. Deze jongeman is van de politie – een rechercheur, nog wel – en wil je even spreken. Tot later, wellicht...'

Ik ging de rechercheur voor naar de zitkamer. Hij nam plaats, vroeg of hij zijn jasje uit mocht trekken – snikheet buiten – en stelde zich voor als rechercheur Frobisher, een naam die me om een of andere perverse reden geruststelde, bedacht ik terwijl hij zijn jasje zorgvuldig over de armleuning van een stoel hing en weer ging zitten.

'Ik heb alleen maar een paar vragen,' zei hij terwijl hij zijn opschrijfboekje trok en het doorbladerde. 'We hebben een verzoek gekregen van de Londense politie. Ze zijn geïnteresseerd in de verblijfplaats van een jonge vrouw genaamd... Ilse Bunzl.' Hij sprak de naam nauwgezet uit. 'Blijkbaar heeft ze vanuit Londen uw telefoonnummer gebeld. Klopt dat?'

Ik hield mijn gezicht onbewogen. Als ze wisten dat Ilse hierheen had gebeld dan moest iemands telefoon zijn afgetapt, redeneerde ik. 'Nee,' zei ik. 'Ik ben niet door haar gebeld. Hoe heet ze ook alweer?'

'Ilse Bunzl.' Hij spelde haar achternaam.

'Ik geef les aan een heleboel buitenlanders, ziet u. Ze komen en gaan.'

Rechercheur Frobisher maakte een aantekening – 'geeft les aan buitenlanders', ongetwijfeld – stelde nog wat vragen (Was er iemand onder mijn leerlingen die het meisje zou kunnen kennen? Stonden er veel Duitsers ingeschreven bij OEP?) en bood zijn excuses aan dat hij me lastig had gevallen. Ik liet hem uit door de achterdeur omdat ik meneer Scotts vreugde niet verder wilde aanwakkeren. Ik had niet gelogen – alles wat ik tegen de rechercheur had gezegd was waar.

Ik liep terug door de gang en vroeg me af waar Jochen was.

Toen hoorde ik zijn stem – zacht, haast onhoorbaar – uit de zitkamer komen. Hij was zeker achter ons naar binnen geglipt toen we naar de achtertrap liepen, bedacht ik. Ik bleef bij de deur staan en tuurde door de kier bij de scharnieren en zag hem op de bank zitten met een boek opengeslagen op schoot. Hij zat echter niet te lezen maar in zichzelf te praten en gebaren te maken met zijn handen alsof hij onzichtbare dingen een plaats gaf of onzichtbare hopen bonen sorteerde of een onzichtbaar bordspel deed.

Ik voelde natuurlijk een spontane, overweldigende, bijna ondraaglijke golf van liefde voor hem, des te heviger omdat het voyeuristisch was en hij geen idee had dat ik stond te kijken – zijn ongekunsteldheid was zo puur als maar kon. Hij legde zijn boek terzijde en liep naar het raam, nog steeds in zichzelf mompelend maar nu wijzend naar dingen, in de kamer en buiten uit het raam. Wat deed hij allemaal? Wat ging er in hemelsnaam door zijn hoofd? Wie was die schrijver die had gezegd 'dat mensen hun ware, meest fascinerende leven in het geheim leiden'? Ik kende Jochen beter dan enig ander schepsel op aarde maar in zekere zin, tot op zekere hoogte, begon het argeloze kind al de ondoorgrondelijkheid van de opgroeiende jongen te ontwikkelen, van de puber, de volwassene, waarbij de sluiers van onwetendheid en onkundigheid ook om de mensen hingen die je het meest dierbaar waren. Kijk naar mijn moeder, dacht ik wrang – niet zozeer een sluier als wel een dikke wollen deken. En hetzelfde kon ongetwijfeld ook vanuit haar optiek worden gezegd, overwoog ik, en ik kuchte luid voor ik de zitkamer in stapte.

'Wie was die man?' vroeg Jochen.

'Een rechercheur.'

'Een rechercheur! Wat wou hij?'

'Hij zei dat hij op zoek was naar een gevaarlijke bankrover die Jochen Gilmartin heette, en vroeg of ik iemand van die naam kende.'

'Mamma!' lachte hij, en hij stak een paar maal met zijn vinger in mijn richting, iets wat hij deed wanneer hij bijzonder geamuseerd of uitermate boos was. Hij was vrolijk; ik maakte me zorgen.

Ik liep weer naar de gang, nam de hoorn van de haak en belde Bobbie York.

Het verhaal van Eva Delectorskaya

New York, 1941

Omstreeks half november kreeg Eva een telefoontje van Lucas Romer. Ze zat op een ochtend op het kantoor van Transoceanic aan de zich steeds verder vertakkende implicaties van haar artikel over de Duitse marine-oefeningen te werken – elke krant in Zuid-Amerika had het in een of andere vorm overgenomen – toen Romer himself opbelde en voorstelde om elkaar op de trappen van het Metropolitan Museum te treffen. Ze nam de subway naar 86th Street en wandelde verder over Fifth Avenue; ze stak over van de kant van de chique appartementsgebouwen om dichter bij Central Park te zijn. Het was een koude, winderige dag en ze trok haar hoed dieper over haar oren en knoopte haar sjaal hoger om haar keel. Er joegen her en der herfstbladeren over het trottoir en de verkopers van gepofte kastanjes hadden zich op de straathoeken geposteerd. De ziltig-zoete rook van hun stoofvuurtjes woei af en toe om haar heen toen ze naar het grote museumgebouw liep.

Ze zag Romer. Hij stond op de trappen op haar te wachten, zonder hoed en met een lange donkergrijze jas aan die ze nog nooit had gezien. Intuïtief moest ze glimlachen, gelukkig, denkend aan hun twee dagen in Long Island. Het leek de normaalste, natuurlijkste zaak van de wereld om in november 1941 in New York haar minnaar op de trappen van het Metropolitan Museum te treffen, alsof ze haar hele leven naar dit speciale moment was geleid. Maar de manifestaties van de werkelijkheid die zich elders achter deze ontmoeting opstapelden – het oorlogsnieuws dat ze die ochtend in de kranten had gelezen, de Duitsers die naar Moskou optrokken – dwongen haar om zich te realiseren dat wat zij en Romer samen hadden eigenlijk volslagen absurd en surreëel was. We mogen dan minnaars zijn, hield ze zich voor, maar we zijn ook spionnen: daarom is alles volstrekt anders dan wat het lijkt.

Hij zag haar en kwam de trappen af naar haar toe. Ze zag zijn fronsende, ernstige gezicht en wilde hem kussen, wilde meteen met hem naar dat hotel aan de overkant van de straat om de hele middag de liefde te bedrijven – maar ze raakten elkaar niet eens aan; ze gaven elkaar niet eens een hand. Hij draaide om haar heen en wees naar het park. 'Laten we een eindje gaan wandelen,' zei hij.

'Fijn om je te zien. Ik heb je gemist.'

Hij keek haar aan alsof hij wilde zeggen: we kunnen gewoon niet op die manier met elkaar praten.

'Sorry,' zei ze. 'Koud, hè?' en ze liep kwiek voor hem uit naar het park.

Hij versnelde zijn pas en haalde haar in. Ze liepen een poosje zwijgend over het wandelpad en toen zei hij: 'Heb je zin in wat winterzon?'

Ze vonden een bankje met uitzicht op een kleine vallei met een paar bonkige rotsblokken. Een jongen gooide met een stok voor een hond die weigerde om erachteraan te gaan. Dus ging de jongen de stok zelf halen, liep terug naar de hond en gooide hem nogmaals.

'Winterzon?'

'Het is een simpele koeriersopdracht voor de BSC,' zei hij. 'Naar New Mexico.'

'Als het zo simpel is, waarom doen ze het dan niet zelf?'

'Sinds die kaart van Zuid-Amerika willen ze uitermate bonafide overkomen. Ze zitten er een beetje over in dat ze door de FBI in de gaten worden gehouden, dus vroegen ze me of iemand van Transoceanic het misschien kon doen. Toen dacht ik aan jou. Je hoeft het niet te doen als je geen zin hebt. Ik vraag Morris wel als het je niks lijkt.'

Maar het leek haar wel wat, zoals ze wel wist dat hij wist. Ze schokschouderde. 'Tja, ik zou het wel kunnen doen, lijkt me.'

'Ik bewijs je geen dienst, hoor,' zei hij. 'Ik weet dat je goed werk levert. Goed, secuur werk. Dat is wat ze willen. Je haalt een pakketje op en geeft het aan iemand anders en dan kom je weer terug.'

'Rapporteer ik aan de BSC?'

'Nee, aan Transoceanic.'

'Goed.'

Hij gaf haar een stuk papier en droeg haar op om de details uit haar hoofd te leren. Ze bestudeerde de woorden die op het papier stonden en moest aan meneer Dimarco op Lyne denken met al zijn trucjes – kies kleuren bij woorden, kies herinneringen bij getallen.

Ze gaf het papier terug aan Romer. 'Gebruikelijke telefooncode naar het kantoor?' vroeg ze.

'Ja. Alle variaties.'

'Waar ga ik heen na Albuquerque?'

'Dat hoor je van de contactpersoon daar. Waarschijnlijk naar New Mexico, maar mogelijk naar Texas.'

'En daarna?'

'Daarna kom je terug en ga je weer verder met je gewone werk. Het gaat je een dag of drie, vier kosten. De zon schijnt er en je krijgt een interessant gedeelte van het land te zien. Het is groot, hoor.'

Hij liet zijn hand over de bank glijden en strengelde zijn pink om haar vingers.

'Wanneer kan ik je weer zien?' zei ze zachtjes, de andere kant op kijkend. 'Het was zo heerlijk in de Narragansett Inn. Kunnen we daar nog eens heen?'

'Waarschijnlijk niet. Het is lastig. Het begint te broeien. Londen raakt over zijn toeren. Het loopt allemaal…' – hij aarzelde alsof het hem tegenstond om de zin uit te spreken – '… nogal uit de hand.'

'Hoe staat het met "Gold"?'

'"Gold" is ons enige zonnestraaltje. Echt heel behulpzaam. Wat me eraan herinnert: de operatie waaraan je gaat deelnemen heet "Cinnamon". Jij bent "Sage".'

'Sage.'

'Je weet hoe dol ze zijn op procedures. Ze hebben vast een dossier aangelegd en er CINNAMON op geschreven. TOP SECRET.' Hij stak zijn hand in zijn zak en haalde er een dikke gele envelop uit die hij aan haar gaf.

'Wat is dat?'

'Vijfduizend dollar. Voor de man aan het einde van de lijn. Waar dat ook moge zijn. Ik zou morgen vertrekken als ik jou was.'

'Goed.'

'Wil je een pistool?'

'Heb ik een pistool nodig?'

'Nee. Maar ik vraag het altijd.'

'Ik heb altijd mijn nagels en mijn tanden nog,' zei ze terwijl ze haar handen tot klauwen vormde en haar lippen optrok.

Romer lachte en schonk haar zijn brede wittetandenglimlach, en opeens flitste ze terug naar Parijs en die dag toen ze elkaar voor het eerst hadden ontmoet. Ze zag een beeld voor zich van Romer die de straat naar haar overstak. Ze voelde zich week worden.

'Tot ziens, Lucas,' zei ze. Toen keek ze hem dringend aan. 'We moeten iets regelen als ik terug ben.' Ze zweeg even. 'Ik weet niet of ik zo door kan gaan. Het begint me zwaar te vallen. Je weet wel wat ik bedoel – ik geloof –'

Hij viel haar in de rede. 'We regelen wel iets, maak je geen zorgen.' Hij kneep in haar hand.

Ze zei het toch, het kon haar niets schelen. 'Ik geloof dat ik verliefd op je ben, Lucas, vandaar.'

Hij zei niets, hoorde het alleen maar aan met een licht tuiten van zijn lippen. Hij kneep weer in haar hand en liet hem toen los. '*Bon voyage,*' zei hij. 'Wees voorzichtig.'

'Ik ben altijd voorzichtig. Dat weet je.'

Hij stond op, draaide zich om en liep met grote stappen weg

over het wandelpad. Eva keek hem na en zei bij zichzelf: Ik
beveel je om je om te draaien, ik sta erop dat je je omdraait en
nog een keer naar me kijkt. En jawel, dat deed hij – hij draaide zich om, kwam een paar passen teruggelopen, lachte en gaf
haar zijn bekende salueer- annex wuifgebaar.

De volgende morgen ging Eva naar Penn Station en kocht
ze een kaartje naar Albuquerque, New Mexico.

9 Don Carlos

'Straks denken de mensen nog dat we een verhouding hebben,' zei Bobbie York. 'Al die spontane bezoekjes. Ik klaag niet, hoor, en ik zal heel discreet zijn.'

'Dank je, Bobbie,' zei ik. Ik weigerde mee te doen aan zijn scherts. 'Je bent per slot van rekening mijn promotor. Het is normaal dat ik je om raad kom vragen.'

'Ja, ja, ja. Natuurlijk. Maar hoe kan ik iemand raad geven die zo capabel is?'

Ik had Bérangères les verschoven zodat ik 's morgens met Bobbie kon overleggen. Ik voelde er niets voor om weer op zijn werkkamer volgegoten te worden met whisky.

'Ik zoek iemand die me wat kan vertellen over de Britse geheime dienst tijdens de Tweede Wereldoorlog. MI5, MI6, van die dingen. SIS, SOE, BSC – weet je wel.'

'Juist ja,' zei Bobbie. 'Dat is niet mijn sterke kant. Ik maak daaruit op dat lord Mansfield heeft toegehapt.'

Bobbie was niet gek, hoezeer hij ook zijn best deed om over te komen als een amicale mafkees.

'Klopt,' zei ik. 'Ik heb vrijdag een afspraak met hem, op zijn club. Ik heb het gevoel dat ik beter geïnformeerd dien te zijn.'

'Hemel, wat een drama. Je moet me er op een dag alles over vertellen, Ruth, ik sta erop. Het klinkt als een meesterlijke avonturenroman.'

'Dat zal ik doen, ik beloof het je. Ik tast zelf een beetje in het duister, om de waarheid te zeggen. Zodra ik meer weet hoor je het van me.'

Bobbie liep naar zijn bureau en rommelde in wat papieren. 'Een van de zeer schaarse voordelen van wonen in Oxford,' zei hij, 'is dat je hier over praktisch elk onderwerp dat je kunt bedenken een deskundige bij de hand hebt. Van middeleeuwse astrolabiums tot deeltjesversnellers – meestal weten we wel iemand op te duikelen. Aha, hier heb ik hem. Een staflid van het All Souls College genaamd Timothy Thoms.'

'Timothy Thoms?'

'Ja. Thoms gespeld met een h. Ik weet dat het klinkt als een personage in een kinderboek of een gekwelde kantoorbeambte in Dickens, maar hij is feite wel honderd keer zo intelligent als ik. Jij ook, trouwens, dus zou het tussen jou en Timothy Thoms de spreekwoordelijke koeken en eieren moeten zijn. Kijk: dr. T.C.L. Thoms. Ik heb hem een paar keer gesproken. Aardige vent. Ik zal een rendez-vous arrangeren.' Hij greep naar zijn telefoon.

Bobbie regelde dat ik dr. Thoms twee dagen later aan het einde van de middag kon spreken. Ik gaf Jochen in bewaring bij Veronica en Avril, ging naar het All Souls College en werd de weg gewezen naar dr. Thoms' werkkamer. Het was een hete, broeierige middag en het leek of er een zwavelsluier voor de zon hing waardoor er een vreemd geel licht in de lucht zat dat het geel in de stenen van de muren versterkte, en ik vroeg me even af – bad er even om – of het zou gaan onweren. Het gras van het vierkante plein met de universiteitsgebouwen eromheen had de kleur van woestijnzand.

Ik klopte op dr. Thoms' deur en die werd geopend door een forsgebouwde jonge man in spijkerbroek en T-shirt – eind twintig, zou ik hebben gezegd – met een dikke bos bruin krulhaar dat tot zijn schouders reikte en een haast pijnlijk netjes kortgeknipte baard, een en al scherpe hoeken en rechte kanten.

'Ruth Gilmartin,' zei ik. 'Ik kom voor dr. Thoms.'

'Die hebt u hierbij gevonden. Kom binnen.' Hij had een sterk accent uit Yorkshire of Lancashire (ik kon die twee nooit uit elkaar houden).

We namen plaats in zijn werkkamer en ik sloeg zijn aanbod van thee of koffie af. Ik zag dat hij een computer met een beeldscherm als een televisie op zijn bureau had. Bobbie had me verteld dat Thoms zijn proefschrift had geschreven over de opstandige Duitse admiraal Canaris en de infiltratie van MI5 in de *Abwehr* ten tijde van de Tweede Wereldoorlog. Hij was nu voor een 'kolossale som gelds' een 'kolossaal boek' aan het schrijven over de geschiedenis van de Britse geheime dienst van 1909 tot heden. 'Me dunkt dat hij de man is die je zoekt,' had Bobbie gezegd, in zijn nopjes met zijn efficiënte inbreng.

Thoms vroeg hoe hij me van dienst kon zijn en dus stak ik van wal, in de meest omzichtige, vage bewoordingen die ik kon vinden, gegeven mijn beperkte kennis van het onderwerp. Ik zei dat ik een man ging interviewen die tijdens de oorlog een tamelijk hoge positie binnen de Secret Intelligence Service had ingenomen, en dat ik wat achtergrondinformatie nodig had, met name over wat zich in de jaren 1940-1941 in Amerika had afgespeeld, vóór Pearl Harbor.

Thoms deed geen moeite om zijn groeiende belangstelling te verbergen. 'Juist,' zei hij. 'Dus hij had een hoge positie binnen de British Security Coordination.'

'Ja,' zei ik, 'maar ik heb de indruk dat hij tamelijk onafhankelijk was. Hij had zijn eigen kleine toko.'

Thoms leek nog meer geïntrigeerd. 'Er waren een paar van die irreguliere teams, maar die zijn allemaal geïntegreerd naarmate de oorlog voortduurde.'

'Ik heb een bron die voor deze man heeft gewerkt.'

'Een betrouwbare bron?'

'Ja. Deze bron heeft in België voor hem gewerkt en later in Amerika.'

'Aha,' zei Thoms, geïmponeerd. Hij keek me geboeid aan. 'Die bron van u zou wel eens op een goudmijn kunnen zitten.'

'Hoe bedoelt u?'

'Hij zou een fortuin kunnen verdienen als hij zijn verhaal publiceerde.'

Hij. Interessant, dacht ik – laten we het daarop houden. En ik had ook nog nooit aan geld gedacht. 'Bent u bekend met het Prenslo-incident?' vroeg ik.

'Ja. Dat was een ramp. Toen lag alles ineens wijd open.'

'Deze bron was erbij.'

Thoms zei niets, knikte alleen maar verscheidene keren. Zijn opwinding was voelbaar.

'Hebt u wel eens gehoord van een organisatie die aas Ltd heette?' vroeg ik.

'Nee.'

'Zegt de naam "Mr. X" u iets?'

'Nee.'

'Weet u wie "C" was in 1940?'

'Ja, natuurlijk,' zei hij. 'Die namen komen nu langzamerhand in de openbaarheid, nu de geheimen over Enigma – de Duitse codeermachine – en onze codekrakers van Bletchley Park worden onthuld. Voormalige agenten gaan praten, of praten tussen de regels door. Maar dit is heel fascinerend' – hij leunde voorover – 'en ik krijg het er een beetje warm van, om helemaal eerlijk te zijn, want wat de sis in het begin eigenlijk in de Verenigde Staten uitspookte – wat de bsc in hun naam deed – dat is een compleet grijs gebied. Werkelijk niemand wil daarover praten. Uw bron is de eerste waar ik van hoor, de eerste agent uit het veld.'

'Het is een gelukkige samenloop van omstandigheden,' zei ik behoedzaam.

'Kan ik uw bron ontmoeten?'

'Nee, ik ben bang van niet.'

'Want u kunt zich voorstellen dat ik wel een miljoen vragen heb.' Er blonk een vreemd licht in zijn oog, het licht van de wetenschapper/jager die een vers spoor heeft geroken, die beseft dat er een ongebaand pad ligt te wachten.

'Wat ik zou kunnen doen,' opperde ik voorzichtig, 'is er in grote lijnen een verslag van maken om te kijken of u er iets mee kunt.'

'Geweldig. Nou, ik zal u met alle plezier wat achtergrond-informatie geven,' zei hij en leunde achterover in zijn stoel alsof hij nu voor het eerst nota nam van het feit dat ik, bijvoorbeeld, een lid van het vrouwelijke geslacht was en niet alleen maar een rijke bron van exclusieve informatie. 'Hebt u zin om iets te gaan drinken?' vroeg hij.

We staken High Street over en gingen naar een kleine pub in een smal straatje bij Oriel Square. Hij gaf me een beknopt overzicht van de operaties van de sis en de bsc vóór de Japanse aanval op Pearl Harbor, voor zover zijn inzicht reikte, en ik begon iets te begrijpen van de context van mijn moeders avonturen. Thoms sprak vlot en met enige passie over die verborgen wereld met zijn web van dubbelhartigheid – in feite een hele Britse veiligheids- en inlichtingenorganisatie midden in Manhattan, honderden agenten die zich allemaal inspanden om Amerika over te halen zich in de oorlog in Europa te mengen, ondanks de expliciete, onwrikbare bezwaren van de meerderheid van de bevolking van de Verenigde Staten.

'Verbijsterend, echt waar, als je erover nadenkt. Een weergaloze –' Hij hield opeens op met praten. 'Waarom zit u me zo aan te kijken?' vroeg hij, een beetje van zijn stuk gebracht.

'Wilt u een eerlijk antwoord?'

'Ja, alstublieft.'

'Ik kan maar niet beslissen of dat haar niet bij de baard past of dat de baard niet bij het haar past.'

Hij moest lachen en leek haast in zijn schik met mijn botheid. 'Normaliter heb ik eigenlijk geen baard, maar ik heb hem laten staan voor een rol.'

'Een rol?'

'In *Don Carlos*. Ik speel een Spaanse edelman genaamd Rodrigo. Het is een opera.'

'O ja. Van Verdi, hè? Dus dan kunt u zingen.'

'Het is een amateurgezelschap,' legde hij uit. 'We gaan drie uitvoeringen geven in het Playhouse. Hebt u zin om te komen kijken?'

'Als ik een babysitter kan krijgen,' zei ik. Dat schrok hen meestal wel af. Thoms echter niet, en ik begon te voelen dat

Thoms' belangstelling voor mij verder zou kunnen reiken dan de mogelijke geheimen die ik over de bsc kende.

'Ik neem aan dat u niet getrouwd bent,' zei hij.

'Dat klopt.'

'Hoe oud is het kind?'

'Vijf.'

'Breng het mee. Je bent nooit te jong om voor het eerst naar de opera te gaan.'

'Misschien doe ik dat wel,' zei ik.

We kletsten nog wat en ik zei dat ik hem zou bellen als ik mijn samenvatting klaar had, en dat ik op nog wat meer informatie zat te wachten. Ik liet hem achter in de pub en wandelde door High Street naar mijn auto. Een stel studenten in toga met een fles champagne in de hand kwamen uit een universiteitsgebouw gestormd. Ze zongen een lied met een onzinnig refrein terwijl ze de straat uit dartelden, joelend en lachend. De examens achter de rug, bedacht ik, het semester zo goed als voorbij en een warme, vrije zomer voor de deur. Ik voelde me opeens belachelijk oud toen ik me mijn eigen euforie en uitspattingen na de examens herinnerde – een eeuwigheid geleden, leek het wel – en zoals steeds als ik daaraan dacht voelde ik me neerslachtig worden. Toen ik mijn laatste examens deed en daarna feestvierde, was mijn vader nog in leven. Hij stierf drie dagen voor ik de uitslag kreeg en heeft dus nooit geweten dat zijn dochter een summa cum laude had behaald. Terwijl ik naar mijn auto liep moest ik aan hem denken in die laatste maand van zijn leven, die zomer die alweer zes jaar geleden was. Hij had er goed uitgezien, mijn vader die nauwelijks veranderde, hij was niet ziek, hij was niet oud, maar in die laatste weken van zijn leven was hij zonderling gedrag gaan vertonen. Op een middag groef hij een hele rij nieuwe aardappelen op van wel vijf meter lang, tientallen ponden waard. Waarom heb je dat gedaan, Sean? vroeg mijn moeder. Ik wou kijken of ze al gerooid konden worden, zei hij. Daarna hakte hij een drie meter hoog lindeboompje om dat hij het jaar ervoor had geplant, en verbrandde het buiten op een groot vuur. Waarom, pap? Ik kon de gedachte dat hij maar bleef groeien gewoon niet verdragen, was zijn eenvoudige, verbijsterende antwoord. Maar het vreemdst van al was een dwangneurose die hij kreeg in wat zijn laatste week op aarde zou zijn, om elk elektrisch licht in huis uit te doen. Hij inspecteerde alle kamers, boven en beneden, en als hij een licht zag branden deed hij het uit. Als ik de bibliotheek uitging om thee te zetten en terugkwam was het er donker. Ik betrapte hem terwijl hij stond te wachten om de kamer binnen te glippen waar we uitkwamen, erop gespitst om te zorgen dat het licht uitging zodra het niet meer nodig was. Mijn moeder en ik werden er gek van. Ik weet nog dat ik eens tegen hem schreeuwde: waar ben je goddomme mee bezig? En hij antwoordde ongewoon gedwee: het lijkt gewoon zo'n vreselijke verspilling, Ruth, een afschuwelijke verspilling van kostbare elektriciteit.

Ik geloof nu dat hij wist dat hij gauw dood zou gaan maar dat de boodschap op een of andere manier was vervormd of niet te bevatten voor hem. We zijn tenslotte dieren en volgens mij liggen onze oude dierlijke instincten nog diep in ons verscholen. Dieren schijnen de signalen te kunnen ontwaren maar misschien kunnen we het met onze grote, superintelligente hersens niet verdragen om ze te ontcijferen. Ik ben er nu van overtuigd dat mijn vaders lichaam hem op een subtiele manier waarschuwde voor de aanstaande sluiting, de definitieve systeemstoring, maar hij was in de war. Twee dagen nadat ik tegen hem had geschreeuwd over het licht zakte hij na de lunch in de tuin in elkaar en stierf. Hij stond uitgebloeide rozen te knippen – niets inspannends – en was ogenblikkelijk dood, werd ons meegedeeld, een feit waardoor ik me getroost voelde, maar toch vond ik het verschrikkelijk om stil te staan bij die paar warrige, bange weken van *timor mortis* van hem.

Ik opende het portier van mijn auto en ging achter het stuur zitten. Ik voelde me terneergeslagen en miste hem opeens vreselijk. Ik vroeg me af wat hij van de verbazingwekkende onthullingen van mijn moeder, zijn vrouw, zou hebben gevonden. Het was natuurlijk allemaal anders geweest als hij nog had geleefd, en dus was het een zinloze veronderstelling. Om mijn geest af te leiden van dat deprimerende onderwerp probeerde ik me Timothy Thoms voor te stellen zonder zijn Spaanse-edelmannenbaard. 'Rodrigo' Thoms. Dat klonk al een stuk beter. Misschien ging ik hem wel Rodrigo noemen.

Het verhaal van Eva Delectorskaya

New Mexico, 1941

Eva Delectorskaya stapte vlug uit de trein op het Santa Fe-station van Albuquerque. Het was acht uur 's avonds en ze arriveerde een dag later dan gepland, maar ze had het zekere voor het onzekere genomen. Ze sloeg de passagiers gade die uitstapten – een stuk of twaalf mensen – en wachtte toen tot de trein wegreed naar El Paso. Er was geen spoor van de twee kraaien die ze in Denver had afgeschud. Niettemin liep ze een rondje van een paar straatblokken om het station om het te controleren, en toen ze zeker wist dat ze niet werd geschaduwd ging ze het eerste hotel binnen dat ze tegenkwam – het Commercial Hotel – en betaalde zes dollar vooruit voor een eenpersoonskamer voor drie nachten. Haar kamer was klein, had schoner kunnen zijn en bood een fraai uitzicht op een luchtschacht, maar hij beantwoordde aan zijn doel. Ze liet haar koffer op haar kamer achter, liep terug naar het station en vroeg een taxichauffeur om haar naar Hotel de Vargas te brengen, haar oorspronkelijke bestemming en de plek waar ze haar eerste contactpersoon zou treffen. Hotel de Vargas bleek tien minuten verder de stad in te liggen, in het zakendistrict, maar na de schrik in Denver had ze een schuilplek nodig. Eén stad, twee hotels – standaardprocedure bij de training op Lyne.

Hotel de Vargas deed zijn pretentieuze naam eer aan. Het

was rijkelijk opgesmukt, telde honderd kamers en had een cocktailbar. Ze deed een trouwring om haar vinger voor ze zich inschreef en legde aan de receptionist uit dat haar bagage in Chicago was zoekgeraakt en dat de spoorwegen haar koffer zouden nazenden. Geen probleem, mevrouw Dalton, zei de receptionist, we zullen het u laten weten zodra hij aankomt. Haar kamer keek uit op een kleine Pueblo-achtige binnenplaats met een klaterende fontein. Ze verfriste zich en ging naar beneden naar de cocktailbar, donker en vrijwel leeg, waar ze een Tom Collins bestelde bij een mollige serveerster in een korte, oranje jurk. Eva had het niet naar haar zin; haar hersens waren te hard aan het werk. Ze knabbelde pinda's en nam slokjes van haar cocktail en vroeg zich af wat ze het beste kon doen.

Ze was uit New York vertrokken en naar Chicago gereisd waar ze met opzet haar aansluitende trein naar Kansas City voorbij had laten gaan en een nacht was gebleven. Ze zag haar reis naar de andere kant van Amerika als de baan van een steen die naar het westen werd geworpen en langzaam op New Mexico terechtkwam. De volgende dag reisde ze naar Kansas City, miste weer een aansluiting naar Denver en wachtte drie uur op het station op de volgende trein. Ze kocht een krant en vond op pagina negen een paar berichten over de oorlog. De Duitsers naderden Moskou maar werden in hun opmars gehinderd door de winter. Over wat er in Engeland voorviel kon ze niets vinden. Tijdens de volgende etappe van haar reis maakte ze een routinematige wandeling door de rijtuigen toen de trein Denver begon te naderen. Ze kreeg de kraaien boven in het panoramarijtuig in de gaten. Ze zaten bij elkaar, een domme, slordige fout; als ze apart hadden gezeten had ze hen misschien niet opgemerkt, maar die twee antracietgrijze pakken had ze in Chicago gezien, net als de twee stropdassen: de ene geelbruin, de andere kastanjebruin. De laatste had een ingeweven ruitpatroon dat haar deed denken aan een das die ze eens als kerstcadeau aan Kolia had gegeven. Hij droeg hem op een lichtblauw overhemd, herinnerde ze zich. Ze had hem laten beloven dat het zijn 'lievelingsdas' zou worden en dat had hij plechtig gezworen – de das der dassen, had hij gezegd terwijl hij zijn gezicht in de plooi probeerde te houden, hoe kan ik je ooit bedanken? Zo had ze de kraaien in haar hoofd gerubriceerd. De ene was een jongeman met een lange, vooruitstekende onderkaak en de andere een oudere man met grijzend haar en een snor. Ze liep langs hen en ging zitten en keek naar buiten naar de prairie die voorbijgolfde. In de weerspiegeling van het raam zag ze hen meteen uiteengaan: onderkaak ging naar beneden, snor deed of hij zijn krant las.

Ze was van plan geweest om van Denver rechtstreeks naar Santa Fe en Albuquerque te gaan, maar nu ze werd geschaduwd moest ze hen natuurlijk afschudden. Niet voor de eerste keer was ze blij met wat ze op Lyne had geleerd: het is altijd gemakkelijker om de schaduw eruit te pikken als je je reis onderbreekt. Niemand zou ooit zo reizen als zij had gedaan, dus toeval kon uitgesloten worden. Het zou niet moeilijk zijn om hen kwijt te raken, dacht ze; ze waren onbekwaam of zelfgenoegzaam, of beide.

Op het station van Denver huurde ze een kluisje, tilde haar koffer erin en wandelde toen de stad in. Ze ging het eerste grote warenhuis in dat ze tegenkwam. Ze neusde rond en ging van de ene verdieping naar de andere tot ze vond wat ze zocht: een lift vlak bij een trap op de derde verdieping. Ze ging langzaam terug naar de begane grond en kocht onderweg een lippenstift en een poederdoos. Bij de lift stond ze te aarzelen terwijl ze het bord met de winkelwegwijzer afspeurde. Ze liet anderen voorgaan en glipte op het laatste moment naar binnen. Snor drentelde heen en weer maar was te ver weg. 'De vijfde, alstublieft,' zei ze tegen de liftbediende maar ze stapte uit op de derde verdieping. Ze wachtte achter een rek met jurken bij de deur. Seconden later kwamen snor en onderkaak de trap opgestormd. Ze spiedden snel rond over de verdieping, zagen haar niet maar wel dat de lift nog steeds omhoogging en schoten weer weg. Een minuut later was Eva de trap af gesneld en stond ze buiten op straat. Al heen en weer schietend liep ze terug naar het station maar ze waren nergens te bekennen. Ze haalde haar koffer op en nam een bus naar Colorado Springs, vier haltes verder richting Santa Fe, en daar bracht ze de nacht door in een hotel tegenover het station.

Die avond belde ze vanuit een telefooncel in de lobby. Ze liet de telefoon drie keer overgaan, hing op, belde weer, hing op na de eerste keer overgaan en belde nogmaals. Ze wilde opeens Romers stem horen.

'Met Transoceanic. Waar kan ik u mee van dienst zijn?' Het was Morris Devereux. Ze slikte haar teleurstelling weg en was boos op zichzelf dat ze teleurgesteld was dat het Romer niet was.

'Dat feest waar ik naartoe ben geweest, weet je wel?'

'Ja?'

'Daar waren twee ongenode gasten.'

'Merkwaardig. Enig idee wie het waren?'

'Lokale kraaien, zou ik zeggen.'

'Nog merkwaardiger. Weet je het zeker?'

'Ik weet het zeker. Maar ik ben ze kwijtgeraakt. Kan ik de baas spreken?'

'Ik ben bang van niet. De baas is naar huis.'

'Naar huis?' Dat betekende naar Engeland. 'Nogal plotseling.'

'Ja.'

'Ik vroeg me af wat ik moest doen.'

'Als je er een goed gevoel bij hebt, zou ik gewoon verder gaan.'

'Goed. Dag.'

Ze hing op. Het sloeg nergens op maar om een of andere reden voelde ze zich minder gerust door de wetenschap dat Romer was teruggeroepen. Ga gewoon verder zolang je er een goed gevoel bij hebt. Er was geen aanleiding om het niet te doen, veronderstelde ze. Standaardprocedure bij operaties. Ze vroeg zich af wie de twee mannen waren. FBI? Romer had gezegd dat de FBI zich zorgen begon te maken over de omvang en de schaal van de Britse aanwezigheid. Misschien was dit het eerste signaal van hun inmenging… Niettemin stapte ze nog twee keer over op weg naar Albuquerque, dus schoot ze maar langzaam op.

Ze slaakte een zucht en bestelde nog een cocktail bij de serveerster. Er kwam een man naar haar toe die vroeg of hij bij haar mocht komen zitten, maar hij gebruikte geen wachtwoorden en wilde haar alleen maar oppikken. Ze zei dat ze op huwelijksreis was en op haar man zat te wachten en hij slenterde weg op zoek naar beloftevoller gezelschap. Ze dronk haar glas leeg en ging naar bed en sliep slecht, hoe ze zich ook trachtte te ontspannen.

De volgende dag slenterde ze door het oude gedeelte van de stad, liep een kerk binnen op het plein, maakte een wandeling door het Rio Grande Park met zijn hoge populieren en keek naar de brede troebele rivier en de heiige mauve bergen in het westen. Zoals wel vaker verwonderde ze zich over het feit dat ze daar rondliep, in dat stadium van haar leven, in die stad en op dat moment in de tijd. Ze lunchte in Hotel de Vargas en toen ze later door de lobby liep opperde de receptionist dat ze een rondleiding door de universiteit misschien wel aardig zou vinden en dat de bibliotheek 'magnifiek' was. Ze zei dat ze dat voor een andere dag zou bewaren en nam in plaats daarvan een taxi naar haar andere hotel, waar ze de rest van de middag met hardnekkige aandacht op haar harde bed een roman lag te lezen – *Manhattan Transfer* van John Dos Passos.

Om zes uur zat ze weer in de cocktailbar van een droge martini te genieten toen een man in de stoel tegenover haar plaatsnam.

'Hoi, fijn om te zien dat je er zo goed uitziet.' Hij had een bol, flets gezicht en er zaten vetvlekken op zijn stropdas. Hij had een plaatselijke krant in zijn hand en droeg een gerafelde strooien deukhoed die hij niet afnam.

'Ik heb net twee weken vakantie gehad,' zei ze.

'Naar de bergen geweest?'

'Ik ga liever naar de kust.' Tot zover gaat het allemaal goed, dacht ze. Toen vroeg ze: 'Heb je iets voor me?'

Hij legde de krant nadrukkelijk op de stoel naast hem. Heel erg BSC, dacht ze, we zijn dol op het doorgeven van dingen in kranten – iedereen kan een krant bij zich hebben. Hou het simpel.

'Ga naar Las Cruces. Een man genaamd Raul zal contact met je opnemen. In de Alamogordo Inn.'

'Hoe lang moet ik daar blijven?'

'Tot Raul komt opdagen. Leuk om je gesproken te hebben.' Hij stond op en vertrok. Ze stak haar hand uit en pakte de krant. Er zat een bruine envelop in die met plakband was verzegeld. Ze ging naar haar kamer en zat er tien minuten naar te kijken. Toen scheurde ze hem open en trok ze er een landkaart van Mexico uit met de gedrukte kop LUFTVERKEHRS-NETZ VON MEXIKO. HAUPTLINEN.

Ze belde Transoceanic.

'Sage, hallo.' Het was Angus Woolf en het verbaasde haar om zijn stem te horen.

'Hallo. Ben je aan het bijklussen?'

'Min of meer,' zei hij. 'Hoe is het feest?'

'Interessant. Ik heb contact gelegd maar mijn geschenk is bijzonder intrigerend. Inferieur materiaal, als je het mij vraagt.'

'Ik zal de bedrijfsleider er even bijhalen.'

Devereux kwam aan de telefoon. 'Inferieur?'

'Niet dat het meteen opvalt maar je zou het vrij snel zien.'

De landkaart zag er professioneel en officieel uit en was in zwart-wit plus twee kleuren gedrukt, blauw en rood. Mexico was in vier districten opgedeeld – Gau 1, Gau 2, Gau 3 en Gau 4 – en de blauwe lijnen tussen rode steden gaven luchtvaartroutes aan: van Mexico-Stad naar Monterrey en Torreón, van Guadalajara naar Chihuahua enzovoorts. Het opvallendst waren de lijnen die zich voorbij Mexico's grenzen uitstrekten: eentje naar het zuiden *für Panama*, twee naar het noorden *für San Antonio, Texas* en nog een *für Miami, Florida*. Het lag er allemaal te dik bovenop, vond Eva; waar was de subtiliteit gebleven? Maar verontrustender waren de fouten: *Hauptlinen* moest *Hauptlinien* zijn en *für* in de betekenis van 'naar' was ook niet correct en had *nach* moeten zijn – *nach Miami, Florida*. Naar haar mening werd de positieve eerste indruk al snel ondermijnd en ontwricht door die factoren. De taalfouten zouden kunnen worden verklaard door een zetter die geen Duits sprak (misschien was de kaart in Mexico gedrukt) maar de fouten plus de territoriale ambities die uit de luchtvaartroutes spraken, dat leek haar een beetje te veel van het goede; de boodschap werd wel erg luid verkondigd.

'Weet je zeker dat dit ons product is?' vroeg ze Devereux.

'Ja, voor zover ik weet wel.'

'Wil je de baas vertellen wat ik ervan vind, dan bel ik later terug.'

'Ga je hiermee door?' vroeg hij.

'Jawel, maar voorzichtig.'

'Waar ga je heen?'

'Een stadje dat Las Cruces heet,' zei ze zonder aarzelen, en daarna dacht ze: waarom ben ik zo eerlijk? Nou ja, het is nu te laat. Ze hing op, ging naar de receptie en vroeg waar ze een auto kon huren.

De weg naar Las Cruces liep van Highway 85 recht naar het zuiden, ruim driehonderdvijftig kilometer over de oude Camino Real die de vallei van de Rio Grande volgde tot helemaal in Mexico. Het was voor het grootste deel een tweebaans teermacadamweg met hier en daar een gedeelte in beton waarop ze goed en gestaag opschoot in haar bruine Cadillac-toerauto met inklapbaar dak. Ze nam niet de moeite om het in te klappen. Ze lette amper op het landschap terwijl ze naar het zuiden reed maar was zich desondanks bewust van de ruige bergketens in het oosten en het westen en de *ranchitos* met hun meloen- en maïsveldjes aan weerszijden van de rivier. Vanaf de weg zag ze hier en daar de rotsige woestijnvlaktes en lavabeddingen van de legendarische *jornada del muerte*. Het land achter de vallei van de rivier was dor en onherbergzaam.

Ze kwam laat in de middag in Las Cruces aan en reed door de hoofdstraat op zoek naar de Alamogordo Inn. De stadjes begonnen al iets vertrouwds te krijgen nadat ze op haar reis naar het zuiden door een stuk of zes identieke plaatsjes was gekomen: Las Lunas, Socorro, Hatch – ze vervloeiden allemaal tot een homogeen beeld van het plattelandse New Mexico. Na de boerderijtjes van adobe kwamen de benzinestations en de autodealers, dan de keurige buitenwijken, daarna de vrachtdepots, de graansilo's en de graanmolens. Elk stadje had een brede hoofdstraat met bonte winkelpuien en neonreclames, luifels en schaduwrijke stoepen en stoffige auto's die schuin aan beide kanten van de straat stonden geparkeerd. Las Cruces zag er niet anders uit: je had de Woolworths, een juwelierszaak met een knipperende plastic edelsteen zo groot als een voetbal, reclameborden voor Florsheim Shoes, Coca-Cola, Liberty Furniture, de drogisterij, de bank en, aan het einde van de straat, tegenover een parkje met een groepje populieren, de eenvoudige betonnen gevel van de Alamogordo Inn.

Ze parkeerde op het terrein aan de achterkant en liep de lobby in. Een paar plafondventilatoren roerden de lucht rond, er stond een driezitsbank van gebarsten leer en op de houten vloer lagen versleten indiaanse kleden. Een cactus vol spinnenwebben stond in een pot met zand dat was bezaaid met sigarettenpeuken, onder een bord met de tekst ALLEEN VOOR HOTELGASTEN. ELEKTRISCH LICHT IN ALLE KAMERS. De receptionist, een jonge man met een slappe kin en een overhemd waarvan de boord drie maten te groot was voor zijn nek, nam haar nieuwsgierig op toen ze om een kamer vroeg.

'Weet u zeker dat u hier wilt logeren?' vroeg hij vriendelijk. 'Er zijn veel betere hotels vlak buiten de stad.'

'Ik vind het prima hier, dank u,' zei ze. 'Waar kan ik iets te eten krijgen?'

Hier de deur uit en dan rechtsaf voor een restaurant of linksaf voor een cafetaria, zei hij. Ze koos de cafetaria en bestelde een hamburger. Er waren geen klanten. Twee grijsharige dames bedienden de frisdranktap en een indiaan met een grimmig-knap, melancholiek gezicht veegde de vloer. Eva at haar hamburger en dronk haar Coca-Cola. Ze werd bevangen door een vreemd soort inertie, een haast tastbare loomheid, alsof de wereld was opgehouden met draaien en het verstrijken van de tijd alleen door het geruis van de bezem van de indiaan over de cementen vloer werd gemarkeerd. Ergens in een achterkamer klonk jazzmuziek uit een radio en Eva dacht: wat doe ik hier? Naar welk specifiek lot ben ik onderweg? Ze had het gevoel dat ze hier eeuwig in die cafetaria in Las Cruces kon blijven zitten – de indiaan bleef de vloer vegen, haar hamburger bleef half opgegeten, de ijle jazzmuziek bleef maar klinken. Ze liet die stemming voortduren, dompelde zich erin onder, vond die totale stagnatie aan het einde van de middag eigenaardig kalmerend maar wist dat elke volgende handeling van haar een nieuwe reeks gebeurtenissen op gang zou brengen die buiten haar controle lag. Ze kon maar beter genieten van die enkele momenten van stilte waarin de apathie het alleenrecht had.

Ze ging naar de openbare telefoon van de cafetaria in een kleine cel naast een stel planken die stonden volgestouwd met blikken, en belde Transoceanic. Devereux nam op.

'Kan ik de baas spreken?'

'Helaas, nee. Maar ik heb hem gisteravond gesproken.'

'En wat zei hij?' Om een of andere reden wist Eva zeker dat Romer bij Devereux in de kamer zat. Ze verwierp het idee als onzinnig.

'Hij zegt dat je het allemaal zelf mag uitmaken. Het is jouw feest. Als je ervandoor wilt, ga dan. Als je andere muziek wilt opzetten, doe dat dan. Ga op je intuïtie af, zei hij.'

'Heb je hem verteld wat ik van mijn geschenk vind?'

'Ja, hij heeft het nagetrokken. Het is ons product, dus zullen ze het daar wel willen hebben.'

Ze hing op, diep in gedachten. Dus ze mocht het allemaal zelf uitmaken. Ze liep langs de schaduwkant van de straat langzaam terug naar de Alamogordo Inn. Er kwam een grote vrachtwagen voorbij die was beladen met enorme boomstammen, gevolgd door een tamelijk sierlijke rode coupé met een man en een vrouw voorin. Ze bleef staan en keek achterom. Een paar jongens stonden met een meisje op een fiets te kletsen. Ze had het idiote gevoel dat ze werd gevolgd, wat absurd was, besefte ze. Ze ging een paar minuten in het parkje zitten om in haar reisgids te lezen en die boze geesten uit haar hoofd te verdrijven. Las Cruces – 'De Kruisen'; zo genoemd nadat plaatselijke Apachen in de achttiende eeuw een vrachtkonvooi dat op weg was naar Chihuahua hadden afgeslacht, waarna er hoge kruisen op hun graven waren opgericht. Ze hoopte dat het geen slecht voorteken was.

De kleine rode coupé kwam weer voorbij; geen man, de vrouw achter het stuur.

Nee, ze was gespannen, naïef, onprofessioneel; als ze zich zorgen maakte waren er procedures die ze kon volgen. Het was haar feest. Ga op je intuïtie af, had Romer gezegd. Goed, dat zou ze doen.

Ze ging terug naar de Alamogordo Inn, pakte haar auto, reed over de Mesa Road naar de universiteit en vond het nieuwe motel dat haar reisgids had beloofd – de Mesilla Motor Lodge. Ze huurde een huisje aan het einde van een houten promenade. Het motel was nog maar een jaar oud, vertelde de piccolo terwijl hij haar voorging naar haar huisje. Het rook nieuw: de geur van creosoot, stopverf en houtkrullen leek nog in haar kamer te hangen. Het huisje was schoon en modern, met blank meubilair zonder opsmuk. Er hing een semi-abstract schilderij van een Pueblo-dorp boven het bureau, dat was voorzien van een schaal met in cellofaan verpakt fruit, een kleine yucca in een terracotta pot en een uitklapbaar vloeiblok met schrijfbehoeften zoals papier, enveloppen, ansichtkaarten en een stuk of zes potloden met de naam van het motel erop. Alles is vrijelijk te gebruiken, zei de piccolo, met onze complimenten. Ze verklaarde zich zeer ingenomen met het arrangement. Toen ze weer alleen was nam ze tweeduizend dollar uit de envelop en verstopte ze de rest samen met de landkaart achter in de klerenkast achter een paneel dat ze met haar nagelvijl loswrikte.

Ze reed terug naar Las Cruces, parkeerde achter de Alamogordo Inn en liep de lobby in. Er zat een man in een lichtblauw katoenen pak op de bank. Hij had witblond haar en een ongewoon roze gezicht – haast een albino, dacht ze – en in zijn lichtblauwe pak leek hij net een grote baby.

'Hallo,' zei hij terwijl hij opstond. 'Fijn om te zien dat je er zo goed uitziet.'

'Ik heb net twee weken vakantie gehad.'

'Naar de bergen geweest?'

'Ik ga liever naar de kust.'

Hij stak zijn hand uit en ze schudde hem. Hij had een aangename, schorre stem. 'Ik ben Raul.' Hij wendde zich tot de receptionist. 'Kunnen we hier iets te drinken krijgen?'

'Nee.'

Ze liepen naar buiten en zochten vijf minuten vergeefs naar een bar.

'Ik moet even een biertje drinken,' zei hij. Hij ging een drankwinkel in en kwam weer naar buiten met een blikje bier in een bruine papieren zak. Ze liepen terug naar het park en gingen op een bankje onder de populieren zitten. Raul opende zijn bier met een blikopener die hij in zijn zak had en dronk het met grote slokken zonder het blik uit de zak te halen. Ik zal me dit parkje in Las Cruces altijd herinneren, dacht Eva.

'Sorry,' zei hij nadat hij met een puffend gereutel lucht uit zijn buik had laten ontsnappen. 'Ik verging van de dorst.' Eva hoorde dat zijn stem duidelijk minder schor klonk. 'Water werkt niet bij mij,' voegde hij eraan toe bij wijze van verklaring.

'Er is een probleem gerezen,' zei Eva. 'We hebben wat oponthoud.'

'O ja?' Hij keek opeens gluiperig, geërgerd. 'Ze hebben mij niks verteld.' Hij stond op, liep naar de afvalbak en gooide zijn bierblikje erin. Hij stond daar met zijn handen op zijn heupen rond te kijken alsof hij werd belazerd.

'Ik moet volgende week terugkomen,' zei ze. 'Ze hebben me opgedragen om je dit intussen te geven.' Ze knipte haar handtas open en liet hem het geld zien. Hij kwam vlug naar haar toe en ging naast haar zitten. Ze stopte hem onopvallend het pak bankbiljetten toe. 'Tweeduizend. De rest komt volgende week.'

'O ja?' Hij kon de verrassing en vreugde niet van zijn gezicht weren. Hij verwachtte geen geld, dacht ze; wat is hier aan de hand?

Raul stopte het geld in de zak van zijn jasje. 'Wanneer volgende week?' vroeg hij.

'Er wordt contact met je opgenomen.'

'Oké,' zei hij en stond weer op. 'Tot kijk.' Hij slenterde weg.

Eva wachtte vijf minuten, nog steeds op haar hoede voor schaduwen. Ze wandelde door de hoofdstraat en ging de Woolworths in, waar ze een pakje tissues kocht. Ze sloeg een smalle steeg in tussen een bank en een makelaardij in onroerend goed en keerde toen meteen en snel terug op haar schreden. Niets. Na nog een paar andere manoeuvres was ze er ten slotte van overtuigd dat ze niet werd gevolgd. Ze ging terug naar de Alamogordo Inn en zei dat ze er niet zou overnachten – sorry, we geven geen geld terug.

Ze reed weer naar de Mesilla Motor Lodge. Het begon te schemeren en de ondergaande zon trof de pieken van de bergen in het oosten en kleurde ze een spectaculair, met donkere kloven doorschoten oranje. Morgen zou ze teruggaan naar Albuquerque, een vliegtuig naar Dallas nemen en vandaar naar huis gaan, hoe eerder hoe beter.

Ze at in het restaurant van het hotel, waar ze biefstuk bestelde – taai – en spinazie à la crème – koud – en het eten wegspoelde met een fles bier ('We serveren geen wijn, mevrouw...'). Er zaten nog een paar andere mensen in de eetzaal: een ouder echtpaar met reisgidsen en landkaarten, een gezette man die zijn krant voor zich had opengeslagen en geen moment opkeek, en een mooi opgedoft Mexicaans gezin met twee stille, uiterst beleefde kleine meisjes.

Ze liep over de promenade naar haar huisje terwijl ze de dag de revue liet passeren en zich afvroeg of de actie waartoe haar intuïtie haar had aangespoord Romers goedkeuring zou hebben. Ze keek omhoog naar de sterren en voelde de woestijnlucht koud op haar huid. Ergens blafte een hond. Ze wierp routinematig een blik in de andere huisjes voor ze haar deur ontsloot: geen nieuwe auto's, niets verdachts. Ze draaide de sleutel om in het slot en duwde de deur open.

De man zat met zijn knieën uit elkaar op haar bed, zijn revolver op haar gezicht gericht.

'Doe de deur dicht,' zei hij. 'Ga daar staan.' Hij had een zwaar, Mexicaans accent. Hij stond op, een grote potige kerel met een hangbuik. Hij had een dikke, brede snor en zijn pak was dofgroen.

Ze liep gehoorzaam door de kamer terwijl hij met zijn pistool zwaaide, haar hoofd een heksenketel van vragen en niet één antwoord.

'Waar is de kaart?' vroeg hij.

'Hè? Wat voor kaart?'

'De landkaart.' Hij zette het woord hard aan. Speeksel vloog door de lucht.

Hoe kon hij weten dat ze een landkaart had? Ze zag dat haar kamer en haar koffer waren doorzocht toen ze haar blik rond liet schieten. Als een geavanceerde rekenmachine verwerkten haar hersens de permutaties en implicaties van de confrontatie. Het werd haar vrijwel meteen duidelijk dat ze de kaart aan de man moest geven.

'Hij zit achter in de klerenkast,' zei ze. Ze liep erheen en hoorde dat hij de haan van zijn pistool spande.

'Ik ben ongewapend,' zei ze. Ze maakte een gebaar als om toestemming te vragen om verder te gaan en toen hij knikte stak ze haar hand achter het losse paneel en haalde de landkaart en de resterende drieduizend dollar tevoorschijn. Ze gaf ze aan de Mexicaan. Uit de manier waarop hij de kaart en het geld aanpakte, ze nakeek en haar steeds onder schot hield meende ze op te maken dat hij een politieman was en geen kraai. Hij was gewend om dit soort dingen te doen, hij deed ze de hele tijd en hij was heel bedaard. Hij legde de kaart en het geld op het bureau.

'Trek je kleren uit,' zei hij.

Terwijl ze zich uitkleedde voelde ze zich onpasselijk worden. Nee, dat niet, dacht ze, alsjeblieft, nee. Ze kreeg een afgrijselijk voorgevoel: die grote vent met zijn professionele koelbloedigheid, dat was heel wat anders dan zo'n Raul of de man in Albuquerque, en ze begon te denken dat ze heel binnenkort dood zou gaan.

'Oké, stop.' Ze stond in haar bustehouder en slip. 'Kleed je weer aan.' Er was geen sprake van dat hij verlekkerd stond te loeren, van wellust.

Hij liep naar het raam en trok het gordijn opzij. Ze hoorde dat er een auto werd gestart, een eind verderop, die aan kwam rijden en voor het huisje stilhield. Een portier sloeg dicht en de motor bleef draaien. Er waren er dus nog meer. Ze had zich nog nooit van haar leven zo snel aangekleed. Geen paniek, dacht ze, denk aan je training, misschien was hij alleen maar uit op die landkaart.

'Stop de kaart en het geld in je handtas,' zei hij.

Ze voelde haar keel dichtzwellen en haar ingewanden zich aanspannen. Ze probeerde niet te denken aan wat haar te wachten stond en trachtte alleen in het hier en nu te blijven, maar ze realiseerde zich wat dat laatste bevel van hem inhield: het ging hem niet om de landkaart of het geld, maar om haar. Zij was de buit.

Ze liep naar het bureau. Waarom had ze Romers aanbod om een pistool bij zich te steken afgeslagen? Niet dat het nu nog enig verschil zou hebben gemaakt. Een simpele koeriers-opdracht, had hij gezegd. Romer geloofde niet in wapens of ongewapende gevechtskunst: je hebt je tanden en je nagels, had hij gezegd, je dierlijke instincten. Maar ze had meer no-dig dan dat om zich tegen deze grote, zelfverzekerde vent te verweren. Ze had een wapen nodig.

Ze stopte de landkaart en de drieduizend dollar in haar handtas terwijl de Mexicaan naar de deur liep. Hij hield haar onder schot, deed de deur open en keek naar buiten. Ze draai-de haar lichaam. Ze had één seconde en die gebruikte ze.

'Kom,' zei hij terwijl ze de haarspelden vastzette die haar haar in een losse wrong omhooghielden. 'Laat dat maar zit-ten.' Hij stak zijn arm door de hare, drukte de loop van zijn revolver in haar zij en toen liepen ze naar buiten naar zijn au-to. In het andere huisje zag ze de kleine Mexicaanse meisjes op de veranda spelen. Ze schonken geen aandacht aan haar en haar metgezel.

Hij duwde haar naar binnen, stapte achter haar in en schoof haar verder tot ze achter het stuur zat. De koplampen brand-den. Er was geen spoor van degene die de auto had afgeleverd. 'Rijden,' zei hij terwijl hij zijn arm over de rugleuning legde en met de loop van de revolver in haar ribben porde. Ze zet-te de auto in zijn eerste versnelling – de pook zat aan de stuurkolom – en ze reden langzaam weg van de Mesilla Motor Lodge.

Toen ze het terrein afreden en de weg naar Las Cruces opdraaiden meende ze dat hij een teken gaf – een zwaai, een duim omhoog – aan iemand langs de weg, in de schaduw van een populier. Ze keek opzij en dacht twee mannen te zien staan, naast een geparkeerde auto met gedoofd licht. Hij zag eruit als een coupé maar het was te donker om te zien van welke kleur. Toen waren ze er voorbij en droeg hij haar op om door Las Cruces te rijden en Highway 80 in de richting van de grens met Texas te nemen.

Ze reden ongeveer een halfuur over Highway 80. Net toen ze de gemeentegrens van Berino zag aangegeven zei hij dat ze rechtsaf een grindweg op moest met een wegwijzer naar Leopold. De weg was in slechte staat en de auto hotste en schudde toen ze de geulen en richels raakte. De revolver van de Mexicaan bonkte pijnlijk in haar zij.

'Langzamer,' zei hij. Ze minderde vaart tot zo'n vijftien kilometer per uur en na een paar minuten zei hij dat ze moest stoppen. Ze stonden in een scherpe bocht van de weg en de koplampen verlichtten een stuk prairie met struiken en stenige grond die werd doorsneden door wat een ravijn vol diepe schaduwen leek.

Eva was zich bewust van de adrenaline die door haar lichaam gierde. Ze voelde zich opmerkelijk helder in haar hoofd zoals ze daar zat. Naar elke rationele schatting zou ze over een minuut of twee dood zijn, besefte ze. Ga op je dierlijke instincten af. Ze wist precies wat haar te doen stond.

'Stap uit,' zei de Mexicaan. 'We gaan wat mensen opzoeken.'

Dat is een leugen, dacht ze. Hij wil gewoon niet dat ik denk dat dit het einde is.

Ze pakte de portierkruk met haar linkerhand en met haar rechter legde ze een losse haarlok weer terug achter haar oor. Een natuurlijk gebaar, een vrouwelijke reflex.

'Doe de koplampen uit,' zei hij.

Ze had licht nodig. 'Luister,' zei ze, 'ik heb nog meer geld.'

Met de vingers van haar rechterhand raakte ze het gummetje aan het uiteinde van het potlood van de Mesilla Motor Lodge aan dat ze in haar ineengedraaide en vastgespelde haar had gestopt, een van de zes nieuwe, geslepen, gratis potloden die op het vloeiblok naast het briefpapier en de ansichtkaarten waren uitgestald. Nieuw en scherp geslepen, met de naam MESILLA MOTOR LODGE, LAS CRUCES in goud op de zijkant gedrukt. Het potlood dat ze had gepakt en in haar haarwrong geschoven toen de Mexicaan even naar buiten naar zijn auto keek.

'Ik kan nog tienduizend dollar voor je regelen,' zei ze. 'Met gemak. In één uur.'

Hij grinnikte. 'Stap uit.'

Ze pakte het scherpe potlood uit haar haar en stak het in zijn linkeroog.

Het potlood gleed soepel naar binnen zonder enige weerstand te ondervinden, bijna tot zijn hele lengte van vijftien centimeter. De adem van de man stokte met een hijg en hij liet zijn revolver op de vloer kletteren. Hij probeerde zijn bibberende handen naar zijn oog te heffen als om het potlood eruit te trekken en viel toen achterover tegen het portier. Het uiteinde van het potlood met het stukje gum stak een paar centimeter uit de doorboorde gelei van zijn linkeroogbal. Er was geen bloed. Hij zat totaal roerloos weggezakt en ze wist onmiddellijk dat hij dood was.

Ze doofde de koplampen en stapte uit de auto. Ze beefde, maar niet buitensporig, en ze hield zich voor dat ze waarschijnlijk een of twee minuten van haar eigen dood verwijderd was geweest, van dat moment waarop het leven wordt verruild voor de dood, en ze voelde geen hevige emotie, geen afgrijzen om wat ze de man had aangedaan. Ze dwong zich om alle gedachten daaraan uit haar hoofd te zetten en trachtte rationeel te zijn: en nu? Wat nu? Maken dat ze wegkwam? Misschien viel er nog iets te redden uit deze catastrofe; rustig aan, stap voor stap, gebruik je hersens, maande ze zichzelf – denk na. Denk na.

Ze stapte weer in de auto, reed hem een paar meter de weg af tot achter een bosje struiken en deed de lichten uit. Daar in het donker naast de dode Mexicaan gezeten woog ze systematisch haar mogelijkheden af. Ze knipte het binnenlicht boven de achteruitkijkspiegel aan en raapte de revolver op met behulp van haar zakdoek om te voorkomen dat ze vingerafdrukken achterliet. Ze trok zijn jasje open en liet het wapen weer in zijn schouderholster glijden. Er kwam nog steeds geen bloed uit zijn wond, geen druppel; alleen het uiteinde van het potlood dat uit zijn starre oog stak.

Ze doorzocht zijn zakken en vond zijn portefeuille en zijn legitimatie: inspecteur Luis de Baca. Ze vond ook wat geld, een brief en een rekening van een ijzerwarenwinkel in Ciudad Juarez. Ze stopte alles terug. Een Mexicaanse politieman die haar uit de weg had moeten ruimen – het sloeg helemaal nergens op. Ze deed het licht weer uit en dacht verder na. Ze was voor even veilig, wist ze – ze kon nu hoe dan ook naar haar vrienden vluchten – maar er moesten sporen uitgewist worden.

Ze stapte weer uit de auto en begon te ijsberen, denkend, plannend. Er stond een maansikkeltje dat geen licht gaf en het begon kouder te worden. Ze klemde haar armen tegen haar borst en hurkte op een gegeven moment neer toen er een vrachtwagen over de weg naar Leopold kwam gehobbeld maar zijn koplampen reikten niet ver. Er begon zich langzaam een plan te vormen en in gedachten ontleedde ze het, redeneerde ze vooruit, wierp ze bezwaren op, woog ze voor- en nadelen af. Ze maakte de kofferbak van de auto open en vond een blik olie, een touw en een schop. In het handschoenenkastje zaten een zaklamp, sigaretten en kauwgum. Het leek erop dat het zijn eigen auto was.

Ze liep terug naar de scherpe bocht in de weg en zag met de zaklamp dat het ravijn daar niet veel meer was dan een greppel van een meter of zes diep. Ze startte de auto, deed de koplampen aan en reed naar de rand. Ze gaf flink gas toen ze van de weg af reed zodat de wielen doordraaiden en het grind alle kanten op vloog. Ze liet de auto tot vlak voor de rand van de greppel rollen en trok de handrem aan. Ze keek nog een laatste keer rond, pakte haar handtas, stapte uit en deed de auto van de handrem. Hij begon langzaam naar voren te rollen en ze rende naar de achterkant en duwde. De auto kiepte over de rand van de greppel en ze luisterde naar de zware bons en het deuken van metaal toen hij met zijn neus op de bodem knalde. Ze hoorde de voorruit losspringen en het glas uiteenspatten.

Met de zaklamp daalde ze af naar het wrak. Eén koplamp brandde nog en de motorkap was ontzet en opengesprongen. Het rook naar lekkende benzine en de auto was vijfenveertig graden gekanteld naar de passagierskant. Het lukte haar om het portier aan de bestuurderskant open te wrikken en ze zette de versnellingspook in zijn vier. Luis de Baca was voorovergekwakt bij de tuimeling en met zijn voorhoofd tegen het dashboard gesmakt. Een straaltje bloed liep van zijn oog naar zijn snor. De snor raakte vol en er begon bloed uit te sijpelen op zijn overhemd. Ze sleurde hem naar de bestuurderskant en zag dat het leek of een van zijn benen was gebroken: het hing onder een rare hoek geknakt. Goed zo, dacht ze.

Ze haalde de landkaart uit haar tas en scheurde er voorzichtig een grote hoek met LUFTVERK en de routes naar San Antonio en Miami af. Toen stopte ze de rest van de kaart in haar tas, pakte een pen, streek de afgescheurde hoek glad op de motorkap en schreef er zinnen op in het Duits: *Wo befindes sich die Olreserven für den transatlantichen Verkehr?* en *Der dritte Gau scheint zu gross zu sein.* In de kantlijn telde ze enkele bedragen op in een sommetje: 150.000 + 35.000 = 185.000, met daarbij een paar betekenisloze letters en cijfers: LBF/3, XPD 77. Ze streek met de afgescheurde hoek langs De Baca's bebloede overhemd en maakte er een prop van die ze onder de schoen van zijn niet-gebroken been schoof. Ze legde de drieduizend dollar in het handschoenenvakje onder een wegenkaart en een gebruikershandleiding. Daarna veegde ze met haar zakdoek de knoppen en hendels en het stuur schoon en besteedde extra aandacht aan de versnellingspook. Ten slotte hees ze De Baca opzij tegen het stuur zodat ze zijn gezicht kon zien. Ze wist dat wat ze nu moest doen het moeilijkst van alles was maar ze ging zo op in het in scène zetten van het ongeluk dat ze nagenoeg automatisch te werk ging, heel doelbewust en efficiënt. Ze strooide wat glas van de voorruit over hem uit, brak een verbogen ruitenwisser af en rukte het rubber blad los.

Ze pakte het potlood in zijn oog en trok het eruit. Het gleed gemakkelijk los, alsof het geolied was, en met het potlood welde er bloed op dat over de oogleden vloeide. Ze ramde het uiteinde van de ruitenwisser in de wond en stapte uit. Ze liet het portier open en deed een laatste controle met de zaklamp. Daarna pakte ze haar handtas, klauterde tegen de helling van de greppel omhoog en liep over de weg terug naar Highway 80. Na ongeveer een halve kilometer liep ze een stukje van de weg af en begroef ze het restant van de kaart, de zaklamp en het potlood onder een rots. Ze kon lichtjes van auto's op de snelweg zien en de gloed van lichten in Berino's hoofdstraat. Ze ging weer op weg. Ze wist wat haar nu te doen stond: de politie bellen en anoniem een verongelukte auto in een greppel tussen de snelweg en Leopold rapporteren. Met een taxi zou ze teruggaan naar de Mesilla Motor Lodge. Daar zou ze haar rekening betalen en dan door de nacht naar Albuquerque rijden. Ze had alles gedaan wat ze kon maar het bleef maar malen in haar hoofd toen ze bij een Texaco-benzinestation aan de rand van Berino kwam. Ze moest de waarheid onder ogen zien: iemand had haar op een of andere manier verlinkt.

10 Ontmoeting met Lucas Romer

Ik stond wel twintig minuten voor David Bombergs portret van Lucas Romer. Ik zocht naar aanknopingspunten, veronderstel ik, en probeerde een beeld te krijgen van de man die mijn moeder in 1939 had ontmoet teneinde hem te onderscheiden van de man die ik nu in 1976 zou gaan ontmoeten.

Het portret was praktisch levensgroot, een hoofd met schouders op een doek van ongeveer dertig bij vijfenveertig centimeter. Door de eenvoudige brede zwarte houten lijst leek het schilderijtje imposanter maar niettemin was het weggestopt in een gang op een van de bovenste verdiepingen van de National Portrait Gallery. In dit geval was de schilder belangrijker dan het model: de toelichting aan de muur ging alleen over David Bomberg en het model werd slechts gepreciseerd met 'Lucas Romer, een vriend'. Als datum werd '1936(?)' gegeven, drie jaar voor Romer en Eva Delectorskaya elkaar hadden ontmoet.

Het portret was duidelijk een schets en viel op door de vloeiende dikke lagen waarin het was geschilderd. Misschien was het een studie die later tot iets meer verfijnds uitgewerkt had kunnen worden als er meer seances waren geweest. Het leek me een goed schilderij, een goed portret. Het karakter van het model kwam er sterk uit naar voren ook al had ik geen idee of het ook een goede gelijkenis was. Lucas Romer staarde de kijker vanaf het doek aan en maakte nadrukkelijk oogcontact. Zijn ogen waren van een licht grijsblauw en zijn mond stond strak, niet ontspannen, bijna ietsje vertrokken ten teken van tegenzin, ongeduld om te poseren, de tijd die opging aan stilzitten. Het haar werd van voren wat dunner, zoals mijn moeder had beschreven, en hij droeg een wit overhemd, een blauw colbert dat haast dezelfde kleur als zijn ogen had en een onopvallende, beige-groenige stropdas waarvan alleen de strik in beeld was.

Bomberg had een brede strook zwart om het hoofd aangebracht waardoor je blik naar het geschilderde vlak binnen die afscheiding werd getrokken. Het portret was in een krachtige stijl opgezet: blauw, kopergroen, geelgroen, hardroze, bruin en houtskool waren gecombineerd om de vleeskleur en de opkomende zware baardstoppels weer te geven. De penseelvoering was vol bravoure, driest, resoluut, boordevol pigment. Ik kreeg meteen een idee van een persoonlijkheid – sterk, misschien wel arrogant – en ik had niet het gevoel dat ik die constatering op enige kennis van mezelf als ingewijde baseerde. Grote half toegeknepen ogen, een prominente neus; misschien lag het enige teken van zwakte in de mond: volle, tamelijk weke lippen die iets waren getuit in hun voorlopige inschikkelijkheid. Een dwingeland? Een aanmatigende intellectueel? Een gecompliceerde neurotische kunstenaar? Misschien had je al die eigenschappen nodig om de baas van een spionnennetwerk te zijn.

Ik slenterde naar beneden naar de foyer van het museum en besloot naar Brydges' te lopen, maar eerst ging ik naar het damestoilet om mezelf in de spiegel te bekijken. Wat had dít portret over het model te zeggen? Ik droeg mijn haar los, het was dik en lang en pasgewassen, ik had lichtroze lippenstift en mijn gebruikelijke donkere oogschaduw op. Ik droeg een tamelijk nieuw zwart broekpak met opvallend wit stiksel op de naden en de opgenaaide zakken, en onder de broek had ik mijn laarzen met plateauzolen aan. Ik was groot – ik wilde die dag groot zijn – en ik vond dat ik er verdomd goed uitzag. De versleten leren aktetas die ik droeg gaf het geheel een leuk uit de toon vallend accent, naar mijn idee.

Ik liep over Trafalgar Square naar Pall Mall en stak toen door naar St. James's Square en de straatjes tussen het plein en Jermyn Street waar ik Brydges' zou vinden. De deur was onopvallend, glanzend zwart – geen naambordje, alleen een nummer – met een halfrond bovenlicht met een fijn maaswerk van krullen en s-vormen. Ik drukte op de koperen bel en werd argwanend binnengelaten door een portier in een marineblauwe geklede jas met rode revers. Ik zei dat ik een afspraak met lord Mansfield had en hij trok zich terug in een soort glazen telefooncel om een register te raadplegen.

'Ruth Gilmartin,' zei ik. 'Om zes uur.'

'Komt u maar mee.'

Ik volgde de man een brede trap op en constateerde dat achter de bescheiden entree een achttiende-eeuws gebouw van ruime, elegante proporties schuilging. Op de eerste verdieping kwamen we langs een leeszaal – diepe banken, donkere portretten, een paar oude mannen die tijdschriften en kranten zaten te lezen – daarna een bar – een paar oude mannen die zaten te drinken – en toen een eetzaal die door jonge meisjes in zwarte rok en frisgestreken witte blouse voor het diner werd klaargemaakt. Ik voelde dat het heel ongebruikelijk was dat er een vrouw in het gebouw rondliep die niet tot het personeel behoorde. Toen sloegen we weer een hoek om en liepen we door een gang langs een garderobe en een herentoilet (een geur van ontsmettingsmiddel vermengd met haarolie, het geruis van zacht doorspoelende urinoirs) waaruit een oude man met een wandelstok kwam geschuifeld die met een haast cartoonesk ongeloof opschrok toen hij me zag.

'Goedenavond,' zei ik tegen hem, en ik voelde me tegelijk kalmer en bozer worden. Bozer omdat ik wist hoe evident onbehouwen het er hier toeging, en kalmer omdat ik wist dat Romer zich niet realiseerde dat het niet alleen niet werkte maar bovendien contraproductief was. We sloegen nog een hoek om en kwamen bij een deur met een bordje DAMESSALON erop.

'Lord Mansfield zal u hier ontvangen,' zei de portier terwijl hij de deur opende.

'Hoe weet u of ik wel een dame ben?' vroeg ik.

'Pardon?'

'Niks, laat maar.'

Ik drong me langs hem heen en ging de damessalon binnen. Die was hokkerig en povertjes gemeubileerd en rook naar tapijtshampoo en poetsmiddel. Uit de hele inrichting sprak onbruik. Er hingen chintz gordijnen en de wandlampen hadden paarsbruine lampenkapjes met oranjegele franje. Een assortiment ongelezen 'damesbladen' – *House & Garden, Woman's Journal*, de *Lady* zelf – lag in een waaier op de salontafel uitgespreid. Op de schoorsteenmantel boven het niet aangelegde vuur stond een plant te zieltogen van dorst.

De portier vertrok en ik schoof de grootste fauteuil een meter opzij zodat hij voor het ene raam stond: ik wilde dat het zomeravondlicht van achter mij kwam, met mijn gezicht in de schaduw, en op Romer viel. Ik opende mijn aktetas en pakte mijn klembord en pen eruit.

Ik wachtte vijftien minuten, twintig, vijfentwintig. Ik wist dat ook daar opzet achter stak maar ik was blij dat het even duurde omdat ik zo de gelegenheid kreeg om het voor mij ongewone feit onder ogen te zien dat ik eigenlijk best wel zenuwachtig was om die man te ontmoeten, die man die met mijn moeder naar bed was geweest, die haar had gerekruteerd, die haar bij allerlei operaties had ingezet en aan wie ze, op een kille dag in 1941 in Manhattan, haar liefde had verklaard. Eva Delectorskaya werd een mens van vlees en bloed, voelde ik misschien voor het eerst. Maar hoe langer Lucas Romer me liet wachten, hoe meer hij me probeerde te intimideren in dat bastion van bejaarde gegoede heren, hoe nijdiger ik werd, en bijgevolg hoe minder onzeker ik werd.

Ten slotte werd de deur geopend door de portier; achter hem rees een gestalte op. 'Mevrouw Gilmartin, mylord,' zei de portier en ging op in het niets.

Romer glipte naar binnen met een glimlach op zijn magere, gerimpelde gezicht. 'Het spijt me dat ik u heb laten wachten,' kraste hij met enigszins schorre stem, alsof zijn strottenhoofd tjokvol poliepen zat. 'Al die vervelende telefoontjes. Lucas Romer.' Hij stak zijn hand uit.

'Ruth Gilmartin,' zei ik terwijl ik opstond, even groot als hij, en ik drukte zijn hand zo stevig mogelijk terwijl ik probeerde niet te staren, hem niet aan te gapen, al had ik hem graag een paar minuten door een doorkijkspiegel geobserveerd.

Hij droeg een superb gesneden nachtblauw pak met één rij knopen en een roomgeel overhemd met een donkerbruine gebreide stropdas. Zijn glimlach was net zo wit en smetteloos als mijn moeder had beschreven, zij het dat nu achter in zijn mond het goud van dure bruggen glansde. Hij was kaal en het tamelijk lange geoliede haar boven zijn oren was in twee grijze gladde vaantjes gekamd. Hij was slank maar enigszins gekromd, en de knappe man die hij was geweest leefde nog als een schim uit het verleden voort in de zevenenzeventigjarige: bij een bepaald licht zou het lastig zijn om zijn leeftijd te raden. Hij zag er ook als bejaarde man nog steeds goed uit, nam ik aan. Ik ging in mijn verschoven fauteuil zitten voordat hij hem uitkoos of mij naar een andere stoel verwees. Hij ging zo ver mogelijk van me vandaan zitten en vroeg of ik zin had in thee.

'Ik zou wel iets alcoholisch lusten,' zei ik, 'als dat tenminste in een damessalon wordt geserveerd.'

'O, zeker,' zei hij. 'We zijn heel ruimdenkend in Brydges'.' Hij stak zijn hand uit naar een elektrisch belknopje dat aan de rand van de salontafel zat en drukte erop. Vrijwel meteen stond er een kelner in een wit jasje in de kamer met een zilveren dienblad onder zijn arm.

'Wat wilt u drinken, mevrouw Martin?'

'Gilmartin.'

'Neem me niet kwalijk, de zwakzinnigheid van een oude man. Mevrouw Gilmartin, wat wenst u?'

'Een grote whisky met spuitwater, alstublieft.'

'Alle whisky's hier zijn groot.' Hij wendde zich tot de kelner. 'Een tomatensap voor mij, Boris. Met een snufje selderiezout en zonder worcestersaus.' Hij wendde zich weer tot mij. 'We hebben alleen J&B of Bells om mee te mixen.'

'Bells, in dat geval.' Ik had geen idee wat J&B was.

'Zeker, mylord,' zei de kelner en sloop weg.

'Ik moet zeggen dat ik naar deze ontmoeting heb uitgekeken,' zei Romer uitgesproken schijnheilig. 'Op mijn leeftijd voel je je totaal vergeten, en dan belt er opeens een krant op die een interview wil. Een verrassing, maar een aangename, neem ik aan. Voor de *Observer*, hè?'

'Voor de *Telegraph*.'

'Uitstekend. Met welke redacteur werkt u? Kent u Toby Litton-Fry?'

'Nee. Ik werk samen met Robert York,' zei ik meteen, bedaard.

'Robert York... Ik zal Tony een belletje over hem geven.' Hij glimlachte. 'Ik weet graag wie uw kopij gaat redigeren.'

Onze drankjes arriveerden. Boris serveerde ze op een papieren onderzetter met een schaaltje gezouten pinda's erbij.

'Die mag je weer meenemen, Boris,' zei Romer. 'Whisky en pinda's, nee nee nee,' grinnikte hij. 'Leren ze het nou nooit?'

Toen Boris weg was sloeg de stemming opeens om. Ik kon niet precies analyseren hoe het gebeurde, maar het leek of Romers gemaakte charme en beminnelijkheid samen met Boris en de pinda's de kamer hadden verlaten. De glimlach was er nog maar het gehuichel was verdwenen: zijn blik was open, nieuwsgierig en een klein beetje vijandig.

'Ik wil u iets vragen, mevrouw Gilmartin, als u het niet erg vindt, voor we met ons fascinerende interview beginnen.'

'Ga uw gang.'

'U had het tegen mijn secretaresse over AAS Ltd.'

'Ja.'

'Hoe komt u aan die naam?'

'Uit een archiefbron.'

'Dat geloof ik niet.'

'Dat spijt me dan,' zei ik, plotseling op mijn hoede. Zijn blik was strak op mij gericht, heel koel. Ik bleef hem aankijken terwijl ik verder ging. 'U hebt geen idee wat er de laatste jaren allemaal beschikbaar is gekomen voor wetenschappers en historici. Sinds het hele Ultra-geheim bekend is geworden en allerlei bijzonderheden over de Duitse codeermachine Enigma en onze codekrakers in Bletchley Park, wordt er steeds meer uit de school geklapt. Iedereen wil nu zijn verhaal kwijt, en veel van het materiaal is, hoe zal ik het zeggen, informeel, persoonlijk.'

Hij dacht erover na. 'Een gedrukte bron, zegt u?'

'Ja.'

'Hebt u het zelf gelezen?'

'Nee, niet persoonlijk.' Ik begon tijd te rekken, opeens wat bezorgder, ook al had mijn moeder me gewaarschuwd dat hij speciaal benieuwd zou zijn naar AAS Ltd. 'Ik heb de informatie van een staflid in Oxford gekregen die een geschiedenis van de Britse geheime dienst aan het schrijven is,' voegde ik er snel aan toe.

'O werkelijk?' Romer slaakte een zucht die zei: wat een gruwelijke tijdverspilling. 'Hoe heet dat staflid?'

'Timothy Thoms.'

Romer trok een in leer gevat notitieboekje uit de zak van zijn jasje en daarna een vulpen en schreef de naam op. Ik had toch wel bewondering voor de bluf, het lef.

'Dr. T.C.L. Thoms. T-H-O-M-S. Van het All Souls College,' voegde ik eraan toe.

'Goed…' Hij schreef het allemaal op en keek op. 'Waar gaat dat artikel precies over dat u aan het schrijven bent?'

'Het gaat over de British Security Coordination. En wat ze vóór Pearl Harbor in Amerika uitspookten.' Mijn moeder had me verteld dat ik dat moest zeggen, een uitgebreid onderwerp waar van alles onder viel.

'Waarom zou dat iemand in hemelsnaam interesseren? Waarom bent u zo nieuwsgierig naar de BSC?'

'Ik meende dat ik ú zou interviewen, lord Mansfield.'

'Ik wil gewoon een paar dingen ophelderen voor we beginnen.'

De kelner klopte op de deur en kwam binnen. 'Telefoon, lord Mansfield,' zei hij. 'Op lijn één.'

Romer hees zich overeind en liep enigszins stram naar de

telefoon op het schrijfbureautje in de hoek. Hij nam de hoorn van de haak. 'Ja?'

Hij luisterde naar wat er werd gezegd en ik pakte mijn glas, nam een flinke slok en greep mijn kans om hem iets aandachtiger op te nemen. Ik sloeg hem van opzij gade: hij hield de hoorn in zijn linkerhand en ik zag de schittering van de zegelring aan zijn pink tegen het zwarte bakeliet. Met de muis van zijn rechterhand streek hij het vaantje haar boven zijn oor glad.

'Nee, ik maak me geen zorgen, totaal niet,' zei hij. Hij hing op en stond even in gedachten naar de telefoon te staren. De twee vaantjes van zijn haar kwamen op zijn achterhoofd bij elkaar in een gewoel van krulletjes. Het zag er niet gesoigneerd uit maar dat was het natuurlijk wel. Zijn schoenen waren glimmend gepoetst als door een soldaat-huisknecht. Hij wendde zich weer tot mij en zijn ogen sperden zich even open alsof het hem plotseling te binnen schoot dat ik ook in de kamer was. 'Dus, mevrouw Gilmartin, u wilde me net vertellen waar uw belangstelling voor de bsc vandaan komt,' zei hij terwijl hij weer ging zitten.

'Mijn oom was betrokken bij de bsc.'

'Echt waar? Hoe heette hij?'

Mijn moeder had me gezegd om hem op dat moment heel aandachtig te observeren.

'Morris Devereux,' zei ik.

Romer dacht na, herhaalde de naam een paar keer. 'Ik geloof niet dat ik hem ken. Nee.'

'Dus u geeft toe dat u voor de bsc werkte.'

'Ik geef niets toe, mevrouw Gilmartin,' zei hij met een glimlach. Hij glimlachte veelvuldig tegen me, die Romer, maar niet een van zijn glimlachjes was gemeend of hartelijk. 'Weet u,' zei hij, 'het spijt me dat ik zo'n zeurkous ben, maar ik heb besloten om dit interview niet toe te staan.' Hij stond weer op, liep naar de deur en trok hem open.

'Mag ik vragen waarom niet?'

'Omdat ik geen woord geloof van wat u tegen me hebt gezegd.'

'Dat spijt me,' zei ik. 'Wat kan ik verder nog zeggen? Ik ben volstrekt eerlijk tegen u geweest.'

'Laten we het er dan op houden dat ik van gedachten ben veranderd.'

'Dat is uw goed recht.' Ik had geen haast: ik nam nog een slok whisky, stopte toen mijn klembord en mijn pen in mijn aktetas, stond op en liep voor hem uit de deur door. Mijn moeder had me gewaarschuwd dat het waarschijnlijk zo zou aflopen. Hij had me na die opmerking over AAS Ltd uiteraard willen zien om te bepalen wat ik precies van zins was, en zodra hij het gevoel had dat mijn bedoelingen geen bedreiging vormden – gewoon journalistieke nieuwsgierigheid, met andere woorden – zou hij verder niets met me te maken willen hebben.

'Ik kom er wel uit, hoor,' zei ik.

'Helaas, dat is niet geoorloofd.'

We liepen langs de eetzaal, nu met enkele mannen die zaten te eten, langs de bar – voller dan toen ik was gekomen, met een zacht geroezemoes van gesprekken – langs de leeszaal, waar één oude man zat te dommelen, en toen over de statige trap naar beneden, naar de eenvoudige zwarte deur met zijn fijn bewerkte halfronde bovenlicht.

De portier hield de deur voor ons open. Romer bood me geen hand aan. 'Ik hoop dat u door mijn toedoen niet al te veel tijd hebt verknoeid,' zei hij terwijl hij een teken gaf aan een glanzende, zware auto – een Bentley, meende ik – die werd gestart en naar onze kant van de straat kwam gezoefd.

'Ik ga toch mijn artikel schrijven,' zei ik.

'Natuurlijk, mevrouw Gilmartin, maar past u heel goed op dat u zich niet aan laster schuldig maakt. Ik heb een voortreffelijke advocaat, die toevallig ook lid is hier.'

'Is dat een dreigement?'

'Dat is een feit.'

Ik keek hem recht in zijn gezicht en hoopte dat mijn blik zei: ik mag u niet en ik mag die walgelijke club van u niet en ik ben totaal niet bang voor u. 'Dag,' zei ik en ik draaide me om en liep weg, langs de Bentley waaruit een geüniformeerde chauffeur was gestapt die het portier aan de passagierskant openhield.

Toen ik Brydges' achter me liet voelde ik een eigenaardige mengeling van emoties opspelen: ik was blij dat ik de man had ontmoet die zo'n sleutelrol in mijn moeders leven had gespeeld en dat ik me niet door hem had laten koeioneren. En ik was ook een beetje nijdig op mezelf omdat ik dacht en erover inzat dat ik de confrontatie niet goed had aangepakt, er niet genoeg uit had gehaald, Romer de loop en de teneur van het gesprek had laten bepalen. Ik had te veel op hem gereageerd in plaats van andersom; ik had hem om een of andere reden meer op stang willen jagen. Maar mijn moeder was heel stellig geweest: ga niet te ver, laat niets los over wat je weet, praat alleen over AAS Ltd, Devereux en de BSC – dat zal genoeg zijn om hem aan het denken te zetten, genoeg om zijn schoonheidsslaapje te verstoren, had ze zich enigszins verkneukelend gezegd. Ik hoopte dat ik genoeg voor haar had gedaan.

Ik was tegen negenen weer terug in Oxford en haalde Jochen op bij Veronica.

'Wat heb je in Londen gedaan?' vroeg hij toen we onze achtertrap naar de keuken beklommen.

'Ik ben bij een oude vriend van oma op bezoek geweest.'

'Oma zegt dat ze helemaal geen vrienden heeft.'

'Dit was iemand die ze lang geleden heeft gekend,' zei ik terwijl ik naar de telefoon in de gang liep. 'Ga je pyjama aantrekken.' Ik draaide het nummer van mijn moeder. Er werd niet opgenomen, dus hing ik op en draaide nog een keer volgens die stomme code van haar, maar ze nam nog steeds niet op. Ik legde de hoorn neer.

'Zullen we iets avontuurlijks gaan doen?' vroeg ik zo luchtig mogelijk. 'Laten we naar oma gaan om haar te verrassen.'

'Daar zal ze niet blij mee zijn,' zei Jochen. 'Ze heeft een hekel aan verrassingen.'

Toen we in Middle Ashton aankwamen zag ik meteen dat haar huisje donker was. Haar auto was nergens te bekennen.

Ik liep naar de derde bloempot links van de voordeur en maakte me opeens grote zorgen. Ik vond de sleutel en liet ons binnen.

'Wat is er, mam? Is dit een spelletje of zo?' vroeg Jochen.

'Zoiets.'

Alles in huis leek in orde: de keuken was opgeruimd, de afwas gedaan, er hingen kleren te drogen aan het rek in de bijkeuken. Ik nam de trap naar haar slaapkamer met Jochen op mijn hielen en keek rond. Het bed was opgemaakt en op haar bureau lag een bruine envelop met 'Ruth' erop geschreven. Ik wilde hem net oppakken toen Jochen zei: 'Kijk, er komt een auto aan.'

Het was mijn moeder in haar oude witte Allegra. Ik voelde me tegelijk belachelijk en opgelucht. Ik rende naar beneden, trok snel de voordeur open en riep naar haar toen ze uit de auto stapte. 'Sal! Wij zijn het. We wilden op bezoek komen.'

'Wat een enige verrassing,' zei ze, haar toon bezwangerd van spot. Ze bukte zich om Jochen een kus te geven. 'Ik kan me niet herinneren dat ik het licht had aangelaten. Er is iemand nog heel laat wakker.'

'Je zei dat ik meteen moest bellen zodra ik terug was,' zei ik, beschuldigender en gepikeerder dan ik bedoelde. 'Toen je niet opnam, wat moest ik daarvan denken?'

'Ik ben zeker vergeten dat ik dat had gevraagd,' zei ze opgewekt terwijl ze langs me heen het huis in liep. 'Heeft iemand zin in thee?'

'Ik heb Romer gezien,' zei ik, achter haar aan lopend. 'Ik heb hem gesproken. Ik dacht dat dat je wel zou interesseren. Maar het ging niet goed. In feite was hij uitermate onhebbelijk, als je het mij vraagt.'

'Ik weet zeker dat je best tegen hem was opgewassen,' zei ze. 'Ik vond dat jullie allebei nogal ijzig keken bij het afscheid.'

Ik bleef staan. 'Hoe bedoel je?' vroeg ik.

'Ik stond buiten. Ik heb jullie uit de club zien komen,' zei ze eenvoudig, argeloos, alsof het de normaalste zaak van de wereld was. 'Daarna ben ik hem naar zijn huis gevolgd en nu weet ik waar hij woont: Walton Crescent 29, in Knightsbridge. Een grote witgepleisterde kast van een huis. De volgende keer zal het een stuk makkelijker zijn om hem te spreken te krijgen.'

Het verhaal van Eva Delectorskaya

New York, 1941

Eva belde Transoceanic vanuit een openbare telefoon op straat, vlak bij haar onderduikadres in Brooklyn. Er waren vijf dagen verstreken sinds de gebeurtenissen in Las Cruces, en in die periode had ze zich langzaam een weg terug gezocht naar New York, met gebruikmaking van alle transportmiddelen die haar ten dienste stonden: auto, vliegtuig, trein en bus. De eerste dag dat ze terug was in New York had ze bij haar eigen onderduikadres gepost. Toen ze ervan overtuigd was dat niemand het gebouw in de gaten hield was ze naar binnen gegaan en had ze zich daar koest gehouden. Ten slotte, toen ze aannam dat ze zich steeds meer zorgen zouden maken doordat ze niets van haar hoorden, belde ze op.

'Eve!' schreeuwde Morris Devereux zowat, zich niets van de regels aantrekkend. 'Goddank. Waar zit je?'

'Ergens aan de oostkust,' zei ze. 'Ik kom niet naar kantoor, Morris.'

'Je moet komen,' zei hij. 'We moeten je spreken. De omstandigheden zijn veranderd.'

'Je hebt geen idee wat er allemaal in New Mexico gebeurd is,' zei ze enigszins venijnig. 'Ik heb geluk dat ik nog leef. Ik wil Romer spreken. Is hij terug?'

'Ja.'

'Zeg tegen hem dat ik hem op Sylvia's nummer bij de BSC bel. Morgenmiddag om vier uur.' Ze hing op.

Ze ging naar een kruidenierswinkel bij haar in de straat en kocht een paar blikken soep, een brood, drie appels en twee pakjes Lucky Strike. Daarna sloot ze zich weer op in haar kamer op de derde verdieping van het gebouw van bruine zandsteen in Pineapple Street. Niemand viel haar lastig, geen van haar anonieme buren scheen er nota van te nemen dat Margery Allerdice weer thuis was. Als ze het wc-raampje opendeed en zo ver naar buiten leunde als ze kon, was nog net de top van een van de torens van de Brooklyn Bridge te zien – op een heldere dag. Ze had een opklapbed, twee fauteuils, een radio, een keukentje met twee elektrische kookplaatjes, een gootsteen van speksteen met een koudwaterkraan en een wc die was afgescheiden door een plastic gordijn waarop tropische vissen allemaal dezelfde kant op zwommen. Toen ze terug was maakte ze soep – champignonsoep – die ze met brood met boter at. Daarna rookte ze drie sigaretten en vroeg ze zich af wat ze moest doen. Misschien was het het beste om nu de benen te nemen… Ze had het paspoort van Margery Allerdice en kon onder die naam verdwijnen voordat iemand het in de gaten had. Maar waarheen? Naar Mexico? Van daaruit kon ze een schip naar Spanje of Portugal nemen. Of naar Canada? Of was dat te dichtbij? Bovendien had de BSC daar een aanzienlijk netwerk. Ze woog de voor- en nadelen af, bedacht dat ze zich in Canada beter zou kunnen redden en dat het daar eenvoudiger zou zijn om niet in het oog te lopen. In Mexico zou ze opvallen als jonge Engelse vrouw, maar vandaar kon ze naar Brazilië reizen, of nog beter, naar Argentinië. In Argentinië had je een tamelijk grote Britse gemeenschap, ze kon er een baan zoeken als vertaalster, een verleden voor zichzelf verzinnen, onzichtbaar worden, zich ondergronds verstoppen. Dat was wat ze het liefst wilde: verdwijnen. Maar terwijl ze zo zat te denken drong het tot haar door dat al dat plannen maken en dat gespeculeer weliswaar nuttig was, maar dat het pas tot uitvoer kon worden gebracht nadat ze Romer had gezien en gesproken. Ze moest hem vertellen wat er was gebeurd;

misschien kon hij de wirwar van raadsels ontwarren en oplossen. Daarna kon ze besluiten wat ze ging doen, maar niet ervoor.

Toen de avond viel luisterde ze naar muziek op de radio en ging ze in gedachten terug naar de gebeurtenissen in Las Cruces. 'De gebeurtenissen in Las Cruces' – het eufemisme was best geruststellend, alsof er een dubbele reservering voor haar hotelkamer was gemaakt of alsof ze op Highway 80 panne met haar auto had gekregen. Ze voelde zich niet bezwaard, had geen wroeging om wat ze De Baca had aangedaan. Als ze hem niet had gedood dan had hij haar een minuut later of zo vermoord. Ze was alleen maar van plan geweest om hem in zijn oog te steken en zich uit de voeten te maken. Ze had per slot van rekening alleen maar een geslepen potlood, en zijn ogen waren het enig mogelijke doelwit als ze hem wilde uitschakelen. Maar toen ze die paar seconden in de auto de revue liet passeren en zich De Baca's reacties voor de geest haalde, zijn totale, verbijsterende onmacht gevolgd door zijn onmiddellijke dood, realiseerde ze zich dat het potlood door de kracht van haar charge dwars door zijn oogbal en de oogkas in zijn schedel diep in zijn hersens moest zijn gedreven en onderweg de halsslagader had doorboord of wellicht de hersenstam had geraakt en direct een hartstilstand had veroorzaakt. Een andere verklaring was er niet voor het feit dat hij vrijwel op slag dood was. Als ze de slagader had gemist en het potlood de hersens was binnengedrongen, dan was De Baca misschien niet gestorven maar had ze toch op de vlucht kunnen slaan. Maar het kwam door geluk – haar geluk – en de scherpte van het potlood en haar vaste hand dat hij net zo snel en zeker was gestorven als wanneer hij blauwzuur had genomen of in een elektrische stoel was vastgebonden. Ze ging vroeg naar bed en droomde dat Raul haar een kleine snelle rode coupé probeerde te verkopen.

Ze belde Sylvia's nummer op het kantoor van de BSC om precies één minuut over vier. Ze stond in een telefooncel bij de ingang van Rockefeller Center op Fifth Avenue met een goed zicht op de toegangsdeuren. Sylvia's telefoon ging drie keer over en werd toen opgenomen.

'Hallo, Eva,' zei Romer effen, flegmatiek. 'We willen dat je naar kantoor komt.'

'Luister goed,' zei ze. 'Ga nu het gebouw uit en loop zuidwaarts over Fifth. Ik geef je twee minuten, en anders krijg je me niet te zien.'

Ze hing op en wachtte. Na bijna drieënhalve minuut verscheen Romer. Dat was snel genoeg, meende ze: hij had geen tijd gehad om een schaduwteam op te zetten. Hij liep meteen Fifth Avenue in. Ze volgde hem van de overkant van de straat, een eindje achter hem, en sloeg hem gade, zijn rug, zijn manier van doen. Ze liet hem zes straatblokken doorlopen voordat ze zeker wist dat hij niet werd geschaduwd. Ze droeg een hoofddoekje en een bril, platte schoenen en een camel mantel die ze 's morgens in een tweedehandswinkel had gekocht. Ze stak de straat over bij een kruispunt en volgde hem nog twee straatblokken, dicht achter hem. Hij droeg een trenchcoat, een oude met een paar gerepareerde scheuren, en een marineblauwe sjaal. Hij was blootshoofds. Hij scheen erg op zijn gemak zoals hij zuidwaarts kuierde zonder om zich heen te kijken, wachtend tot er contact werd gemaakt. Ze waren bij 39th Street aangekomen toen ze naast hem ging lopen en zei: 'Volg me.'

Ze sloeg linksaf en bij Park Avenue nogmaals zodat ze weer noordwaarts liepen. Bij 42nd Street gingen ze Grand Central Station binnen door de ingang op Vanderbilt Avenue, vanwaar ze doorliepen naar de grote hal. Duizenden forensen krioelden door de immense ruimte, een gedrang en gewoel van jewelste. Het was spitsuur en het station was waarschijnlijk zeker zo veilig om elkaar te spreken als welke andere plek in de stad dan ook, had Eva geredeneerd: het was lastig om haar te overvallen en gemakkelijk om verwarring te zaaien en de benen te nemen. Ze liep zonder om te kijken op de centrale informatiebalie af. Daar aangekomen draaide ze zich pas om en zette ze haar bril af. Hij stond voor haar, zijn gezicht uitdrukkingsloos.

'Rustig maar,' zei hij. 'Ik ben alleen. Zo dom ben ik nou ook weer niet.' Hij aarzelde, stapte dichter naar haar toe, liet zijn stem dalen. 'Hoe is het met je, Eva?'

Tot haar hevige ergernis kon ze opeens wel in huilen uitbarsten door de oprechte bezorgdheid in zijn stem. Ze hoefde alleen maar aan Luis de Baca te denken om weer onaangedaan en weerbaar te worden. Ze deed haar hoofddoekje af en schudde haar haar los. 'Ik ben verlinkt,' zei ze. 'Iemand heeft me verlinkt.'

'Niet iemand van ons. Ik weet niet wat er mis is gegaan maar Transoceanic is waterdicht.'

'Ik denk dat je je vergist.'

'Natuurlijk denk je dat. Ik zou dat ook denken, maar ik zou het weten, Eva. Ik zou erachter zijn gekomen. Er zit geen lek bij ons.'

'En de BSC?'

'De BSC zou je een medaille geven als ze konden,' zei hij. 'Je hebt fantastisch werk geleverd.'

Dat bracht haar van haar stuk en ze keek om zich heen naar de honderden mensen die zich voorbijrepten en toen, als om inspiratie af te smeken, omhoog naar het gigantische gewelfde plafond met zijn sterrenstelsels die twinkelden in het blauw. Ze voelde zich slap: ze werd opeens overweldigd door de spanning van de afgelopen dagen. Ze wilde niets liever dan dat Romer haar in zijn armen nam.

'Laten we naar beneden gaan,' zei hij. 'We kunnen hier niet goed praten. Ik heb je een hoop te vertellen.'

Ze gingen een trap af naar de hal beneden en vonden een plekje aan de toonbank van een milkbar. Ze bestelde een kersenmilkshake met een bolletje vanille-ijs: ze hunkerde plotseling naar iets zoets. Ze spiedde door de ruimte terwijl haar milkshake werd klaargemaakt.

'Je hoeft niet zo rond te kijken,' zei Romer. 'Ik ben alleen. Je moet naar kantoor komen, Eva – niet nu, niet vandaag, of morgen. Neem de tijd. Dat heb je wel verdiend.' Hij stak zijn hand uit en pakte de hare. 'Wat je hebt klaargespeeld was verbluffend,' zei hij. 'Vertel wat er is gebeurd. Begin bij je vertrek uit New York.' Hij liet haar hand los.

Dus vertelde ze hem haar verhaal; ze praatte hem bij over elk uur van haar reis van New York naar Las Cruces, en Romer luisterde zonder iets te zeggen. Hij vroeg alleen, toen ze was uitgesproken, of ze haar relaas over de periode tussen haar afscheid van Raul en de ontmoeting met Luis de Baca wilde herhalen.

'Ik zal je vertellen wat er is gebeurd in de tijd toen je spoorloos was,' zei hij toen ze klaar was. 'De sheriff van Dona Ana County werd bij het auto-ongeluk geroepen nadat je het had gerapporteerd. Ze vonden de hoek van de landkaart en het geld en riepen de plaatselijke FBI-agent uit Santa Fe erbij. Het stuk kaart ging naar Hoover in Washington en Hoover zelf heeft het op het bureau van de president gelegd.' Hij zweeg even. 'Niemand kon er goed wijs uit, dus haalden ze ons erbij, wat voor de hand lag omdat er een verband met de Zuid-Amerikaanse landkaart scheen te zijn. Hoe valt het te verklaren? De dood van een Mexicaanse rechercheur bij een auto-ongeluk vlak bij de grens. Er duikt een aanzienlijke som geld op en iets wat op een stuk van een landkaart lijkt, in het Duits, met gegevens over potentiële luchtvaartroutes in Mexico en de Verenigde Staten. Boze opzet? Of een betreurenswaardig ongeluk? Had hij de kaart gekocht? Probeerde hij hem te verkopen en liep het daarbij mis? Probeerde iemand de kaart van hem te stelen en was diegene toen opgeschrikt en ervandoor gegaan?' Hij spreidde zijn handen. 'Wie weet? Het onderzoek loopt nog. Het belangrijkste vanuit ons gezichtspunt – dat van de BSC – is dat hiermee wordt bevestigd dat de Zuid-Amerikaanse landkaart authentiek is. Ondubbelzinnig.' Hij grinnikte. 'Je had dit nooit kunnen voorzien, Eva, maar de pure, buitengewone schoonheid van deze operatie is dat de landkaart zonder een spoor, zonder een zweem van iets dat naar de BSC riekt, bij Roosevelt en Hopkins is beland. Van districtssheriff naar FBI-agent naar Hoover naar het Witte Huis. Wat is er aan de hand ten zuiden van de grens? Wat zijn die nazi's van plan met hun luchtverbindingen en hun Gaus? Het had niet beter kunnen uitpakken.'

Eva dacht na. 'Maar het materiaal was inferieur.'

'Zij vonden het goed genoeg. Raul zou het tersluiks in de openbaarheid brengen, het naar een plaatselijke krant sturen. Dat was het plan. Tot jouw plan ervoor in de plaats kwam.'

'Ik had helemaal geen plan.'

'Oké, jouw... improvisatie. Nood zoekt list, en zo.' Hij zweeg en keek haar aan, bijna alsof hij haar monsterde, vond ze, om te zien of ze misschien was veranderd. 'Het belangrijkste, het verrassende, is dat het allemaal honderd keer beter heeft uitgepakt dan iemand had durven hopen,' vervolgde hij. 'Ze kunnen de Britten en de BSC er niet van betichten dat we een slinkse truc hebben uitgehaald om hun wijs te maken dat ze zich in de Europese oorlog moeten storten. Ze hebben dit zelf opgeduikeld in een vergeten hoekje van hun eigen achtertuin. Wat kan de Bund zeggen? Of America First? Het is zo klaar als een klontje: de nazi's zijn vluchten aan het plannen van Mexico-Stad naar San Antonio en Miami. Ze staan al voor jullie deur, yankees, het is niet iets wat zich aan de andere kant van de Atlantische Oceaan afspeelt; word wakker!' Hij hoefde verder niets te zeggen: Eva snapte dat er maar één interpretatie mogelijk was.

'Londen is erg tevreden, laat ik je dat wel vertellen,' zei hij. 'Heel tevreden. Dit zou wel eens heel veel kunnen gaan uitmaken.'

Ze voelde de vermoeidheid weer over zich neerdalen, alsof ze een zware rugzak droeg. Misschien was het wel opluchting, dacht ze: ze hoefde niet te vluchten, hoefde zich niet uit de voeten te maken. Alles was goed gekomen, op een raadselachtige manier.

'Goed, dan kom ik naar kantoor,' zei ze. 'Maandag ben ik weer terug.'

'Goed zo. Er is een hoop werk te doen. Transoceanic moet hier op diverse manieren een vervolg aan geven.'

Ze liet zich van haar kruk glijden terwijl Romer haar milkshake afrekende. 'Het was kantje boord, weet je,' zei ze met een vleugje resterende verbittering in haar stem. 'Echt kantje boord.'

'Ik weet het. Het leven is vaak kantje boord.'

'Zie je maandag,' zei ze. 'Dag.' Ze draaide zich om, hunkerend naar haar bed.

'Eva,' zei Romer en pakte haar bij haar elleboog. 'De heer en mevrouw Sage. Kamer 340 van het Algonquin Hotel.'

'Vertel me precies wat er is gebeurd vanaf het moment dat je wegging uit New York,' zei Morris Devereux.

Ze zaten op maandagochtend in zijn werkkamer van Transoceanic. Buiten was het een koude dag in het begin van december met de dreiging van sneeuwbuien. Eva had het weekend met Romer in het Algonquin Hotel doorgebracht. 's Zaterdags had ze de hele dag geslapen en was Romer lief en attent geweest. Op zondag hadden ze een wandeling door Central Park gemaakt en in het Plaza Hotel gebruncht, en daarna waren ze teruggegaan naar hun hotel en hadden ze de liefde bedreven. 's Avonds was ze teruggegaan naar haar appartement. Sylvia was van tevoren ingelicht en zat op haar te wachten. Je hoeft me niks te vertellen, had Sylvia gezegd, neem de tijd, ik ben er als je me nodig hebt. Ze had zich weer opgeknapt gevoeld en voor even waren alle zeurende vragen uit haar hoofd weggeëbd, tot ze op Morris Devereux' verzoek weer kwamen teruggekolkt. Ze vertelde hem alles wat ze al aan Romer had verteld, zonder iets weg te laten. Devereux luisterde aandachtig en maakte korte aantekeningen op een blocnote die voor hem lag – data, tijdstippen.

Toen ze haar relaas had gedaan schudde hij enigszins beduusd zijn hoofd. 'En het heeft allemaal zo goed uitgepakt. Fantastisch goed. Een nog groter succes dan de brief van majoor Belmonte, de Boliviaanse militaire attaché in Berlijn, waaruit bleek dat er een pro-Duitse staatsgreep in Bolivia werd voorbereid, en een nog groter succes dan de landkaart van Zuid-Amerika.'

'Zoals je dat zegt klinkt het net als een machiavellistische superlist, maar er was helemaal geen plan,' zei ze. 'Alles ging spontaan, impulsief. Ik probeerde alleen maar sporen uit te wissen, de zaak te vertroebelen, tijd te winnen. Mensen in de war te brengen. Ik had geen plan,' herhaalde ze.

'Misschien gaat het wel zo met alle grote listen,' zei hij. 'Als toeval en gewoon gezond verstand elkaar kruisen, dan komt daar iets nieuws en verstrekkends uit voort.'

'Dat kan wel zo wezen, maar ik ben verlínkt, Morris,' zei ze scherp, een beetje tartend. 'Denk je ook niet?'

Hij trok een benepen gezicht. 'Ik moet zeggen dat het daar wel op lijkt.'

'Ik moet steeds aan hún plan denken,' zei ze, 'en dat zit me erg dwars, niet het feit dat ik het op een of andere manier, door geluk en toeval, heb verijdeld en in onze zogenaamde triomf heb omgebogen. Dat interesseert me niet. Het was de bedoeling dat ik dood in de woestijn zou worden gevonden met een knullige landkaart van Mexico en vijfduizend dollar in mijn tas. Dat was het echte plan. Waarom? Wat zit erachter?'

Hij keek verbluft terwijl hij de logica van wat ze had gezegd overdacht. 'Laten we het nog een keer doornemen,' zei hij. 'Wanneer heb je de twee kraaien in Denver voor het eerst ontdekt?'

Ze gingen de reeks gebeurtenissen nog een keer na. Ze zag aan Morris dat er nog iets anders was dat hem stoorde, iets wat hij haar niet wilde vertellen – nog niet.

'Wie hield er toezicht op deze operatie, Morris?'

'Ik. Ik heb er toezicht op gehouden.'

'En Angus en Sylvia.'

'Maar onder mijn leiding. Het was mijn operatie.'

Ze keek hem sluw aan. 'Dus dan zou ik jou heel erg moeten wantrouwen.'

'Ja,' zei hij bedachtzaam, 'daar lijkt het wel op.' Hij leunde achterover en verstrengelde zijn vingers achter zijn hoofd. 'Ik zou mezelf ook wantrouwen. Je hebt de kraaien in Denver afgeschud. Dat weet je absoluut zeker?'

'Absoluut.'

'Maar ze zaten in Las Cruces op je te wachten.'

'Ik wist niet eens dat ik naar Las Cruces moest tot de man in Albuquerque dat tegen me zei. Ik had overal heen kunnen gaan.'

'Dan moet hij je vernacheld hebben.'

'Hij was een boodschapper. Een loopjongen.'

'De kraaien in Denver waren lokale agenten.'

'Daar ben ik zo goed als zeker van. Reguliere FBI-agenten.'

'Daaruit zou ik kunnen concluderen dat de kraaien in Las Cruces dat niet waren,' zei Morris terwijl hij rechtop ging zitten.

'Wat bedoel je?' Dat vond ze interessant.

'Ze waren verrekt goed. Te goed voor jou.'

Dat was iets waar ze nog niet aan had gedacht. Romer ook niet. Denver en Las Cruces hadden steeds twee aspecten van dezelfde operatie geleken. Devereux' overweging hield in dat er twee partijen in het spel waren, gelijktijdig en afzonderlijk.

'Twee stellen kraaien? Erg vergezocht. Het ene waardeloos, het andere goed.'

Devereux stak zijn hand op. 'Laten we deze aanname verder uitwerken en de oplossing even buiten beschouwing laten. Hebben ze je dat niet geleerd op Lyne?'

'Misschien hoefden ze niet in Las Cruces op me te wachten,' zei ze, snel doorredenerend. 'Als ze zo goed waren hebben ze me misschien de hele reis vanaf New York in het oog gehouden.'

'Mogelijk. Precies.'

'Maar wie waren dat tweede stel als ze niet van de FBI waren?' vroeg Eva. Het begon weer als een gek rond te tollen in haar hoofd – vragen, vragen, vragen, en geen antwoorden. 'De Bund? America First? Ingehuurd door particulieren?'

'Je zoekt naar een oplossing. Laten we het eerst uitwerken. Ze wilden jou dood met die landkaart bij je. Je zou geïdentificeerd worden als een Britse agente omdat je door de FBI vanuit New York werd geschaduwd, ook al had je ze afgeschud.'

'Maar waarom? Een dode Britse agente...' Ze zag dat Morris' gezicht nu bezorgd stond.

'Je hebt gelijk. Het klopt niet. We zien iets over het hoofd...' Hij zag eruit als iemand die met wel vijf serieuze opties zat te jongleren die stuk voor stuk onverkwikkelijk waren.

'Wie wist dat ik in Las Cruces was?' drong Eva aan in een poging om weer op gang te komen.

'Ik, Angus, Sylvia.'

'En Romer?'

'Nee. Die zat in Engeland. Hij wist alleen van Albuquerque.'

'Raul wist het,' zei Eva. 'En die vent in Albuquerque. Dus er waren nog meer mensen die ervan af wisten behalve jullie drieën…' Er viel haar iets in. 'Hoe wist De Baca dat ik in de Motor Lodge logeerde? Buiten mijzelf wist niemand dat ik naar de Motor Lodge ging. Jij niet, Angus en Sylvia niet. Ik heb dwaalsporen uitgezet, omtrekkende bewegingen gemaakt, ben weer omgekeerd – ik ben niet gevolgd, ik zweer het je.'

'Het moet gewoon wel,' zei hij, voet bij stuk houdend. 'Ga maar na: daarom hadden de lui in Las Cruces niets te maken met de agenten uit Denver. Ze hadden een grote ploeg op je gezet, of klaarstaan. Een team van vier of zes mensen. En ze waren goed.'

'Er zat een vrouw in die rode coupé,' zei Eva, terugdenkend. 'Misschien heb ik geen oog gehad voor een vrouw. Of voor meerdere vrouwen.'

'En die receptionist in de Alamogordo Inn? Die wist dat je daar niet bleef logeren.'

Ze dacht na. Die sul van de receptie? En ze moest denken aan wat haar op Lyne was ingeprent: de besten lijken vaak de slechtsten. Misschien gold dat ook voor Raul. Albino Raul, de receptionist, het stel in de coupé – een team, had Morris gezegd; misschien nog twee anderen die ze niet had gezien. En wie waren de mannen aan wie De Baca een teken had gegeven toen ze wegreden van de Motor Lodge? Het leek opeens plausibeler. Ze sloeg Morris gade, die nadenkend met zijn vinger en duim aan zijn onderlip trok. Zit hij me niet te manipuleren, vroeg ze zich af? Is dit Morris' fijngevoelige intuïtie of dirigeert hij me een bepaalde kant op? Ze besloot het allemaal uit haar hoofd te zetten: ze draaide in kringetjes binnen ronddraaiende kringetjes.

'Ik zal erover blijven denken,' zei ze. 'Je hoort het wel als ik een ingeving krijg.'

Toen ze terugliep naar haar werkkamer schoot haar te binnen wat de receptionist tegen haar had gezegd toen ze een kamer nam in de Alamogordo Inn. Weet u zeker dat u hier wilt slapen? Er zijn veel betere hotels buiten de stad. Had hij haar doelbewust op een idee willen brengen? Nee, dacht ze, dit wordt absurd; het was om gek van te worden.

Die avond bakte Sylvia een biefstuk voor haar en trokken ze een fles wijn open.

'Er gonst van alles rond op kantoor,' zei ze met een overduidelijke bedekte aansporing. 'Ze zeggen dat jij de ster van de show bent.'

'Ik zal het je nog wel eens vertellen, dat beloof ik je,' zei Eva, 'maar ik heb het nu zelf nog niet voor de helft op een rijtje.'

Vlak voor ze naar bed ging belde Morris Devereux. Hij klonk gespannen en had zijn gebruikelijke lijzig-lome toon laten varen. 'Kun je vrijuit praten?' vroeg hij.

Eva keek om zich heen en zag dat Sylvia de tafel afruimde. 'Jawel hoor, uitstekend.'

'Neem me niet kwalijk dat ik zo laat bel, maar er zit me iets dwars en jij bent de enige die antwoord kan geven.'

'Wat dan?'

'Waarom heb je die kaart niet gewoon aan Raul gegeven?'

'Pardon?'

'Ik bedoel, dat was toch je opdracht? Het was de bedoeling dat je het "pakje" gewoon aan Raul gaf, samen met het geld.'

'Ja.'

'Dus waarom heb je dat niet gedaan?'

Eva hoorde het gekletter van borden vanuit de keuken. 'Omdat ik het heb bekeken en vond dat het knoeiwerk was. Inferieur materiaal – er klopte iets niet.'

'Had iemand gezegd dat je het moest bekijken?'

'Nee.'

'Waarom heb je dat dan wel gedaan?'

'Omdat… Omdat ik vond dat ik…' Ze vroeg zichzelf waarom: het was puur een kwestie van instinct geweest. 'Het leek me gewoon de juiste handelwijze.'

Hij zweeg. Eva bleef even luisteren en zei toen: 'Hallo? Ben je er nog?'

'Ja,' zei Morris. 'Eva, het punt is dat dit allemaal niet was gebeurd als je het pakje gewoon aan Raul had gegeven, zoals je was opgedragen. Snap je wel? Het is allemaal gebeurd omdat je níét hebt gedaan wat je had moeten doen.'

Eva dacht daar even over na. Ze begreep niet waar hij heen wilde. 'Ik kan je niet volgen,' zei ze. 'Bedoel je dat dit allemaal mijn eigen schuld is?'

'Godsamme!' riep hij zachtjes uit.

'Morris? Wat is er?'

'Nu snap ik het...' zei hij, bijna bij zichzelf. 'Mijn god, ja...'

'Nu snap je wat?'

'Ik moet morgen een paar dingen natrekken. We moeten iets afspreken. Morgenmiddag.' Hij gaf haar instructies om naar een bioscoop op Broadway te gaan, vlak ten noorden van Times Square – een kleine bioscoop waar ze 24 uur per dag tekenfilms en nieuwsberichten vertoonden. 'Het is er om een uur of vier altijd leeg,' zei Morris. 'Ga achterin zitten, dan vind ik je wel.'

'Wat is er aan de hand, Morris?' vroeg ze. 'Je kunt me niet zo in het ongewisse laten.'

'Ik moet hier en daar heel discreet navraag doen. Praat hier met niemand over. Ik ben bang dat het wel eens heel serieus kan zijn.'

'Ik dacht dat iedereen in de wolken was.'

'Ik denk dat de kraaien in Las Cruces onze vrienden in het grijs waren.'

Onze vrienden in het grijs waren de mensen van de Duits-Amerikaanse Bund.

'Plaatselijke?'

'Van verder weg.'

'Jezus.'

'Zeg maar niks. Zie je morgen. Slaap lekker.'

Ze hing op. Morris had het over de Abwehr of over de SD – de *Sicherheitsdienst*. Geen wonder dat hij zich zorgen maakte; als hij gelijk had dan moesten de Duitsers iemand binnen de bsc hebben – een dubbelagent in het hart van hun onderneming.

'Wie was dat?' vroeg Sylvia toen ze uit de keuken kwam. 'Koffie?'

'Ja, graag. Dat was Morris. Een probleem met de boekhouding bij Transoceanic.'

'O ja?' Ze wisten allemaal wanneer ze tegen elkaar logen maar niemand nam er aanstoot aan. Sylvia zou het feit opslaan want het was te ongebruikelijk. Het gaf aan hoe ernstig Morris zich zorgen maakte dat hij zo de aandacht op zichzelf vestigde. Ze dronken hun koffie, luisterden naar muziek op de radio en gingen naar bed. Toen ze indommelde meende Eva te horen dat Sylvia een kort telefoongesprek voerde. Ze vroeg zich af of ze Sylvia over Morris' vermoedens had moeten vertellen maar besloot dat het, alles in aanmerking genomen, beter was om die vermoedens eerst bevestigd of ontkracht te krijgen voordat ze het er met anderen over had. In bed liet ze hun gesprek nog eens de revue passeren: Morris had iets in de gebeurtenissen in Las Cruces ontwaard dat haar was ontgaan. Ze vroeg zich ook af of ze iemand in vertrouwen moest nemen over hun afspraak van de volgende dag, voor de zekerheid, maar ze verwierp dat idee; ze moest Morris eerst maar eens laten uitleggen hoe hij het zag. Om een of andere reden vertrouwde ze hem, maar ze wist maar al te goed dat dat de grootste fout was die je kon maken, iemand vertrouwen.

De volgende ochtend was Morris echter niet op kantoor, en zelfs tegen lunchtijd was hij nog niet op komen dagen. Eva zat aan een vervolgartikel op het nieuws over de Mexicaanse landkaart te werken. Het ging over een nieuwe generatie viermotorige Duitse passagiersvliegtuigen gebaseerd op de Condor Fw 200-jager met een bereik van drieduizend kilometer zonder tussenstop, meer dan genoeg om vanuit West-Afrika de Atlantische Oceaan naar Zuid-Amerika over te steken. Ze meende dat het verhaal dat een Argentijnse luchtvaartmaatschappij er zes had besteld wat handen en voeten zou krijgen als ze het in een Spaanse krant geplaatst kon krijgen, in *El Diario* of in *El Independiente*.

Ze maakte een opzetje en ging ermee naar Angus, die steeds vaker op het kantoor van Transoceanic verbleef en steeds minder bij zijn Overseas News Agency. Hij las het snel door.

'Wat vind je ervan?' vroeg ze.

Angus leek wat afwezig – en niet bijzonder vriendelijk – en ze zag dat de asbak op zijn bureau boordevol geknakte sigarettenpeuken zat.

'Waarom in Spanje?'

'Het is beter om het bericht daar te laten beginnen zodat Argentinië het kan ontkennen. Het levert meer rendement op als het in Spanje begint en daarna in Zuid-Amerika wordt opgepikt. En daarna kunnen we het misschien hier in de VS uitzetten.'

'Bestaan die vliegtuigen?'

'Condors bestaan.'

'Goed. Lijkt prima. Succes ermee.' Hij greep weer naar zijn sigarettenetui en was duidelijk totaal niet geïnteresseerd.

'Heb je Morris ook gezien?' vroeg ze.

'Hij zei dat hij de hele dag in het Rockefeller Center zou zijn om iets uit te zoeken.'

'Is er iets mis, Angus? Is er iets aan de hand?'

'Nee hoor, nee,' zei hij, en hij wist een bijna geloofwaardige glimlach op te brengen. 'Een paar martini's te veel gisteravond.'

Peinzend liep ze naar haar kamer. Dus Morris zat bij de BSC; interessant dat Angus dat wist. Had Morris iets aan Angus verteld? Kon dat een verklaring zijn voor Angus' ongewone stugheid? Ze brak zich het hoofd over die vragen terwijl ze haar Condor-artikel uittypte en naar een van de Spaanse vertalers bracht.

Ze lunchte laat in een automatiek op Seventh Avenue, waar ze een tonijnsandwich, een stuk kwarktaart en een glas melk nam. Ze vroeg zich af wat voor informatie Morris bijeen zou kunnen sprokkelen in het Rockefeller Center. De Las Cruces-operatie kwam wel uit de koker van de BSC... Terwijl ze haar sandwich at doorliep ze voor zowat de honderdste keer de gebeurtenissen die tot haar confrontatie met Luis de Baca hadden geleid, speurend naar iets wat ze wellicht over het hoofd had gezien. Wat had Morris opgemerkt dat haar was ontgaan? Dus: De Baca schiet haar dood en zorgt dat haar lijk snel wordt gevonden. De landkaart plus vijfduizend dollar worden aangetroffen. Wat kan dat te betekenen hebben? Een jonge vrouwelijke Britse agent wordt vermoord gevonden in New Mexico met een dubieuze landkaart. Alle blikken – alle FBI-blikken – zouden naar de BSC worden gewend met de vraag wat die daar van plan was geweest. Het zou uitermate beschamend en schadelijk zijn – een goede tegenzet van de Abwehr, dat zag ze ook wel. Een Britse agente aan de kaak gesteld die anti-nazipropaganda verspreidt. Maar we doen niet anders, zei ze bij zichzelf, als we de kans krijgen, en iedereen bij de FBI moet zich daarvan bewust zijn; wat zou daar zo sensationeel aan zijn?

Ze werd echter aan haar mouw getrokken door diverse weerspannige details. Niemand had ooit aangevoerd dat de Abwehr een dergelijke operatie in de Verenigde Staten zou kunnen uitvoeren. Een heel schaduwteam van New York naar Las Cruces, sterker nog, zo'n team met zulke ruime middelen en technieken dat ze de leden ervan nergens onderweg had weten te ontdekken. Ze was uiterst achterdochtig geweest, en daardoor had ze de lokale kraaien gestrikt. Hoe groot zou dat team geweest moeten zijn? Zes, acht mensen? Voortdurend veranderend, misschien met een of twee vrouwen? Ze zou hen hebben ontdekt, hield ze zich steeds voor, ja toch? De hele tijd in Las Cruces had ze argwaan gekoesterd. Het is heel lastig om een achterdochtig doelwit te schaduwen, maar ze moest toegeven dat ze nooit aan vrouwen had gedacht. Maar anderzijds, bedacht ze, waarom was ik zo achterdochtig? Was ik me half bewust van het feit dat ik heel listig werd gemanipuleerd? Ze zette het uit haar hoofd en besloot om vroeg naar de bioscoop te gaan. Lachen om tekenfilms was misschien precies wat ze nodig had.

Ze wachtte twee uur op Morris in de bioscoop. Ze zat achter in de vrijwel lege zaal en keek naar een reeks tekenfilms van Mickey Mouse, Donald Duck en Tom & Jerry, afgewisseld met journaals waarin af en toe nieuws over de oorlog in Europa was opgenomen. 'Duitslands oorlogsmachine hapert aan de poorten van Moskou,' dreunde de omroeper met brallerige stelligheid. 'Generaal Winter neemt het commando over het slagveld over.' Ze zag paarden tot hun schoften door modder ploeteren die zo smeuïg en kleverig was als gesmolten chocolade. Ze zag uitgeputte, uitgemergelde Duitse soldaten, met lakens om zich heen gebonden bij wijze van camouflage, verdoofd van huis naar huis rennen; bevroren lijken in de sneeuw die iets weg kregen van gevelde bomen of rotsformaties: ijzerhard, door de wind gegeseld, onverzettelijk; brandende dorpen die duizenden Russische soldaten verlichtten die in een tegenaanval over de bevroren akkers voorwaarts stormden. Ze probeerde zich voor te stellen wat zich daar op het platteland bij Moskou afspeelde – Moskou, de stad waar ze was geboren en die ze zich totaal niet meer voor de geest kon halen – en merkte dat haar hersens weigerden om haar van antwoorden te voorzien. Het was weer de beurt aan Donald Duck, tot haar opluchting. Mensen begonnen te lachen.

Toen het duidelijk was dat Morris niet zou komen opdagen en de bioscoop langzaam maar zeker begon vol te lopen terwijl de kantoren sloten, ging ze terug naar het appartement. Ze vond het niet erg – drie op de vier van dergelijke afspraken gingen nooit door; het was te ingewikkeld en riskant om te proberen mensen op de hoogte te brengen van uitstel of vertraging – maar toch zeurde er iets van bezorgdheid bij haar. Maar was dat wel echt bezorgdheid? Misschien was ze eerder gespannen en geïntrigeerd door haar eigen benieuwdheid naar wat Morris te zeggen zou hebben gehad. Hij zou mettertijd wel bellen, hield ze zich voor; ze zouden een andere afspraak maken en dan zou ze te weten komen wat hij had ontdekt. Terug in het appartement controleerde ze de valstrikken in haar kamer – Sylvia had niet rondgesnuffeld, zag ze tot haar genoegen, tot haar bijna dwaze blijdschap. Ze werd het wel eens beu, dat eeuwige, waakzame wantrouwen. Hoe kun je zo leven, dacht ze? Altijd maar op je hoede, altijd rondspieden, altijd bang dat je werd verraden en geëlimineerd. Ze zette een kop koffie voor zichzelf, rookte een sigaret en wachtte op Morris' telefoontje.

Sylvia kwam thuis en Eva vroeg haar – heel terloops – of ze Morris die dag in het Rockefeller Center had gezien. Sylvia zei nee en bracht haar in herinnering hoeveel honderden mensen er wel werkten, hoe immens de bsc was geworden. Het was net een reusachtig bedrijf, twee hele verdiepingen van de wolkenkrabber volgestouwd, met extra kamers op andere verdiepingen – Morris had er wel een week kunnen rondlopen zonder dat ze hem ooit zou zien.

Om een uur of acht begon een licht maar knagend onbehagen Eva te bekruipen. Ze belde naar Transoceanic en kreeg van een receptionist te horen dat de heer Devereux de hele dag niet op kantoor was geweest. Ze belde Angus Woolf in zijn appartement maar zijn telefoon ging eindeloos over.

Even later ging Sylvia met een vriendin naar de film – 'The Maltese Falcon' – zodat Eva alleen in het appartement achterbleef. Ze zat daar naar de telefoon te kijken, het stomste wat ze kon doen, besefte ze, maar toch voelde ze zich daar iets beter bij. Ze probeerde zich haar laatste gesprek met Morris voor de geest te halen. Ze hoorde in gedachten zijn zachte uitroep 'Godsamme!' toen hij op iets schokkends stuitte en er een ontbrekend stukje van de puzzel op zijn plaats viel. Het was eerder verrassing in zijn stem geweest dan schrik, concludeerde ze, alsof die mogelijke uitkomst zo… zo overrompelend, zo verstrekkend was dat de uitroep hem spontaan ontsnapte. Hij was absoluut van plan geweest om het haar te vertellen, anders had hij die afspraak in de tekenfilmbioscoop niet gemaakt. En nog belangrijker, hij had het haar onder vier ogen willen vertellen. Onder vier ogen, dacht ze; waarom had hij het niet in cliché-code kunnen zeggen? Dan had ik het best begrepen. Te overdonderend voor cliché-code, misschien. Te wereldschokkend.

Ze besloot de procedures aan haar laars te lappen en hem thuis te bellen.

'Ja,' antwoordde een mannenstem met een Amerikaanse tongval.

'Mag ik Elizabeth Wesley spreken, alstublieft?' zei ze, met een haar eigen stem veramerikaniserend.

'Ik denk dat u het verkeerde nummer hebt.'

'O, neem me niet kwalijk.' Ze hing op en holde weg om haar jas te pakken.

Op straat vond ze snel een taxi die haar naar Murray Hill bracht. Daar woonde Morris in een hoog flatgebouw met anonieme appartementen, zoals zij allemaal. Ze liet de taxi een paar straatblokken ervandaan stoppen en deed de rest te voet. Er stonden twee surveillancewagens van de politie voor de ingang geparkeerd. Ze liep erlangs en zag dat de portier in de hal achter zijn balie een krant zat te lezen. Ze bleef vijf minuten rondhangen, wachtend tot er iemand naar binnen zou gaan. Ten slotte verscheen er een paartje met hun eigen sleutel en ze liep vlug met hen mee door de deur, al babbelend. 'Dag. Neem me niet kwalijk, maar weet een van u misschien of Linda en Mary Weiss op de zestiende of op de zeventiende verdieping wonen? Ik kom er net vandaan en heb mijn tas laten liggen. Vijf-A, op de zestiende of de zeventiende. Ik ben gewoon zomaar vertrokken, om naar een club te gaan. Niet te geloven, hè?' De man zwaaide naar de portier die even opkeek naar het geanimeerde trio en meteen weer in zijn krant dook. Het paartje kende de gezusters Weiss niet maar Eva nam de lift naar de tiende verdieping met haar nieuwe vrienden – die daar uitstapten – en ging toen verder naar de dertiende vanwaar ze via de brandtrap naar de twaalfde verdieping afdaalde, waar Morris woonde.

Ze zag twee politieagenten en Angus Woolf voor de deur van Morris' appartement staan. Angus Woolf? Wat doet die hier, dacht ze? En haar maag draaide om toen het vrijwel meteen daarna tot haar doordrong dat Morris dood moest zijn.

'Angus,' riep ze zacht terwijl ze door de gang naar hem toe liep, 'wat is er gebeurd?'

Angus gaf de agenten een teken dat ze haar door mochten laten en hobbelde snel naar haar toe op zijn krukken. 'Je kunt beter weggaan, Eve,' zei hij met een bleek gezicht. 'We hebben System Blue hier.'

System Blue was de meest beroerde situatie die je kon hebben.

'Waar is Morris?' vroeg ze. Ze wist het antwoord maar ze probeerde haar hoofd helder te houden, kalm en normaal te lijken.

'Morris is dood,' zei Angus. 'Hij heeft zelfmoord gepleegd.' Hij was geschokt en van streek, zag ze. Het schoot haar te binnen dat ze heel lang collega's waren geweest, vrienden, al lang voordat zij bij de AAS was gekomen.

Eva voelde haar mond droog worden alsof al haar speeksel door een klein vacuüm in haar binnenste werd weggezogen. 'Mijn god,' zei ze.

'Het is beter dat je gaat,' herhaalde Angus. 'We hebben echt stront aan de knikker.'

En toen kwam Romer uit Morris' appartement gestapt om met de politieagenten te praten. Hij draaide zich om, keek de gang door en zag haar. Hij beende naar haar toe. 'Wat doe jij hier?'

'Ik had met Morris afgesproken om iets te gaan drinken,' zei ze. 'Hij kwam niet opdagen, dus ben ik hierheen gekomen.'

Romers gezicht stond strak, bijna wezenloos, alsof hij het feit van Eva's aanwezigheid nog stond te verwerken.

'Wat is er gebeurd?' vroeg Eva.

'Pillen en whisky. Deuren op slot, ramen vergrendeld. Een briefje dat nergens op slaat. Iets over een jongen.'

'Waarom?' vroeg Eva impulsief, zonder erbij na te denken.

'Wie weet? Hoe goed kennen we iemand?' Romer wendde zich tot Angus. 'Bel het hoofdkantoor nog een keer. We hebben hier een hoge ome bij nodig.'

Angus hinkte weg en Romer wendde zich weer tot haar. Ze voelde dat al zijn aandacht nu op haar was gericht. 'Hoe ben je hier binnengekomen?' vroeg hij op barse toon. 'Waarom heeft de portier niet naar boven gebeld?'

Eva besefte dat ze een fout had begaan: ze had zich bij de portier moeten melden in plaats van die list te verzinnen. Dat zou normaal zijn geweest, de normale, onschuldige manier van doen wanneer een vriend niet kwam opdagen om iets te drinken.

'Hij was druk bezig. Ik heb gewoon de lift gepakt.'

'Of was je op zoek naar Elizabeth Wesley?'

'Naar wie?'

Romer grinnikte. Eva realiseerde zich dat hij te gehaaid was, en haar trouwens ook te goed kende. Romer keek haar met kille blik aan en sneerde: 'Onderschat nooit het vernuft en de uitgekooktheid van onze Eve Dalton, hè?'

En toen wist ze het. Ze voelde iets schrils in haar oren raspen, een doordringend, hysterisch alarmsignaal. Ze legde haar hand op zijn arm. 'Lucas,' zei ze zacht, 'ik wil je vanavond zien. Ik wil bij je zijn.'

Het was het enige wat ze kon doen, het ging puur instinctief. Ze moest een paar seconden tijdrekken voor alles in zijn volle omvang tot hem doordrong.

Hij keek over zijn schouder naar de politieagenten. 'Dat is onmogelijk,' zei hij. 'Vanavond kan niet.'

In die paar seconden stond ze te denken: hij weet dat Morris en ik met elkaar hebben gepraat. Hij weet dat Morris me iets heeft verteld en dat ik daarom heimelijk dit flatgebouw ben binnengekomen. Hij denkt dat ik die cruciale informatie heb en hij probeert in te schatten hoe gevaarlijk ik ben. Ze zag zijn uitdrukking veranderen toen hij haar weer aankeek. Ze kon hun twee breinen praktisch op volle toeren horen draaien, twee turbines die elk hun eigen kant op wervelden.

'Toe,' zei ze, 'ik mis je zo.' Misschien brengt het hem van de wijs, dacht ze, de smeekbede van een geliefde. Iets meer dan vierentwintig uur geleden lagen we nog samen in bed – misschien brengt het hem voor vijf minuten van de wijs.

'Luister – misschien,' zei hij. Hij pakte haar hand en kneep erin en liet hem toen los. 'Stephenson wil je spreken. Blijkbaar gaat Roosevelt het volgende week in een toespraak over jouw landkaart hebben, de tiende december. Stephenson wil je persoonlijk feliciteren.'

Dit is zo vergezocht dat het haast waar zou kunnen zijn, dacht ze. 'Wil Stephenson me spreken?' herhaalde ze dommig. Het leek ondenkbaar. William Stephenson was de bsc, het was in alle opzichten zijn toko, van de winkelbel tot de vuilnisbak in de steeg erachter.

'Jij bent onze stralende ster,' zei hij huichelachtig. Hij keek op zijn horloge. 'Ik moet eerst deze puinhoop regelen. Ik haal je om tien uur af voor je appartement.' Hij glimlachte. 'En zeg niks tegen Sylvia, oké?'

'Zie je om tien uur,' zei ze. 'En dan kunnen we daarna misschien –'

'Ik bedenk wel wat. Ga nu maar, voordat een van die agenten je naam noteert.' Hij draaide zich om en liep naar de politieagenten.

Terwijl Eva de lift naar beneden nam begon ze te rekenen. Ze keek op haar horloge: kwart voor negen. Romer zou om tien uur voor haar appartement staan wachten. Als ze na vijf minuten niet kwam opdagen zou hij beseffen dat ze 'm gesmeerd was. Ze had iets meer dan een uur om te verdwijnen.

Ze besloot dat ze geen tijd had om terug te gaan naar haar appartement; ze moest alles achterlaten, voor haar eigen veiligheid en om haar vlucht enige kans van slagen te geven. Terwijl ze op de ondergrondse stond te wachten keek ze wat ze in haar tas had: haar Eve Dalton-paspoort, ongeveer dertig dollar, een pakje sigaretten, lippenstift, een poederdoos. Was dat genoeg, vroeg ze zich met een trieste grijns af, om een nieuw leven te beginnen?

In de trein naar Brooklyn begon ze die laatste ontmoeting met Romer in haar hoofd af te spelen en langzaam, methodisch, alle implicaties ervan te analyseren. Hoe kwam het dat ze er zo plotseling, zo onmiddellijk van overtuigd was dat Romer achter de gebeurtenissen in Las Cruces en Morris Devereux' dood zat? Misschien had ze het bij het verkeerde eind? Misschien was het Angus Woolf? Misschien was het Morris geweest die een geraffineerd spelletje had gespeeld om haar in de val te laten lopen en zich later als de onschuld zelve had voorgedaan? Maar ze wist dat Morris geen zelfmoord had gepleegd: je maakt geen uiterst belangrijke afspraak waarna je besluit hem niet door te laten gaan door een einde aan je leven te maken. Romer had zich echter op geen enkele manier verraden, moest ze toegeven, dus waar kwam die onwrikbare zekerheid vandaan? Waarom had ze het gevoel dat ze nu meteen op de vlucht moest slaan, alsof haar leven ervan afhing? Die gemeenplaats maakte haar van streek, ze kreeg er kippenvel van; haar leven hing er inderdaad van af, besefte ze. Het feit dat ze de landkaart niet aan Raul had gegeven was voor Morris de cruciale aanwijzing, de doorslaggevende hint geweest. Waarom had ze de kaart niet aan Raul gegeven? Omdat ze hem had bekeken en hem knudde vond. Wie had tegen haar gezegd dat ze hem moest bekijken? Niemand.

Ze hoorde Romers stem, de stem van haar minnaar, alsof hij naast haar zat: 'Onderschat nooit het vernuft en de uitgekooktheid van onze Eve Dalton, hè?'

Dat had voor haar de doorslag gegeven. Daardoor had ze begrepen wat Morris had gezien. Ze kon niet het hele plaatje zien, hoe het spel zou moeten aflopen, maar toen ze voor de flat van die arme dode Morris met Romer stond te praten was het opeens tot haar doorgedrongen dat Romer één ding zeker had geweten toen hij haar op die missie naar Las Cruces had gestuurd: hij wist met absoluut vertrouwen dat ze nooit een pakje zou doorgeven zonder het te bekijken. Hij kénde haar, hij wist precies wat ze in die situatie zou doen. Ze voelde een blos van schaamte op haar wangen gloeien toen ze het feit onder ogen zag dat ze zo voorspelbaar was, zo perfect geprogrammeerd en gemanoeuvreerd. Maar waarom zou ze zich schamen, hield ze zich voor, en er vlamde even woede in haar op. Romer wist dat ze nooit een automaat, een robotkoerier zou zijn; daarom had hij haar voorgedragen voor het karwei. In Prenslo was het idem dito geweest: ze ontplooide initiatief, nam spontane beslissingen, velde harde oordelen. En hetzelfde met Mason Harding. Haar hoofd begon te tollen. Het leek wel of hij haar op de proef had gesteld en had geëvalueerd hoe ze zich in die omstandigheden gedroeg. Had Romer de FBI-kraaien ook op haar spoor gezet, bedacht ze opeens, in de vaste overtuiging dat ze hen zou afschudden en dan extra achterdochtig zou zijn? Ze begon zich in de luren gelegd te voelen, alsof ze met een grootmeester schaakte die steeds tien, twintig, dertig zetten vooruitdacht. Maar waarom zou Lucas Romer uit zijn op haar dood?

In haar flatje in Brooklyn liep ze rechtstreeks naar de wc en tilde het medicijnkastje van de wand. Ze trok de losse baksteen erachter uit de muur en pakte haar Margery Allerdice-paspoort en een bundeltje bankbiljetten: ze had bijna 300 dollar gespaard. Toen ze het kastje terughing aarzelde ze.

'Nee, Eva,' zei ze hardop.

Ze moest één ding goed onthouden en nooit vergeten: ze had te maken met Lucas Romer, een man die haar door en door kende, beter dan wie ook in haar leven, leek het. Ze ging zitten, haast duizelend van de gedachte die haar net was ingevallen: Romer wílde juist dat ze vluchtte, hij verwachtte dat ze ervandoor zou gaan – het zou veel gemakkelijker zijn om met haar af te rekenen als ze op de vlucht was, ver van huis. Dus denk goed na, spoorde ze zichzelf aan – overdenk het tweemaal, driemaal. Kruip in Romers hoofd, stel vast wat hij van je weet en van je vindt, Eva Delectorskaya, en verras hem dan.

Romer zou niet zijn gezwicht voor haar emotionele smeekbede om samen de nacht door te brengen, redeneerde ze bij zichzelf. Geen seconde. Hij zou weten dat ze hem wantrouwde, hij zou weten dat ze niet geloofde dat Morris zelfmoord had gepleegd. Hij wist waarschijnlijk ook dat het voorbij was zodra ze op de gang naar Morris' appartement verscheen, en daarom was zijn voorstel om haar om tien uur af te halen praktisch een uitnodiging aan haar om de benen te nemen. Ze realiseerde zich ineens dat ze helemaal geen voorsprong had: geen uur, geen halfuur – ze had helemaal geen tijd.

Ze vertrok meteen uit het flatje, zich afvragend of Romer enige weet had van het adres. Ze meende van niet, en toen ze de straat uit liep stelde ze vast dat ze niet werd gevolgd. Ze schoof haar Eve Dalton-paspoort door het rooster van een rioolkolk en hoorde het zachtjes in water plonzen. Ze was nu Margery Allerdice. Bekend bij Romer, uiteraard – hij kende vast alle schuilnamen waarvan hij zijn agenten voorzag – dus het was maar de vraag hoever ze als Margery Allerdice zou komen.

En ook waar ze zou komen, dacht ze terwijl ze zich naar het station van de ondergrondse haastte. Ze had twee duidelijke, simpele opties: naar het zuiden naar Mexico en naar het noorden naar Canada. Al delibererend begon ze zich af te vragen wat Romer van haar zou verwachten. Ze kwam net terug van de Mexicaanse grens; zou hij erop rekenen dat ze terugging of juist dat ze de andere kant op vluchtte, naar het noorden? Ze zag een taxi langzaam voorbijrijden en riep hem aan. Naar Penn Station, zei ze – zuidwaarts, dus, naar Mexico, de beste keuze, en logisch; ze wist hoe en waar ze de grens moest oversteken.

In de taxi bleef ze de consequenties van dat plan afwegen. De trein – was dat het juiste vervoermiddel? Hij zou niet verwachten dat ze de trein nam: te voor de hand liggend, te gemakkelijk te controleren, eenvoudiger om haar te pakken te krijgen in een trein. Nee, Romer zou eerder aan een bus of een auto denken, dus zou ze misschien wat meer tijd krijgen door een trein te nemen. Ze zat voortdurend na te denken over Romer en de manier waarop zijn hersens werkten terwijl de taxi de East River overstak en naar de oplichtende wolkenkrabbers van Manhattan koerste. Ze begreep dat ze alleen zo enige kans had om te overleven. Eva Delectorskaya versus Lucas Romer. Het zou niet gemakkelijk zijn. Hij had haar getraind, alles wat ze wist dankte ze indirect aan Romer. Dus wat haar te doen stond was zijn methoden, zijn trucjes en kneepjes tegen hemzelf gebruiken… Maar ze had gewoon wat tijd nodig, realiseerde ze zich moedeloos, een dag of twee voorsprong, meer niet, tijd om haar sporen uit te wissen, het lastiger voor hem te maken... Ze zat ineengedoken achter in de taxi; het was een koude decemberavond en een beetje Mexicaanse zon zou fijn zijn, bedacht ze, een beetje Braziliaanse zon... Toen drong het tot haar door dat ze naar het noorden moest. Ze leunde naar voren en tikte de taxichauffeur op zijn schouder.

Op Grand Central Station kocht ze een kaartje naar Buffalo, voor drieëntwintig dollar. Ze legde twee biljetten van twintig neer. De lokettist telde haar wisselgeld uit en gaf haar het kaartje. Ze zei dank u, liep weg, wachtte tot hij twee andere klanten had geholpen en ging toen terug naar het loket waar ze zich vóór de volgende klant wrong en zei: 'Dit is wisselgeld van veertig dollar. Ik heb u een briefje van vijftig gegeven.'

De rij was aanzienlijk. De lokettist – een man van middelbare leeftijd met een middenscheiding die zo strak was dat het leek of ze in zijn haar was geschoren – weigerde haar gelijk te erkennen of excuses te maken. Er werd een assistent-bedrijfsleider bij geroepen en Eva eiste zijn chef te spreken. De menigte die in de rij stond te wachten werd ongedurig – 'Schiet eens op, dame!' riep iemand – en Eva keerde zich kwaad tegen hen en krijste dat ze voor tien dollar was afgezet. Toen ze in tranen uitbarstte leidde de assistent-bedrijfsleider haar naar een kantoor, waar ze vrijwel meteen kalmeerde en zei dat ze contact zou opnemen met haar advocaten. Met enig vertoon noteerde ze de naam van de assistent-bedrijfsleider – Enright – en die van de lokettist – Stefanelli – en waarschuwde hem dat hij en Stefanelli er nog van zouden horen, reken maar: als de Delaware & Hudson Railway Company zijn argeloze klanten ging afzetten dan moest iemand daartegen in het geweer komen.

Ze liep met een vergenoegd gevoel over zichzelf terug door de immense stationshal; ze stond verbaasd hoe gemakkelijk ze echte tranen had weten op te roepen. Ze liep naar een ander loket een eind verderop en kocht een tweede kaartje, deze keer naar Burlington. De laatste trein zou over drie minuten vertrekken, en ze holde de trap af naar het perron en stapte in met nog een halve minuut op de klok.

Ze ging zitten, keek naar verlichte voorsteden die langsflitsten en probeerde zich weer in Romers situatie te verplaatsen. Wat zou hij van de beroering op Grand Central denken? Hij zou weten dat het in scène was gezet: het was een oude truc die ze tijdens haar training had geleerd om opzettelijk de aandacht te trekken: je maakt heibel terwijl je een kaartje naar de Canadese grens koopt omdat dat precies is waar je níét naartoe gaat. Maar Romer zou daar niet in trappen; het was te simpel en hij zou nu helemaal niet meer op het zuiden gokken. Nee Eva, zou hij bij zichzelf zeggen, je gaat niet naar El Paso of Laredo, al wil je me dat doen geloven. Je gaat naar Canada. Romer zou de dubbele bodem in de misleiding meteen aanvoelen, maar daarna – want je moest nooit het vernuft en de uitgekooktheid van Eva Delectorskaya onderschatten – zou er twijfel gaan knagen. Hij zou gaan denken: wacht even, misschien is het wel een driedubbele bodem. Dat is precies wat Eva wil dat ik denk, dat ik tot de slotsom kom dat ze naar Canada gaat terwijl ze in feite naar Mexico vlucht. Ze hoopte dat ze het juist had; Romer was er listig genoeg voor. Zou haar vierdubbele misleiding voldoende zijn om hem op het verkeerde been te zetten? Ze meende van wel. Hij zou de manoeuvre grondig analyseren en denken: ja, in de winter vliegen de vogels naar het zuiden.

Op het station van Burlington telefoneerde ze naar Paul Witoldski in Franklin Forks. Het was na middernacht.

'Met wie spreek ik?' Witoldski's stem klonk bars en geïrriteerd.

'Spreek ik met Witoldski's Bakkerij?'

'Nee. Dit is Witoldski's Chinese Stomerij.'

'Mag ik Julius spreken?'

'Ik ken geen Julius.'

'Met Eve,' zei ze.

Er viel een stilte. Toen zei Witoldski: 'Heb ik een bespreking gemist?'

'Nee. Ik heb uw hulp nodig, meneer Witoldski. Het is dringend. Ik sta op het station van Burlington.'

Weer stilte. 'Ik ben er over een halfuur.'

Terwijl Eva op de komst van Witoldski wachtte bedacht ze: ons wordt op het hart gedrukt, bevolen, we worden gesmeekt, aangemaand, bezworen om nooit iemand te vertrouwen, en dat is allemaal prima maar soms is vertrouwen het enige waar je nog op terug kunt vallen, in uitzichtloze situaties. Ze moest erop vertrouwen dat Witoldski haar zou helpen. Johnson in Meadowville zou een meer voor de hand liggende keuze zijn geweest – en ze meende dat ze Johnson ook kon vertrouwen – maar Romer was met haar in Meadowville geweest. Op zeker moment zou hij Johnson bellen; hij wist ook van Witoldski af maar hij zou eerst Johnson natrekken. Met Witoldski kreeg ze misschien nog een paar uur extra.

Ze zag een bemodderde combi het parkeerterrein oprijden met 'WXBQ Franklin Forks' op de zijkant geschilderd. Witoldski was ongeschoren en droeg een geruit jack en wat eruitzag als een vissersbroek van wasdoek.

'Zit u in de knoei?' vroeg hij, zoekend naar haar koffer.

'Ik zit een beetje in de knoei,' erkende ze, 'en ik moet vanavond in Canada zijn.'

Hij dacht even na, wrijvend over zijn kin zodat ze het gerasp van zijn baardstoppels hoorde. 'Zeg verder maar niks meer,' zei hij en hij hield het autoportier voor haar open.

Ze reden noordwaarts en spraken nauwelijks met elkaar. Hij rook naar bier en iets anders verschaalds – oude lakens, misschien, een lichaam dat niet recentelijk was gewassen – maar ze klaagde niet. Ze stopten in Champlain om bij een benzinestation te tanken en hij vroeg of ze honger had. Ze zei van wel en hij kwam terug met een doos vijgenkoeken – GOUVERNEUR FIG ROLLS stond er op de verpakking. Ze at er drie achter elkaar terwijl ze naar het westen zwenkten in de richting van een stadje dat op de wegwijzer als Chateaugay stond aangegeven, maar vlak voor ze daar waren draaide hij een grindweg op en begonnen ze door dennenbossen te stijgen. De weg versmalde tot een pad en de takpunten van de dennenbomen streken langs de auto terwijl ze met een ijl metalig geruis in hun oren langzaam voortreden. Jagerspaden, legde Witoldski uit. Ze dommelde een poosje in en droomde van vijgen en vijgenbomen in de zon tot ze wakker schrok van de ruk waarmee de auto halt hield.

De dageraad was nabij, er hing een doffe zilverigheid in de lucht boven haar hoofd waardoor de dennenbomen nog zwarter leken. Witoldski wees naar een kruispunt dat door zijn koplampen werd verlicht. 'Na ruim een kilometer over die weg komt u bij Sainte-Justine.'

Ze stapten uit de auto en Eva voelde de kou toeslaan. Ze zag dat Witoldski naar haar lichte stadse schoeisel keek. Hij liep naar de achterkant van de combi, trok de achterklep open en kwam terug met een sjaal en een oud vettig gebreid vest dat ze onder haar jas aantrok.

'U bent in Canada,' zei hij. 'In Quebec. Ze spreken hier Frans. Spreekt u Frans?'

'Ja.'

'Domme vraag.'

'Ik wil u geld geven voor de benzine, en voor uw tijd,' zei ze.

'Geef dat maar aan een goed doel, of koop een oorlogsobligatie.'

'Als er iemand naar mij komt vragen, vertel dan de waarheid,' zei ze. 'Het is niet nodig om het geheim te houden.'

'Ik heb u nooit gezien,' zei hij. 'Wie bent u? Ik ben wezen vissen.'

'Dank u wel,' zei Eva. Ze bedacht dat ze de man misschien moest omhelzen, maar hij stak zijn hand uit en ze schudde hem.

'Succes, Miss Dalton,' zei hij. Hij stapte weer in zijn auto, keerde om bij het kruispunt en reed weg. Hij liet Eva achter in een duisternis die zo totaal was dat ze geen stap durfde te zetten. Haar ogen wenden langzaam aan het donker en ze begon de getande toppen van de bomen te ontwaren tegen de langzaam vergrauwende hemel. Ze kon het fletse spoor van de weg onderscheiden waar die zich splitste. Ze trok Witoldski's sjaal vaster om haar hals en ging op weg naar Sainte-Justine. Ze was nu echt op de vlucht, bedacht ze, ze was naar een ander land gevlucht en voor het eerst begon ze zich iets veiliger te voelen. Het was zondagmorgen, realiseerde ze zich. Ze luisterde naar het geluid van haar voeten die op het grind van de weg knarsten, en naar de eerste vogels die begonnen te zingen – zondag, 7 december 1941.

Ik deed de keukendeur op slot. Ilse en Ludger waren weg maar ergens in Oxford, en ik had geen zin om betrapt te worden. Het was lunchtijd en ik had nog een uur voor Hamid kwam. Het gaf me een raar gevoel toen ik de deur van hun kamer openduwde – míjn eetkamer, hield ik me voor – en ik bedacht dat ik er geen voet meer had gezet sinds Ludgers komst.

De kamer zag eruit alsof er een maand lang vluchtelingen waren ondergedoken. Het rook er naar oude kleren, sigaretten en wierookstokjes. Er lagen twee luchtbedden op de vloer met opengeritste slaapzakken erop – oud kaki legerdumpspul in plooien, het leek wel iets dat ooit had geleefd, een afgeworpen huid, een reusachtige ledemaat in staat van ontbinding – die als bed dienden. Hier en daar lagen voorraadjes eten en drinken – blikjes tonijn en sardines, blikjes bier en cider, repen chocola en pakjes biscuits – alsof de bewoners zich op een soort korte belegering hadden ingesteld. De tafel en stoelen waren tegen de muur geschoven en fungeerden als een open klerenkast – spijkerbroeken, overhemden, bloesjes en ondergoed hingen aan elke rand of rugleuning en lagen op elk horizontaal vlak. In een hoek zag ik de reistas waarmee Ludger bij me had aangeklopt en een plompe rugzak – ook uit de legerdump – die van Ilse was, naar ik aannam.

Ik lette goed op hoe de rugzak tegen de muur geleund stond,

en ik wilde hem net openmaken toen me inviel dat ze misschien wel valstrikken had gezet. 'Valstrikken,' zei ik hardop en dwong mezelf tot een spottend lachje: ik was te veel met het verleden van mijn moeder bezig, dacht ik bij mezelf. Evengoed moest ik toegeven dat ik me aan een clandestien onderzoek van de kamer van mijn logés bezondigde. Ik maakte de riem los en inspecteerde de rugzak. Ik vond een paar beduimelde pockets (in het Duits, twee van Stefan Zweig), een Instamatic-camera, een gehavende teddybeer-mascotte met de naam 'Uli' erop geborduurd, een paar pakjes condooms en iets wat zo groot en plat was als een halve baksteen en in aluminiumfolie zat gewikkeld. Ik wist wat het was en rook eraan: hasj, marihuana. Ik trok een hoekje van het folie open en zag een compacte, chocoladekleurige substantie. Ik nam een flintertje tussen wijsvinger en duim en proefde het, waarom weet ik niet. Was ik een drugsexpert die de herkomst kon vaststellen? Nee, helemaal niet, ook al stak ik weleens een joint op, maar het leek iets wat je hoort te doen als je stiekem door de spullen van een ander snuffelt. Ik vouwde het folie weer dicht en stopte alles weg. Ik doorzocht de andere vakken van de rugzak en vond niets interessants. Ik wist niet precies waarnaar ik op zoek was: een wapen? Een pistool? Een handgranaat? Ik deed de deur achter me dicht en ging een sandwich voor mezelf klaarmaken.

Toen Hamid voor zijn les kwam gaf hij me een envelop en een pamflet. Op het pamflet werd een demonstratie bij het Wadham College aangekondigd om te protesteren tegen het officiële bezoek van Ashraf, de zuster van de sjah van Iran. In de envelop zat een gekopieerde uitnodiging voor een feest in de bovenzaal van de Captain Bligh Bar in Cowley Street, op vrijdagavond.

'Wie geeft het feest?' vroeg ik.

'Ik,' zei Hamid. 'Om afscheid te nemen. Ik vertrek de dag erna naar Indonesië.'

Die avond, toen Jochen in bed lag en Ludger met Ilse naar de pub was – ze vroegen altijd of ik meeging, en ik zei altijd nee – belde ik rechercheur Frobisher.

'Ik heb een telefoontje gehad van dat meisje Ilse,' zei ik. 'Ze heeft mijn nummer vast per abuis gekregen, want ze vroeg naar iemand die ik niet kende, ene "James". Ik geloof dat ze uit Londen belde.'

'Nee, ze zit absoluut zeker in Oxford, mevrouw Gilmartin.'

'O.' Dat bracht me van de wijs. 'Wat heeft ze eigenlijk gedaan?'

Er viel een stilte. 'Ik zou u dit eigenlijk niet moeten vertellen, maar ze woonde in een kraakpand in Tooting Bec. We vermoeden dat ze misschien drugs verkocht maar de klachten die over haar waren binnengekomen hadden te maken met agressief gebedel. Bedelen met intimidatie, als u begrijpt wat ik bedoel.'

'O, juist. Dus ze is niet zo'n anarchistische terroriste of zo.'

'Waarom dacht u dat?' Er klonk hernieuwde belangstelling in zijn stem.

'Zomaar. Door al die verhalen in de kranten, weet u wel.'

'Ja, ja... Nou ja, de politie van Londen wil dat we haar aanhouden. En wij willen dat soort mensen niet in Oxford,' voegde hij er enigszins pedant en dom aan toe. Ik dacht: Oxford zit vol met allerlei soorten mensen, zo maf en gestoord en vervelend als overal. Eén Ilse meer of minder zou echt niets uitmaken.

'Ik zal u bellen als ze weer contact zoekt,' zei ik plichtsgetrouw.

'Heel graag, mevrouw Gilmartin, dank u wel.'

Ik hing op en dacht aan die magere, humeurige, slonzige Ilse en vroeg me af hoe agressief ze kon bedelen. Ik begon te twijfelen of ik er wel goed aan had gedaan om Frobisher te bellen – hij was heel schrander – en waarom was ik over terrorisme begonnen? Dat was een blunder, heel stom. Ik had me in mijn hoofd gehaald dat ik ongewild de tweede generatie van de Baader-Meinhof-bende onderdak verleende, en nu kwam ik tot de ontdekking dat het gewoon de gebruikelijke schlemielen en kneuzen waren.

De demonstratie bij het Wadham College was aangekondigd voor zes uur 's avonds, als de zuster van de sjah op een receptie zou arriveren om de nieuwe bibliotheek die met het geld van de sjah was opgezet officieel te openen. Ik haalde Jochen op uit zijn school en we namen een bus de stad in. We hadden tijd voor een pizza en een cola in de pizzeria in St. Michael's Street, waarna we hand in hand over Broad Street naar het Wadham College slenterden.

'Wat is een demonstratie, mam?' vroeg Jochen.

'We protesteren. We protesteren tegen het feit dat de universiteit van Oxford geld aanneemt van een dictator, een man die de sjah van Iran heet.'

'De sjah van Iran,' herhaalde hij. Hij vond het leuk klinken. 'Is Hamid er ook?'

'Zeker weten, dat lijkt me wel.'

'Hij komt ook uit Iran, hè?'

'Dat klopt, snugger kereltje van me –' Ik zweeg, stomverbaasd. Er bleken wel vijfhonderd mensen bijeengedromd te zijn, verdeeld in twee groepen aan weerszijden van de hoofdingang van het gebouw. Ik had het gebruikelijke selecte groepje geëngageerde progressievelingen plus wat punks op zoek naar een verzetje verwacht, maar er stonden tientallen politieagenten met de armen in elkaar gehaakt die de toegang tot het universiteitsgebouw zo breed en vrij mogelijk hielden. Anderen stonden op straat met hun walkietalkie en maanden auto's ongeduldig om door te rijden. Er waren spandoeken – met DICTATOR, VERRADER, MOORDENAAR en SCHANDE, OXFORD! en (iets gevatter) TIRAN VAN IRAN – en georganiseerd gescandeer in Farsi onder leiding van een gemaskerde man met een megafoon. De stemming was echter opmerkelijk feestelijk, misschien omdat het een mooie warme zomeravond was, misschien omdat het een demonstratie in het beschaafde Oxford was, of misschien omdat het lastig leek om echt verontwaardigd en revolutionair te doen over de opening van een nieuwe bibliotheek. Er werd een hoop gegrijnsd, gelachen en gedold maar toch was ik onder de indruk: het was de grootste politieke demonstratie die ik ooit in Oxford had gezien. Het deed me denken aan mijn jaren in Hamburg, en toen ik aan Hamburg dacht werd ik aan Karl-Heinz herinnerd en aan alle bezielde, boze optochten en demonstraties waar we samen aan hadden deelgenomen. Mijn stemming zakte wat in.

Ik zag Hamid met een groepje andere Iraniërs meescanderen met de megafoonman en als één man fanatiek met hun vinger wijzen. De lol trappende Engelse studenten in hun vechtjacks en Arabische hoofdtooi zagen eruit als dilettanten: voor hen was dit protest een soort buitenschoolse luxe; er stond niet echt iets op het spel en het was gewoon een beetje vermaak op een zonnige avond.

Ik keek naar de menigte en naar de zwetende, geteisterde politieagenten die de halfhartig opdringende demonstranten tegenhielden. Ik zag nog twintig agenten uit busjes stappen die bij Keble College stonden geparkeerd en de straat in komen – de zuster van de sjah was zeker in aantocht. Toen ontdekte ik Frobisher; hij stond met wat journalisten en persfotografen op een lage muur en klikte er lustig op los met een camera die hij op de demonstranten hield gericht. Ik draaide me snel om en botste bijna tegen Ludger en Ilse op.

'Hé, Ruth!' zei Ludger met een brede glimlach, kennelijk blij om me te zien. 'En Jochen ook. Goed zo! Neem een ei.' Hij en Ilse hadden ieder twee dozen met een dozijn eieren die ze aan de menigte uitdeelden.

Jochen pakte voorzichtig een ei. 'Wat moet ik hiermee doen?' vroeg hij benepen. Hij was nooit echt voor Ludger gevallen, ondanks diens onophoudelijke, gemoedelijke gescherts, maar Ilse mocht hij wel. Ik pakte ook een ei, om hem aan te moedigen.

'Als je die rijke dame uit haar limousine ziet stappen, dan gooi je dat ei naar haar,' zei Ludger.

'Waarom?' vroeg Jochen – een alleszins redelijke vraag, vond ik – maar voor iemand hem een afdoend antwoord kon geven had Hamid hem opgetild en op zijn schouders gezet.

'Nu heb je een goed uitzicht,' zei Hamid.

Ik vroeg me af of ik de moeder met verantwoordelijkheidszin moest spelen maar zag ervan af. Het was nooit te vroeg in je leven om de mythe van het almachtige systeem te ontkrachten. Ach wat, dacht ik: de tegencultuur is taai, en misschien is het juist wel goed voor Jochen Gilmartin om een ei naar een Perzische prinses te gooien. Terwijl Jochen het tafereel vanaf Hamids schouders overzag, wendde ik me tot Ilse.

'Zie je die fotograaf in dat spijkerjasje, op de muur met die anderen, de journalisten?' vroeg ik.

'Ja, wat is daarmee?'

'Dat is een politieman. Hij zit achter je aan.'

Ze wendde zich meteen af en viste in de zakken van haar jack naar een hoed – een slappe, lichtblauwe hoed uit de legerdump – die ze diep over haar voorhoofd trok en completeerde met een zonnebril. Ze fluisterde iets tegen Ludger en ze glipten weg, de menigte in.

Plotseling begon de politie naar elkaar te roepen en te gebaren. Al het verkeer werd stilgelegd en een stoet auto's aangevoerd door twee motoragenten met knipperende lichten kwam met enige snelheid uit Broad Street gereden. Het gejoel en geschreeuw werd oorverdovend toen de auto's stilhielden en de lijfwachten uitstapten en zich rondom een kleine gedaante in een turkooizen zijden jurk en een kort jasje opstelden. Ik zag donker haar, wijduitstaand en volgespoten met haarlak, en een grote zonnebril. Terwijl ze snel naar de portiersloge en de zenuwachtige professoren van het welkomstcomité werd geleid begonnen de eieren door de lucht te vliegen. Ik vond het geluid als ze iets raakten en uiteenspatten net verre geweerschoten.

'Gooien, Jochen!' riep ik spontaan, en ik zag hem zijn ei wegsmijten. Hamid liet hem nog heel even op zijn schouders zitten en liet hem toen voor zich op de grond zakken.

'Ik heb een man op zijn schouder geraakt,' zei Jochen. 'Een van die mannen met een zonnebril.'

'Goed zo,' zei ik. 'En nu gaan we naar huis. Dat was genoeg opwinding voor vandaag.'

We namen afscheid, lieten de demonstratie achter ons en liepen Broad Street in naar Banbury Road. Na een paar minuten voegden Ludger en Ilse zich bij ons, tot mijn verrassing. Jochen begon meteen aan hen uit te leggen dat hij met opzet niet op de dame had gemikt omdat haar jurk er zo mooi uit-zag – en zo duur.

'Hé, Ruth,' zei Ludger terwijl hij naast me kwam lopen, 'bedankt voor je tip over die smeris.'

Ik zag dat Ilse Jochen bij de hand had genomen en in het Duits tegen hem sprak.

'Ik dacht dat ze serieus in de problemen zat,' zei ik, 'maar ik geloof dat ze haar alleen maar willen waarschuwen.'

'Vergeet het maar,' zei Ludger met een zenuwachtig lachje. Hij liet zijn stem dalen. 'Ze is een beetje kierewiet. Een beetje maf. Niks ernstigs, snap je wel.'

'Goed,' zei ik. 'Net als wij allemaal, dus.'

Jochen greep naar achteren, naar Ludgers hand. 'Gaan we zwieren, Ludger?'

Dus begonnen Ludger en Ilse hem tussen hen in door de lucht te zwieren terwijl we naar huis liepen. Jochen had het niet meer van plezier en riep elke keer om hoger en hoger te worden gezwierd.

Ik bleef wat achter, bukte me om het riempje van mijn schoen aan te trekken, en kreeg de politieauto pas in de gaten toen hij naast me was gestopt. Door het open raampje glimlachte rechercheur Frobisher naar me.

'Mevrouw Gilmartin – ik dacht al dat u het was. Kan ik u heel even spreken?' Hij stapte uit de auto. De bestuurder bleef zitten. Ik voelde dat Ludger, Ilse en Jochen gewoon doorliepen en het lukte me om niet naar hen te kijken.

'Ik wou u alleen even vertellen dat dat Duitse meisje blijkbaar weer in Londen zit,' zei Frobisher.

'O, goed zo.'

'Hebt u de demonstratie gezien?'

'Ja, ik stond in Broad Street. Een paar studenten van me deden mee. Iraniërs, weet u wel.'

'Ja, daar wou ik het ook met u over hebben,' zei hij terwijl hij dichter naar me toe stapte. 'U beweegt u in kringen van buitenlandse studenten, begrijp ik.'

'Zo zou ik het zelf niet willen noemen, maar ik geef inderdaad zo'n beetje het hele jaar les aan buitenlandse studenten.'

Ik streek met een ruk mijn haar uit mijn ogen en nam de gelegenheid te baat om snel de straat door te kijken. Ludger, Ilse en Jochen stonden een meter of honderd verderop naar me te kijken, Ilse met Jochens hand in de hare.

'Laat ik het zo zeggen, mevrouw Gilmartin,' zei Frobisher, en hij legde enige vertrouwelijkheid en aandrang in zijn stem, 'het zou ons zeer interesseren als u iets ongewoons zag of hoorde – in politiek opzicht, van anarchisten of radicalen en zo. Italianen, Duitsers, Arabieren… Als u iets opvalt kunt u ons bellen, laat het ons dan weten.' Hij glimlachte, oprecht, niet uit beleefdheid, en heel even zag ik de echte Frobisher, zag ik zijn serieuze bevlogenheid. Achter de omgangsfrasen en het air van saaie ernst zat iemand die sluwer was, gewiekster, ambitieuzer. 'U kunt dichter bij die mensen komen dan wij, u hoort dingen die wij nooit zouden horen,' zei hij, zich weer blootgevend, 'en als u ons zo af en toe eens belt zouden we dat erg waarderen, ook al gaat het maar om een voorgevoel.'

Is dit de manier waarop het begint? dacht ik. Is dit de manier waarop je leven als spion begint?

'Tuurlijk,' zei ik, 'mocht ik ooit iets horen. Maar ze zijn tamelijk onschuldig en gewoon. Ze proberen allemaal Engels te leren.'

'Dat snap ik. Negenennegentig komma negen procent. Maar u hebt de graffiti gezien,' zei hij. 'We hebben het over ultrarechtse Italianen, linksradicale Duitsers. Ze moeten wel hier zitten als ze die dingen op muren kalken.' Dat was waar; Oxford werd hoe langer hoe meer onder geklad met betekenisloze Euro-agitpropleuzen: ORDINE NUEVO, DAS VOLK WIRD DICH RACHEN, CACA-PIPI-TALISME – betekenisloos voor Engelsen, althans.

'Ik begrijp het,' zei ik. 'Als ik iets hoor dan bel ik u. Geen probleem: ik heb uw nummer.'

Hij bedankte me nogmaals, zei dat hij contact zou opnemen, wenste me het beste, schudde me de hand en stapte weer in zijn auto, die snel keerde en weer terugreed naar het centrum.

Ik voegde me bij het wachtende trio.

'Wat wou de politie van je, mam?'

'Hij zei dat hij op zoek was naar een jongen die een ei had gegooid.' De ouderen lachten allemaal maar Jochen vond het niet leuk.

'Dat grapje heb je al eens eerder gemaakt. Het is nog steeds niet grappig.'

Toen we verderliepen nam ik Ilse even apart. 'Ze denken dat je weer in Londen zit, om een of andere reden. Dus ik neem aan dat je hier veilig bent.'

'Ik dank je hiervoor, Ruth. Ik ben erg dankbaar.'

'Waarom bedel je? Ze zeiden dat je op een agressieve manier bedelt, met intimidatie.'

Ze slaakte een zucht. 'Alleen in het begin ik bedelde. Dat klopt. Maar nu niet meer.' Ze trok haar schouders op. 'Op straat is veel onverschilligheid, weet je. Het maakte me kwaad.'

'Wat kwam je eigenlijk in Londen doen?'

'Ik ben van huis weggelopen. Uit Düsseldorf. Mijn beste vriendin op school ging neuken met mijn vader. Het was onmogelijk, ik moest weg.'

'Tja,' zei ik. 'Ja, ik snap dat je het gevoel had dat je… Wat ga je nu doen?'

Ilse dacht even na, maakte een vaag gebaar met haar hand. 'Ik denk Ludger en ik vinden een flat in Oxford. Misschien iets kraken. Ik vind Oxford leuk. Ludger zegt misschien gaan we in porno.'

'In Oxford?'

'Nee, in Amsterdam. Ludger zegt hij kent iemand die video's maakt.'

Ik wierp een blik op het magere blonde meisje dat naast me liep terwijl ze in haar tas naar een sigaret zocht. Bijna knap; er was alleen iets ploms en ronds aan haar gelaatstrekken waardoor ze gewoontjes bleef. Een alledaags meisje.

'Ik zou geen porno gaan doen, Ilse,' zei ik. 'Dat dient alleen maar om zielige mannen te helpen met aftrekken.'

'Tja…' Ze dacht na. 'Je hebt gelijk. Ik beter verkopen drugs.'

We haalden Ludger en Jochen in en slenterden verder naar huis, kletsend over de demonstratie en Jochens treffer met zijn ei, meteen bij zijn eerste worp. Maar ik merkte dat ik ook aan Frobishers aanbod liep te denken: als u wat hoort, al gaat het maar om een voorgevoel – we zouden het erg waarderen.

Het verhaal van Eva Delectorskaya

Ottawa, 1941

Eva Delectorskaya keek uit het raam van de bus naar de ge-
kleurde lichtjes en de kerstversieringen in de etalages van Ottawa's warenhuizen. Ze was op weg naar haar werk en had zoals wel vaker een zitplaats voor in de bus weten te bemachtigen,
niet ver van de chauffeur, zodat ze gemakkelijker kon controleren wie er aan boord stapte en wie uitstapte. Ze sloeg haar
roman open en deed of ze las. Ze was op weg naar Somerset
Street in de binnenstad van Ottawa maar ze stapte altijd enkele haltes voor of na haar bestemming uit, en ze nam steeds
een andere wandelroute om op het ministerie van Bevoorrading te komen. Door die voorzorgsmaatregelen duurde haar
tocht naar haar werk een minuut of twintig langer maar ze
voelde zich tijdens haar werkdag rustiger en meer op haar gemak in de wetenschap dat ze ze had genomen.

Ze wist zeker, zowat honderd procent zeker, zo zeker als iemand maar kon wezen, dat niemand haar ooit had geschaduwd in de korte tijd dat ze nu in Ottawa woonde en werkte,
maar de voortdurende routinecontroles waren nu een onderdeel van haar leven. Het was bijna twee weken geleden dat ze
uit New York was gevlucht – morgen twee weken, bedacht
ze – maar ze kon de dingen nog steeds niet nemen voor wat ze
waren.

Ze was Sainte-Justine binnen komen lopen toen het dorp begon te ontwaken en tot leven kwam, en ze had met de eerste klanten in de drugstore koffie met een donut besteld voor ze de vroege bus naar Montreal nam. Daar had ze haar lange haar kort laten knippen en kastanjebruin laten verven, en ze had die nacht in een hotelletje in de buurt van het station geslapen: ze was om acht uur naar bed gegaan en twaalf uur onder zeil geweest. Pas de volgende ochtend, maandag, had ze een krant gekocht en over de aanval van de dag ervoor op Pearl Harbor gelezen. Ze las het artikel snel door, vol ongeloof, en herlas het daarna langzamer: acht slagschepen tot zinken gebracht, honderden doden en vermisten, een schanddaad die altijd aan die datum gekoppeld zou blijven, en Japan werd de oorlog verklaard. En ze kon alleen maar opgetogen denken: we hebben gewonnen. Dit is precies wat we wilden en nu zullen we winnen, nog niet volgende week, nog niet volgend jaar, maar we zullen winnen. Ze kreeg haast tranen in haar ogen omdat ze wist hoe belangrijk het was, en ze probeerde zich voor te stellen hoe het nieuws bij de BSC was ontvangen en voelde opeens de krankzinnige aandrang – die ze meteen onderdrukte – om Sylvia te bellen. Hoe zou Lucas Romer zich voelen, vroeg ze zich af? Was ze nu veiliger? Zouden ze de zoektocht staken?

Ze betwijfelde het, zei ze bij zichzelf terwijl ze de treden naar de nieuwe dependance van het ministerie van Bevoorrading opliep en de lift nam naar de typekamer op de derde verdieping. Ze was vroeg, de eerste van de vier vrouwen die als stenotypisten fungeerden voor de stuk of zes ambtenaren die op deze verdieping van deze afdeling van het ministerie werkzaam waren. Ze begon zich iets te ontspannen: ze voelde zich altijd veiliger op haar werk door de anonimiteit als gevolg van het grote aantal mensen in het gebouw en omdat ze haar sporen kon uitwissen als ze erheen of terug naar huis reisde. De continue argwaan en behoedzaamheid staken pas weer de kop op in haar vrije tijd, alsof ze een individu werd zodra ze uit kantoor kwam, een individu dat de aandacht zou kunnen trekken. Daar op de derde verdieping was ze alleen maar een vrouw van een van de talloze typekamers.

Ze trok de hoes van haar typemachine en nam de documenten in haar bakje door. Ze was best tevreden met haar werk: het stelde geen hoge eisen aan haar en ze zou er een enkele reis naar huis aan overhouden, zo hoopte ze althans.

Eva wist dat er voor een alleenstaande vrouw maar twee manieren waren om zich van een overtocht van Canada naar Engeland te verzekeren: in uniform – als verpleegster van het Rode Kruis of als seinvrouw – of in overheidsdienst. Ze beschouwde de overheid als de snelste route en was dus op maandag 8 december van Montreal naar Ottawa gereisd waar ze zich had ingeschreven bij een bemiddelingsbureau dat was gespecialiseerd in het leveren van secretaresses aan ministeries en het parlement. Ze kwalificeerde zich ruimschoots met haar steno, haar vloeiende Frans en haar typesnelheid, en binnen vierentwintig uur was ze voor een sollicitatie naar de nieuwe dependance van het ministerie van Bevoorrading in Somerset Street gestuurd, een massief, sober kantoorgebouw van grauwe steen, de kleur van oude sneeuw.

Op haar eerste avond in Montreal had ze in haar hotel een uur lang met een sterk vergrootglas, een naald en zwarte Oost-Indische inkt die met een beetje melk was verdund de naam 'Allerdice' in haar paspoort in 'Atterdine' zitten veranderen. Er was niets wat ze aan 'Margery' kon doen maar ze besloot om zichzelf 'Mary' te noemen, alsof ze de voorkeur gaf aan die verkorting. Het paspoort zou inspectie door een deskundige met een microscoop niet doorstaan, maar het zou er vast mee door kunnen onder de gehaaste blik van een immigratiebeambte. Eva Delectorskaya werd Eve Dalton werd Margery Allerdice werd Mary Atterdine; ze hoopte dat haar sporen langzaam werden uitgewist.

Na een paar dagen op haar nieuwe werk begon ze in de kantine van het ministerie aan de vrouwen en de meisjes rond te vragen hoe de kansen op een aanstelling op de Londense ambassade lagen. Ze kwam tot de ontdekking dat er een tamelijk regelmatig personeelsverkeer heen en weer was: om de maand of zo gingen er een paar naartoe en kwamen er een paar terug. Ze moest naar personeelszaken om een formulier in te vullen, en het feit dat ze een Britse ingezetene was zou de hele gang van zaken kunnen vergemakkelijken. Het verhaal dat ze schoorvoetend, bedeesd vertelde aan eenieder die ernaar vroeg was dat ze naar Canada was gekomen om er te trouwen en dat haar Canadese verloofde haar op een afschuwelijke manier had laten zitten. Ze was naar Vancouver getrokken om bij hem te zijn maar toen de trouwplannen verdacht vaag bleven drong het tot haar door dat ze jammerlijk was misleid en misbruikt. Ze voelde zich eenzaam en stuurloos in Vancouver en was naar het oosten gereisd met het voornemen om hoe dan ook terug te keren naar Engeland. Als iemand meer gerichte vragen stelde – Wie was die man? Waar had ze gewoond? – lokte dat gesnotter of onvervalste tranen uit: ze was nog gekwetst en vernederd en het was allemaal te naar om over te praten. Meevoelende ondervragers begrepen het en vroegen in de regel niet door.

Ze had een kosthuis gevonden in een rustige straat – Bradley Street in Westboro, een burgerlijke buitenwijk – dat werd gedreven door de heer Maddox Richmond en zijn vrouw. Al hun kostgangers waren jongedames. Logies en ontbijt kostte tien dollar per week, halfpension vijftien, per week of per maand te voldoen. 'Openhaardvuur als het koud is' stond er op het bordje aan de post van het hek. De meesten van hun 'betalende gasten' waren immigranten: twee Tsjechische zussen, een Zweedse vrouw, een meisje van het platteland van Alberta en Eva. In de salon beneden werd om zes uur 's avonds gezamenlijk gebeden door degenen die dat op prijs stelden, en van tijd tot tijd deed Eva mee, met gepaste, ingetogen vroomheid. Ze at buiten de deur en koos daarvoor cafetaria's en restaurants in de buurt van het ministerie, anonieme, drukke gelegenheden met een snelle doorstroming van hongerige klanten. Ze vond een openbare bibliotheek die laat openbleef waar ze sommige avonden ongestoord tot negen uur kon lezen, en haar eerste vrije weekend ging ze naar Quebec, gewoon om even weg te zijn. Ze gebruikte het pension van de Richmonds eigenlijk alleen maar om te slapen en ontsteeg met de andere betalende gasten nooit het niveau van elkaar toeknikkende bekenden.

Dat gezapige leven, die vaste routine paste haar wel en ze merkte dat ze het fijn begon te vinden om zo, zonder er veel voor te hoeven doen, in Ottawa te wonen: de brede boulevards, de goed onderhouden parken, de gotische pracht van de massieve openbare gebouwen, de stille straten en de properheid van de stad waren precies wat ze nodig had, realiseerde ze zich terwijl ze zich op haar volgende stap bezon.

De hele tijd dat ze daar was bleef ze echter uiterst waakzaam. In een notitieboekje schreef ze de kentekens op van alle auto's die op straat stonden geparkeerd, en ze zocht uit bij welk huishouden ze hoorden. Ze noteerde de namen van de eigenaars van de drieëntwintig huizen in Bradley Street, aan weerszijden en tegenover haar kosthuis, en volgde hun doen en laten door vluchtige gesprekjes met mevrouw Richmond: Valerie Kominski had een nieuwe vriend, meneer en mevrouw Doubleday waren met vakantie, Fielding Bauer had net zijn congé gekregen bij het bouwbedrijf waar hij werkte. Ze schreef alles op, voegde nieuwe feiten toe, streepte overbodige of gedateerde gegevens door en was voortdurend gespitst op dingen die uit de toon vielen en bij haar een alarmbel deden rinkelen. Van haar eerste weeksalaris had ze wat praktische kleren gekocht en ze had haar spaargeld aangesproken om een dikke jas van beverbont aan te schaffen tegen de kou, die strenger werd naarmate Kerstmis naderde.

Ze probeerde te analyseren en beredeneren wat er zoal bij de bsc zou voorvallen. Ondanks de euforie om Pearl Harbor en de interventie van de VS als de langverwachte bondgenoot, stelde ze zich voor dat ze nog steeds naspeuringen zouden doen, aanwijzingen zouden natrekken, rond zouden wroeten. Morris Devereux sterft en op dezelfde avond verdwijnt Eve Dalton; geen voorvallen waar je schouderophalend aan voorbij kunt gaan. Ze was ervan overtuigd dat hij en zij verantwoordelijk gesteld zouden worden voor alles waarvan Morris Romer had verdacht: als er Abwehr-agenten in de bsc waren geïnfiltreerd, hoefde men dan nog verder te zoeken dan naar Devereux en Dalton? Ze wist echter ook – en dat schonk haar voldoening en sterkte haar in haar vastberadenheid – dat het feit dat ze nog steeds spoorloos en onvindbaar was voor Romer een voortdurende kwelling en prikkel zou zijn. Als iemand erop zou aandringen dat de zoektocht met inzet van alle middelen moest worden voortgezet dan was hij het wel. Ze hield zich voor dat ze nooit zelfvoldaan of ontspannen zou zijn; Margery – 'zeg maar Mary' – Atterdine zou haar leven zo onopvallend en waakzaam blijven leiden als ze maar kon.

'Miss Atterdine?'

Ze keek op van haar typemachine. Het was meneer Comeau, een van de staatssecretarissen van het ministerie, een nette man van middelbare leeftijd met een kortgeknipt snorretje en een nerveuze manier van doen die tegelijk schuchter en vormelijk was. Hij vroeg of ze naar zijn werkkamer kon komen, waar hij achter zijn bureau ging zitten en wat papieren doorzocht.

'Gaat u zitten.'

Ze ging zitten. Hij was een fatsoenlijk mens, meneer Comeau, en deed nooit uit de hoogte of neerbuigend zoals sommige andere staatssecretarissen als ze de typistes hun paperassen toestaken en hun instructies blaften alsof ze het tegen een robot hadden, maar hij had ook iets melancholieks met zijn keurigheid en zijn betamelijkheid, alsof hij zich daarmee tegen een vijandige wereld verweerde.

'We hebben uw aanvraag voor een post in Londen hier, en die is goedgekeurd.'

'O, fijn.' Ze voelde een bonk van vreugde in haar hart; er ging nu iets gebeuren, ze voelde dat haar leven weer een nieuwe wending nam, maar ze hield haar gezicht uitdrukkingsloos.

Comeau vertelde dat er op 18 januari een nieuwe lichting van vijf 'jonge vrouwen' van de ministeries in Ottawa vanuit St John naar Gourock in Schotland zou vertrekken.

'Ik ben erg blij,' zei ze, bedenkend dat ze iets terug moest zeggen. 'Het betekent veel voor me –'

'Tenzij...' onderbrak hij haar met een mislukte poging tot een schalks glimlachje.

'Tenzij wat?' Haar stem klonk scherper en bruusker dan haar bedoeling was.

'Tenzij we u kunnen overhalen om te blijven. U past hier heel goed. We zijn heel blij met uw ijver en kundigheid. We hebben het over promotie, mevrouw Atterdine.'

Ze was gevleid, zei ze, sterker nog, verrast en overdonderd, maar niets zou haar op andere gedachten kunnen brengen. Ze zinspeelde discreet op haar ongelukkige belevenissen in British Columbia, op het feit dat dat allemaal achter haar lag en dat ze nu alleen nog maar naar huis wilde gaan, naar huis en haar vader die weduwnaar was, voegde ze eraan toe, in een opwelling op de proppen komend met dat nieuwe biografische feit.

Meneer Comeau luisterde, knikte meelevend, zei dat hij het begreep en vertelde haar dat hij ook weduwnaar was, dat mevrouw Comeau twee jaar ervoor was overleden en dat hij die eenzaamheid kende die haar vader vast meemaakte. Ze besefte nu waar zijn air van melancholie vandaan kwam.

'Maar bedenk goed, Miss Atterdine, dat die overtochten over de Atlantische Oceaan gevaarlijk zijn, ze zijn niet zonder risico. Ze gooien nog steeds bommen op Londen. Zou u niet liever hier in Ottawa blijven?'

'Mijn vader heeft liever dat ik terugkom, denk ik,' zei Eva. 'Maar dank u wel voor uw bezorgdheid.'

Comeau stond op uit zijn stoel en ging voor het raam naar buiten staan kijken. Er spetterde een buitje tegen het glas en hij volgde met zijn wijsvinger een regendruppel die langs de ruit omlaagkronkelde. En in een flits was Eva terug in Oostende, in de vergaderzaal van Romers persbureau, de dag na Prenslo, en ze voelde zich overmand door duizeligheid. Hoeveel keer per dag dacht ze aan Lucas Romer? Ze dacht willens en wetens de hele tijd aan hem, bedacht hoe hij de zoektocht naar haar opzette, bedacht hoe hij aan haar dacht, hoe hij zich afvroeg waar ze was en hoe hij haar moest opsporen, maar die onwillekeurige momenten als ze door herinneringen werd belaagd overrompelden en overweldigden haar.

Comeau zei iets.

'Pardon?'

'Ik vroeg me af of u plannen hebt voor de kerstdagen,' zei hij ietwat bedeesd.

'Ja, ik ga bij kennissen logeren,' zei ze meteen.

'Ik ga namelijk naar mijn broer, ziet u,' vervolgde hij alsof hij haar niet had gehoord. 'Die heeft een huis in de buurt van North Bay, aan het meer.'

'Klinkt geweldig, maar helaas –'

Comeau was vastbesloten om zijn uitnodiging te doen en schoof alle tegenwerpingen terzijde. 'Hij heeft drie zonen waarvan er een getrouwd is. Een heel leuk gezin, enthousiaste, vriendelijke jonge mensen. Ik vroeg me af of u zin hebt om een paar dagen mee te gaan als mijn gast. Het is heel ontspannen en informeel – houtvuur, vissen op het meer, thuis koken.'

'Dat is erg aardig van u, meneer Comeau, maar ik heb al met mijn kennissen afgesproken,' zei ze. 'Het zou niet correct tegenover hen zijn om het op zo'n korte termijn af te zeggen.' Ze zette een spijtige glimlach op om hem wat te troosten: jammer maar helaas dat ze hem moest teleurstellen.

Er trok weer een schaduw van triestheid over zijn gezicht en ze realiseerde zich dat hij er hoge verwachtingen van had gehad. De eenzame jonge Engelse vrouw op de typekamer, zo aantrekkelijk, die zo'n saai, gezapig leven leidde. Door de overplaatsing naar Londen was hij aangespoord, besefte ze, was hij in actie gekomen.

'Tja, nou ja, goed,' zei Comeau. 'Misschien had ik u eerder moeten vragen.' Hij spreidde zielig zijn handen en Eva had met hem te doen. 'Maar ik had geen idee dat u ons zo snel zou verlaten.'

Drie dagen later zag Eva de auto voor de tweede keer, een mosgroene Ford uit 1938 die voor het huis van de Pepperdines geparkeerd stond. De eerste keer had hij voor het huis van mevrouw Knox gestaan, en Eva wist dat de auto niet van mevrouw Knox was (een oude vrijster met drie terriërs) noch van de Pepperdines. Terwijl ze er snel langs liep wierp ze een blik naar binnen. Op de passagiersstoel lagen een krant en een landkaart en uit het vak in het portier aan de bestuurderskant stak een thermosfles, leek het. Een thermosfles, dacht ze; iemand brengt veel tijd door in die auto.

Twee uur later ging ze 'een ommetje' maken en was de auto weg.

Die avond zat ze lang en diep na te denken. Eerst nam ze zich voor om de benen te nemen als ze de auto voor de derde keer zou zien, maar ze besefte dat dat geen goede strategie was toen ze aan haar training op Lyne terugdacht: reageer onmiddellijk wanneer zich iets onregelmatigs voordoet, was de regel – een Romer-regel. Als ze de auto voor de derde keer zag zou dat zo goed als zeker onheil inhouden en wat haar betrof wellicht te laat zijn. Die avond pakte ze haar kleine reistas in en stond ze uit haar slaapkamerraam naar de huizen aan de overkant te staren en zich af te vragen of zich daar al een team van de BSC had geïnstalleerd dat haar zat op te wachten. Ze zette haar reistas naast de deur en bedacht hoe licht hij was, hoe weinig bezittingen ze had. Ze sliep niet die nacht.

's Morgens vertelde ze meneer en mevrouw Richmond dat ze dringend weg moest – een familiekwestie – en terugging naar Vancouver. Ze vonden het jammer om haar te zien vertrekken, zeiden ze, maar ze moest begrijpen dat ze op zo'n korte termijn onmogelijk het restant van de maandhuur die ze vooruit had betaald konden teruggeven. Eva zei dat ze het volkomen begreep en verontschuldigde zich voor eventueel ongemak.

'Tussen haakjes,' zei ze terwijl ze in de deuropening bleef staan, 'heeft er soms iemand een boodschap voor me achtergelaten?'

Meneer en mevrouw Richmond keken elkaar aan in woordeloos overleg en mevrouw Richmond zei: 'Nee, ik geloof het niet. Nee hoor.'

'Is er niemand voor me langs geweest?'

Meneer Richmond grinnikte. 'Gisteren belde er een jonge man aan die vroeg of hij een kamer kon huren. Toen zeiden we dat het alleen voor dames was en daar keek hij erg van op.'

Dat zegt waarschijnlijk niets, dacht Eva, dat is vast toeval, maar ze wist niet hoe snel ze weg moest wezen uit Bradley Street. 'Mocht er iemand voor me langskomen, zegt u dan maar dat ik terug ben naar Vancouver.'

'Natuurlijk, schat. Pas goed op jezelf, het was leuk om je te leren kennen.'

Eva liep het hek uit, sloeg linksaf in plaats van rechtsaf, zoals anders, en liep met stevige pas ruim een slingerende kilometer om naar een andere bushalte.

Ze boekte een kamer in het Franklin Hotel in Bank Street, een van Ottawa's grootste hotels, een zakelijk, eenvoudig ingericht complex met meer dan driehonderd kamers 'geheel en al brandvrij en allemaal met douche en telefoon' maar zonder restaurant of cafetaria. Ook al kostte haar eenpersoonskamer maar drie dollar per nacht, toch voorzag ze dat ze in geldnood zou komen. Er waren ongetwijfeld goedkopere hotels en kariger logementen in Ottawa te vinden maar de veiligheid en anonimiteit van een groot hotel in het centrum stonden voorop. Ze had nog iets meer dan drie weken te gaan tot haar terugreis naar Groot-Brittannië en ze moest zich gewoon onzichtbaar maken.

Haar kamer was klein en sober en lag op de zevende verdieping. Tussen de gebouwen aan de overkant door kon ze de groene vlakte van de Exhibition Grounds en een bocht van de Rideau River zien. Ze pakte haar reistas uit en hing haar schaarse kleren in de kast. Het enige voordeel van de verhuizing was dat ze naar haar werk kon lopen en zo buskosten kon uitsparen.

Ze bleef zich echter het hoofd breken of ze wel juist had gehandeld, of ze niet te schrikachtig was geweest, of ze niet juist een signaal had afgegeven door zo abrupt uit Bradley Street te vertrekken… Een onbekende auto in een straat in een buitenwijk – wat kon daar zo alarmerend aan zijn? Maar ze hield zich voor dat ze de straat en het kosthuis juist had gekozen omdat daar zo gemakkelijk was vast te stellen of er iets ongewoons voorviel. Iedereen kende elkaar en elkaars doen en laten in Bradley Street, zo'n soort buurt was het. En wie was de jonge man die de specificatie 'Alleen voor dames' op het bordje van het logement was ontgaan? Een onachtzame reiziger? Geen politieman, bedacht ze, want een politieman had zich gewoon gelegitimeerd en naar het gastenboek gevraagd. Iemand van de BSC dan, met de opdracht om de hotels en pensions van Ottawa te controleren. Waarom Ottawa, redeneerde ze verder, waarom niet Toronto? Hoe kon iemand raden of concluderen dat ze naar Ottawa was gevlucht? En zo stapelden de vragen zich op, sarden haar, zogen haar energie op. Ze ging naar haar werk, typte brieven en documenten op de typekamer en keerde weer terug naar haar hotelkamer. Verder deed ze amper iets in de stad. Ze kocht sandwiches als ze uit haar werk kwam, bleef op haar kamer met zijn uitzicht op de Exhibition Grounds en de Rideau River en luisterde naar de radio, in afwachting van Kerstmis en het aanbreken van 1942.

De kantoren van het ministerie van Bevoorrading sloten op kerstavond en gingen 27 december weer open. Ze besloot niet naar het kerstfeest voor het personeel van het ministerie te gaan. Op eerste kerstdag glipte ze vroeg het hotel uit en kocht ze een stuk gebraden kalkoenrollade, een brood, boter en twee flessen bier. Ze ging op bed zitten, at haar sandwich, dronk haar bier, luisterde naar muziek op de radio en speelde het klaar om bijna een uur niet te huilen. Daarna stond ze zichzelf toe om tien minuten lang te janken. Ze bedacht dat ze nog nooit van haar leven zo alleen was geweest en kreeg het te kwaad door de overweging dat helemaal niemand ter wereld wist waar ze was. Ze moest aan haar vader denken, een oude zieke man die in Bordeaux woonde, en ze herinnerde zich zijn aanmoedigingen en enthousiasme toen Romer haar kwam rekruteren. Wie had kunnen bevroeden dat het zo zou eindigen? zei ze bij zichzelf, alleen in een hotelkamer in Ottawa... Ho, stop, dacht ze; geen zelfmedelijden, hield ze zich boos voor. Ze veegde haar tranen weg en pantserde zich weer; ze vervloekte Lucas Romer om zijn onmenselijkheid en zijn verraad. Daarna sliep ze een uur en werd ze gedecideerder wakker, beheerster, helderder, sterker. Ze had weer iets om naar te streven, een doel: ze stelde zich als opdracht om de snode bedoelingen van Lucas Romer te dwarsbomen. Teruggeworpen op zichzelf begon ze zich af te vragen of hij haar vanaf de eerste dag van haar rekrutering had gemanipuleerd, of hij haar gewoonten, haar mentaliteit en haar inzet had geobserveerd en bijgeschaafd en haar in Prenslo en in Washington op de proef had gesteld, wachtend op het moment dat ze opeens uitermate nuttig zou worden… Het was zinloos gemijmer, besefte ze, en ze zou zichzelf helemaal dol doen draaien met dat soort gedachten. Door het simpele feit dat hij haar niet kon vinden had ze hem in haar macht, was ze hem de baas. Zolang Eva Delectorskaya vrij rondliep op deze aardbol kon Lucas Romer zich nooit echt gerust voelen.

En toen vroeg ze zich af of het voortaan altijd zo zou zijn in haar leven: alles in het geniep, altijd bang, waakzaam, eeuwig rusteloos, eeuwig oplettend, argwanend. Het was iets waar ze niet graag bij stilstond. Zet het uit je hoofd, beval ze zichzelf: alles op zijn tijd. Zorg eerst dat je thuis komt en kijk dan wat er daarna gebeurt.

Op 27 december ging ze weer aan het werk met het vooruitzicht van nog een feestelijke gelegenheid met Nieuwjaar, maar nadat ze Kerstmis had overleefd had ze het gevoel dat ze het inluiden van 1942 wel aankon. Duitse troepen trokken zich terug uit de omgeving van Moskou maar de Japanners hadden Hong Kong ingenomen: zo zou het nog heel lang doorgaan, bedacht ze. Ze kocht een halve liter whisky en toen ze wakker werd kwam ze tot de ontdekking dat ze een presentabele kater voor zichzelf had weten te creëren op de ochtend van de eerste januari. Het jaar begon met een hardnekkige hoofdpijn die de hele dag aanhield, maar ze wist dat er nog een andere hoofdpijn aankwam die niet viel te ontlopen.

Aan het einde van de tweede dag dat ze weer op haar werk was, vlak voor het kantoor sloot, vroeg ze of ze meneer Comeau kon spreken. Hij was vrij en ze klopte aan en werd binnengelaten. Comeau was zichtbaar verheugd om haar te zien; hij had afstand bewaard sinds ze zijn uitnodiging voor de kerstdagen had afgeslagen maar nu stond hij op, liep om zijn bureau heen, trok een stoel voor haar bij en ging zelf zwierig op de rand van zijn bureau zitten, één been neerbungelend met een paar onfortuinlijke centimeters behaard scheenbeen die onder zijn broekspijp uitpiepten. Hij bood haar een sigaret aan en toen volgde de kleine ceremonie van het opsteken, waarbij Eva ervoor waakte om zijn hand aan te raken toen hij zijn aansteker trillend voor haar ophield.

'Van gedachten veranderd, Miss Atterdine?' vroeg hij. 'Of is dat te veel om op te hopen?'

'Ik moet u om een grote dienst verzoeken,' zei ze.

'O, juist, ja.' Zijn ontmoedigd wegstervende woorden gaven veelzeggend uiting aan zijn grote teleurstelling. 'Wat kan ik voor u doen? Een referentie? Een introductiebrief?'

'Ik moet honderd dollar lenen,' zei ze. Onvoorziene uitgaven, legde ze uit; ze kon niet wachten tot de uitbetaling van haar salaris in Engeland op gang kwam.

'Ga naar uw bank,' zei hij ietwat stijfjes, gekwetst. 'Daar zullen ze vast een luisterend oor voor u hebben.'

'Ik heb geen bankrekening,' zei ze. 'Ik zal u vanuit Engeland terugbetalen. Het punt is dat ik het geld nu nodig heb, hier, voor ik vertrek.'

'Bent u onvoorzichtig geweest of zo, zoals ze zeggen?' Zijn cynisme paste niet bij hem, en ze zag dat hij dat ook besefte.

'Nee. Ik heb het geld gewoon nodig. Heel hard nodig.'

'Het is een aanzienlijk bedrag. Vindt u niet dat ik recht heb op een verklaring?'

'Ik kan het niet uitleggen.'

Hij keek haar diep in de ogen en ze wist dat hij haar duidelijk maakte dat er een eenvoudiger manier was – blijf in Ottawa, leer me kennen, we zijn allebei eenzaam. Maar ze gaf hem geen bemoedigend antwoord met haar blik.

'Ik zal erover nadenken,' zei hij terwijl hij opstond. Hij knoopte zijn jasje dicht, de overheidsfunctionaris die zich eens te meer tegenover een weerspannige ondergeschikte gesteld zag.

De volgende dag lag er een envelop met vijf briefjes van twintig dollar erin op haar bureau. Ze werd overspoeld door een vreemde golf van emotie: dankbaarheid, opluchting, schaamte, deemoed. Vertrouw nooit iemand, vertrouw geen levende ziel op deze aarde – behalve, dacht ze, de Witoldski's en de Co-meaus van deze wereld.

Ze veranderde voor 18 januari nog tweemaal van hotel, haal-de haar ticket en documentatie op bij de reisdienst van het ministerie – ticket en reisdocumentatie op naam van 'Mary Atterdine' – en voor de eerste keer stond ze zichzelf toe om echt over de toekomst na te denken, over wat ze zou gaan doen als ze voet aan wal zette, waar ze heen zou gaan, wie ze zou worden. Engeland – Londen – was niet bepaald haar thuis maar waar moest ze anders heen? 'Lily Fitzroy' wachtte haar in Battersea. Ze kon niet echt naar Frankrijk gaan om haar vader en stiefmoeder te zoeken, om te achterhalen wat er van hen was geworden. Eerst zou er een einde aan de oorlog moeten komen, en niets wees erop dat dat nabij was. Nee, Londen en Lily Fitzroy waren haar enige opties, voorlopig althans.

Hugues vroeg of ik nog wat wilde drinken en ik wist dat ik moest bedanken (ik had al te veel gedronken) maar natuurlijk zei ik 'graag' en liep ik gretig met hem mee naar de toog van de Captain Bligh Bar die onder de gemorste drank en sigarettenas zat.

'Mag ik ook een zakje pinda's, alsjeblieft?' vroeg ik opgewekt aan de norse barkeeper. Ik was er laat heen gegaan en had het eten misgelopen dat boven was geserveerd – de sneetjes stokbrood met kaas, saucijzenbroodjes, Schotse eieren en minivarkensvleespasteitjes, allemaal goede drankabsorberende koolhydraten. Er waren geen pinda's, zo bleek, maar ze hadden wel chips, echter alleen met zout en azijn. Dan die maar, zei ik tegen de barman, en ik merkte opeens dat ik eigenlijk hunkerde naar die hartig-bittere smaak. Dit werd mijn vijfde wodka-tonic en ik wist dat ik niet naar huis zou rijden.

Hugues overhandigde me mijn glas en daarna mijn zakje chips, dat hij gracieus tussen duim en wijsvinger hield. 'Santé,' zei hij.

'Proost.'

Bérangère dook naast hem op en stak haar arm door de zijne, nogal bezitterig, vond ik. Ze groette me met een glimlach. Ik had mijn mond vol chips, dus kon ik niets zeggen. Ze zag er te uitheems uit voor de Captain Bligh Bar en voor Cowley

Road, die Bérangère, en ik voelde dat ze stond te popelen om weg te gaan.

'*On s'en va?*' vroeg ze dreinerig aan Hugues. Hugues draaide zich om en ze stonden even zachtjes met elkaar te praten. Ik schrokte mijn laatste chips naar binnen – het had me ongeveer drie seconden gekost om het zakje leeg te eten, leek het – en liep verder. Hamid had gelijk gehad, ze hadden duidelijk iets, Hugues en Bérangère – P'TIT PRIX ontmoet *Fourrures de Monte Carle* – en dat nog wel onder mijn dak.

Ik leunde op de bar, nam teugjes wodka-tonic en keek rond door de rokerige pub. Ik voelde me lekker: ik was op dat niveau van beneveling beland – dat omslagpunt, dat zenit, die top – waarop je kunt besluiten om door te gaan of je in te houden. Er flikkerden rode waarschuwingslampjes op het bedieningspaneel maar het vliegtuig zat nog niet in een gierende vrille. Ik monsterde de menigte in de pub. Praktisch iedereen was van het feestzaaltje boven naar beneden gekomen zodra het eten en de gratis drank (flesjes bier en wijn met schroefdop) op waren. Alle vier de privéleraren van Hamid waren er plus hun andere studenten, onder wie het groepje werktuigkundigen van Dusendorf dat dit jaar voornamelijk uit Iraniërs en Egyptenaren bleek te bestaan. Er heerste een uitgelaten, flirterige stemming. Hamid was het mikpunt van veel plagerige grappen over zijn ophanden zijnde vertrek naar Indonesië, en hij hoorde ze welwillend en met een berustende, haast bedeesde glimlach aan.

'Hoi, kan ik je iets te drinken aanbieden?'

Ik wendde me opzij en zag een man, een magere lange vent in een vale spijkerbroek en een tie-dye T-shirt, met lang donker haar en een snor. Hij had lichtblauwe ogen en voor zover ik het kon beoordelen in de staat waarin ik me bevond – balancerend op mijn top en me afvragend naar welke kant ik zou doorslaan – zag hij er verdomd leuk uit. Ik hield mijn wodka-tonic omhoog. 'Nee dank je, ik ben voorzien.'

'Neem er nog een. Ze gaan over tien minuten sluiten.'

'Ik ben hier met een vriend, die daar,' zei ik terwijl ik met het glas naar Hamid wees.

'Jammer,' zei hij en slenterde weg.

Ik had mijn haar los en droeg een nieuwe spijkerbroek met rechte pijpen en een lazuurblauw t-shirt met pofmouwtjes en v-hals en wel acht centimeter inkijk. Ik had mijn hoge laarzen aan en voelde me groot en sexy. Ik zou zelf ook op mij zijn gevallen... Ik warmde me even aan dat droombeeld alvorens ik mezelf er bits aan herinnerde dat mijn vijfjarige zoontje bij zijn oma logeerde en ik er niets voor voelde om hem met een houten kop te gaan ophalen. Dit zou mijn laatste glas zijn, absoluut.

Hamid kwam aangelopen en ging naast me aan de bar staan. Hij droeg zijn nieuwe leren jack en een korenbloemblauw overhemd. Ik legde mijn arm om zijn schouders.

'Hamid!' riep ik uit met geveinsde ontsteltenis. 'Ik kan er gewoon niet bij dat je weggaat. Wat moeten we zonder jou?'

'Ik kan er niet bij ook niet.'

'Ook niet bij.'

'Ook niet bij. Ik ben heel triest, weet je. Ik hoopte dat –'

'Waar stonden ze je mee te plagen?'

'O, met Indonesische meisjes. Heel voorspelbaar.'

'Heel voorspelbaar. Heel voorspelbare mannen.'

'Wil je nog iets drinken, Ruth?'

'Doe nog maar een wodka-tonic, alsjeblieft.'

We gingen op een kruk aan de bar zitten en wachtten op onze drankjes. Hamid had een bitter-lemon besteld en het viel me opeens in dat hij natuurlijk geen alcohol dronk, als moslim.

'Ik zal je missen, Ruth,' zei hij. 'Onze lessen – ik kan niet geloven dat ik maandag niet naar je appartement kom. Het is meer dan drie maanden, weet je. Twee uur per dag, vijf dagen per week. Ik heb geteld: het is meer dan driehonderd uur die wij samen hebben doorgebracht.'

'Allemachtig,' zei ik, enigszins gemeend. Daarna dacht en zei ik: 'Maar je hebt ook nog drie andere leraren gehad, toch. Je hebt net zoveel tijd doorgebracht met Oliver' – ik wees – 'en Pauline en hoe heet-ie ook weer, bij de jukebox.'

'Ja, dat is waar,' zei Hamid met iets van een gekwetste uitdrukking, 'maar het was niet hetzelfde met hen, Ruth. Ik vond het anders met jou.' Hij pakte mijn hand. 'Ruth –'

'Ik moet even naar de wc. Ben zo terug.'

Die laatste wodka had me van mijn top gekieperd en ik gleed weg en tuimelde in een lawine van schist en gruis omlaag langs de andere kant van de berg. Ik was nog helder van geest, functioneerde nog naar behoren maar in mijn wereld waren de hoeken scheef en de verticalen en horizontalen niet meer zo stabiel en recht. En merkwaardig genoeg leek het of mijn voeten sneller bewogen dan nodig was. Ik banjerde bruusk door de deur en het gangetje dat naar de toiletten voerde. Er hing een openbare telefoon en er stond een sigarettenautomaat, en het schoot me opeens te binnen dat ik bijna door mijn sigaretten heen was. Ik bleef bij de automaat staan, zoekend en graaiend naar munten, maar toen realiseerde ik me dat mijn blaas een dringender beroep op mijn lichaam deed dan mijn hunkering naar nicotine.

Ik ging de wc in en deed een lange, zalig verlichtende plas. Ik waste mijn handen en ging voor de spiegel staan. Ik keek mezelf een paar tellen recht aan en plukte wat aan mijn haar. 'Je bent teut, stom wijf,' siste ik hardop maar zachtjes tussen mijn tanden. 'Ga naar huis.'

Ik liep het gangetje weer in en daar stond Hamid, die net deed of hij aan het bellen was. De muziek in de pub zwol aan – 'I Heard It Through the Grapevine', wat zo'n beetje een pavloviaanse seksimpuls voor mij was – en op een of andere manier, in een of ander kortstondig hiaat in het ruimte-tijdcontinuüm, stond ik opeens in Hamids armen en kuste ik hem.

Zijn baard voelde zacht aan mijn gezicht, niet borstelig of ruw, en ik stak mijn tong diep in zijn mond. Ik snakte opeens naar seks – wat was het lang geleden – en Hamid scheen de ideale man. Met mijn armen om hem heen hield ik hem dicht tegen me aan. Zijn lichaam voelde waanzinnig sterk en massief aan, alsof ik een man van beton omhelsde. En ik dacht: ja, Ruth, dit is de man voor jou, sufkop, idioot – hij is betrouwbaar, fatsoenlijk, sympathiek, een vriend voor Jochen – ik wil deze werktuigkundige met zijn zachte bruine ogen, deze solide, sterke kerel.

We lieten elkaar los en meteen, zoals dat altijd gaat, scheen de droom, de hunkering minder sterk te zijn, en stabiliseerde mijn wereld zich enigszins.

'Ruth –' begon hij.

'Nee. Zeg niks.'

'Ruth, ik hou van je. Ik wil je echtgenoot zijn. Ik wil jou als mijn vrouw. Over een halfjaar kom ik terug van mijn eerste standplaats. Ik heb een heel goede baan, een heel goed salaris.'

'Zeg verder niks meer, Hamid. Laten we teruggaan naar de bar.'

We gingen samen weer naar binnen. De laatste ronde werd afgeroepen maar ik had geen zin meer in wodka. Ik zocht in mijn handtas naar mijn laatste sigaret, vond hem en wist hem tamelijk vaardig op te steken. Hamid werd afgeleid door een paar Iraanse vrienden en sprak even Farsi met hen. Ik sloeg hen gade, die knappe, donkere mannen met baarden en snorren, en zag dat ze elkaar op een speciale manier een hand gaven, met de duimen hoog opgeheven om elkaar heen en een rondglijdende handdruk, alsof ze een heimelijk signaal uitwisselden, te kennen gaven dat ze lid waren van een bijzondere club, een geheim genootschap. En het was vast die gedachte waardoor me Frobishers verzoek te binnen schoot, en om een of andere stomme, overmoedige, dronken reden leek het opeens iets om verder uit te zoeken.

'Hamid,' zei ik toen hij weer naast me kwam zitten, 'denk je dat er mogelijk SAVAK-agenten in Oxford zijn?'

'Wat? Wat zeg je nu?'

'Ik bedoel, zouden er misschien werktuigkundigen bij kunnen zijn die net doen of ze Engels studeren maar in wezen voor de SAVAK werken?'

Zijn gezicht verstilde; hij keek heel ernstig. 'Ruth, we moeten niet over die dingen praten, alsjeblieft.'

'Maar als je iemand verdenkt dan kun je dat tegen me zeggen. Het blijft geheim.'

Ik interpreteerde de uitdrukking op zijn gezicht verkeerd, dat kan de enige reden zijn voor wat ik vervolgens tegen hem zei. Ik dacht dat ik hem had aangespoord. 'Je kunt het me gerust vertellen, Hamid,' zei ik zachtjes terwijl ik me dichter naar hem toe boog, 'want ik ga voor de politie werken, snap je, ze willen dat ik hen help. Je kunt het me gewoon vertellen.'

'Wat kan ik vertellen?'

'Werk je voor de SAVAK?'

Hij sloot zijn ogen en hield ze dicht terwijl hij zei: 'Mijn broer is door de SAVAK vermoord.'

Ik probeerde bij de vuilnisbakken achter de pub over te geven maar het lukte niet. Ik kon alleen maar wat hoesten en spugen. Je denkt altijd dat je je beter zult voelen als je hebt overgegeven maar in feite voel je je een stuk slechter, en toch blijf je proberen je maag te legen. Ik liep met gepaste behoedzaamheid naar mijn auto en controleerde zorgvuldig of hij op slot was en of ik niets dat tot diefstal kon aanzetten in de auto had laten slingeren, en begon toen aan de lange wandeling naar Summertown, terug naar huis. Vrijdagavond in Oxford – ik zou nooit een taxi vinden. Ik moest maar gewoon naar huis lopen, misschien zou ik daar nuchter van worden. En de volgende dag zou Hamid naar Indonesië vliegen.

Het verhaal van Eva Delectorskaya

Londen, 1942

Eva Delectorskaya zag Alfie Blytheswood uit de zij-ingang van Electra House komen, Victoria Embankment oversteken en een kleine pub genaamd The Cooper's Arms binnengaan. Ze gaf hem vijf minuten en ging toen zelf ook naar binnen. Blytheswood stond met een paar kennissen aan de bar van de gelagkamer een biertje te drinken. Eva droeg een bril en een baret. Ze liep naar de bar en bestelde een droge sherry. Als Blytheswood op zou kijken van zijn gesprek zou hij haar meteen gewaarworden, maar ze was ervan overtuigd dat hij haar niet zou herkennen: de nieuwe lengte en kleur van haar haar schenen haar een heel ander uiterlijk te geven. Desondanks had ze op het laatst de bril nog opgezet toen ze opeens begon te twijfelen, maar ze moest haar vermomming, haar nieuwe persona, uittesten. Ze liep met haar sherry naar een tafeltje bij de deur waar ze haar krant ging zitten lezen. Toen Blytheswood opstapte en langs haar tafeltje liep, wierp hij niet eens een blik op haar. Ze volgde hem naar zijn bushalte en wachtte met de anderen in de rij tot zijn bus kwam. Blytheswood had een lange reis voor de boeg, naar Barnet in Noord-Londen, waar hij met zijn vrouw en drie kinderen woonde. Dat wist Eva allemaal omdat ze hem al drie dagen schaduwde. Bij Hampstead ging Eva stilletjes achter hem zitten toen die zitplaats vrijkwam.

Blytheswood zat te dommelen. Zijn hoofd knikte herhaaldelijk naar voren en kwam dan met een ruk overeind als hij wakker schoot. Eva leunde naar voren en legde haar hand op zijn schouder. 'Blijf voor je kijken, Alfie,' zei ze zachtjes bij zijn oor. 'Je weet wie het is.'

Blytheswood zat doodstil, verstard, klaarwakker. 'Eve,' zei hij. 'Godsamme. Niet te geloven.' Hij wilde in een reflex zijn hoofd omdraaien maar met haar hand op zijn wang weerhield ze hem daarvan.

'Als je je niet omdraait kun je in alle eerlijkheid zeggen dat je me niet hebt gezien.'

Hij knikte. 'Goed, ja, dat is inderdaad het beste.'

'Wat weet je over mij?'

'Ze zeiden dat je was gevlucht. Morris had zelfmoord gepleegd en jij was 'm gesmeerd.'

'Dat klopt. Hebben ze ook gezegd waarom?'

'Ze zeiden dat jij en Morris dubbelspionnen waren.'

'Allemaal leugens, Alfie. Als ik een dubbelspion was, zou ik dan hier in deze bus met je zitten praten?'

'Nee… Nee, ik denk het niet.'

'Morris is vermoord omdat hij iets had ontdekt. Ik stond ook op de nominatie om vermoord te worden. Als ik 'm niet was gesmeerd was ik nu dood geweest.'

Ze zag hem worstelen met zijn verlangen om zich om te draaien en haar aan te kijken. Ze was zich volledig bewust van de risico's die het met zich meebracht om contact met hem te leggen maar er waren bepaalde dingen die ze te weten moest komen en Blytheswood was de enige aan wie zij ze kon vragen. 'Heb je nog iets van Angus of Sylvia gehoord?' vroeg ze.

Blytheswood probeerde weer zijn hoofd om te draaien maar ze hield hem tegen met haar vingertoppen. 'Weet je dat dan niet?'

'Wat?'

'Dat ze dood zijn.'

Er ging duidelijk zichtbaar een schok door haar heen bij dat nieuws, alsof de bus onverhoeds had geremd. Ze voelde zich opeens misselijk worden. Haar mond sijpelde vol speeksel, alsof ze op het punt stond om te kokhalzen of over te geven. 'Mijn god,' zei ze terwijl ze het nieuws liet bezinken. 'Hoe? Wat is er gebeurd?'

'Ze zaten in een vliegboot, een Sunderland, en zijn neergeschoten tussen Lissabon en Poole Harbour. Ze kwamen terug uit Amerika. Alle inzittenden van het vliegtuig zijn omgekomen. Zestien of achttien mensen, geloof ik.'

'Wanneer is dat gebeurd?'

'Begin januari. Er was ook een of andere generaal aan boord. Heb je er niks over gelezen?'

Ze herinnerde zich iets, vaag, maar Angus Woolf en Sylvia Rhys-Meyer zouden uiteraard niet genoemd worden onder de slachtoffers.

'Ze werden opgewacht door moffen, ergens in de Golf van Biskaje.'

Morris, Angus, Sylvia, zat ze te denken. En ik had er ook bij horen te zijn. De AAS werd opgerold. Ze was gevlucht en verdwenen, en zo bleef alleen Blytheswood nog over.

'Jij loopt geen gevaar, Alfie, jij bent vroeg weggegaan,' zei ze.

'Hoe bedoel je?'

'Onze eenheid wordt opgerold, waar of niet? Ik ben er alleen nog omdat ik ben gevlucht. Alleen jij en ik zijn nog over.'

'En meneer Romer. Nee, dat kan ik niet geloven, Eve. Worden we opgerold? Nee hoor, dat is vast gewoon een ongelukkige samenloop van omstandigheden.'

Hij zat te wensdenken. Ze wist dat hij net zomin als zijzelf blind was voor de signalen.

'Heb je nog iets van Romer gehoord?' vroeg ze.

'Nee, eigenlijk niet, om de waarheid te zeggen.'

'Wees heel voorzichtig, Alfie, als je hoort dat Romer je wil spreken.' Ze zei dat zonder erbij na te denken en ze had er ogenblikkelijk spijt van toen ze zag dat Blytheswood wat met zijn hoofd zat te schudden terwijl hij de implicaties van haar opmerking verwerkte. Ondanks het feit dat hij een aantal jaren onderdeel van AAS Ltd was geweest, was Blytheswood in wezen alleen maar een ontzaglijk bekwame radiotechneut, een geniale elektrotechnicus, en dit soort complicaties – ondoorgrondelijke nuances, plotselinge tegenstrijdigheden in de gevestigde orde der dingen – maakten hem van slag en kon hij niet plaatsen, wist Eva.

'Ik heb altijd tijd voor meneer Romer,' zei hij ten slotte enigszins gemelijk, alsof hij een loyale dienstknecht was die werd gevraagd om een oordeel over zijn meester te vellen.

Eva realiseerde zich dat ze het daar niet bij kon laten. 'Als je maar...' ze zweeg even, snel dingen afwegend, '... nooit tegen hem zegt dat we dit gesprek hebben gevoerd, want anders ben je net zo ten dode opgeschreven als de anderen,' zei ze op barse toon.

Hij liet dat bezinken, zijn hoofd enigszins gebogen, met hangende schouders, helemaal niet blij met dat soort mededelingen, en Eva greep haar kans en schoot uit haar stoel en naar het benedendek nog voor hij tijd had om zich om te draaien en haar te zien wegstuiven. De bus minderde vaart voor een stoplicht en ze sprong eruit en rende een winkel met kranten en tijdschriften in. Als Blytheswood had gekeken dan had hij alleen maar de rug van een vrouw met een baret gezien, verder niets. Ze keek de bus na toen hij optrok bij het stoplicht maar hij stapte niet uit. Laten we hopen dat hij me serieus neemt, dacht ze, maar ze vroeg zich niettemin af of ze geen stomme fout had gemaakt. Het ergste, het allerergste dat er kon gebeuren was dat Romer nu zeker wist dat ze terug was in Engeland, maar dat was alles, en hij hield waarschijnlijk toch al rekening met die mogelijkheid. Er was niet echt iets veranderd, behalve dat ze nu van Angus en Sylvia afwist. En ze dacht aan die twee, aan de tijd die ze samen hadden doorgebracht, en ze moest verbitterd terugdenken aan de belofte die ze zichzelf in Canada had gedaan en hoe ze daardoor in haar vastberadenheid was gesterkt. Ze kocht een avondkrant om het laatste nieuws over de luchtaanvallen en de aantallen slachtoffers te lezen.

Het konvooi was op 18 januari volgens schema uit St John, New Brunswick, vertrokken. Het was een stormachtige overtocht maar afgezien van het slechte weer gebeurde er weinig. Er waren twintig passagiers op hun voormalige Belgische vrachtschip – de ss Brazzaville – dat vliegtuigmotoren en stalen balken vervoerde: vijf secretaressen in overheidsdienst uit Ottawa die naar de ambassade in Londen werden overgeplaatst, een stuk of zes officieren van het Royal Regiment of Canada en een aantal functionarissen van de diplomatieke dienst. De deinende oceaan hield de meeste passagiers in hun hut. Eva deelde de hare met een buitensporig lang meisje van het ministerie van Mijnbouw dat Cecily Fontaine heette en om het halve uur moest overgeven, zo bleek. Overdag bracht Eva haar tijd door in de krappe passagiershut en probeerde ze te lezen, en drie nachten wist ze beslag te leggen op een van de twee lege bedden in de ziekenboeg van de Brazzaville voordat ze door een stoker met een rommelende appendix weer naar Cecily werd verdreven. Af en toe waagde Eva zich aan dek om naar de grauwe lucht, het grauwe woelige water en de grauwe schepen te staren die zich met hun brakende schoorsteenpijpen een weg door de golven en de grillige deining stampten en stootten, van tijd tot tijd in explosies van kil schuim verdwenen en onverdroten naar de Britse eilanden koersten.

Op hun eerste dag op zee hielden ze sloepenrol met zwemvest en Eva hoopte dat ze zich nooit zou hoeven toe te vertrouwen aan die twee met canvas beklede en met kurk gevulde kussens waar ze haar hoofd doorheen stak. De weinigen die de zeeziekte te boven waren gekomen kwamen driemaal per dag bijeen in de mess waar ze onder kale peertjes afgrijselijk blikvoer aten. Eva stond versteld over haar weerbaarheid: na vier dagen op zee zaten ze nog maar met z'n drieën aan de maaltijd. Op een nacht sleurde een torenhoge golf een van de reddingsboten van de Brazzaville uit zijn davits en het bleek onmogelijk om hem in zijn oorspronkelijke stand terug te hijsen. De Brazzaville raakte achterop in het konvooi door het meezeulen van de reddingsboot, tot die – na verwoed gesein over en weer tussen de begeleidende torpedobootjagers – werd losgekapt en wegdreef over de Atlantische Oceaan. Als die onbemande reddingsboot al ronddobberend werd gevonden, bedacht

Eva, zou dan niet worden aangenomen dat het moederschip was vergaan? Misschien was dat het kleine mazzeltje waar ze naar uitkeek, maar daar wilde ze niet al haar hoop op vestigen.

Ze arriveerden acht dagen later in Gourock, vlak voor zonsondergang, en meerden in het zachte zwavelige licht af in een havenkerkhof van tot zinken gebrachte, overhellende en beschadigde schepen, hun masten scheef en schoorsteenpijpen weggeslagen, een deprimerende getuigenis van de spitsroeden van de Duitse U-boten die hun konvooi ongedeerd had weten te lopen. Eva ging met haar bleke, rillerige collega's aan wal en ze werden met een bus naar Glasgows Central Station gebracht. Ze kwam in de verleiding om daar meteen haar eigen weg te gaan maar besloot dat het doeltreffender zou zijn om er 's nachts, onderweg naar Londen, stilletjes tussenuit te knijpen. Dus stapte ze, zonder dat haar slapende collega's het merkten, in Peterborough uit de slaaptrein nadat ze een briefje voor Cecily had achtergelaten waarin ze meedeelde dat ze een tante in Hull ging opzoeken en zich in Londen bij hen zou voegen. Ze betwijfelde of ze een of twee dagen gemist zou worden, nam de volgende trein naar Londen en ging meteen door naar Battersea en mevrouw Dangerfield.

Ze verbrandde haar Margery Atterdine-paspoort, pagina voor pagina, en liet de as op diverse plekken in Battersea verwaaien. Ze was nu Lily Fitzroy, althans voor een poosje, en ze bezat in totaal bijna £34 nadat ze haar resterende Canadese dollars had omgewisseld en opgeteld bij het geld dat ze onder de vloerplank had verstopt.

Ze woonde een week of twee stilletjes in Battersea. Elders in de wereld schenen de Japanners moeiteloos door Zuidoost-Azië te razen en er waren nieuwe tegenslagen voor de Britse troepen in Noord-Afrika. Ze moest elke dag aan Romer denken en vroeg zich af wat hij aan het doen was, ervan overtuigd dat hij ook aan haar dacht. Er waren nog steeds luchtaanvallen maar zonder de regelmaat en het genadeloze geweld van de Blitzkrieg. Ze bracht een paar nachten door in de ingegraven, uit golfplaten opgetrokken Anderson-schuilhut achter in de smalle tuin van mevrouw Dangerfield, waar ze haar hospita vergastte op verhalen over haar verzonnen leven in de VS. Die zette grote ogen op en haar mond viel open bij het nieuws over de rijkdom en verkwisting van Amerika en de enorme overdaad en de grootmoedigheid van het volk. 'Ik was nooit meer teruggekomen, lieve,' zei mevrouw Dangerfield met oprechte emotie en ze pakte haar handen beet. 'Een paar dagen geleden dronk je nog cocktails in het Aspro-Waldoria of hoe het ook mag heten, en nu zit je onder een waardeloos stuk blik in Battersea en gooien de Duitsers bommen op je. Ik was gebleven waar ik was als ik jou was geweest. Het is daar een stuk beter dan in dit arme ouwe Londen dat helemaal naar de filistijnen wordt gebombardeerd.'

Ze wist dat die merkwaardige staat van vergetelheid niet voort kon duren en het begon inderdaad te wringen bij haar. Ze moest actie ondernemen, informatie verzamelen, hoe karig ook. Ze was ontsnapt, ze was vrij, ze had haar nieuwe naam, paspoort en bonboekje maar ze was zich ervan bewust dat ze alleen maar ademhaalde, even pas op de plaats maakte: ze had nog een eind te gaan voor ze zich echt gerust kon voelen.

Daarom ging ze naar Electra House op het Embankment en hield ze twee dagen het personeel dat kwam en ging in de gaten tot ze Alfie Blytheswood op een avond op zag duiken. Ze volgde hem naar zijn huis in Barnet en de volgende ochtend volgde ze hem van zijn huis naar zijn werk.

Ze zat op haar kamer in Battersea het nieuws te overdenken dat ze van Blytheswood had vernomen. Morris, Angus en Sylvia dood, maar zij was voorbestemd geweest om de eerste te zijn. Ze vroeg zich af of de omslag die ze in de Las Cruces-operatie teweeg had gebracht in zekere zin onafwendbaar tot de dood van de anderen had geleid. Romer kon geen risico's meer nemen toen Morris hem als dubbelagent had ontmaskerd, en bovendien wist Eva het ook. Stel dat Morris het tegen Sylvia had laten doorschemeren, of nog waarschijnlijker, tegen Angus? Angus was die laatste dagen in een eigenaardige bui geweest... Misschien had Morris iets losgelaten? Romer kon het er niet op wagen, in elk geval, en dus begon hij

AAS Ltd op te rollen, omzichtig, slinks, zonder een spoor dat naar hem wees achter te laten. Morris' zelfmoord, daarna gelekte informatie over de vlucht van een Sunderland van Lissabon naar Poole, met datum en tijd en een hoge officier aan boord als dekmantel... Er sprak echte macht uit, besefte ze, een enorm, machtig netwerk met vele tussenpersonen. Maar Eva Delectorskaya was nog een los eindje, en ze begon zich af te vragen of de keten van identiteiten die ze zichzelf had aangemeten tot in het oneindige kon worden doorgetrokken. Als Romer het neerhalen van een vliegboot in de Golf van Biskaje kon beramen, dan zou het hem niet veel tijd kosten om Lily Fitzroy te vinden – een naam die hij al kende. Het zou niet lang duren voor de naam Lily Fitzroy ergens uit de omslachtige maar volhardende bureaucratie van Engeland in oorlogstijd naar boven zou komen borrelen. En wat dan? Eva wist maar al te goed hoe die dingen afliepen: een auto-ongeluk, een val van een hoog gebouw, een beroving tijdens de verduistering die in moord resulteerde... Ze moest de keten verbreken, realiseerde ze zich. Ze hoorde mevrouw Dangerfield de trap op komen.

'Heb je trek in een kopje thee, Lily?'

'O lekker, graag!' riep ze.

Lily Fitzroy, realiseerde ze zich, moest verdwijnen.

Het kostte haar een dag of twee om te bedenken hoe ze het zou kunnen klaarspelen. In Londen verloren mensen bij bombardementen voortdurend alles wat ze bezaten, redeneerde ze. Wat deed je als je flatgebouw instortte en afbrandde terwijl je in je ondergoed in je schuilkelder ineenkromp? Je strompelde na het allesveiligsignaal bij het krieken van de dag in je pyjama en ochtendjas naar buiten en kwam tot de ontdekking dat al je bezittingen in vlammen waren opgegaan. Mensen moesten helemaal opnieuw beginnen, bijna alsof ze opnieuw geboren werden: al je papieren, je huisvesting, kleren en identiteitsbewijzen moest je opnieuw zien te bemachtigen. De Duitse bombardementen op Londen duurden al sinds september 1940, meer dan een jaar, met duizenden doden en vermisten. Ze wist dat zwarte-markthandelaren profijt trokken van de doden, hen een tijd 'in leven' hielden om aanspraak op hun rantsoenen en benzinebonnen te maken. Misschien lag daar een mogelijkheid voor haar. Dus begon ze de kranten door te spitten op zoek naar verslagen over de ergste aanvallen met de grootste aantallen slachtoffers – veertig, vijftig, zestig mensen omgekomen of vermist. Een dag of twee later werden dan namen en soms foto's in de kranten afgedrukt. Ze begon naar vermiste jonge vrouwen van haar leeftijd te speuren.

Twee dagen na de ontmoeting met Blytheswood was er een zware luchtaanval op de havens van het East End. Zij en mevrouw Dangerfield gingen in de schuilhut in de tuin zitten tot het bombardement voorbij was. Op heldere nachten volgden de vliegtuigen vaak de kronkelende loop van de Theems op zoek naar de elektriciteitscentrales in Battersea en Lots Road in Chelsea, en dan lieten ze hun bommen daar ergens in de buurt vallen. De woonwijken van Battersea en Chelsea werden zodoende vaker gebombardeerd dan ze ooit hadden kunnen denken.

De volgende ochtend hoorde ze op de radio het nieuws over de aanvallen op Rotherhithe en Deptford – straten totaal platgegooid, een hele woonwijk geëvacueerd, flatgebouwen uitgebrand en verwoest. In de avondkrant werden meer bijzonderheden gegeven, met een plattegrondje van de zwaarst beschadigde buurten en de eerste lijsten van doden en vermisten. Ze zocht – monsterlijk luguber, ze besefte het – naar hele gezinnen, groepen van vier of vijf mensen met dezelfde achternaam. Ze las over een woonwijk in Deptford die door een liefdadigheidsinstelling werd beheerd – drie flatgebouwen vrijwel totaal verwoest, met een voltreffer op een ervan, Carlisle House: zevenentachtig mensen dood, zo werd gevreesd. Het gezin West, drie namen; de Findlays, vier namen waarvan twee jonge kinderen; en het ergst van alles het gezin Fairchild met hun vijf kinderen: Sally (24), Elizabeth (18), Cedric (12), Lucy (10) en Agnes (6). Allemaal vermist, allemaal dood vermoedelijk, bedolven onder de ravage, met nauwelijks hoop op overlevenden.

Eva nam de volgende dag een bus naar Deptford en ging

op zoek naar Carlisle House. Ze trof er het gebruikelijke desolate, rokende maanlandschap aan: heuvels van bakstenen en brokstukken, overhellende muren met gaten waardoor kamers te zien waren, gasleidingen die met een flets flakkerend licht nog steeds door het puin heen brandden. Rondom het gebied waren houten hekken geplaatst die door politie en vrijwilligers werden bemand. Achter de hekken dromden groepjes mensen bijeen die vertwijfeld toekeken en over de zinloosheid, de onzinnigheid, de smart en de tragedie praatten. In een portiek haalde Eva haar paspoort tevoorschijn en daarna liep ze langs de rij hekken, zo ver mogelijk van de groepjes mensen vandaan en zo dicht mogelijk bij een brandende gasleiding. De winteravond begon snel te vallen en de fletse vlammen werden feller en oranje. Het duister betekende mogelijk nieuwe luchtaanvallen en de mompelende groepjes buren, overlevenden en toeschouwers begonnen af te druipen. Toen ze zeker wist dat er niemand keek gooide ze haar paspoort voorzichtig midden in de vlammen. Even zag ze het opflakkeren en verschrompelen en toen was het verdwenen. Ze draaide zich om en liep snel weg.

Ze ging terug naar Battersea en vertelde mevrouw Dangerfield met een hoffelijke zucht dat ze een nieuwe standplaats had – 'weer naar Schotland' – en die avond nog moest vertrekken. Ze betaalde haar twee maanden huur vooruit en verliet het huis monter, opgewekt. Dan ben je tenminste weg van die bombardementen hier, merkte mevrouw Dangerfield afgunstig op, waarna ze Eva een afscheidskus op haar wang gaf. Ik bel wel wanneer ik terugkom, zei Eva, waarschijnlijk in maart.

Ze nam een kamer in een hotel bij Victoria Station en ramde de volgende ochtend hard met haar hoofd tegen de ruwe baksteen rondom haar raam tot de huid openscheurde en het bloed begon te vloeien. Ze maakte haar wond schoon en dekte hem af met watten en hechtpleister en nam een taxi naar een politiebureau in Rotherhithe.

'Wat kunnen we voor u doen, mevrouw?' vroeg de agent van dienst.

Eva keek om zich heen, zogenaamd de kluts kwijt, alsof ze nog steeds helemaal van de kaart was, in shock verkeerde. 'In het ziekenhuis zeiden ze dat ik hierheen moest gaan,' zei ze. 'Ik was bij die luchtaanval op Carlisle House. Mijn naam is Sally Fairchild.'

Aan het einde van de dag had ze een voorlopig identiteitsbewijs en een bonboekje met bonnen voor een week. Ze zei dat ze door buren in huis was genomen en gaf een adres op van een straat vlak bij de gebombardeerde buurt. Ze kreeg te horen dat ze zich na een week bij een afdeling van het ministerie van Binnenlandse Zaken in Whitehall moest melden om alles in orde te laten brengen. De agenten waren heel meelevend, Eva huilde een beetje en ze boden aan om haar met een auto naar haar tijdelijke opvangadres te brengen. Eva zei dat ze met vrienden had afgesproken om bij een paar gewonden in het ziekenhuis op bezoek te gaan, maar evengoed bedankt.

Dus Eva Delectorskaya werd Sally Fairchild en dat, bedacht ze, was eindelijk een naam die Romer niet kende. De keten was verbroken maar ze wist niet hoe lang ze met haar nieuwe identiteit toe zou kunnen. Ze veronderstelde dat hij een pervers genoegen zou scheppen in haar vaardigheid om hem te ontlopen – ik heb haar goed getraind – maar dat hij er altijd op gespitst zou zijn om Eva Delectorskaya te vinden.

Dat vergat ze nooit, en ze wist dat er meer moest worden gedaan voor ze zich zelfs maar enigszins veilig kon voelen, en daarom begon ze – zolang ze het geld ervoor had – in de vooravond uit te gaan naar de betere hotelbars en cafés. Ze wist dat ze voorlopig het veiligst was als ze in haar hotel bleef en niets deed; zodra ze weer in wat voor baan dan ook aan het werk ging zou ze onbarmhartig door het systeem worden ingelijfd en zouden al haar gegevens worden vastgelegd. Dus ging ze naar het Café Royale en de Chelsea Arts Club, naar de bar van het Savoy Hotel en het Dorchester Hotel, naar The White Tower. Vele in aanmerking komende mannen boden haar iets te drinken aan en vroegen haar mee uit, en een paar probeerden haar zonder succes te kussen en te liefkozen. Ze leerde een Poolse gevechtspiloot kennen in de Bierkeller op

Leicester Square met wie ze twee keer afsprak voor ze hem af-
keurde. Ze was op zoek naar iemand speciaals; ze had geen
idee wie, maar ze vertrouwde erop dat ze hem zou herkennen
zodra ze elkaar zagen.

Een dag of tien nadat ze Sally Fairchild was geworden ging
ze naar The Heart of Oak in Mount Street in de wijk May-
fair. Het was een pub maar er lag tapijt in de gelagkamer en
er hingen sportposters en er brandde altijd een echt vuur in de
haard. Ze bestelde gin met sinaasappelsap, vond een zitplaats,
stak een sigaret op en deed of ze de kruiswoordpuzzel van *The
Times* oploste. Zoals gewoonlijk waren er nogal wat militairen
– allemaal officieren – en een ervan bood haar iets te drinken
aan. Ze wilde geen Britse officier, dus zei ze dat ze op een heer
wachtte en hij kraste op. Na een uur of zo – ze zat er net over
te denken om weg te gaan – werd het tafeltje naast haar bezet
door drie jonge mannen in donkere pakken. Ze waren in een
vrolijke stemming en nadat ze een paar minuten had geluis-
tervinkt drong het tot haar door dat ze een Iers accent hadden.
Ze ging nog een gin-sinas halen en liet haar krant vallen. Een
van de mannen, donker, met een bol gezicht en een dun recht
snorretje, gaf hem terug aan haar. Zijn blik kruiste de hare.

'Mag ik u daarop trakteren?' vroeg hij. 'Toe; het zal me een
eer en een genoegen zijn.'

'Dat is heel aardig van u, maar ik wou net weggaan,' zei Eva.

Ze liet zich overhalen om erbij te komen zitten aan hun tafeltje. Ze zat op een heer te wachten, vertelde ze, maar hij was
al veertig minuten te laat.

'O, dat is geen heer,' zei de man met het snorretje met een
ernstig gezicht. 'Dat noem je een Engelse proleet.'

Ze moesten er allemaal om lachen en Eva zag dat een van
de mannen tegenover haar aan het tafeltje – blond met sproe-
ten en een ontspannen, laconieke uitstraling – ook om het
grapje lachte maar een beetje inwendig, alsof er nog iets anders leuk was aan de bewering waar hij plezier om had en niet
om de duidelijke sneer.

Ze kwam te weten dat ze alle drie als jurist aan de Ierse ambassade waren verbonden en op het consulaat in Clarges Street

werkten. Toen de blonde man aan de beurt was voor het volgende rondje, liet ze hem naar de bar gaan en excuseerde zich toen bij de anderen omdat ze haar neus wilde poederen. Ze ging naast de man aan de bar staan en zei dat ze van gedachte was veranderd en liever een glas shandy had dan nog een gin-sinas.

'Goed,' zei hij, 'dan wordt het een glas shandy.'

'Hoe zei u ook alweer dat u heette?' vroeg ze.

'Ik heet Sean. Die andere twee heten David en Eamonn. Eamonn is de komediant en wij zijn zijn publiek.'

'Sean hoe?'

'Sean Gilmartin.' Hij wendde zich naar haar toe en keek haar aan. 'En hoe heet jij verder, Sally?'

'Sally Fairchild,' zei ze. En ze voelde het verleden van zich af vallen als losgemaakte kluisters. Ze ging dichter bij Sean Gilmartin staan toen hij haar haar glas shandy aangaf, zo dichtbij als ze kon zonder hem aan te raken, en ze hief haar gezicht op naar zijn stil begrijpende, stil glimlachende ogen. Iets zei haar dat het verhaal van Eva Delectorskaya aan zijn natuurlijke einde was gekomen.

13 Oog in oog

'Dus zo heb je mijn vader leren kennen,' zei ik. 'Je hebt hem opgepikt in een pub.'

'Tja.' Mijn moeder slaakte een zucht. Ze keek even wat afwezig en ik nam aan dat ze opging in haar herinneringen. 'Ik was op zoek naar de juiste man. Ik was al dagen op zoek en toen zag ik hem. Zoals hij in zichzelf zat te lachen – ik wist het meteen.'

'Dus er was geen sprake van enig egoïsme.'

Ze keek me aan op die norse manier die ze had als ik over de schreef ging, als ik betweterig deed. 'Ik hield van je vader,' zei ze eenvoudig. 'Hij heeft me gered.'

'Sorry,' zei ik slapjes. Ik schaamde me een beetje en weet mijn balorigheid aan mijn kater. Ik moest nog steeds boeten voor Hamids afscheidsfeestje. Ik voelde me duf en suf, mijn mond was uitgedroogd, mijn lichaam snakte naar water en mijn eerdere 'zware hoofd' was naar de categorie 'hardnekkig/bonkend' in de sectie hoofdpijn opgeschoven.

Ze had me snel de rest van het verhaal verteld. Na de ontmoeting in The Heart of Oak waren een paar afspraakjes gevolgd – etentjes, een dansavond op de ambassade, een film – en ze voelden zich langzaam maar zeker naar elkaar toegroeien. Met zijn invloed en zijn connecties in het corps diplomatique had Sean Gilmartin het pad naar het verkrijgen van een nieuw paspoort en andere documenten voor Sally Fairchild geëffend. In maart 1942 waren ze naar Ierland gereisd – naar Dublin – waar ze zijn ouders had ontmoet. Ze trouwden twee maanden later in de St. Saviour's Church in Duncannon Street. Eva Delectorskaya werd Sally Fairchild werd Sally Gilmartin, en toen wist ze dat ze veilig was. Na de oorlog verhuisden Sean Gilmartin en zijn jonge vrouw weer naar Engeland, waar hij als jongste vennoot in een maatschap van advocaten in Banbury, Oxfordshire, werd opgenomen. Het kantoor bloeide, Sean Gilmartin werd een van de oudere vennoten en in 1949 kregen ze een kind, een meisje dat ze Ruth noemden.

'En verder heb je nooit meer iets gehoord?' vroeg ik.

'Helemaal niks. Ik had hen totaal afgeschud, tot nu.'

'Wat is er met Alfie Blytheswood gebeurd?'

'Die is in 1957 overleden, aan een beroerte, geloof ik.'

'Een echte?'

'Ik denk het wel. Er zat te veel tijd tussen.'

'Heb je later nog problemen gehad met je rol van Sally Fairchild?'

'Ik was een getrouwde vrouw in Dublin, mevrouw Gilmartin. De omstandigheden waren helemaal veranderd; niemand wist wat er met Sally Fairchild was gebeurd.' Ze zweeg en glimlachte, alsof ze haar identiteiten uit het verleden, die personages die ze had uitgebeeld zat af te vinken.

'Wat is er van je vader geworden?' vroeg ik.

'Die is in 1944 in Bordeaux overleden,' zei ze. 'Ik heb Sean na de oorlog wat nasporingen laten doen via de ambassade in Londen. Ik heb gezegd dat hij een oude vriend van de familie was...' Ze tuitte haar lippen. 'Nou ja, niks aan te doen. Hoe had ik ooit naar hem toe kunnen gaan? Ik heb Irène ook nooit meer gezien. Het zou te riskant zijn geweest.' Ze keek op. 'Wat is dat joch nu weer aan het doen?'

'Jochen! Laat dat beest met rust!' riep ik nijdig. Hij had een egel gevonden onder de laurierstruik. 'Ze zitten vol vlooien.'

'Wat zijn vlooien?' riep hij terug terwijl hij toch maar een stapje achteruit deed, weg van de grijsbruine stekelbal.

'Afschuwelijke insecten die je overal bijten.'

'En ik wil dat hij in mijn tuin blijft,' schreeuwde mijn moeder op haar beurt. 'Hij eet naaktslakken.'

Geconfronteerd met die gezamenlijke protesten schuifelde Jochen nog wat verder achteruit en hurkte hij neer om te kijken hoe de egel zich behoedzaam ontrolde. Het was zaterdagavond en de zon ging onder in het gebruikelijke stofwaas dat deze eindeloze zomer als schemering fungeerde. In het heiige gouden licht zag de wei waarachter het Heksenbos begon er uitgebleekt uit, een afgeleefde oude blondine.

'Heb je ook bier?' vroeg ik. Ik had opeens vreselijk zin in bier, tegen de nadorst, begreep ik.

'Daarvoor zul je naar de winkel moeten,' zei ze en wierp een blik op haar horloge, 'die nu dicht is.' Ze keek me leep aan. 'Je ziet er een beetje gammel uit, moet ik zeggen. Heb je je bezat?'

'Het feest ging wat langer door dan verwacht.'

'Ik geloof dat ik nog ergens een ouwe fles whisky heb staan.'

'Goed,' zei ik, opfleurend. 'Misschien een glaasje whisky met water. Veel water,' voegde ik eraan toe, alsof mijn behoefte daardoor minder dringend, minder afkeurenswaardig werd.

Dus bracht mijn moeder me een groot limonadeglas vol bleekgouden whisky met water, en na een paar slokjes begon ik me al beter te voelen. Mijn hoofdpijn was er nog maar ik voelde me minder geïrriteerd en prikkelbaar, en ik maande mezelf om de rest van de dag extra aardig tegen Jochen te zijn. En al drinkend van mijn whisky trof het me hoe verbijsterend het leven kon zijn, dat het de dingen zo kon arrangeren dat ik hier op een warme zomeravond in Oxfordshire in een tuin zat terwijl mijn zoontje een egel lastigviel en mijn moeder me whisky bracht – die vrouw, mijn moeder, die ik klaarblijkelijk nooit echt had gekend, geboren in Rusland, een Britse spionne, die in 1941 in New Mexico een man had vermoord, op de vlucht was geslagen en me een generatie later eindelijk haar levensverhaal had verteld. Dat illustreerde dat... Mijn hoofd was te warrig om het grotere plaatje waarin het verhaal van

Eva Delectorskaya paste te bevatten; ik kon alleen maar de onderdelen ervan resumeren. Ik voelde me tegelijk opgetogen – het toonde aan dat we niets van anderen af wisten, dat alles omtrent iedereen mogelijk en denkbaar was – en ietwat bedrukt toen ik me realiseerde dat mijn leven tot dan toe op leugens was gebaseerd. Het leek of ik haar helemaal opnieuw moest leren kennen, of ik alles wat tussen ons was voorgevallen in een ander perspectief moest plaatsen en moest afwegen in hoeverre haar leven een ander en mogelijk verwarrend nieuw licht op het mijne wierp. Ik besloot om het allemaal een paar dagen te laten rusten, het een poosje te laten garen voor ik het weer poogde te analyseren. De gebeurtenissen in mijn eigen leven waren al ingewikkeld genoeg: ik moest me eerst maar met mezelf bezighouden, hield ik me voor. Mijn moeder was uit taaier hout gesneden, dat was duidelijk. Ik moest me op de hele toestand beraden als ik helderder was, als ik de dingen beter onder woorden kon brengen – als ik dr. Thoms wat suggestieve vragen had gesteld.

Ik keek naar haar. Ze zat doelloos de pagina's van haar tijdschrift om te slaan terwijl haar blik ergens anders op was gefixeerd – ze hield hem angstvallig op de bomen van het Heksenbos aan de overkant van de wei gericht.

'Is er wat, Sal?' vroeg ik.

'Er is een oude vrouw – een oudere vrouw – omgekomen in Chipping Norton, eergisteren.'

'O? Hoezo omgekomen?'

'Ze was in haar rolstoel boodschappen aan het doen. Drieënzestig jaar oud. Overreden door een auto die het trottoir op schoot.'

'Wat gruwelijk… Was de bestuurder onder invloed? Was het een joyrider?'

'Dat weten we niet.' Ze gooide het tijdschrift op het gras. 'De bestuurder van de auto is weggerend. Ze hebben hem nog niet gevonden.'

'Kunnen ze hem niet achterhalen aan de hand van zijn auto?'

'De auto was gestolen.'

'Aha... Maar wat heeft dat met jou te maken?'

Ze wendde zich naar me toe. 'Zet dat je niet aan het denken? Ik heb tot voor kort in een rolstoel gezeten. Ik doe vaak boodschappen in Chipping Norton.'

Ik moest lachen. 'O, schei nou toch uit,' zei ik.

Ze keek me aan met vaste, onvriendelijke blik. 'Je snapt het nog steeds niet, hè?' zei ze. 'Na alles wat ik je heb verteld. Je hebt geen idee hoe ze opereren.'

Ik dronk mijn whisky op. Ik liet me niet meeslepen door haar paranoia, zoveel was zeker. 'We moesten maar weer eens gaan,' zei ik diplomatiek. 'Bedankt dat je op Jochen hebt gepast. Heeft hij zich goed gedragen?'

'Onberispelijk. Uitstekend gezelschap.'

Ik riep Jochen weg van zijn egelstudie en we waren tien minuten bezig om al zijn wijdverspreide spullen bijeen te zoeken. Toen ik de keuken in liep zag ik een klein assortiment verpakte etenswaren op tafel staan: een thermosfles, een Tupperwaredoos met sandwiches, twee appels en een rol biscuit. Raar, dacht ik terwijl ik speelgoedauto's van de vloer opraapte, je zou bijna denken dat ze op het punt stond om te gaan picknicken. Toen riep Jochen me; hij zei dat hij zijn pistool niet kon vinden.

Ten slotte laadden we alles in de auto en namen we afscheid. Jochen gaf zijn oma een kus en toen ik mijn moeder een kus gaf verstarde ze – alles ging heel raar die dag, ik kon er geen wijs uit worden. Ik moest eerst weg, daarna zou ik me wel op die eigenaardigheden storten.

'Kom je volgende week nog naar de stad?' vroeg ik vriendelijk, lief, met het idee om met haar te gaan lunchen.

'Nee.'

'Oké.' Ik deed het autoportier open. 'Tot gauw, Sal. Ik bel je wel.'

Toen sloeg ze haar armen om me heen en drukte ze me stevig tegen zich aan. 'Tot gauw, lieverd,' zei ze, en ik voelde haar droge lippen op mijn wang. Dit was nog vreemder: ze omhelsde me zo'n beetje eens in de drie jaar.

Jochen en ik reden zwijgend het dorp uit.

'Heb je het leuk gehad met oma?' vroeg ik.

'Ja hoor. Best wel.'

'Kun je wat preciezer zijn?'

'Nou, ze had het heel druk, ze moest de hele tijd dingen doen. Dingen zagen in de garage.'

'Dingen zagen? Wat voor dingen?'

'Ik weet het niet. Ik mocht niet binnenkomen. Maar ik hoorde haar zagen.'

'Zagen… Leek ze anders, vond je? Gedroeg ze zich anders?'

'Kun je wat preciezer zijn?'

'Touché. Leek ze nerveus, ongedurig, kribbig, raar?'

'Ze doet altijd raar. Dat weet je toch.'

We reden door het invallende duister terug naar Oxford. Ik zag zwarte zwermen kraaien opvliegen van stoppelvelden. De heggen vervaagden in het nevelige avondlicht en het donkerende kreupelhout en de bossen leken zo dicht en ondoordringbaar alsof ze uit metaal waren gegoten. Ik voelde mijn hoofdpijn wegebben, zag dat als een teken van algemeen herstel en herinnerde me dat ik een fles Mateus-rosé in de koelkast had liggen. Een zaterdagavond thuis, tv aan, twintig sigaretten en een fles rosé bij de hand; kon het leven nog beter?

We aten een licht avondmaal (Ludger en Ilse waren nergens te bekennen) en keken naar een showprogramma op tv – slechte zang, stuntelige dans, vond ik – en ik bracht Jochen naar bed. Nu kon ik aan de wijn en een paar sigaretten roken. Maar twintig minuten nadat ik had afgewassen zat ik nog steeds in de keuken met een mok zwarte koffie voor me, peinzend over mijn moeder en haar leven.

Zondagochtend voelde ik me wel honderd procent beter maar mijn gedachten keerden steeds terug naar mijn moeders cottage en haar gedrag van de vorige dag: de gespannenheid en paranoia, de geplande picknick, de atypische sentimentaliteit… Wat was er aan de hand? Waar zou ze naartoe gaan met haar sandwiches en thermosfles? En de avond tevoren klaargemaakt, wat op een vroege start scheen te duiden. Als ze op reis ging, waarom vertelde ze dat dan niet aan mij? En als ze niet wilde dat ik het wist, waarom stonden de picknickspullen dan zo prominent uitgestald?

En toen drong het tot me door.

Jochen legde zich welwillend neer bij de nieuwe indeling van zijn zondag. In de auto zongen we liedjes om de tijd te doden: 'One Man Went to Mow', 'Ten Green Bottles', 'The Quartermaster's Store', 'The Happy Wanderer', 'Tipperary' – het waren liedjes die mijn vader mij als kind had geleerd, waarbij zijn diepe vibrerende bas de hele auto had gevuld. Net als ik had Jochen een abominabele stem – vreselijk vals – maar we zongen lustig en stoïcijns voort, verenigd in onze onwelluidendheid.

'Waarom gaan we weer terug?' vroeg hij tussen twee liedjes door. 'We gaan nooit de volgende dag weer terug.'

'Omdat ik iets heb vergeten. Ik heb vergeten om oma iets te vragen.'

'Dan kun je haar toch opbellen.'

'Nee, ik moet oog in oog met haar staan als ik met haar praat.'

'Dan gaan jullie zeker ruzie maken,' zei hij mat.

'Nee hoor, wees maar niet bang. Ik wil haar alleen maar wat vragen.'

En zoals ik al had gevreesd was de auto weg en het huis op slot. Ik pakte de sleutel van onder de bloempot en we gingen naar binnen. Zoals altijd was alles netjes aan kant; niets dat op een overhaast vertrek wees, geen sporen van paniek of bange gejaagdheid. Ik liep langzaam door de kamers, rondkijkend of ze een aanwijzing voor me had achtergelaten, iets wat me opviel. En ten slotte vond ik het.

Wie zou het op die drukkend warme avonden in zijn hoofd halen om een vuur te stoken in de zitkamer? Mijn moeder wel, klaarblijkelijk, aangezien er een paar verkoolde houtblokken in de open haard lagen en de as nog warm was. Ik ging op mijn hurken zitten en met een pook duwde ik de blokken uiteen op zoek naar de restanten van verbrande papieren; misschien had ze zich van nog een ander geheim ontdaan. Er was niets wat daarop wees maar in plaats daarvan werd mijn aandacht door een van de houtblokken getrokken. Ik haalde het eruit met de tang en hield het in de keuken onder de kraan. Het siste toen het koude water de as wegspoelde, en meteen was de glanzende nerf van het kersenhout te zien. Ik droogde het stuk hout met keukenpapier. Het was zonneklaar, ook al was het hout half verkoold: het was het achterste stuk van een geweerkolf, vlak achter de handgreep afgezaagd. Ik ging naar de garage, waar ze een kleine werkbank had en haar tuingereedschap opsloeg, altijd geolied en keurig opgeborgen. Op de werkbank stond een bankschroef en er lag een ijzerzaag met daaromheen verspreid de zilveren spiraaltjes van uitgeboord metaal. De dubbele loop van het geweer zat in een jute aardappelzak onder de werkbank. Ze had zich niet echt uitgesloofd om hem te verstoppen, en de kolf van het geweer was ook meer verschroeid dan verbrand. Ik voelde iets weeïgs in mijn darmen: enerzijds had ik de neiging om te lachen en anderzijds voelde ik de sterke aandrang om te poepen. Ik begreep dat ik net als zij begon te denken: ze had gewíld dat ik die zondagochtend terugkwam om tot de ontdekking te komen dat ze weg was; ze had gewild dat ik haar huis doorzocht en die dingen vond, en nu verwachtte ze dat ik de logische conclusie trok.

Die avond rond een uur of zes was ik in Londen. Jochen zat veilig bij Veronica en Avril en ik hoefde alleen maar mijn moeder te vinden voordat ze Lucas Romer van kant maakte. Ik nam de trein naar Paddington en vandaar bracht een taxi me naar Knightsbridge. Ik herinnerde me dat mijn moeder had gezegd in welke straat Romer woonde maar niet het huisnummer. Ik vroeg de taxichauffeur om me niet ver van het ene uiteinde van Walton Crescent af te zetten. Ik had op mijn stadsplattegrond van Londen gezien dat er een Walton Street bestond – die recht naar de ingang van Harrod's scheen te leiden – en een Walton Crescent dat erachter weggestopt lag. Ik betaalde de chauffeur en liep de laatste honderd meter naar Walton Crescent. Ik probeerde te denken zoals mijn moeder zou denken, te gissen welke modus operandi ze volgde. Alles op zijn tijd, hield ik me voor: eerst een inspectie van de buurt.

Walton Crescent straalde geld en aanzien, standing en aplomb uit, maar dat deed het subtiel en zonder vertoon. De huizen zagen er tamelijk identiek uit tot je beter keek. Er lag een halvemaanvormig park tegenover de aaneengesloten boog van crèmekleurig gestucte achttiende-eeuwse huizen van vier verdiepingen die allemaal een voortuintje hadden en drie enorm hoge ramen op de eerste etage, achter een balkon met een hek van filigrein smeedwerk. De tuintjes waren keurig verzorgd en uitdagend groen ondanks het sproeiverbod. Ik zag buxusheggen, rozen, diverse soorten clematis en wat bemost beeldhouwwerk toen ik door de straat liep. Bijna elk huis had een inbrekersalarm en veel ramen hadden luiken of rolluiken achter de ruiten. Ik was de enige op straat afgezien van een kindermeisje dat een kinderwagen voortduwde en een grijze heer die liefdevol en pijnlijk nauwgezet een lage taxusheg aan het snoeien was. Ik zag mijn moeders witte Allegra tegenover nummer 29 aan de overkant van de straat geparkeerd staan.

Ik bukte en tikte vinnig op het raam. Ze keek om en scheen totaal niet verrast om me te zien. Ze glimlachte en boog zich opzij om het portier te openen en me naast haar in de auto te laten.

'Je hebt de tijd genomen,' zei ze. 'Ik had gedacht dat je hier al uren geleden zou zijn, maar toch, goed gedaan.' Ze droeg haar parelgrijze broekpak en haar haar was gekamd en glansde alsof ze net van de kapper kwam. Ze had lippenstift op en haar wimpers waren donker van de mascara.

Ik liet een siddering van woede door me heen flakkeren voor ik me op de passagiersstoel liet zakken. Ze bood me een sandwich aan nog voor ik haar een verwijt kon maken.

'Wat zit erop?' vroeg ik.

'Zalm en komkommer. Geen zalm uit blik.'

'Mayonaise?'

'Een beetje, en wat dille.'

Ik nam de sandwich aan en schrokte een paar happen naar

binnen. Ik had opeens honger en de sandwich smaakte heerlijk.

'Er is een pub in de volgende zijstraat,' zei ik. 'Laten we daar wat gaan drinken en dit goed bespreken. Ik maak me grote zorgen, moet ik zeggen.'

'Nee, dan loop ik hem misschien mis,' zei ze. 'Zondagavond, dan komt hij terug uit de provincie, uit zijn buitenhuis of dat van een vriend. Hij zou hier voor negenen moeten zijn.'

'Ik zal niet toestaan dat je hem van kant maakt. Ik waarschuw je, ik –'

'Doe niet zo bespottelijk!' Ze moest lachen. 'Ik wil alleen maar even met hem babbelen.' Ze legde haar hand op mijn knie. 'Goed gedaan, Ruth, lieverd, om me hier op te sporen. Ik ben onder de indruk, en blij. Ik vond het zo het beste, om het jou zelf uit te laten vogelen, snap je wel? Ik wou je niet vragen om mee te gaan en je onder druk zetten. Ik dacht dat je het wel uit zou vogelen omdat je zo slim bent, maar nu weet ik dat je ook op een ander vlak slim bent.'

'Ik neem aan dat ik dat als een compliment moet opvatten.'

'Luister: als ik het rechtstreeks had gevraagd had je wel honderd manieren verzonnen om me te weerhouden.' Ze glimlachte, bijna vrolijk. 'Maar goed, hier zitten we dan, met z'n tweeën.' Ze streelde mijn wang met haar vingers. Waar kwam al die genegenheid vandaan? 'Ik ben blij dat je er bent,' zei ze. 'Ik weet dat ik hem ook in mijn eentje had kunnen spreken maar het zal veel beter gaan met jou naast me.'

Ik had argwaan. 'Waarom?'

'Voor morele steun en zo, snap je.'

'Waar is het geweer?'

'Ik ben bang dat ik het nogal verknald heb. Ik kreeg de dubbele loop er niet mooi recht af. Ik zou het niet durven te gebruiken. Maar hoe dan ook, met jou erbij voel ik me gerust.'

We zaten nog wat te praten en onze sandwiches te eten terwijl het avondlicht in Walton Crescent mistig leek te worden, stoffig, wollig, en het crèmekleurige stucwerk even heel lichtgeelroze kleurde. Terwijl de hemel langzaam donkerde – het was een bewolkte dag, maar warm – merkte ik dat er een angst-

wriemeltje bij me binnensloop; soms leek het in mijn ingewanden te zitten, soms in mijn borst, soms in mijn armen en
benen die er zeer van deden en zwaar werden. Ik begon te wensen dat Romer niet thuis zou komen, dat hij met vakantie naar
Portofino of Saint-Tropez of Inverness was, of waar zijn soort
mensen ook vakantie hielden, en dat deze wake van ons vergeefs zou blijken en we naar huis konden en de hele toestand
konden proberen te vergeten. Maar tegelijkertijd kende ik mijn
moeder en ik wist dat het niet gewoon zou eindigen met het
wegblijven van Romer: ze moest hem nog één keer spreken,
één laatste keer. En terwijl ik daarover zat te peinzen drong
het tot me door dat alles wat er die zomer was voorgevallen
was beraamd – was bekokstoofd – om op deze confrontatie
aan te sturen: die onzin met de rolstoel, de paranoia, het levensverhaal –

Mijn moeder greep me bij mijn arm.

Aan het einde van de straat kwam de grote Bentley de hoek
om gegleden. Ik dacht dat ik flauw ging vallen; het bloed
scheen hoorbaar uit mijn hoofd weg te stromen. Ik haalde diep
adem en voelde mijn maagzuren kolken en omhoogborrelen
door mijn slokdarm.

'Als hij uit zijn auto komt stap jij ook uit en roep je hem,'
zei mijn moeder kalm. 'Dan draait hij zich naar je om en zal
hij mij niet meteen opmerken. Hou hem een paar tellen aan
de praat. Ik wil hem verrassen.'

'Wat moet ik zeggen?'

'Wat dacht je van: "Goedenavond, meneer Romer, kan ik u
even spreken?" Ik heb maar een paar tellen nodig.'

Ze leek heel beheerst, heel sterk, terwijl ik daarentegen het
gevoel had dat ik elk moment in tranen kon uitbarsten, kon
blèren en grienen, zo onzeker en onbeholpen voelde ik me opeens – helemaal niets voor mij, besefte ik.

De Bentley stopte en parkeerde dubbel. De chauffeur liet
de motor draaien, opende het portier en stapte uit. Hij liep om
de achterkant van de auto heen en hield het portier aan de
trottoirkant open. Romer stapte met enige moeite uit, een
beetje gebogen, misschien wat stijf van de reis. Hij wisselde

een paar woorden met zijn chauffeur, die weer in de auto stapte en wegreed. Romer liep naar zijn hek; hij droeg een tweed colbert, een grijze flanellen pantalon en suède schoenen. Er ging een lamp aan achter het bovenlicht van de voordeur van nummer 29 en tegelijk floepte de tuinverlichting aan en verlichtte de flagstones van het pad naar de voordeur, een kersenboom, een stenen obelisk in de hoek van de heg.

Mijn moeder gaf me een por en ik deed het portier open.

'Lord Mansfield?' riep ik terwijl ik de straat op stapte. 'Mag ik u even spreken?'

Romer draaide zich heel langzaam naar me om. 'Wie bent u?'

'Ik ben Ruth Gilmartin. We hebben elkaar pas nog gesproken.' Ik stak de straat over en liep op hem af. 'Op uw club. Ik wilde u interviewen.'

Hij tuurde me aan. 'Ik heb niets tegen u te zeggen,' zei hij. Zijn krassende stem klonk bedaard, zonder enige dreiging. 'Dat heb ik al gezegd.'

'O, volgens mij hebt u wel degelijk iets te zeggen,' zei ik terwijl ik me afvroeg waar mijn moeder bleef; ik had geen idee of ze in de buurt was, kon haar niet horen, wist niet van welke kant ze zou komen.

Hij lachte en opende het hek naar zijn voortuin. 'Goedenavond, mevrouw Gilmartin. Val me niet langer lastig. Ga weg.'

Ik had geen idee wat ik moest zeggen. Ik was weggestuurd.

Hij draaide zich om om het hek dicht te doen en achter hem zag ik dat iemand de voordeur een paar centimeter opende en op een kier liet staan zodat hij meteen naar binnen kon lopen, zonder gedoe met sleutels of dat soort ordinaire dingen. Hij zag dat ik was blijven staan en zijn blik schoot automatisch heen en weer door de straat. En toen verstarde hij.

'Hallo, Lucas,' zei mijn moeder uit het duister.

Het leek of ze uit de buxusheg was opgedoken en er opeens, roerloos, stond.

Romer scheen even verlamd en toen richtte hij zich stijfjes op als een militair op een defilé, alsof hij anders om zou vallen. 'Wie bent u?'

Ze stapte naar voren en het schemerige avondlicht bescheen haar gezicht, viel op haar ogen. Wat ziet ze er mooi uit, dacht ik, alsof er een soort miraculeuze verjonging plaatsvond en de tussenliggende vijfendertig jaar van ouder worden werden uitgewist.

Ik keek naar Romer, die doodstil bleef staan, met één hand aan het hek; hij wist wie ze was. Ik vroeg me af hoe hij dat moment onderging, die schok zonder weerga. Maar hij verried niets en wist een snel vervliegend glimlachje op te brengen.

'Eva Delectorskaya,' zei hij zacht, 'wie had dat kunnen denken?'

We stonden in Romers grote salon op de eerste verdieping. Hij had niet gevraagd of we wilden gaan zitten. Toen hij zich bij het tuinhek had hersteld van de schok om mijn moeder te zien, had hij zich vermand en was zijn oude ingesleten wellevendheid weer naar boven gekomen. 'Kom maar even binnen,' had hij gezegd. 'Je hebt me vast iets te zeggen.' We hadden hem over het pad naar de voordeur en het huis in gevolgd, waar een man met donker haar en een wit jasje oplettend in de hal stond te wachten. Door een gang hoorde ik het gekletter van borden ergens in een keuken.

'Ik kom zo beneden, Petr,' zei Romer. 'Zeg maar tegen Maria dat ze alles in de oven zet, en daarna kan ze weg.'

Toen volgden we hem de trap op naar de salon. De stijl was Engels landhuis uit de jaren dertig, met een paar mooie donkere meubelstukken – een bureau, een kast met glaspanelen en geglazuurd aardewerk erin – kleden op de vloer en gerieflijke oude banken met kleedjes en kussens, maar de schilderijen aan de muren waren eigentijds. Ik zag een Francis Bacon, een Burra en een prachtig stilleven – een lege tinnen kom voor een zilverig glimmende vaas waarin twee verwelkte klaprozen stonden. Het leek of het schilderij was aangelicht maar ik zag geen spotjes – het effect kwam van de dik geschilderde glans op de kom en de vaas, verbluffend genoeg. Ik stond de schilderijen te bekijken om mezelf af te leiden; ik voelde een merkwaardige, duizelende paniek, een combinatie van opwinding en angst, een gemoedstoestand waarin ik sinds mijn kindertijd niet meer echt had verkeerd, als ik opzettelijk iets stouts en verbodens had gedaan en ging fantaseren dat het werd ontdekt en dat ik werd gestraft, wat een onderdeel is van de bedwelmende aantrekkingskracht van iets ongeoorloofds, neem ik aan. Ik gluurde naar mijn moeder: ze stond vinnig maar ijzig naar Romer te kijken. Hij weigerde haar aan te kijken maar stond hautain bij de open haard en staarde peinzend naar het kleed onder zijn voeten. De haard was aangelegd maar niet aangestoken; hij leunde met zijn elleboog op de schoorsteenmantel en zijn achterhoofd was zichtbaar in de verweerde, bespikkelde spiegel die erboven hing. Hij wendde zich naar Eva en keek terug maar er was geen enkele emotie op zijn gezicht te lezen. Ik wist waarom ik me zo paniekerig voelde: de lucht leek bezwangerd en gestremd met hun volgepakte, woelige, gezamenlijke verleden, een verleden waaraan ik geen deel had maar van welks climax ik nu gedwongen was getuige te zijn. Ik voelde me een voyeur; ik hoorde er niet bij te zijn maar daar stond ik.

'Zouden we een raam open kunnen doen?' vroeg ik aarzelend.

'Nee,' zei Romer, nog steeds naar mijn moeder starend. 'Er staat water op die tafel daar.'

Ik liep naar een wandtafel met een dienblad vol glazen van geslepen kristal en karaffen met whisky en cognac alsmede een halflege bokaal met zichtbaar stoffig water. Ik schonk mezelf een glas in en dronk de lauwe vloeistof in een teug op. Het geluid van mijn geslik leek vreselijk goed hoorbaar en ik zag dat Romer me een blik toewierp.

'Wat is uw relatie met deze vrouw?' vroeg hij.

'Ze is mijn moeder,' antwoordde ik meteen, en ik voelde dwaas genoeg iets van trots opwellen toen ik dacht aan alles wat ze had gedaan, alles wat ze had doorgemaakt om uiteindelijk hier in deze kamer te zijn. Ik ging dichter bij haar staan.

'Jezus, niet te geloven,' zei Romer. Het leek of het hem

vreselijk tegen de borst stuitte. Ik keek naar mijn moeder en probeerde me voor te stellen wat er door haar heen ging nu ze deze man na zoveel tientallen jaren terugzag, een man van wie ze oprecht had gehouden – meende ik althans – en die grote moeite had gedaan om haar dood te arrangeren. Maar ze kwam heel beheerst over, haar gezicht stond vastberaden, weerbaar. Romer wendde zich weer tot haar. 'Wat kom je doen, Eva?'

Mijn moeder gebaarde naar mij. 'Ik wil je alleen maar zeggen dat zij alles weet. Ik heb alles opgeschreven, Lucas, en aan haar gegeven. Ze heeft het hele verhaal. Een staflid van de universiteit van Oxford gaat er een boek over schrijven. Ik wou je alleen maar zeggen dat er een eind is gekomen aan al die jaren dat je met je geheim hebt geleefd. Iedereen weet binnenkort wat je hebt gedaan.' Ze zweeg even. 'Het is over.'

Het leek of hij even stond te beraadslagen. Ik had het idee dat dit het laatste was wat hij had verwacht te horen. Hij spreidde zijn handen. 'Goed. Ik sleep hem voor de rechter, ik sleep jou voor de rechter en jij draait de gevangenis in. Je kunt niets bewijzen.'

Mijn moeder moest daar onwillekeurig om glimlachen en ik wist waarom: dat was al een soort bekentenis, vond ik.

'Ik wou dat jij dit wist en ik wou je nog één keer zien.' Ze deed een stapje naar voren. 'En ik wou dat je mij zag. Om je te laten weten dat ik nog springlevend ben.'

'We zijn je in Canada kwijtgeraakt, toen we eenmaal beseften dat je daarheen moest zijn gegaan,' zei Romer. 'Je hebt het heel slim aangepakt.' Hij zweeg even. 'Je moet weten dat je dossier nooit is afgesloten. We kunnen je nog steeds arresteren, in staat van beschuldiging stellen, berechten. Ik hoef deze telefoon maar op te pakken en voor de nacht voorbij is zou je onder arrest staan, waar je ook mocht wezen.'

Het flauwe glimlachje van mijn moeder getuigde van het feit dat zij nu het heft in handen had: de balans was eindelijk naar haar doorgeslagen. 'Waarom doe je dat dan niet, Lucas?' zei ze rustig, overredend. 'Laat me arresteren. Toe maar. Maar nee, dat doe je niet, hè?'

Hij keek haar aan en zijn gezicht verried niets. Hij was zichzelf volkomen meester. Desondanks genoot ik van mijn moeders overwinning op hem. Ik had zin om te juichen, te joelen van vreugde.

'Wat de Britse regering aangaat ben je een landverrader,' zei hij effen, zonder een spoor van bedreiging of poeha.

'O ja, ja natuurlijk,' zei ze sarcastisch. 'Wij zijn allemaal verraders: ik en Morris en Angus en Sylvia. Een klein broeinest van Britse landverraders binnen AAS Ltd. Maar één man is eerlijk en betrouwbaar: Lucas Romer.' Ze keek hem aan met pure verachting, geen medelijden. 'Het is uiteindelijk allemaal misgegaan voor je, Lucas. Wees reëel.'

'Het is allemaal misgegaan in Pearl Harbor,' zei hij met een spottende grijns, zijn lippen getuit, alsof hij zich eindelijk realiseerde dat hij niets had in te brengen en hem alle macht was ontnomen. 'Met dank aan de jappen – door Pearl Harbor is alles verkloot.'

'Je had me met rust moeten laten,' zei mijn moeder. 'Je had niet naar me moeten blijven zoeken, dan had ik hier niet zo'n moeite voor gedaan.'

Hij keek haar verbluft aan. Het was de eerste echte emotie die ik op zijn gezicht zag. 'Waar heb je het in godsnaam over?' vroeg hij.

Maar ze luisterde niet. Ze deed haar tas open en pakte het afgezaagde geweer eruit. Het was heel klein, het kon niet meer dan vijfentwintig centimeter lang zijn geweest. Het leek wel een antiek pistool, het vuurwapen van een struikrover. Ze richtte het op Romers gezicht.

'Sally,' zei ik, 'toe...'

'Ik weet dat je geen stomme streken gaat uithalen,' zei Romer heel kalm. 'Je bent niet dom, Eva, dus waarom stop je het niet weg?'

Ze deed een stap naar hem toe en rechtte haar arm. De stompe dubbele loop was recht op zijn gezicht gericht, een halve meter van hem vandaan. Hij deinsde iets achteruit, zag ik.

'Ik wou gewoon weten hoe het zou zijn om jou in mijn macht te hebben,' zei mijn moeder, nog steeds heel beheerst. 'Ik zou je met veel genoegen van kant kunnen maken, heel makkelijk, en ik wou gewoon weten hoe dat zou aanvoelen. Je hebt geen idee hoe het me jarenlang tot steun heeft gediend om me dit moment voor te stellen. Ik heb lang gewacht.' Ze liet het geweer zakken. 'En ik kan je verzekeren dat het elke seconde waard was.' Ze stopte het geweer in haar tas en knipte die luid dicht, en Romer schrok een beetje op van de klik.

Hij stak zijn hand uit naar een belknopje op de muur, drukte erop en in een flits stond die houterige, nerveuze Petr in de kamer, leek het wel.

'Deze mensen gaan weg,' zei Romer.

We liepen naar de deur.

'Dag Lucas,' zei mijn moeder terwijl ze de kamer uit beende, zonder naar hem om te kijken. 'Vergeet deze avond niet. Je zult mij nooit meer zien.'

Ik keek natuurlijk wel om toen we de kamer uit liepen, en ik zag dat Romer zich iets had afgewend en zijn handen in de zakken van zijn colbert omlaagdrukte, zo te zien aan de plooien in het colbert en aan de strak getrokken revers. Hij stond weer met zijn hoofd gebogen naar het kleed voor de open haard te staren, alsof daarin een aanwijzing lag voor wat hem nu te doen stond.

We stapten in de auto en ik keek op naar de drie hoge ramen. Het werd donker en de ruiten gloeiden oranjegeel; de gordijnen waren nog niet dichtgetrokken.

'Ik had het niet meer van dat geweer, Sal,' zei ik.

'Het was niet geladen.'

'O, goed.'

'Ik heb geen zin om te praten op dit moment, als je het niet erg vindt. Nog niet.'

We reden Londen uit, via Shepherd's Bush over de A40 richting Oxford. We zwegen de hele reis tot we bij Stokenchurch kwamen en door het grote gat keken dat ze voor de snelweg uit de Chilterns hadden gehouwen. De drukkende zomernacht van Oxfordshire lag voor ons uitgestald en de lichtjes van Lewknor, Sydenham en Great Haseley begonnen te fonkelen terwijl het land donkerder werd en de laatste warme agaatgloed van de zon ergens in het westen, voorbij het verre Gloucestershire, vervaagde.

Ik zat terug te denken aan alles wat er die zomer was voorgevallen en ik realiseerde me dat het eigenlijk al vele jaren eerder was begonnen. Ik zag hoe knap mijn moeder me de laatste weken had gemanipuleerd en gebruikt en ik begon me af te vragen of dat wat haar betrof mijn lot was geweest. Ze had haar hele leven de gedachte aan haar ultieme confrontatie met Lucas Romer gekoesterd, en toen haar kind werd geboren – misschien had ze op een jongen gehoopt? – had ze gedacht: nu heb ik mijn noodzakelijke bondgenoot, nu heb ik iemand die me kan helpen; op een dag zal ik Romer te gronde richten.

Ik begon te begrijpen dat mijn terugkeer naar Oxford uit Duitsland de katalysator was geweest die het proces op gang had gebracht: ik was terug in haar leven en de intrige kon zich langzaam ontrollen. Het te boek stellen van haar levensverhaal, het besef van gevaar, de paranoia, de rolstoel, de eerste 'onschuldige' verzoeken, allemaal bedoeld om mij te betrekken bij het opsporen en uit zijn hol jagen van haar prooi. Maar er was nog iets anders dat haar ertoe had aangezet om nu, na al die jaren, in actie te komen, realiseerde ik me. Ze had gevaar bespeurd en daarom had ze besloten om de kwestie af te handelen. Misschien was het paranoia – ingebeelde verspieders in de bossen, onbekende auto's die 's nachts door het dorp reden – en misschien was het louter dat ze er genoeg van had. Misschien was mijn moeder het beu geworden om altijd en eeuwig waakzaam te zijn, op haar hoede, voorbereid op die klop op de deur. Ik herinnerde me haar vermaningen tegen mij toen ik klein was: 'Op een dag komt iemand me weghalen,' en realiseerde me dat ze in wezen op die wijze had geleefd sinds ze eind 1941 van New York naar Canada was gevlucht. Het was een heel lange tijd, te lang. Ze was het beu om te waken en te wachten en ze wilde dat het ophield. En dus had die vernuftige, schrandere Eva Delectorskaya een klein drama geënsceneerd waarmee ze haar dochter – haar onontbeerlijke bondgenoot – bij het complot tegen Lucas Romer had betrokken. Ik kon haar dat niet kwalijk nemen en ik probeerde me voor te stellen wat de tol van al die decennia was geweest. Ik keek opzij naar haar knappe profiel terwijl we door de nacht naar huis reden. Wat zit je te denken, Eva Delectorskaya? Wat voor snode plannetjes borrelen er nog in je hoofd? Zul je ooit een rustig leven kunnen leiden, zul je ooit echt op je gemak zijn? Zul je nu eindelijk in pais en vree kunnen leven? Ze had mij min of meer op dezelfde manier gebruikt als Romer haar had getracht te gebruiken. Ik besefte dat mijn moeder me de hele zomer zorgvuldig had gedirigeerd, als een spion, als een –

'Ik heb een fout gemaakt,' zei ze zo abrupt dat ik opschrok.

'Wat?'

'Hij weet dat je mijn dochter bent. Hij kent je naam.'

'Nou en?' vroeg ik. 'Hij weet ook dat je hem in je macht hebt. Het wordt allemaal in de openbaarheid gebracht en hij kan je niks maken. Je hebt het zelf tegen hem gezegd: je hebt hem uitgedaagd om de telefoon op te pakken.'

Ze dacht erover na. 'Misschien heb je gelijk... Misschien is dat genoeg. Misschien gaat hij niet bellen, maar hij kan een briefje achterlaten.'

'Hoe bedoel je, "een briefje achterlaten"? Voor wie?' Ik kon haar niet volgen.

'Het zou veiliger zijn om een briefje achter te laten, snap je, omdat...' Ze zweeg en dacht diep na onder het rijden. Ze zat voorovergebogen, bijna alsof ze in die houding sneller naar huis kon rijden.

'Omdat wat?'

'Omdat hij morgenochtend dood is.'

'Dóód? Hoe kan hij nou morgenochtend dood zijn?'

Ze wierp me een blik toe, een blik van ongeduld die betekende: Je snapt het nog steeds niet, hè? Jouw hersens werken niet zoals de onze. Ze sprak geduldig: 'Romer zal vannacht zelfmoord plegen. Hij zal zichzelf een injectie geven of een pil innemen. Hij heeft dat al jaren geleden voorbereid. Het zal net een hartaanval lijken, of een fatale beroerte. Iets dat er natuurlijk uitziet, in elk geval.' Ze strekte en kromde haar vingers op het stuur. 'Romer is dood. Ik hoefde hem niet neer te schieten met dat geweer. Zodra hij me zag wist hij dat het met hem gedaan was. Wist hij dat zijn leven voorbij was.'

14 *Een door en door Engelse gentleman*

Mijn moeder, Jochen en ik stonden dicht bijeen onder mijn nieuwe roodbruine paraplu op het trottoir tegenover de ingang van St James's Church in Piccadilly. Het was een koele druilerige septembermorgen met samengepakte loodgrijze wolken die gestaag boven ons hoofd voortdreven terwijl we naar de hoogwaardigheidsbekleders, gasten en familie keken die voor de herdenkingsdienst van lord Mansfield van Hampton Cleeve arriveerden.

'Is dat niet de minister van Buitenlandse Zaken?' vroeg ik toen een man met donker haar in een blauw pak zich uit een auto met chauffeur haastte.

'Hij heeft een goede opkomst, zo te zien,' zei mijn moeder haast geestdriftig, alsof het om een bruiloft ging in plaats van een sterfgeval. Een kleine rommelige rij begon voor de ingang van de kerk uit te dijen, achter het ijzeren hek van de kleine verzonken voorhof. Een rij van mensen die totaal niet gewend zijn om in de rij te staan, bedacht ik.

'Wat doen we hier?' vroeg Jochen. 'Het is een beetje saai om hier alleen maar op de stoep te staan.'

'Het is een kerkdienst voor een man die een paar weken geleden is overleden. Iemand die oma vroeger heeft gekend, in de oorlog.'

'Gaan we nog naar binnen?'

'Nee,' zei mijn moeder. 'Ik wou er alleen maar even bij zijn. Om te kijken wie er komt.'

'Was hij een aardige man?' vroeg Jochen.

'Waarom vraag je dat?' vroeg mijn moeder, haar aandacht nu helemaal op de jongen gericht.

'Omdat je niet erg verdrietig lijkt.'

Mijn moeder dacht daar even over na. 'Ik vond hem aardig in het begin, toen ik hem leerde kennen. Heel aardig. Daarna kwam ik erachter dat ik me had vergist.'

Jochen zei verder niets.

Zoals mijn moeder had voorspeld had Lucas Romer de volgende ochtend niet gehaald. Nadat we hem hadden verlaten stierf hij die nacht aan een 'zware hartaanval', volgens de necrologieën in de kranten. Die waren glorieus maar nogal vaag geweest en David Bombergs portret was veelvuldig afgebeeld, bij gebrek aan passende foto's, nam ik aan. Lucas Romers bezigheden tijdens de oorlog waren samengevat als 'werkte voor de inlichtingendiensten en klom later op tot een hoge positie binnen de Government Communications Headquarters'. Veel meer woorden waren aan zijn uitgeverscarrière gewijd. Het leek wel of ze het overlijden van een vooraanstaand literair figuur herdachten in plaats van een spion. Mijn moeder en ik keken naar de gasten; de rij die de kerk zou binnengaan werd steeds langer. Ik meende een redacteur van een krant te zien die vaak op televisie was, ik zag een paar voormalige ministers uit lang vervlogen kabinetten, een fameus rechtse schrijver en veel grijsharige bejaarde mannen in perfect gesneden maatpakken; hun stropdassen getuigden van aspecten van hun verleden – regimenten, clubs, universiteiten, geleerde genootschappen – waar ze zich graag op beroemden. Mijn moeder wees naar een actrice: 'Is dat Vivien Leigh niet?'

'Die is allang dood, Sal.'

Jochen trok discreet aan mijn mouw. 'Mam, ik krijg een klein beetje honger.' Toen voegde hij er zorgzaam aan toe: 'Jij niet?'

Mijn moeder hurkte neer en gaf hem een kus op zijn wang.

'We gaan heel lekker lunchen,' zei ze. 'Met z'n drieën, in een mooi hotel iets verderop dat de Ritz heet.'

We gingen aan een tafeltje in de hoek van de prachtige eetzaal zitten, met een fraai uitzicht op Green Park waar de bladeren van de platanen al vergeelden; ze gaven de strijd voortijdig op na de snikhete zomer – de herfst zou dit jaar vroeg invallen. Mijn moeder zou de rekening betalen, kondigde ze aan het begin van de maaltijd aan, en we moesten het beste van het beste nemen op deze gedenkwaardige dag. Ze bestelde een fles champagne van een goed jaar en toen die in onze fluitglazen was geschonken klonken we met elkaar. Daarna liet ze Jochen wat proeven.

'Lekker wel,' zei hij. De jongen gedroeg zich voorbeeldig, bedacht ik, hij was beleefd en tamelijk ingetogen, alsof hij voelde dat deze ongebruikelijke trip naar Londen een gecompliceerde, mysterieuze bijbedoeling had die hij nooit zou kunnen doorgronden.

Ik hief mijn bruisende glas op naar mijn moeder. 'Nou, je hebt het geflikt, Eva Delectorskaya,' zei ik.

'Wat heb ik geflikt?'

'Je hebt gewonnen.' Ik voelde me opeens belachelijk geëmotioneerd, alsof ik ging huilen. 'Uiteindelijk.'

Ze fronste haar voorhoofd, alsof ze daar nog niet bij stil had gestaan. 'Ja,' zei ze. 'Uiteindelijk wel. Tja.'

Drie weken later zaten we op een zaterdagmiddag in de tuin van haar cottage. Het was zonnig maar draaglijk: de eindeloze hitte van de zomer was verleden tijd, iets om herinneringen aan op te halen, en we waren blij met het herfstzonnetje waardoor het even lekker warm was. Er scheerden snelle wolken langs en een aanwakkerende wind geselde de takken van de bomen aan de overkant van de wei. Ik kon de oude eiken en beuken van het Heksenbos rusteloos zien deinen en wuiven, en het geruis van hun vergelende blad werd over het ongemaaide vlassige gras naar ons toe gevoerd – suizend, sussend – als de onzichtbare luchtstromen tegen de compacte massa van de bomen botsten en hun zwaarbeladen takken op en neer lieten zwieren zodat de grote bomen wel leken te leven, slierend en slingerend, opgeruid tot een soort dartelheid door de moeiteloze kracht van de wind.

Ik sloeg mijn moeder gade, die met grimmige concentratie een verslag zat te lezen dat ik voor haar had meegebracht. Ik kwam net van een bespreking met Timothy 'Rodrigo' Thoms in het faculteitsgebouw van All Souls waarbij hij me een getypte analyse van mijn gedetailleerde samenvatting van *Het verhaal van Eva Delectorskaya* had gegeven, en dat was wat ze nu in haar handen had. Thoms had tevergeefs gepoogd om niet opgewonden over te komen maar ik voelde de smeekbede van de wetenschapper achter zijn bedaarde uitleg over wat zich volgens hem in Amerika had afgespeeld tussen Lucas Romer – 'Mr. A' wat Thoms betrof – en Eva Delectorskaya. Geef me al die informatie, verrieden zijn ogen, dan ga ik ermee aan de slag. Ik beloofde hem niets.

Veel van wat hij me vertelde ging me boven de pet of anders had ik mijn hoofd er niet helemaal bij – een hoop acroniemen en namen van ronselaars en *rezidents* (spionnen in dienst van buitenlandse ambassades), leden van het Russische politbureau en de NKVD, mogelijke identificatie van de mannen die erbij waren geweest toen Eva over het Prenslo-incident werd ondervraagd enzovoorts. Het interessantste oordeel leek mij dat hij Romer ondubbelzinnig identificeerde als een Russische agent. Hij scheen daar absoluut van overtuigd en stelde dat de man waarschijnlijk was gerekruteerd toen hij in de jaren twintig aan de Sorbonne studeerde.

Met behulp van dat feit kon hij de achtergronden verklaren van wat zich in Las Cruces had afgespeeld. De timing was volgens hem de belangrijkste aanwijzing, en dat had alles te maken met wat er aan het einde van 1941 in Rusland voorviel, toen het geval wilde dat een andere Russische spion – Richard Sorge – Stalin en het politbureau had bericht dat Japan niet van plan was om Rusland via Mantsjoerije aan te vallen en dat de Japanse belangstelling uitsluitend op het Westen en de Stille Oceaan was gericht. Het directe gevolg daarvan voor de Russen was dat grote aantallen divisies de handen vrij hadden om tegen het Duitse leger te vechten dat nog steeds naar Moskou opmarcheerde. De Duitse invasie van Rusland haperde echter: door de taaie tegenstand van de Russen, de veel te lange aanvoerlijnen, de uitputting en de oprukkende winter werd de invasie ten slotte een paar kilometer buiten Moskou tot staan gebracht.

Op dat punt aangekomen had Thoms een boek gepakt en op een gemarkeerde pagina opengeslagen. 'Ik citeer Harry Hopkins hier,' zei hij. Harry Hopkins – ik kon alleen maar aan Mason Harding denken.

Thoms las voor: '"Terwijl de verse Russische troepen van het front in Mantsjoerije zich rondom Moskou begonnen te groeperen in afwachting van het inzetten van de onvermijdelijke tegenaanval, groeide binnen het Russische opperbevel – en met name binnen de NKVD en de andere inlichtingendiensten – het besef dat het tij eindelijk was gekeerd: de mogelijkheid dat Rusland Duitsland zou kunnen verslaan was eindelijk reëel. Bepaalde elementen binnen de Sovjetregering begonnen vooruit te denken over politieke arrangementen in de naoorlogse wereld."'

'Wat heeft dat te maken met agent Sage die in de woestijn van New Mexico in een auto wordt gestopt?' vroeg ik.

'Dat is nou juist zo intrigerend,' zei hij. 'Sommige mensen, in het bijzonder in de inlichtingendiensten, begonnen te bedenken dat het voor de Russen eigenlijk op de lange termijn beter zou zijn als de VS niét in de oorlog in Europa intervenieerden. Als Rusland de oorlog won dan was een dominante Amerikaanse aanwezigheid in Europa wel het laatste wat ze wilden. Rusland zou het wel in z'n eentje afkunnen als het de tijd kreeg. Niet iedereen was het daarmee eens, uiteraard.'

'Ik kan het nog steeds niet volgen.'

Hij legde het uit: tegen het einde van 1941 begon de belangstelling van de NKVD zich op de fervente inspanningen van de Britten te richten om de VS over te halen zich met Groot-Brittannië en Rusland tegen de nazi's te verenigen. Die inspanningen schenen vruchten af te werpen: de Russen hadden de indruk dat Roosevelt naar een excuus zocht om zich aan de

kant van de geallieerden in de oorlog te mengen. De ontdekking van de Zuid-Amerikaanse landkaart was een cruciale fac-
tor in die propagandaoorlog; dat scheen echt de balans te hebben doen doorslaan. Een meesterzet van de bsc, oordeelde
men. De Amerikaanse publieke opinie was veel ontvankelij-
ker voor een bedreiging aan de eigen grenzen dan voor een bedreiging die vierduizend kilometer ver weg was.

Dus dat was waarschijnlijk het moment, redeneerde Thoms,
dat de opdrachtgever van Mr. A hem instrueerde iets te ondernemen teneinde die steeds succesvollere bsc-propaganda te
ondermijnen en als zodanig te ontmaskeren. Volgens Thoms
leken de gebeurtenissen in Las Cruces kenmerkend voor dat
soort destabiliserende acties. Als agent Sage inderdaad dood
was aangetroffen met een vervalste Duitse landkaart van Mexico, zei hij, dan zou de hele Zuid-Amerikaanse intrige van de
bsc worden ontmaskerd als je reinste bedrog en daardoor zou
de isolationistische, non-interventionistische zaak in Amerika
veel sterker komen te staan.

'Dus het was de bedoeling dat Sage als onweerlegbaar be-
wijsmateriaal zou dienen,' zei ik. 'De bsc ontmaskerd en Al-
bion nog steeds zo perfide als altijd.'

'Ja, maar Mr. A hield zijn handen brandschoon. Het was
een briljante, geniale operatie. Mr. A gaf Sage geen andere opdracht dan de aanvankelijke koeriersmissie; alles wat Sage op
weg naar New Mexico en in Las Cruces ondernam was geïm-
proviseerd, ongepland en het resultaat van beslissingen die ter
plekke werden genomen. Het leek of je er blindelings op kon
vertrouwen dat agent Sage zijn eigen ondergang zou bewerkstelligen. Genadeloos en onbewust.'

Háár eigen ondergang zou bewerkstelligen, dacht ik – maar
ze was hen allemaal te slim af geweest.

'Maar goed, uiteindelijk maakte het allemaal niks uit,' zei
Thoms met een wrang lachje. 'De Japanners schoten te hulp
met de aanval op Pearl Harbor, en Hitler eveneens met zijn
eenzijdige oorlogsverklaring aan de vs, een paar dagen later.
Iedereen heeft de neiging om dat te vergeten... Alles was voor
altijd veranderd, en daardoor had het geen enkel verschil ge-

maakt als Sage in opspraak was geraakt. De Verenigde Staten stortten zich eindelijk in de oorlog. Missie volbracht.'

Thoms had nog een paar andere kwesties aangeroerd. Hij vond de moord op Nekich heel veelzeggend. Informatie uit de ondervraging van Nekich door de FBI scheen Morris Devereux in november 1941 te hebben bereikt. Daarin werd gezinspeeld op een aanzienlijke Sovjetinfiltratie van de Britse veiligheids- en inlichtingendiensten ('We weten nu hoe veelomvattend die infiltratie was,' voegde Thoms eraan toe. 'Burgess, Maclean, Philby en wie zich verder nog van die kliek schuilhoudt.'). Devereux zou Mr. A er nooit van hebben verdacht dat hij een dubbelagent was als de belevenissen van agent Sage in Las Cruces geen ernstige twijfel hadden gezaaid waarna met de beschuldigende vinger was gewezen. Devereux stond klaarblijkelijk op het punt om Mr. A te ontmaskeren toen hij werd vermoord. Zijn dood – zijn 'zelfmoord' – droeg alle kenmerken van een moordcommando van de NKVD, wat er ook op wees dat Mr. A een Russische agent was en geen Duitse.

'Volgens mij is Mr. X waarschijnlijk Alastair Denniston, directeur van de Government Code and Cypher School,' zei Thoms toen hij met me meeliep naar mijn auto. 'Die had genoeg in de melk te brokkelen om zijn eigen "irreguliere teams" te kunnen inzetten. En bedenk wel, Ruth, als Mr. A een dubbelagent van de NKVD in de Government Communications Headquarters was, waar het sterk op lijkt, dan heeft hij tijdens de oorlog waarschijnlijk meer voor de Russische zaak gedaan dan alle spionnen uit Cambridge bij elkaar. Verbijsterend.'

'Hoezo?'

'Nou, dat is de echte bonus van het materiaal dat je me hebt gegeven. Het zou een fikse schok geven als het openbaar werd gemaakt. Een gigantisch schandaal.'

Ik zei verder niets meer. Hij vroeg of ik zin had om eens met hem uit eten te gaan en ik zei dat ik wel zou bellen – het leven was op dat moment een beetje hectisch. Ik bedankte hem hartelijk, ging Jochen ophalen en reed naar Middle Ashton.

Mijn moeder scheen bij de laatste pagina te zijn aangekomen. Ze las hardop voor: '"Daarmee wil ik echter niet zeggen dat het verhaal van agent Sage irrelevant is. Het materiaal dat je me hebt gegeven biedt een fascinerend kijkje in zowel de enorme omvang als de kleine details van de bsc-operaties in de VS. Dat zijn allemaal belangwekkende dingen voor iemand als ik, dat hoeft geen betoog. Het is al die jaren angstvallig geheimgehouden wat de bsc in zijn schild voerde. Tot nu toe heeft geen enkele buitenstaander ooit enig idee gehad van de reikwijdte van de Britse inlichtingenoperaties in de VS vóór Pearl Harbor. Je kunt je voorstellen hoe die informatie door onze vrienden aan de andere kant van de Atlantische Oceaan zal worden ontvangen. Het scheppen van een 'speciale betrekking' was klaarblijkelijk niet genoeg – we hadden de British Security Coordination nodig om er nog een schepje bovenop te doen."'

Ze smeet het verslag op het gazon; ze leek uit haar doen en stond op, streek met haar handen door haar haar en ging het huis in. Ik volgde haar niet – ik meende dat ze waarschijnlijk wat tijd nodig had om de hele analyse te laten bezinken, om na te gaan of het klopte, of het wel logisch was.

Ik raapte de getypte pagina's op en schikte ze op mijn knie tot een net stapeltje. Ik dacht opzettelijk aan andere dingen, zoals het intrigerende nieuws dat met de ochtendpost was gekomen: een uitnodiging voor de bruiloft van Hugues Corbillard en Bérangère Wu in Neuilly, Parijs, en weer een brief van Hamid die was verstuurd uit een stad genaamd Makassar op het eiland Celebes in Indonesië, waarin hij meldde dat zijn salaris tot $65.000 was gestegen en dat hij voor het einde van het jaar een maand verlof hoopte op te nemen waarin hij van plan was om naar Oxford te komen om mij en Jochen op te zoeken. Hamid schreef me elke week. Hij had me mijn botheid in de Captain Bligh vergeven zonder dat ik erom had hoeven te vragen en voordat ik mijn excuses kon aanbieden. Ik was een heel slechte correspondent – ik geloof dat ik hem twee keer kort heb geantwoord – maar ik voelde dat Hamid desondanks nog heel lang met zijn hardnekkige avances zou doorgaan.

Mijn moeder kwam het huis weer uit met een pakje sigaretten in haar hand. Ze leek rustiger toen ze ging zitten en bood me een sigaret aan (die ik afsloeg; ik probeerde te stoppen vanwege Jochens aanhoudende gezeur).

Ik sloeg haar gade terwijl ze haar sigaret opstak. 'Klopt het een beetje, Sal?' vroeg ik voorzichtig.

Ze schokschouderde. 'Hoe zei hij het ook alweer? "De kleine details van de BSC-operaties in de VS..." Hij heeft waarschijnlijk gelijk. Stel dat De Baca me had vermoord – dat had geen enkel verschil gemaakt. Pearl Harbor stond voor de deur, ook al had niemand kunnen vermoeden dat het eraan kwam.' Ze wist een gniffellachje op te brengen maar ik zag dat ze het niet grappig vond. 'Morris zei altijd dat we net mijnwerkers waren die kilometers onder de grond steenkool stonden te hakken zonder dat we enig idee hadden hoe de mijnindustrie bovengronds werd gerund. Hak-hak-hak – weer een stuk steenkool.'

Ik zat even na te denken en zei toen: 'Roosevelt heeft die toespraak nooit gehouden, hè? Toen hij jouw Mexicaanse landkaart als bewijsstuk zou gaan gebruiken. Dat zou nog eens wat geweest zijn. Daardoor had alles kunnen veranderen.'

'Je bent heel lief, schat,' zei mijn moeder. Ik zag dat ze zich die dag niet zou laten opvrolijken, wat ik ook probeerde: ze had een soort gelaten matheid over zich; er kolkten te veel pijnlijke herinneringen rond. 'Roosevelt zou die toespraak op 10 december houden,' zei ze, 'maar toen kwam Pearl Harbor en had hij geen Mexicaanse landkaart meer nodig.'

'Dus Thoms beweert dat Romer een Russische agent was, net als Philby, Burgess, Maclean. Ik neem aan dat Romer daarom zelfmoord heeft gepleegd. Te oud om de wijk te nemen, zoals zij hebben gedaan.'

'Het is logischer,' zei ze. 'Ik heb nooit gesnapt waarom Morris dacht dat hij een dubbelagent van de Abwehr was.' Ze glimlachte, een wezenloos glimlachje. 'Maar toch is het goed om te weten hoe onbeduidend en triviaal het allemaal "in het grotere plaatje" was, moet ik zeggen,' voegde ze er met onverholen spot aan toe.

'Voor jou was het niet onbeduidend en triviaal,' zei ik terwijl ik mijn hand op haar arm legde. 'Het hangt er helemaal vanaf hoe je die dingen bekijkt. Jij was alleen in de woestijn met De Baca – er was verder niemand.'

Ze zag er opeens moe uit. Ze drukte zwijgend haar sigaret uit, half opgerookt.

'Gaat het een beetje, Sal?' vroeg ik.

'Ik slaap niet goed,' zei ze. 'Heeft er niemand gebeld of zo? Niks verdachts?'

'Ik stap in de auto en rij naar huis als je daar weer over begint. Doe niet zo belachelijk. Het is voorbij.'

Ze luisterde niet. 'Dat was de fout, snap je. Dat was mijn fout. Het zit me dwars; je had hem onder een valse naam moeten benaderen.'

'Dat had niet gewerkt. Hij zal mijn gangen wel hebben nagetrokken. Ik moest eerlijk vertellen wie ik was. We hebben het hier al honderd keer over gehad. Toe nou.'

We zaten even te zwijgen.

'Waar is Jochen?' vroeg ik.

'Binnen. Hij is aan het tekenen.'

'We moeten er weer eens vandoor.' Ik stond op. 'Ik ga zijn spulletjes bijeenzoeken.' Ik stopte Rodrigo's verslag weg en terwijl ik dat deed viel me iets in. 'Wat ik nog steeds niet snap is waarom Romer eigenlijk een Russische agent is geworden,' zei ik.

'Waarom hij, waarom al die anderen?' zei ze. 'Ze waren allemaal gegoede burgers, hoogopgeleide mensen die het prima voor elkaar hadden binnen de gevestigde orde.'

'Maar kijk naar het leven dat Romer leidde, met alles wat hij had, zoals hij leefde: hij had geld, aanzien, macht, invloed, mooie huizen. "Baron Mansfield van Hampton Cleeve" – hij had zelfs een titel. Het jongetje dat in de snoepwinkel van het Engelse establishment was opgesloten, vind je niet?'

Mijn moeder was ook opgestaan. Ze stapte over het gazon van de achtertuin en raapte Jochens her en der rondslingerende speelgoed op. Ze rechtte haar rug met een plastic zwaard in haar hand. 'Romer heeft eens tegen me gezegd dat er maar drie redenen zijn waarom mensen hun land verraden: geld, chantage en wraak.' Ze gaf me het zwaard en raapte een waterpistool en een boog met twee pijlen op.

'Het ging niet om geld,' zei ik. 'Het ging niet om chantage. Dus op wat voor wraak was hij uit?'

We liepen samen terug naar de achterdeur.

'Uiteindelijk komt het neer op iets heel Brits, geloof ik,' zei ze ernstig, nadenkend. 'Vergeet niet dat ik hier pas kwam toen ik negenentwintig was. Als je een land niet kent zie je soms dingen die de inwoners ontgaan. En vergeet ook niet dat Romer de eerste Brit was die ik echt heb leren kennen... Goed heb leren kennen,' voegde ze eraan toe, en ik voelde dat de pijn van haar verleden nog steeds voortzeurde, schrijnde achter de herinnering. Ze keek me aan met die felle blik van haar, alsof ze me tartte om te weerleggen wat ze ging zeggen. 'En omdat ik Lucas Romer zo goed kende, omdat ik met hem praatte, met hem samen was en hem gadesloeg, kwam het bij me op dat het soms net zo makkelijk is – en misschien nog wel normaler – om dit land te haten als om het lief te hebben.' Ze glimlachte schrander, triest. 'Toen ik hem die avond zag, Lucas Romer, lord Mansfield, met zijn Bentley, zijn butler, zijn huis in Knightsbridge, met zijn club, zijn connecties, zijn faam...' Ze keek me aan. 'Ik dacht bij mezelf: dat was zijn wraak. Hij had het allemaal in de wacht gesleept, alles wat het begerenswaardigst lijkt: geld, faam, achting, stijl, klasse, de titel. Hij was een "lord", godsamme. Hij lachte zich slap, de hele tijd. De hele tijd lachte hij hen allemaal uit. Elke minuut van de dag, als zijn chauffeur hem naar zijn club reed, als hij naar het Hogerhuis ging, als hij in zijn salon in Knightsbridge zat – hij bleef lachen.'

Ze trok een berustend gezicht. 'Daarom wist ik – absoluut zeker, geen twijfel aan – dat hij die nacht zelfmoord zou plegen. Het is beter om toegejuicht, dierbaar herinnerd, bewonderd en gerespecteerd te sterven. Als er een hemel bestond zat hij daar nu te lachen, omlaagkijkend naar zijn herdenkingsdienst met al die politici en hoogwaardigheidsbekleders die hem loofden. Beste ouwe Lucas, fantastische vent, zout der aarde, een door en door Engelse gentleman. Je zegt dat ik heb gewonnen, maar Romer had ook gewonnen.'

'Tot Rodrigo zijn boek publiceert. Dan wordt alles bekend.'

'Daar moeten we het binnenkort nog eens over hebben,' zei ze ernstig. 'Ik ben daar helemaal niet blij mee, eerlijk gezegd.'

We vonden Jochen. Hij gaf haar zijn tekening – van een hotel dat nog mooier was dan het Ritz, zei hij – en we laadden alles in de auto.

'O ja,' zei ik, 'er is nog één ding dat me bezighoudt, waar ik steeds aan moet denken. Het lijkt een beetje stom, maar – wat was hij voor iemand, mijn oom Kolia?'

Ze rechtte haar rug. 'Oom Kolia,' herhaalde ze alsof ze de formulering testte, het ongewone ervan op haar tong proefde. Toen zag ik haar ogen zich vernauwen om de tranen terug te dringen. 'Hij was best wel geweldig,' zei ze gemaakt kwiek, 'je had hem vast graag gemogen.'

Ik vroeg me af of ik in de fout was gegaan door haar zo aan hem te herinneren, op dat moment, maar het was oprechte nieuwsgierigheid van mijn kant. Ik werkte Jochen nogal drukdoenerig de auto in en ging achter het stuur zitten. Ik draaide het raampje omlaag en wilde haar voor de laatste keer geruststellen. 'Het is allemaal goed zo, Sal. Het is voorbij, afgelopen. Je hoeft je geen zorgen meer te maken.'

Ze wierp ons een kushandje toe en liep weer naar binnen.

We waren net het hek uit toen Jochen zei: 'Ik geloof dat ik mijn trui in de keuken heb laten liggen.' Ik zette de auto stil en stapte uit. Ik ging weer naar binnen door de voordeur. Terwijl ik hem openduwde riep ik vrolijk: 'Ik ben het,' waarna ik doorliep naar de keuken. Jochens trui lag op de vloer onder een stoel. Ik bukte me en raapte hem op en bedacht dat mijn moeder zeker weer de tuin in was gegaan.

Ik tuurde door het raam en zag haar ten slotte half verscholen achter de grote goudenregen naast het hek in de heg dat toegang gaf tot de wei. Ze stond door haar verrekijker naar het bos te spieden, langzaam heen en weer zwenkend. Aan de overkant van de wei deinden en zwierden de grote eiken nog steeds in de wind en mijn moeder zocht tussen de stammen en in het duister van het kreupelhout naar tekenen van iemand die haar in de gaten hield, wachtend tot ze niet op haar hoede was, op haar gemak, zorgeloos. Op dat moment drong het tot me door dat dat precies was hoe ze nooit zou zijn. Mijn moeder zou altijd naar het Heksenbos kijken zoals nu, wachtend en verwachtend dat iemand haar weg zou komen halen. Ik stond daar in de keuken en sloeg haar gade zoals ze naar de overkant van de wei tuurde, nog steeds zoekend naar haar wreker, en ik bedacht plotseling dat dat voor ieders leven opging: dat is het enige wat voor ons allemaal geldt, wat ons maakt tot wie we zijn, met onze gemeenschappelijke sterfelijkheid, onze gemeenschappelijke menselijkheid. Op een dag komt iemand ons weghalen; je hoeft geen spion te zijn geweest om dat zo te voelen, dacht ik. Mijn moeder speurde verder, starend naar de bomen aan de overkant van de wei.

En de bomen in het donkere bos wuifden en wiegden in de wind, en zonvlekken schoten over de wei, en wolkenschaduwen ijlden voorbij. Ik zag het ongemaaide vlassige gras buigen en golven, bijna als een levend wezen, als de pels of vacht van een groot beest: door de wind gekamd, door de wind gestreeld, altijd in beweging, en mijn moeder die waakte, die wachtte.

Over de historische achtergrond van Rusteloos

Hoewel *Rusteloos* literaire fictie is, bevat de roman veel materiaal dat op de werkelijkheid is gebaseerd, zij het op een werkelijkheid die alleen in zeer kleine kring bekend is.

Toen Winston Churchill in mei 1940 premier van Groot-Brittannië werd en spoedig daarna tot de conclusie kwam dat hij en zijn land alleen stonden in de confrontatie met het machtige nazi-Duitsland, stelde hij zichzelf één allesoverheersende taak: de Verenigde Staten van Amerika moesten overgehaald worden om zich als Engelands bondgenoot in de oorlog in Europa te mengen.

Men vergeet heden ten dage, in dit tijdperk van de zogenaamde 'speciale betrekking', hoe lastig het was om dat plan in 1940/1941 te realiseren. Roosevelt was president en geneigd om Engeland te hulp te komen, maar hij zag zich gesteld tegenover een Congres dat in overweldigende meerderheid tegen interventie was en een bevolking die ondubbelzinnig weigerde om weer oorlog te gaan voeren in Europa. Uit peilingen bleek keer op keer dat wel 80 procent van het Amerikaanse volk tegen de oorlog was. Bovendien heerste er in de VS in het algemeen een aanzienlijke, om niet te zeggen hevige, anglofobie.

Bijgevolg besloot de Britse regering dat er een 'overredingscampagne' vereist was om dit tij van de publieke opinie te keren. In 1940 werd, met stille instemming van de Amerikaanse regering, een kantoor in New York gevestigd met de nietszeggende naam British Security Coordination (BSC), een organisatie die weldra tot een immense dienst voor geheime operaties werd uitgebouwd en op zijn hoogtepunt over ongeveer drieduizend medewerkers beschikte die vanuit twee etages in het Rockefeller Center opereerden. Hun taak was simpel: om met alle middelen, geoorloofde zowel als ongeoorloofde, het Amerikaanse volk te overreden om van gedachten te veranderen over Amerikaanse interventie in de oorlog in Europa en een 'politieke strijd' aan te binden met degenen die zich sterk maakten voor non-interventie of die als anti-Brits of pronazi werden beschouwd, zoals het America First Committee of de German-American Bund.

Daartoe zorgde de BSC ervoor dat er pro-Britse propaganda in Amerikaanse kranten werd gepubliceerd, dat vertrouwelijke informatie werd doorgesluisd naar bekende columnisten, dat het nieuws dat via radiostations werd uitgezonden werd gemanipuleerd, dat politieke vijanden in het Congres en het Amerikaanse bedrijfsleven het leven zuur werd gemaakt en dat er antipropaganda over de bedoelingen van nazi-Duitsland werd verspreid. Onlangs omschreef *The Washington Post* de activiteiten van de BSC als 'een magistraal programma van geheime operaties – misschien wel het meest doeltreffende uit de geschiedenis.'

Dat is de achtergrond waartegen een groot gedeelte van *Rusteloos* zich afspeelt. Lucas Romer is binnen de BSC de baas van een spionnennetwerk. Eva Delectorskaya werkt in het veld en verschaft valse informatie aan twee radiostations en aan Amerikaanse persbureaus en kranten. In de jaren voor Pearl Harbor waren de Britten op die wijze in de hele VS actief. Het verhaal over de neplandkaarten – waarmee nazi-ambities in Zuid- en Midden-Amerika werden aangetoond – is ook geheel en al authentiek. Ofschoon zowel Roosevelt als J. Edgar Hoover als de FBI wisten van het bestaan van de BSC, kan terecht gesteld worden dat ze zich niet echt bewust waren van de schaal of het cynisch-manipulatieve karakter van BSC's operaties. Hoover begon zich tegen het einde van 1941 zorgen te maken over de omvang van de BSC, maar de Japanse aanval op Pearl Harbor in december van dat jaar maakte daar een eind aan. Een paar dagen later verklaarde Hitler de VS eenzijdig de oorlog, waarmee Churchills droom uitkwam. Groot-Brittannië had zijn almachtige bondgenoot en de oorlog tegen Duitsland zou vast en zeker worden gewonnen. Het was echter kantje boord geweest. Als de Japanners niet in de aanval waren gegaan, of als de reikwijdte van BSC's geheime operaties en nieuwsmanipulatie ooit was onthuld (zoals Lucas Romer van plan was), dan zou de Amerikaanse publieke opinie nog vuriger isolationistisch en anti-interventionistisch zijn geweest dan ooit. Uiteindelijk waren het ironischerwijs de Japanners en Adolf Hitler zelf die de doorslag gaven.

Het verhaal van de geheime operaties van de BSC in de VS heeft de laatste jaren onder historici van de Tweede Wereldoorlog en specialisten in inlichtingendiensten meer bekendheid gekregen, maar mijns inziens is het in de wereld daarbuiten nog zo goed als onbekend. In feite zorgt het nog steeds voor enige geschiedkundige en politieke verlegenheid. Zoals *The Washington Post* stelde: 'Zoals veel inlichtingenoperaties gingen ook deze gepaard met een navrante morele ambiguïteit. De Britten bedienden zich van gewetenloze methoden om hun doel te bereiken, en naar de maatstaven van onze huidige vredestijd kunnen sommige van hun activiteiten schandalig lijken, maar ze werden uitgevoerd ten dienste van de oorlog tegen de nazi's. Door Amerika tot interventie aan te sporen hebben de Britse spionnen ertoe bijgedragen dat de oorlog werd gewonnen.'

WILLIAM BOYD